《人文传承与区域社会发展研究丛书》编辑委员会

主　任　周新国

副主任　姚文放　谢寿光

委　员（以姓氏笔画为序）

　　　　　王　绯　吴善中　佴荣本　周建超　周新国

　　　　　姚文放　秦兴方　谢寿光　蒋鸿青

半 塘 文 库

江苏省重点高校建设项目
"人文传承与区域社会发展"重点学科
"文学转型与区域社会发展"研究方向课题成果

人文传承与区域社会发展研究丛书
·半塘文库·

DUANMU HONGLIANG'S NOVEL CREATION
AND CHINESE LITERATURE TRADITION

端木蕻良小说创作与中国文学传统

马宏柏 ◇ 著

社会科学文献出版社
SOCIAL SCIENCES ACADEMIC PRESS (CHINA)

人们看到沙漠里面的一棵小树，如果好奇地想看到它的根株，便会发现一个有趣的情景：这棵小树的根须要比它的树身大许多倍，它的根须向四面八方伸展出去，它伸展的方向，也就是水源分布的方向。所以，沙漠上行走的人，总是按照植物的根株伸展的方向，去寻找水源。

　　　　　　　　　　　——端木蕻良

总　　序

　　文化是构成国家综合国力的重要组成部分，文化作为软实力日益受到各国的高度重视。一个国家、一个民族的发展程度是与其文化的发展紧密联系的。当今世界，国家与国家之间的发展差距，不仅体现在经济和军事实力，更体现在文化发展水平，这已为历史和现实所证明。

　　20世纪80年代以来，随着人们对地理人文空间因素的日益重视，我国人文社会科学学术领域出现了区域化研究的趋势。新世纪以来，区域文化的研究与开发较以往呈现出更加丰富的内涵和更加锐利的前进态势，围绕各大区域文化进行的文化学、人类学、政治学、经济学、社会学研究也不断深入进步。从理论与现实角度考察，面对经济全球化的浪潮，要实现区域经济的现代化发展必须高度重视和发挥区域文化的优势，挖掘区域文化的资源。

　　江苏历来是人文荟萃、文化昌盛之地。新世纪以来，为发扬优秀区域文化精髓，建设文化强省，促进全省各项事业又好又快地发展，江苏省人民政府制定了《江苏省2001～2010年文化大省建设规划纲要》，明确指出："江苏省在历史演进过程中，形成了吴文化、楚汉文化、淮扬文化、金陵文化等一批特色鲜明的地域文化以及一批具有全国影响的学术流派，要在加强研究、保护的基础上继承创新，赋予传统文化以新的生命力。"在此思想指导下，江苏各地纷纷提出建设文化大市、文化强市的目标，学术界率先行动，出版了一批区域文化研究的论著，江苏省教育厅则及时地批准成立了扬州大学"淮扬文化研究中心"等一批区域文化研究的重点基地，以推进区域文化的研究和深入发展。

江苏高校林立，各大学因其所处的具体地域不同，在某种意义上也归属于特定的区域文化。特定的区域文化始终对大学的文化形成和发展有着重要的影响。同样，大学所负载的学术、文化与社会责任也日益被推上了更高层次的战略平台。因此，研究、挖掘、整合区域文化使之与大学文化有机地融合，不仅对推动区域文化研究与发展，提高区域文化软实力、构建区域和谐社会、促进区域科学发展具有重要意义，而且，大学吸取特定区域文化精髓的过程，对创建大学自身的特色文化氛围、凝练大学精神也具有重要意义。在某种程度上甚至可以说，一所缺乏文化传统和历史记忆的大学不是一所好大学；同样，一所没有文化底蕴和历史积淀的大学也绝非真正意义上的高水平大学。

哈佛大学前校长德里克·博克说过："无论是在城市还是乡镇，大学的文化、反世俗陈规的生活方式和朝气蓬勃的精神面貌，常常成为刺激周边社区的载体，同时也是他们赖以骄傲的源泉。"

扬州大学所处的苏中地区，是淮扬文化的核心区之一。作为淮扬文化区域唯一的省属重点综合性大学，扬州大学具有学科门类齐全、多学科交叉融合的显著特点。学校集中人文社会科学诸学科的精干力量，发挥融通互补、协同作战的优势，继承发扬以任中敏先生为代表的老一代学术大师的风范，对内涵丰富、底蕴深厚的中国传统文化包括区域文化进行多方面的综合研究，挖掘整理其丰厚资源并赋予时代精神，阐扬其独特蕴涵并寻找其与当前经济建设、社会建设、政治建设、文化变革相结合的生长点，以求对地方乃至全省经济社会发展作出积极的贡献。

江苏省人民政府在"九五"和"十五"期间对扬州大学进行

重点投资建设的基础上，在"十一五"期间对扬州大学继续予以重点资助，主要培植能够体现学科交融、具有明显生长性且预期产生良好经济、社会效益的五大重点学科，其中包括从人文社会科学诸学科中凝练而成的"人文传承与区域社会发展"重点学科。这一重点学科的凝成体现了将江苏优秀的古代文化与灿烂的现代文明有机交融、相得益彰、交相辉映和发扬光大的理念，符合扬州大学人文社会科学诸学科已有的专业背景、研究基础和今后的学科发展和学术追求。该重点学科包括"文学转型与区域社会发展"和"历史文化与区域社会发展"两个研究方向，其建设的标志性成果就是以任中敏先生别号命名的《半塘文库》和以区域名称命名的《淮扬文化研究文库》，总计50余种学术专著，计1500万字。"文库"是"十五"期间"扬、泰文化与'两个率先'"重点学科研究成果的新发展，汇集了扬州大学众多学者的智慧和学识，体现了社会各方面的关心和支持，可谓是一项规模宏大、影响深远、功在当代、利在千秋的大型文化工程。可以期待，"文库"的出版将对当前物质文明、政治文明、精神文明、社会文明和生态文明等"五个文明"建设，对构建和谐社会、促进区域科学发展起到积极有力的推动作用。

在人文传承与区域社会发展研究丛书出版之际，我们向始终支持和关心"人文传承与区域社会发展"重点学科建设的教育部社科司、江苏省教育厅的领导及专家表示衷心感谢，对负责定稿的中国社会科学院诸位专家学者表示衷心感谢！同时也衷心感谢社会科学文献出版社的领导和编辑为丛书出版付出的辛勤劳动！

扬州大学人文传承与区域社会
发展研究丛书编辑委员会
2010 年 12 月

目 录

弁　言　对端木蕻良与中国文学传统的再认识 ……… 曹革成 / 1

摘　要 ……………………………………………………… 9

第一章　导论：植根于华夏沃土的"端木" …………… 1
　　第一节　"问题"缘起 …………………………………… 1
　　第二节　"传统"要义 …………………………………… 9
　　第三节　创作历程 ……………………………………… 14
　　第四节　个性气质 ……………………………………… 22
　　第五节　文学积累 ……………………………………… 31
　　第六节　历史语境 ……………………………………… 36

第二章　忧患意识与爱国情怀 …………………………… 43
　　第一节　端木蕻良小说与爱国主义文学传统 ………… 44
　　第二节　"大地之子"深广的忧患意识 ………………… 53
　　第三节　"时代之子"强烈的爱国情怀 ………………… 63
　　第四节　平凡英雄英勇抗敌与舍命报国 ……………… 73

第三章　端木蕻良小说与史传文学传统 ………………… 82
　　第一节　"通古今之变"的历史意识 …………………… 84
　　第二节　执著人生的实录写真 ………………………… 93

第三节　美丑毕露的人物描写 …………………………… 106
　　第四节　叙事模式的推陈出新 …………………………… 119

第四章　端木蕻良小说与中国文学抒情传统 …………………… 143
　　第一节　"诗言志"与"诗缘情"的交响、嬗递 ………… 143
　　第二节　《科尔沁旗草原》的"言志"与"缘情" ……… 151
　　第三节　端木蕻良小说的情感流向 ……………………… 157
　　第四节　端木蕻良小说的抒情特色 ……………………… 172

第五章　端木蕻良小说与传统文本比较 ………………………… 190
　　第一节　《曹雪芹》与《红楼梦》 ……………………… 190
　　〔附录〕端木蕻良短篇小说学用《红楼梦》
　　　　　　人物描写艺术举隅 ……………………………… 207
　　第二节　《雕鹗堡》与《长明灯》 ……………………… 217
　　第三节　《鴜鹭湖的忧郁》与《湖畔儿语》 …………… 227
　　第四节　《科尔沁旗草原》和《子夜》 ………………… 239

第六章　结语：端木蕻良小说创作所受外国文学的影响 ……… 254

后　　记 ……………………………………………………………… 266

主要参考文献 ………………………………………………………… 272

弁言　对端木蕻良与中国文学传统的再认识

　　古人对菊花曾有"五美"的赞誉。端木蕻良先生曾借此阐发了这样一个思想，他说：古人对菊花"五美"的赞誉，"我们也许并不认为它概括得多么合适"，"不过，我们不必泥古不化，我们要用新的内容去充实它，从而唤起我们的崇高精神，使我们知道，我们这个民族是用科学方法培养了菊花。同时，又在它的身上看到我们民族的高尚风格，坚贞的节操"（《〈端木蕻良近作〉序》）。我想，这段话也可以借来阐明一个东西，即端木先生对待中国文学传统的态度：借鉴、发展、创新。

　　端木先生从小受到的是现代教育。从荒远的家乡，当他初次来到现代大都市天津，对汇文教会中学攻读"四书""五经"的教育反感无比，反而对南开学校的新式教育欣然接受。"五四"新文化的熏陶，为他以后的人生打下了坚实的基础。其实，很难说他就是反对孔子和孟子的学说。纵观端木先生的一生，拜读他的小说、散文、文论，就会发现，他是提倡杂学的，愿涉猎百家，而反对皓首一门。所以，他的目光从来向着四面八方，向着古今中外。他笔端流出的文字，是经过他大脑沉思后的心得。这点，他是自觉的，毕生坚持，矢志不渝的。

　　马宏柏的这本书是论《端木蕻良小说创作与中国文学传统》

的，分有精神层面上的爱国主义传统、立意构架上的史传文学传统、反映时代精神和风貌上的抒情文学传统等几个方面。在"忧患意识与爱国情怀"一章里分有"爱国主义文学传统""大地之子的忧患意识""时代之子强烈的爱国情怀""平凡英雄英勇抗敌与舍命报国"等几个部分；在"史传文学传统"一章里分有"通古今之变的历史意识""执著人生的实录写真""美丑毕露的人物描写""叙事模式的推陈出新"等几个部分；在"抒情文学传统"一章里分有"'诗言志'与'诗缘情'的交响、嬗递""《科尔沁旗草原》的'言志'与'缘情'""端木小说的情感流向""端木小说的抒情特色"，等等。书中还有端木作品与鲁迅、曹雪芹等人作品的比较研究章节，给人一种新鲜的启发。

这些内容，在几十年的端木研究中，多多少少是有涉及的，但一旦纳入一个系统，从全方位的角度来诠释那些观点，它的特异性就抑制不住地显现出来，达到一个新的高度。最为可贵的是，对端木先生的研究，长期以来总是缺少一种整体的把握，马宏柏的研究至少在中国文学传统的方面，进行了几大块的梳理，筚路蓝缕，有开创之功。

马云教授在她的《端木蕻良与中国现代文学》一书中，把端木先生的创作特点归纳为"史诗"的、"人道主义"的，风格是"浪漫与写实"的，这本身也是中国文学传统的几个重要组成部分。宏柏先生又从"爱国主义"、"史传文学"等几个方面来阐述端木先生的文学与中国文学传统的关系，无疑是扩大了端木研究的视角，丰富了端木研究的内容，也说明端木先生对中国文学传统的承继是多方面的。

美国著名华裔学者夏志清先生曾指出：端木蕻良是中国现代作家中"第一个有意识地继承传统中国小说特点的作家"。因为"比他早些的现代小说家们大多数都急于要摆脱中国旧小说的写作方法，而去效仿西方文学里的人物典型。他们抛开了中国的传统小说，几乎没有人有意识地承认他们从中受到教益"。那么，为什说端木先生是"第一个"呢？在他之前，已经有以张恨水为代表的京派通俗小说家了，我以为夏先生还有这样一层意思，就是端木蕻良"不仅仅要再现悠久的中国传统风格和沿用那些传统写作技巧，而且要使这些传统与作家在思想上与手法上吸取现代文化有机地协调起来"。因此，端木蕻良是"一个忠实于中国文学传统的现代作家"（夏志清：《小说〈科尔沁旗草原〉——作者简介与作品述评》）。端木先生对中国传统文学的态度，是与他的精神导师鲁迅先生的观点一致的。1934 年 4 月鲁迅致魏猛克的信中就指出："新的艺术，没有一种是无根无蒂，突然发生的，总是承受着先前的遗产。"又说："新文化仍然有所承传，于旧文化也仍然有所择取。"（鲁迅：《〈浮士德与城〉后记》）还强调："择取中国的遗产，融合新机，在将来的作品别开生面也是一条路。"（鲁迅：《木刻纪程小引》）中国作家既要撷取西方文学的现代派思路和技巧，也仍要承继古代文学的传统，借鉴与创新，保持中国的特色、民族的特色，这一点是今天的作家仍应该记取的。

宏柏在书中提出端木先生"所联系的中国文学传统应包括古代和现代两大传统"。他的导师王铁仙先生也曾明确指出：中国文化传统应有两个，一个是中国古代文化，另一个是"五四"文化。虽然评论界对此观点并不一致，但端木先生早在 20 世纪 40 年代就提出了类似的观点。1941 年，他在香港时期发表的《中国三十年来之文学流变》一文中指出：鲁迅先生是"横跨了两个时代"，"在两个伟大的文学传统里吸收两方面的精华"。并指出"三十年中国文学的传统，是伟大鲁迅的传统"。对"五四"以来的"新传统"，端木先生 1983 年有一句精练的概括："既吸收外来的优点，又发扬民族的长处。"（端木蕻良：《野花的芳香——读苏晨〈野芳集〉》）宏柏在书中对这两个传统给予端木蕻良的影响有详细的阐述，这也是过去对端木研究的空白之处。如此，研究端木先生与中国传统文学的领域也就更加开阔，更接近了端木先生本人。

宏柏在"端木蕻良的抒情特色"一节中，谈到了端木先生主张现实主义与浪漫主义结合的问题，我以为这是研究端木的一个重要方面。端木先生虽然是奉圭臬"为人生"写作的，但这只是他写作主题的前提，在写法上他绝不排斥"为艺术"派热衷采用的浪漫、写意，不排斥西方现代派拿手的精神分析、意识流等技巧。端木先生一贯主张艺术要兼容并收的。直到晚年，1985年他与老友，曾是新感觉派代表人物的施蛰存先生通信中，仍然坚持"我主张文艺要多样化"，"我们的现实主义应该包括现代主义文学，这样现实主义文学才有生命"。他反对把现实主义理解为"文学照相"，"越过这个界线，就要受申斥的"。他说："我一向不满意把现实主义解释在极狭小的范围内。"现在就是照相机的变焦镜头已有几十种了，"这和给西太后照相时的照相，完全是两码事了"。因此他强调："现实主义要发展，它要求现代化。这是时代的要求，或者，更直接地说，它应该容纳现代主义在内。"（1985年1月23日致施蛰存信，收入《端木蕻良文集·8卷下》）端木先生的这种认识是有历史的了。1936年他出手献给文坛的《鹭鸶湖的忧郁》《遥远的风砂》等作品里就有不少象征、意识流、表现、夸张甚至荒诞等手法。而写于同时的《三月夜曲》《可塑性的》有人认为不输于新感觉派的穆时英、施蛰存的同类小说，但他的现实主义立意则是非常鲜明的。而写于1933年的长篇小说《科尔沁旗草原》，正是他从事文学创作以来一直遵循这种主张的代表作。过去，我们对此似乎认识远远不足，现在经端木先生自己的阐述，使我们意识到这是一部以现实主义立意，融合现代主义多种表现手法的标志性作品，成为端木先生小说风格的代表作。在现当代文学史上，经时间的磨砺，它将占有愈加闪光的一席之地。

同样，对于现代派在中国，端木先生另一个观点也是值得注意的，即他给施蛰存的信中还提到："我认为我国如果承认现代主义这个文学流派的话，应该说它已经经过我们的民族化了。"他以现代派诗人戴望舒的《雨巷》作为例证说："别的例子不举，即举望舒的诗来说吧，他能吸收唐诗真正好的抒情情调，他的诗有着中国传统的美学，他看到的小巷、灯光、雨花都是有着民间情趣的……"我想，"现代派在中国已经民族化"的观点，这本身给研究端木的学者打开了又一个需要探索的领域。

宏柏在书中还论述了端木先生的讽刺艺术，认为"客观写实寓含讽刺的抒情特色乃是端木艺术追求的体现"。端木先生有没有幽默讽刺小说，过去研究者提到的很少。很早我就有一个想法，给端木先生编一部《端木蕻良幽默讽刺小说集》，收入的小说有《被撞破的脸孔》《眼镜的故事》《吞蛇儿》《嘴唇》《找房子》《火腿》《义卖》《生活指数表》《门房》等。这些小说可能在一些研究者眼里，不觉得它们是什么幽默讽刺小说。另外，我认为《新都花絮》其实也是一部幽默讽刺的长篇小说，可能更遭人反对了。20世纪40年代，孙伏园先生在论及鲁迅小说《阿Q正传》时，点到了鲁迅先生的幽默讽刺艺术的成就。他认为鲁迅在阿Q这个人物（其实何止是阿Q，我认为几乎小说中的所有人物）描写上，采用了"清淡的幽默"，这里面包括了"清淡的讽刺"和"清淡的诙谐"。正因为"清淡"，所以能注意这部小说"幽默"的人不多。孙先生认为"诙谐而不清淡，便近乎油滑。讽刺而不清淡，便近乎谴责。鲁迅先生小说中全没有这些"。对此，香港文学评论家、作家刘以鬯对孙先生的这种"鉴识"给予了高度的评价（刘以鬯：《孙伏园论鲁迅小说》）。端木蕻良是不是努力承继鲁迅先生这种"清淡的幽默"传统，使他的作品不经意间滑出了"幽默与讽刺"的视野？说"清淡的幽默"是一个传统，看看曹雪芹的《红楼梦》就清楚了。那书里，这种"清淡的幽默"比比皆是，惜注意者不多。

最后，我想谈谈端木先生双重气质与性格的形成原因。宏柏对端木先生的气质性格有他的分析与阐述。如他说："端木的个性气质和人格明显具有双重性。一方面他是东北人，有满族血统，性格的本质上有一种繁华的热情，有雄奇、豪放、刚强、固执等男性阳刚性特征；另一方面他外表斯文，羸弱多病，自小忧郁、孤独，养成多愁、善思、敏感、纤细等偏向女性的阴柔性特征。这二者有机地交融在人格个性中，此起彼伏地贯穿于他的一生。"

端木先生深入骨子地有着两种气质和性格：一种大度、热情、浪漫，另一种孤独、忧郁、幽思。两种截然典型的气质与性格，反差那么大彼此那么鲜明，居然能既对立又和谐地共处一身，这在中国现当代作家里也是罕见的。共处一身的最高境界就是宠辱不惊的超然处世，真正把名利置之度外。这实际也是古代文人中一种传统的气质和性格，而端木先生又有他时代的烙印，即他不因此遁世！绝不"归彼大荒"！

宏柏在书中指出："心理学研究同样表明，一个人幼年的经历，其故乡风俗民情、文化氛围，家庭环境、成员以及启蒙老师等，对其性格气质乃至整个人格的形成都起着重要的作用。"是的，端木先生具备两种极端的气质和性格，确实与他生长的环境分不开。譬如，当我们走进茅盾先生的家乡乌镇，那邻里之间鸽子笼似的小院一个挨着一个，居然还要沿着一条逼仄的小路曲曲折折地面对面地一字排开。狭小到如此地步，已经令人窒息，后窗外又挤着一条小河！人生活其中真是到了坐井观天的境地。我常常想，从这种精细的环境成长出来的人会有豪放性格是太不容易了。端木先生则是生长在科尔沁旗大草原上，那是"大地的海"，眼界一望无垠，这里的人胸怀怎么能不开阔呢？生长在这天高地阔环境的人，气质怎么能不豪迈、豁达？性格怎么能不热情、浪漫？但是，草原的性格又是矛盾的，多重的：它是沉稳的，又是不安分的；雄浑辽阔的，又是寂寞空旷的；夏日里，热风激荡中，它蓬勃、红火，冬日里，寒风凛冽下，它又是压抑、忧郁的。尤其在那个动荡、纷乱、黑暗的年代，这种纷杂的矛盾更显得突出、不可调和。这些应该是形成端木先生双重气质和性格的原因所在。这是不少学者取得共识的看法，宏柏在书中也有多方面的很好分析。另外，由于草原的性格是多变的，情感是丰富的，因此草原是诗人、歌者的摇篮。端木先生天生一种诗人的气质就不足为怪了。

宏柏在书中还提到："进一步探究当可发现，端木个性气质及其人格，既受到传统文人品格（主要是儒家文人传统）影响，又受到现代文人品格的濡染。端木性格气质的两极化，与其同时接受古代、现代两种文人传统的影响有关，乃至在其生活创作道路上交织着传统与现代、集体与个人、狂放与狷介、叙事与抒情、写实与象征等双重、多重因子，都可以从这种联系影响中找到答案。"这里，我还要特别提出对端木先生气质与性格形成的另外一个很重要的因素，宏柏在书中也提到了，但还需要强调和关注，那就是他在南开中学受到的教育。当年的南开学校，是一所传授新文化、新知识、新科学、新思想，也是教授古代优秀文化、思想和传统的基地，那里讲平等、民主，讲爱国、爱家、爱人，讲人格的自由发展，讲自立、自强，又讲尊严、纪律、集体、为公的精神。南开学校是一所非常重视个人品质修养的场所。端木先生生活在这样的环境里，一方面他的个性得到张扬，思想空前活跃，才能获得展现；另一方面，他的性格和气质经受了科学的训练，得到理性的约束，使他又养成严谨、守纪、细心、谦和、服务他人、严肃生活、辨是非、明爱憎的品质。所以，宏柏分析端木先生在遇到挫折，陷入苦闷的时候，他"没有走向归隐。道家自由、飘逸、超然甚至退隐等个性气质造就的名士型、归隐型文人传统在端木身上只是留下淡淡的影子，却不足以影响其人生抉择"。再则"他从不摆名士架子，更没有传统文人骚客的放浪形骸、狎妓宿娼之类的行径"。同样，如散文家秦牧提到的端木先生没有那种"自高自大、盛气凌人，或者什么狭隘嫉妒，神经过敏那类某些知识分子常常易犯的毛病"。这很大程度要归功于南开的教育！

这种性格和气质表现在作品中，那就是大气、阳刚、正直、纯美，或者婉约、冷艳、温情、柔美，常常又是两种笔调、两种风格融合一体，形成端木先生自成一家的风格。他的作品毫无猥琐、苟且、小家子气、神经质、色情的东西，他追求的是"宽度、深度和强度"，还有一个时代性。

我不是搞文学评论和文学研究的，宏柏的研究给我很多的启发和感受，感谢宏柏给我机会，在这里拉拉杂杂地谈出了一些心里的思考。这些东西我已想过好久，一直理不清思路。借助宏柏的大作，使我对端木先生心路历程的某一个领域明了起来。

　　端木先生和他的作品在中国文学的星空中仿佛是一个黑洞，人们可以轻易地漠视他，否定他，甚至把他打入冷宫。一些硕士生或博士生告诉我，他们搞文学研究的导师没有读过《科尔沁旗草原》，还有那个百年中国优秀小说评比就把《科尔沁旗草原》排除在待选之外，这些说明什么呢？其实，学学端木先生的超然处世态度，想想也是，这些无损于端木先生和他的作品，他的历程在，他的作品在，慢慢研究，慢慢理解就是了。研究端木先生的路不会是坦途，马宏柏已经上路，探索已有收获，预祝他今后的研究获得更大的发现与成就。

曹革成
2011 年 12 月于北京

摘　　要

端木蕻良（1912～1996），现代著名满族作家，创作生涯长达70年，作品总字数逾千万，且体裁多样，内涵丰富，表现出多方面的才学和深厚的中国传统文学素养，早就引起了人们的注意。20世纪40年代就曾有人呼吁："我们应该从端木身上汲取营养。"遗憾的是，这份"营养"迄今尚未得到很好的研究、开发和汲取。本书专论端木蕻良与中国文学传统的关系，探讨中国传统文学对他的深刻影响及其在小说创作上的体现。

端木蕻良小说创作与中国文学传统是一个涵盖面颇为广阔的论题。我们欲从端木身上汲取营养，先得搞清楚端木身上有哪些营养，这些营养是从哪儿汲取来的。"问题缘起"因此由端木的笔名联想到"植根于华夏沃土的'端木'"；"传统要义"作为全文的"破题"，解说传统的形成流变。随后进入端木蕻良与中国文学传统关系的概观，既涉猎其对传统的理解、反思，确认其同时从中国古代和现代两大文学传统汲取营养，又概览其创作历程中的表现；端木的"个性气质"在中国文学传统影响下形成，又反过来影响其传统继承的取向；"文学积累"包括文学起步前的生活积累、知识准备，直接体现并决定端木小说创作与中国文学传统联系的程度；这种联系又受到端木生活创作的时代历史语境的影响和制约。

导论部分旨在先行廓清与本论题相关的一些基本问题，为下面择取端木小说创作与中国文学传统几个重要的联结点，展开具体的考察、论析奠定基础。

端木蕻良与中国文学传统的联系首先表现在精神层面，表现在爱国主义文学传统以及与之相联系的浓郁的忧患意识和强烈的社会责任感。端木自小就从土地的沉重负载中培养起生命的自觉，在参加"五四"爱国游行中产生忧国忧民的责任感、使命感。提笔创作后，便将自己满腔的忧患意识投射到广漠而浩瀚的土地上面，写出关于土地的系列故事。他怀着"九一八"之后失去故土的痛苦与悲愤，既写土地的沉实、草原的美丽，又写土地的蒙难、故土的沦丧，更写土地的觉醒、民众的反抗，勾画出"大地之子"忧郁、憎恨、反抗、战斗的情感历程；表现了"大地之子"深广的忧患意识，"时代之子"强烈的爱国情怀，平民百姓英勇杀敌、舍命报国的英雄主义精神，继承和弘扬了中华爱国主义文学传统。

端木蕻良小说创作与中国史传文学传统的联系，主要表现在立意构架上"通古今之变"的历史意识，题材选择上执著现实人生的实录写真，人物刻画上美丑并举、善恶并陈，价值评判上采用史传论赞，借鉴"春秋笔法"，追求小说的"潜流"等方面。端木一方面承传了中国史传文学实录写真的传统，对客观写实表现出一种与生俱来的偏爱；另一方面，作为20世纪30年代登上文坛的作家，又承传了新文学传统，接受了西方传来的现实主义理论的影响。他将学习借鉴的目光更多地投向曹雪芹、鲁迅、茅盾、托尔斯泰、巴尔扎克、左拉等中外现实主义大师，在叙事手段上也推陈出新，实现了叙事时间、叙事视角和叙事结构的现代性转换。

中国文学的抒情传统有其独特的言志、抒情的内涵，在其承传流变过程中，交织着"言志"与"抒情"、束缚与突破、结合与分离的嬗变。端木很重视作品感情的抒发，他的小说洋溢着浓烈的感情，从以诗意许人到自己被许为诗人，端木小说以其强烈的主观政治倾向与时代精神的契合、独特地域风情描写中敞露着大地之子的爱憎情怀著称。《科尔沁旗草原》兼容情感与理性、抒情与言志，实现了两者的融合。小说的开端以"抒情"为主；随着叙事的发展，"言志"的因素逐渐加重，呈现出由"抒情"而"言志"的转换。"抒情"—"言志"—"抒情"，是端木小说情感的总体流向。端木蕻良小说创作从古代和现代叙事、抒情两大文学传统中汲取营养，形成了颇具个性的抒情特色：或通过独特的自我抒写，直露作者的主观情怀；或刻意追求作品的"潜流"，通过冷静客观地写实叙事，像戏剧那样地客观呈现，春秋笔法、微言大义，不写之写，意在言外；或描写意象、营构意境，将主观感情艺术地渗透于独特的客观意象，从而营造出一种诗化的审美氛围、艺术境界。

关键词： 端木蕻良　中国文学传统　爱国主义传统　史传文学传统　抒情文学传统　继承与创新

第一章　导论：植根于华夏沃土的"端木"

端木蕻良（1912～1996），中国现代著名满族作家，自1928年前后开始文学创作，直到逝世前还在写作长篇历史人物传记小说《曹雪芹》（下卷），创作生涯长达70年，作品总字数逾千万。其中小说、散文数量丰富，足可成家；诗歌多为旧体诗，穿插在友朋酬唱的文章中，有《苦芹亭诗稿》行世；剧作量亦丰，甚至超过一些专业的剧作家。此外还写过歌词，发表过绘画、书法作品以及文学理论和翻译论著。他的多方面的才学、深厚的中外文学素养，早就引起了人们的注意。20世纪40年代就曾有人呼吁："我们应该从端木身上汲取营养。"① 遗憾的是，这份"营养"迄今尚未得到很好的研究、开发和汲取。本论文专论端木蕻良与中国文学传统的关系，探讨中国传统文学对他的深刻影响及其在小说创作上的体现。

第一节　"问题"缘起

端木蕻良是20世纪30年代在中国文坛升起的一颗耀眼的新

---

① 许幸之教授语，转引自李兴武《端木蕻良创作的艺术风格》，见钟耀群、曹革成编《大地诗篇——端木蕻良作品评论集》，北方文艺出版社，1997年2月。

星。1933年，年仅21岁的端木，仅用四个月时间就写成长篇小说《科尔沁旗草原》，书稿寄给在燕京大学任教的郑振铎，郑回信"预期"这部小说问世"必可震惊一世人的耳目"①。可惜由于种种原因该作未能及时出版，郑乃劝他先写些短篇小说。1936年，《鹭鹭湖的忧郁》等短篇小说陆续发表于沪上的一些著名文学杂志，翌年他出版了第一个小说集《憎恨》，第二部长篇小说《大地的海》也开始连载。端木的小说一发表，即引起文坛的注意。胡风撰写《生人的气息》②向读者推介这位文坛"生（新）人"，赞扬《鹭鹭湖的忧郁》是"一首抒情的小曲"，"是今年创作界底可宝贵的收获"。周立波在《1936年小说创作回顾》③中，提到端木三篇短篇小说所表现的塞外景色和地方色彩，认为"在青年作家中，恐怕只有沙汀可以比拟"，《遥远的风砂》"创造了一个复杂的典型性格"。1939年，《科尔沁旗草原》出版后，著名作家、文论家巴人撰文惊叹作家的艺术表现力，把科尔沁旗草原"直立"起来了，称作者是"拜伦式的诗人"，"语言艺术的创造，超过了自有新文学以来的一切作品"④。应该说，新中国成立前端木的创作以及研究者对他研究的起点是很高的。

新中国成立后，端木的创作和对他的研究出现了一大段空白。乃至在长篇小说《曹雪芹》发表之前，端木的名字差不多已被社会淡忘了。与沈从文、钱锺书、张爱玲等作家、作品在新中国成立后的接受遭遇相似，端木的价值也是首先在海外得到确认，然后引发国内学界的注意而被重新发现的。20世纪70年代，加拿大学者

---

① 《自传》，《端木蕻良文集》第七卷，北京出版社，2009年6月。
② 载《中流》1936年10月第1卷第3期，见钟耀群、曹革成编《大地诗篇——端木蕻良作品评论集》节录收入，北方文艺出版社，1997年2月。
③ 载《光明》1937年第2卷第2期，见钟耀群、曹革成编《大地诗篇——端木蕻良作品评论集》节录收入，北方文艺出版社，1997年2月。
④ 《直立起来的〈科尔沁旗草原〉》，署名黄伯昂，载1939年12月《文学集林》第二辑《望一》，收入1941年香港版《窄门集》，见钟耀群、曹革成编《大地诗篇——端木蕻良作品评论集》，北方文艺出版社，1997年2月。

施本华、美籍学者夏志清、香港作家刘以鬯等先后撰写长篇论文，确认端木创作的史诗风格及其在文学史上的地位。夏氏甚至认为，《科尔沁旗草原》实际应视为1928～1937年"左翼"文学的重要著作之一，如能及时出版，所受评论界与公众欢迎的程度当可与《子夜》《猫城记》《家》等并驾齐驱，而在描述的引人入胜、写作形式与技巧的大胆创新等方面都超过上述作家。端木的文学创作为何能够取得如此高的成就？夏氏提出一种颇有启发性的研究思路：端木是现代作家中第一个有意识地继承传统中国小说特点的作家，同时其作品在当时又最具实验性，他是一个文体家。①

新时期以来，随着国内现代文学界对文学史的重新审视，端木也得到重新评价。一些论著论及端木创作中对知识分子与大地关系的表现、塞外风情的描写及艺术上诗化小说的抒情特色等，称端木为"土地与人的行吟诗人"②，其创作属于"大地之子的歌吟"③，使人感受到"来自大野的雄风"④，体现出"重、粗、大"与"轻、细、小"、"粗犷"与"温馨"、"雄浑"与"冷艳"相交织的两副笔墨⑤。1987年《文学评论》发表邢富君的文章《史诗：端木蕻良文学起步的选择——论〈科尔沁旗草原〉》，把端木的处女作提升到"史诗"的高度，成为国内学术界对端木创作成就的

---

① 夏志清：《小说〈科尔沁旗草原〉——作者简介与作品述评》，译文载《驻马店师专学报》1992年第1～4期，收入钟耀群、曹革成编《大地诗篇——端木蕻良作品评论集》，北方文艺出版社，1997年2月。

② 杨义：《端木蕻良：土地与人的行吟诗人》，见钟耀群、曹革成编《大地诗篇——端木蕻良作品评论集》，北方文艺出版社，1997年2月。

③ 王培元：《大地之子的歌吟——谈端木蕻良的小说特色》，见钟耀群、曹革成编《大地诗篇——端木蕻良作品评论集》，北方文艺出版社，1997年2月。

④ 赵园：《来自大野的雄风——端木蕻良小说读后》，见钟耀群、曹革成编《大地诗篇——端木蕻良作品评论集》，北方文艺出版社，1997年2月。

⑤ 司马长风：《端木蕻良的文字》，《新文学史话》，1978年。另外，钱理群的《文体风格的多种实验——四十年代小说研讨札记》、逄增玉的《论端木蕻良小说创作的两种追求与风格》、马伟业的《论端木蕻良文学创作的深度和强度》均持此观点，均见成哥主编《端木蕻良小说评论集》，北京出版社、文津出版社，2002年12月。

最高评价。此后,研究者们更从文化、美学、语言学等层面上论评端木其人其文。钱理群称这些研究使"端木蕻良创作的丰富性逐渐显露出来",他"甚至感到惊异":

> 无论从中国现代乡土文学发展的角度,从东北地方文化发展的角度,还是从中国现代长篇小说、短篇小说艺术发展的角度,从现代文学风格学、现代文学语言的发展史的角度,从中国现代文学与中国古代小说的经典《红楼梦》的关系的角度,以及现代文化史、现代知识分子精神史的角度,端木蕻良其人其文都有极大的"典型性",都有他的独特的贡献:这是一个不可忽略的存在,一个可以不断发掘的话题,是一个特具魅力、能够引发人的想象力与创造力的阅读与研究对象。①

钱理群的这段话带有总结意味。上述评论中我更感兴趣并予认同的是夏志清关于端木与中国文学传统关系的观点,与本文开头提到的从端木身上汲取营养的呼吁同音同调。端木身上的"营养"主要来自中国文学传统,《红楼梦》当然是最重要的营养源,以往的端木研究对此似乎重视得不够。尽管有不少研究涉及文化层面,但缺乏追本溯源的探讨挖掘,多少影响到研究的深度。缺乏文学传统的溯源研究使得已有的研究与端木这样的实际存在很不相称。

诚如夏志清所言,端木蕻良是现代作家中"第一个有意识地继承传统中国小说特点的作家",同时他也借鉴外国文学,进行了多方面的文学创作实验,"使这些传统与作家在思想上和手法上吸取现代文化有机地协调起来"②。端木深受曹雪芹《红楼梦》的影

---

① 钱理群:《〈端木蕻良小说评论集〉序》,见成哥主编《端木蕻良小说评论集》,北京出版社、文津出版社,2002年12月。
② 夏志清:《小说〈科尔沁旗草原〉——作者简介与作品述评》,译文载《驻马店师专学报》1992年第1~4期,收入钟耀群、曹革成编《大地诗篇——端木蕻良作品评论集》,北方文艺出版社,1997年2月。

响,"从小喜欢'杂学'",对诗歌、绘画、书法都有浓厚的兴趣。他曾跟堂姑的家庭教师学作旧体诗,所写诗作被老师用朱笔"打上双圈,有的诗甚至打四个圈",他写的字也被赞为"天分字"[①],20世纪40年代初他在香港曾为萧红的小说配画插图,在所编杂志上用指画画出鲁迅、高尔基等16位中外著名作家的头像;其后在桂林等地与我国诗、剧、书、画界大师如柳亚子、欧阳予倩、田汉、秦牧、关山月、王森然、李白凤、荒烟、尹瘦石、赖少其等多有酬唱交往。端木同时又是学者型的作家,他写文章(包括创作小说),喜欢引经据典,并交代出处。读他的文章,经常见到"凭记忆写出,手边无书,容他日再查"之类的说明,流露出职业文人"掉书袋"的积习;而他凭记忆写来一般不会出错,又可见其博闻强记、学养功夫之深湛。在新文艺作品中,影响他"最深的是鲁迅和托尔斯泰"[②]。晚年"在全力赶写长篇历史小说《曹雪芹》时,犹见缝插针地写了大量散文",同辈作家夸他"笔走龙蛇,大家风度",有"文人兼学者的大手笔,他博古通今,学贯中西。其文知识性强,哲理性深,刻意'潜流',让你读时如品佳茗,爱不释手"[③]。

端木的为人和思想感情都很"传统"。尽管与萧红的爱情婚姻被有些人看做"第三者"插足,给他造成负面的影响,实际上他对待爱情婚姻的态度是很守传统道德的。他与萧红相爱之时,"两萧"的婚姻已走到尽头,没有他的"插足",也还是要分手。萧红生前,他拖着患风湿病双腿,奔波求医细心照料(这一点殊为不易,端木在家为"满儿子",受到全家的宠爱,何时照料过别人!);萧红死后多年,每到忌日,他都要去野外停食默祭。萧红去世20年后他才重新结婚,50岁时喜得女儿钟蕻,可他女儿却发

[①] 《治学经验谈》,《端木蕻良近作》,花城出版社,1983年1月。
[②] 《治学经验谈》,《端木蕻良近作》,花城出版社,1983年1月。
[③] 单复:《布谷声不住——略谈端木蕻良的散文》,见钟耀群、曹革成编《大地诗篇——端木蕻良作品评论集》,北方文艺出版社,1997年2月。

现,父亲虽未明确表露,但他内心深处总以为,生了女儿还不能说就有了"后"。① 可见端木骨子里还是谨记着伦理古训的。至于创作,暂且不论作品内容与中国文学传统有着密切联系,仅从传统道德角度看,他的作品极少涉及性、颓废、暴力之类迎合俗众口味的描写,涉及情爱题材的描写,都很纯正,在现代男性作家中似不多见。

中外交汇,八方荟萃,端木学养渊源既深又广。但我觉得在诸多影响因素中,来自中国文化文学传统的影响居于主导地位。他提到所受外国作家影响时,大多归因于这些作家具有东方色彩,如他受到托尔斯泰的影响,除了两人贵族地主身世相近,都感染到母亲的忧郁、敏感,"对人类怀着彻骨的忧郁"外,还因为托氏也曾沉溺于东方哲学,"他看过老子,释迦牟尼对他的影响也极深","安娜是托尔斯泰所写的最纤细的性格,很像东方的女性,也许很接近中国的女性"②;他喜爱屠格涅夫,也是"觉得他更富于东方色彩"③;他看重北欧文学,是他感到"北欧的沉雄气息,也许和我出生的地方的风物有什么相近的地方吧"④。可见,他是植根于华夏沃土兼收外来营养的"端木"。由此联想到作家曾不止一次说到其笔名的由来和内涵。

一般人的取名,未必都有深文奥义;但是作家的取名大多有不寻常的寓意,其中有时代的投影,更有个人的心态、愿望、理想、追求乃至个性气质、知识学养的折射。端木的学名、笔名,大多与他的理想与追求有关,蕴涵着他与故乡风情、传统文化的密切联系。端木原名曹汉文,此名乃他父亲所取;他第二次到天津读书,便与三哥一起改名:

---

① 2002年9月铁岭"《红楼梦》与端木蕻良研讨会"期间钟蕤与笔者的谈话。
② 《安娜·卡列尼娜》,《端木蕻良文集》第五卷,北京出版社,2009年6月。
③ 《我喜爱屠格涅夫》,《端木蕻良文集》第六卷,北京出版社,2009年6月。
④ 《我开始走上文学道路》,《端木蕻良文集》第七卷,北京出版社,2009年6月。

我从小仰慕屈原，并以屈原名句"吾将上下而求索"作为"座右铭"。到南开报考时，就把我原来"曹汉文"的名字改为曹京平，因为屈原名平，京就是从"莫可与京"的成语中撷取得来的，也就是以屈原这样的大诗人成为我追求的理想。①

在天津求学及其后赴北平参加北方"左联"文学活动期间，他还使用过"黄叶""螺旋""丁宁""辛人""叶之琳"等笔名。与鲁迅笔名取自母亲之姓一样，用"黄叶"做笔名，"因为我母亲姓黄"②。其母非常疼爱"满儿子"，小时候常向他诉说自己悲苦的一生，一再叮嘱他长大后把她的身世写出来。实现母亲的愿望，成为端木走上文学道路的原动力，笔名"丁宁"，意为不忘母亲叮咛。其他笔名如"辛人"与他当时发起、组织"新人社"活动有关；"螺旋"则与他对社会呈螺旋发展的认识相连，这些笔名各有其寓意，不过使用的时间都很短。端木蕻良才是他终身使用的笔名，以致他和夫人考虑给女儿取名时颇感踌躇："有几个知道你姓曹？"③

端木蕻良这个笔名于1936年在沪上发表短篇小说时开始使用。作者自述："'端木'是复姓。古时有位端木赐，为孔子弟子。当时有人说他贤于孔子。他曾在孔子墓前种过一株树。他很有经济思想，曾为儒家创一宗派，但后世不传。"④ 关于端木姓氏由来，更详细的说法是：孔子的这位弟子，名端木赐，字子贡，极有智谋，善经商，很富有，而他最大的特点是能言善辩。当鲁国遭齐兵攻打

---

① 《自传》，《端木蕻良文集》第七卷，北京出版社，2009年6月。
② 端木蕻良：《答客问——谈我的笔名和出生地》，《化为桃林》，上海古籍出版社，2000年12月。
③ 端木蕻良：《女儿名字的由来》，《化为桃林》，上海古籍出版社，2000年12月。
④ 端木蕻良：《答客问——谈我的笔名和出生地》，《化为桃林》，上海古籍出版社，2000年12月。

时，端木赐凭着一张利嘴，不仅保全了鲁国，而且削弱了齐国，巩固了晋国，灭了吴国，壮大了越国，被称为千古第一说客。他的子孙中，有一支以他的端木之名为姓，奉端木赐为复姓端木的始祖。① 由此可见，选用"端木"做笔名的姓，内含着作家与中国儒家文化传统代表人物的密切联系，以及两者之间相同的乡邦故国情怀。"蕻良"本为"红粮"，即高粱，是作家家乡东北的特产，"为了纪念家乡，所以取名'红粮'"，作品发表时"经主编王统照手"改成现名。② 端木蕻良这一笔名，寄托了端木对故乡风物的款款深情，表达了作家"树高不忘根，成材为众民"的思想。从这个富有特殊含义的笔名与中国传统文化、与作家故乡的密切关系，再联想到作家人格气质，及其创作中常常流露出的中国文化文学传统的丰富蕴涵，我们完全可以称他为植根于华夏沃土的"端木"。

端木的文学创作植根于华夏沃野，中国文化文学的深厚传统渗透其间，成为影响其创作的丰富营养。本文以此为题，旨在从端木与中国文学传统的联系中，探讨其创作的特色、成就及其成因。在我思考探索这一课题时，耳旁不时回响着作家睿智、亲切、富有启迪意义的话语：

> 人们看到沙漠里面的一棵小树，如果好奇地想看到它的根株，便会发现一个有趣的情景：这棵小树的根须要比它的树身大许多倍，它的根须向四面八方伸展出去，它伸展的方向，也就是水源分布的方向。所以，沙漠上行走的人，总是按照植物的根株伸展的方向，去寻找水源。③

---

① 参见张世国编著《百家姓姓氏溯源》，中国社会科学出版社，2001年1月。
② 端木蕻良：《答客问——谈我的笔名和出生地》，《化为桃林》，上海古籍出版社，2000年12月。
③ 《端木蕻良小说选·自序》，《端木蕻良文集》第六卷，北京出版社，2009年6月。

这鼓励、鞭策笔者沿波溯源，走近"端木"，作一次"寻根"：探察其茂盛的根须在华夏沃土中伸展的走向……

第二节 "传统"要义

何谓传统？西方学者爱德华·希尔斯称之为"世代相传的东西"①；我国的《辞海》解释为："由历史沿传而来的思想、道德、风俗、艺术、制度等。"著名学者金克木简括为"从古时一代又一代传到现代的文化之统"②。可见，传统与文化有一而二、二而一的意味，传统是积淀的文化。传统文化的内涵外延都很丰富。从文化的结构层面看，通常区分为器物层、制度层、精神意识层，精神意识层又可分为伦理道德、审美意识、风俗习惯等层面，属于文化传统的核心部分；从传统的文化特质看，有正统、异端，官方、民间之分；从传统产生的地域看，中国幅员辽阔，多种地域文化共存，自古就有三秦、三晋、齐鲁、中州、吴越、楚湘、巴蜀等区域文化产生，后来又出现了东北、西域、岭南、塞北等地域文化；从传统形成之根脉分布、伸展看，中国文化传统构成主要有儒、道、释三家。

中国古语云："匪唯摭华，乃寻厥根。"中华文化传统最初形成于上古时期。其中狭义的文化传统，包括用语言文字形象地反映社会生活的文学及其传统的形成略晚于广义的器物层的文化传统。传统的形成需经过一段时间的淘汰沉淀。中华传统思想意识之"根"，可以追溯到上古文献中的"经"，文化学上称之为中华民族的"文化原典"。之所以称"原典"，是因为其作为历史文献具有首创意义；其中的思考指向宇宙、人生和社会普遍性问题，对本民族的思维方式、价值观念、行为模式、审美情趣、道德情操等能够

---

① 〔美〕E. 希尔斯：《论传统》，傅铿、吕乐译，上海人民出版社，1991年3月。
② 金克木：《传统思想文献寻根》，《探古新痕》，上海古籍出版社，1998年12月。

产生恒久而常新的影响。这些"文化原典"是中华民族精神的开端，标志着中华传统的形成。①

中华"文化原典"通常指《易经》（又称《周易》）、《诗经》（又称《诗三百》）、《书》（《尚书》）、《礼》（《周礼》，又称《周官》或《周官经》）、《乐》、《春秋》等"六经"，因《乐》亡佚，实为"五经"。这"五经"至汉代都被儒家列为经典。同时被儒家列为主要经典的还有《论语》和《孟子》，被道家和道教列为主要经典的则有《老子》和《庄子》（分别称作《道德经》、《南华经》）。这四种典籍也都具有"原典"性质。上述中华原典中，儒家经典占主导地位，汉代董仲舒提倡"罢黜百家，独尊儒术"后，更成为中华主流文化。道、释两家一直没有占据主流文化地位，却配合儒教形成中华独特的儒、道、释三教合一的文化传统。中华原典所体现的忧患意识、自强不息、革故鼎新、仁者爱人、民为邦本等思想开创了中华民族精神，从而奠定了中国文学传统的精神特质。从文学表现角度看，如金克木指出的："《书》记言，《春秋》记事，《诗》记情"，还开创了讽谏、教化、赋、比、兴等艺术表现传统；《论语》以说理为主，但也富有文体特色：多用对话，"有一些个人思想感情活动的简要生动记录。人物性格相当鲜明……包含了最初的小说戏剧片段"②。

传统是一个动态的流程，没有延续和传递就谈不上传统。传统本身是一个充满矛盾的对立统一体，在其流传过程中交织着传统与反传统、继承与革新、复古与新变、流传与稳定诸多矛盾因素，传统也就在这诸多矛盾的对立统一中延续、发展，表现为一个连续性的、"逃不出也割不断的"③历史过程。这方面中外学者都有论述。希尔斯称传统为"延传变体链"："作为时间链，传统是围绕被接

---

① 参见张海鹏、臧宏主编《中国传统文化论纲》，安徽教育出版社，1996年9月。
② 金克木：《传统思想文献寻根》，《探古新痕》，上海古籍出版社，1998年12月。
③ 金克木：《文化三型·中国四学》，《探古新痕》，上海古籍出版社，1998年12月。

受和相传的主题的一系列变体。这些变体之间的联系在于它们的共同主题,在于其表现出什么和偏离什么的相近性,在于它们同出一源。"① 我国学者则认为:"民族的文化精神与审美心理像血液,像一个民族的灵魂,它流淌在民族的血脉中,主宰着民族的生存、走向与特征。民族文化精神与审美心理具有历史延续性。民族文化的外壳,它的器物层面,政治经济社会制度层面可以改革,但是文化心理层面不会轻易发生质变。"② "如果用中国传统文化固有的'道器'范畴来概括,则物质的层面可称为'器',制度的和心理的层面可称为'道'。前者是'形而下'的,后者是'形而上'的。"③ 传统流变过程中,"器"变,"道"不变。"器"常在政治气候、时代浪潮的影响下发生显性变异,"道"则深藏于传统核心,作为代代相传的文化之"统",规约着传统的发展,成为支撑民族文化殿堂的基石。在这个意义上,传统具有两面性,既可能成为历史发展的动力,也可能成为因袭的重负。

  文学属于文化的一个方面,文学传统也是一个多层次的复杂综合体,可分为活动性的表层(如题材、形式、方法、技巧等)和稳定性的深层(文学精神、审美意识、情志表现方式、文学语言乃至艺术思维方式等),相当于上述"器"和"道"两个层次。表层易变革、创新;深层则外界影响不易波及,相对稳定,发展滞缓,因袭承传。④ 传统不断产生,也不断发展变化,但决不会全盘丧失。"文变染乎世情,兴废系乎时序。"⑤ 一朝有一朝的传统,一代有一代的特色。中国文学传统产生于上古,经过巫官文学、史官文学和作家文学等几个阶段,才从文化中独立出来,形成以诗、骚及诸子散文为主的文学样式。至汉代定儒教于一尊,受儒教主流文

---

① 〔美〕E. 希尔斯:《论传统》,傅铿、吕乐译,上海人民出版社,1991年3月。
② 范伯群、朱栋霖主编《中外文学比较史》,江苏教育出版社,1995,第71页。
③ 李宗桂:《中国文化概论》,中山大学出版社,1988年,第257页。
④ 参见方锡德《中国现代小说与文学传统》,北京大学出版社,1992年6月。
⑤ 刘勰:《文心雕龙·时序》,中华书局,1986年12月。

化影响，以教化、载道（言志）为内涵，温柔敦厚为风格，中和之美为审美追求的文学传统最终形成。其后的传承发展中代有变异，始终交织着复古与新变的矛盾。中国文学传统至魏晋时期一变：生逢乱世的建安文学，形成了慷慨悲壮的时代风格。端木蕻良有言："历史发展到魏晋时代，对汉儒思想，来了个突破，一些有识之士用行业哲学对禁锢的汉儒思想进行反击，这就出现了所谓魏晋风度。当然也体现出美学观点的变化来。""从现代人的眼睛里，很容易了解到魏晋风度是具有叛逆性的，因而也自有开创性的一面。"① 其后出现的正始文学继承建安风骨，"敢于师心使气"（鲁迅语），采用隐晦曲折的方式来表示对现实的不满与反抗，于传统既有继承又有碰撞。唐代闳放，既吸收外来文化，又向外输出，中国文学传统在中外交汇中得到强化。唐代诗歌因时而繁荣，呈现出宏阔的大唐气象。宋代以还，日趋保守。程朱理学延及明代陆王心学，使传统儒学获得了最精致、最完备的理论形态，第二次获得了"独尊"的地位。"存天理，灭人欲"，配合着以极端功利主义为特色的封建专制统治，使本来富有人文精神的理学、心学走向异化，变成压抑、束缚、禁锢、摧残人性的有力工具。终致物极必反，催生了晚明视"欲"为人的自然本性、张扬个性人格、追求个人自由的个性主义思潮。此时文学领域生成的"泄愤"说，也构成对儒家教化传统的突破，遗憾的是这股思潮的势头没能保持多久。明清易代完成后，清王朝强化其专制政治，再倡宋明理学与汉学传统，使古文经学成为有清一代的官方学术。这股复古思潮直接影响到清代文学，康乾之交的诗坛"宗唐""学宋"，恢复"温柔敦厚"的诗教传统。然而，此前萌生的个性张扬意识虽遭重重压制，仍在潜滋暗长，至乾隆年间，出现袁枚领衔，上接晚明公安、竟陵文人崇尚"性灵"的文学潮流，抨击"宗唐""学宋"复古思潮，甚至对温柔敦厚的诗教也提出质疑。而思想文化界出现的龚自珍等

---

① 《戏说"流杯亭"》，《端木蕻良文集》第七卷，北京出版社，2009 年 6 月。

"不单继承、发扬了晚明以来重情、求变、师心、抒愤的文学传统,还特别突出作为文学主体的自我意识建立问题……因而构成近代历史上个性觉醒的第一声号角"①。也就在这前后的文坛,诞生了《聊斋志异》《儒林外史》《红楼梦》三部伟大的小说,以末世封建社会广阔生活画卷的生动展示,揭露封建吏治腐败和传统礼教的弊害,通过敢于挑战传统、绝意仕途经济、追求个性自由的封建叛逆者形象的塑造,有力地昭告着传统思想文化已濒临裂变的边缘。这三部巨著,特别是《红楼梦》,打破了一切传统的写法,既是中国古代文学集大成之作,又以其出现诸多新的文学传统因素的萌芽而开启着未来。

鸦片战争爆发,西方列强的欺凌,加剧了中国旧传统的内在矛盾,加速了它的自我否定。这期间文学领域也出现一系列革新举措:改革诗文,重视小说,输入话剧,注重翻译,提倡白话,在西方文学思潮影响下,形成中国启蒙文学思潮立国、立人的双重主题,昭示着中国文学业已进入总体性蜕变的前夜。辛亥革命失败后,政治形势逆转:上层变动频仍,下层波澜不兴,文学创新潮流出现停滞甚至倒退。面对政权频繁易帜、社会黑暗依旧的中国现实,一批先觉的知识分子愈来愈感觉到:中国落后的根源在于国民素质的低下,"其首在立人,人立而后凡事举"(鲁迅语),中国社会急需来一场思想革命。于是一场变革精神文化传统的思想革命和文化启蒙运动应运而生。陈独秀的《青年》杂志发刊词将矛头直指压制人的自主精神的传统文化,要求青年成为"自主的而非奴隶的"新人。新文化先驱者们高呼"只手打倒孔家店","重新估定一切价值",反对专制、愚昧,提倡民主、科学,向中国文化传统发起猛烈冲击。紧随其后的文学革命,从破除古代书面僵死的语言体式和陈旧的文学形式入手,破除传统的"载道""言志""教

---

① 陈伯海:《自传统至现代——近四百年中国文学思潮变迁论》,见兰兵、可人编《鲁迅文学奖获奖作品丛书:理论评论》,华文出版社,1998年4月。

化"的文学观念,提倡"新鲜""立诚""平易""抒情"的"人的文学""平民文学"。这场革命既触及文学传统表层如题材、形式、方法、技巧等,更深入其内层核心,冲破了数千年凝结传统儒教价值观念的文言文符号系统,构建了崭新的人文精神、语言文体乃至审美意识、思维方式,从而划出了新、旧文学的界限,指示了新文学发展的方向。

传统是在不断重构中承传且无法割断的。作为一场破除几千年文学传统的革命,"五四"文学革命虽然带有思维方式上绝对化的弊端,但并非对旧文学传统一点也没有择取。就拿最能体现"五四"时代精神的个性自由解放来说,"五四"并不一味地张扬个性,而是将个性解放、人性解放与民族灵魂的改造和重铸结合起来。这一追求与晚清、近代"立人""立国"的文学观有着内在的联系,其间也隐约可见儒家"修身、齐家、治国、平天下"传统的影子。"五四"文学一开始就包含着个体意识与群体意识的融合,其后更经历了"为人生"、"为革命"与"为救亡"的演进,可见它并没有摆脱载道、教化的文学传统。这样的情形即是希尔斯所说的对传统的带有选择性的反应:"即使那些自认为正在接受或抵制'全部内容'的人,也是有选择地接受或抵制的;即使当他们看来在进行抵制时,他们仍然保留着相当一部分传统。显然,即使那些宣称要与自己社会的过去做彻底决裂的革命者,也难逃过去的掌心。"[①]

第三节 创作历程

把握了上述传统的要义,便可粗略梳理端木蕻良与中国文学传统的关系。我们从端木与文学传统关系的主、客体两方面入手,考察端木步入文坛之际以及其后的创作历程中,主要受到哪些文学传

[①] 〔美〕E. 希尔斯:《论传统》,傅铿、吕乐译,上海人民出版社,1991 年 3 月。

统的影响,他对这些传统持什么样的态度。

对于端木蕻良来说,他所联系的中国文学传统应包括古代和现代两大传统,借用他评论鲁迅的话语,也可说他"能够在两个伟大的文学传统里吸收两方面的精华"①。确认端木的中国古代文学传统人们不会有异议;但现代文学传统何时形成,意见并不一致。希尔斯就强调"至少需要三代人的两次延传",才可以说形成了传统。② 按此标准,端木于20世纪30年代初登上文坛,距"五四"文学革命发生刚过十年,似不能说已经形成了现代文学传统。但这种对传统形成的时限的界定并不准确,有诸多可议之处。

首先,文学革命发生于1917年,但其酝酿和先声至少可追溯到晚清以来的文学改良,"五四"人文精神的形成还可追溯到晚明的个性主义文学思潮。"五四"新文化先驱们正是汲取了晚明性灵文学、晚清龚自珍等张扬自我以及其后启蒙文学思潮所倡导的群体意识,并与西方近代文化中崇尚个性的思潮结合,才形成了新文学人文自觉"人的文学"的传统。而"五四"时期体现出来的基于忧患意识的爱国主义传统,主要源自屈原《离骚》开创的中国古代文学传统。白话文学传统也可上溯到唐宋以远,晚清改良文学对白话的提倡,则直接催生了现代白话文学传统。

其次,新文学传统的定型与后人对它的反思有关。1928年出现的"革命文学"论争,引出了一股反思"五四"文学革命的潮流。胡适的《五十年来之中国文学》,周作人的《中国新文学的源流》等文学史论著,从不同的角度探讨了"五四"新文学的源流;赵家璧主编的《中国新文学大系》全面回顾了"五四"新文学理论倡导与各体创作的成就。端木蕻良是带着对新文学传统的理性审视登上文坛的。他在1937年为柏山的短篇小说《崖边》写作的书

---

① 《中国三十年来之文学流变》,载《东方杂志》第38卷第4号,收入《端木蕻良文集》第五卷,北京出版社,2009年6月。
② 〔美〕E. 希尔斯:《论传统》,傅铿、吕乐译,上海人民出版社,1991年3月。

评中即已明确指出:"二十多年了,中国新文学,有了很好的传统。"他将传统的形成理解为"新的古典"产生,即经典化;在"新的古典"里,也排列了出色的家珍,问世不足五年的《子夜》和《家》也赫然跻身"经典"之列,令人深思。1940年在香港,他又连续撰写发表《三十年来中国新文学运动》《中国三十年来之文学流变》《论鲁迅》等系列论文,反思新文学的成就、经验,确认"三十年的中国新文学运动已经产生了伟大的鲁迅的传统","他的第一个创作集子《呐喊》奠定了中国文学的光辉的传统",茅盾则,"有沉痛的《呐喊》,热情的《女神》,黑夜和破晓交错的《子夜》,理想寻觅者之《家》……"①"是继承鲁迅先生战斗精神的坚强的作家,而成为第二文艺运动的主将。"② 端木步入文坛之际,曾身受新文学传统开创者的提携、呵护。当他写出长篇小说《科尔沁旗草原》一部分初稿时,渴望得到大师的指点并推荐出版,想起在20世纪30年代文学青年中,流传着"对新近作家爱护的有南迅北铎",便将小说手稿寄给"北铎"。③ 两年后到上海,他又接受"迅"、"铎"的建议,先写短篇小说;凭着两位大师的推荐,即时刊载于当时沪上著名杂志。端木后来还忆及茅盾、王统照等前辈大师对自己的关心爱护,④ 提到茅盾的《子夜》从经济活动上剖析社会的写法对《科尔沁旗草原》创作的启发,⑤ 这恐怕就是他将《子夜》列入"新的古典"的主要原因。

再次,传统是古今相印的。端木的传统之根既在古代,又在现

---

① 《"崖边"偶拾》,原载上海《中流》1937年7月20日第2卷第9期,收入《端木蕻良文集》第六卷,北京出版社,2009年6月。
② 《三十年来中国新文学运动》,原载香港《大公报》1941年1月1日,收入《端木蕻良文集》第五卷,北京出版社,2009年6月。
③ 1936年7月18日致鲁迅函,转引自陈福康《郑振铎论》,商务印书馆,1991年。
④ 怀念茅盾的文章有《文学巨星陨落了——怀念茅盾先生》,《茅盾先生二三事》,《追念茅公》等;怀念王统照的是《统照先生和我》,均收入《端木蕻良文集》第七卷,北京出版社,2009年6月。
⑤ 《茅盾和我》,《端木蕻良文集》第七卷,北京出版社,2009年6月。

代;而现代传统是在继承古代传统,同时吸收外来影响基础上形成的,其中融合着中国古代文学和外国文学因素。从这个意义上说,现代文学传统对端木的意义更大。对于中国现代文学传统与中国古代和外来影响的关系,端木有很辩证的认识。他指出:"中国的现实文学并不是完全接受了西洋文学的传统而开始的,在他开始寻求创作的途径的时候,同时也大量地接受了中国原有的现实主义(白描主义)的文学传统。而这种行为完全是自觉的。……'五四'时代的白话文学可以说是章回时代的白话文学的被解放。'五四'时代的文学单从语文改革的意义上看应该看做一个原来被束缚了的白话文学的解放运动。……中国的现实主义作品在一开初就同时自觉地继承了白描主义(客观主义的现实主义)的技巧和西欧的自然主义、现实主义的艺术观。"[1] 晚年的端木又多次论及传统的批判继承,指出"一个有悠久历史的文化,必然会有继承有发展有创造,而且这三个方面都是不可割裂的"[2]。"过去人的思想和艺术创造,只有在别人的感受、继承和发扬中,才会有生命。""文学要多样化,技巧要现代化,但光是拿来,已经不行了。"[3]

从上述粗略的涉猎已可见出,端木蕻良身上蕴涵着丰厚的中国古代和现代两大文学传统;他对新文学的反思回顾,对新文学传统的界定与评说,都具有较高的文学史意义,尤其是他对文学传统的一系列辩证的论述,对于我们考察其小说创作与中国文学传统的联系,有着十分重要的启示意义,这也是本文选题的一大动因。下面即通过端木小说创作历程的勾勒对本课题作一概观。

端木蕻良70年的文学创作历程涉足多种文学体裁,而主要以

---

[1] 《中国三十年来之文学流变》,载《东方杂志》第38卷第4号,收入《端木蕻良文集》第五卷,北京出版社,2009年6月。
[2] 《略谈继承和创新》,载《光明日报》1984年12月4日,收入《端木蕻良文集》第五卷,北京出版社,2009年6月。
[3] 《文学·个性·时代感》,载《文艺报》1986年6月7日,收入《端木蕻良文集》第五卷,北京出版社,2009年6月。

小说名世。

端木小说创作始于20世纪20年代末30年代初。他从关外科尔沁大草原起步，走上关内文坛，创作题材也由个人生命独特体验的抒写走向社会政治话语的表现。从中国文学传统角度考察，其创作既长于个人心灵的自我表现，也注重政治教化、社会功用，走过一条从拯救家庭、个人到拯救社会的人生道路，表现出中国文人"穷则独善其身，达则兼济天下"的传统，创作风格则呈现出阳刚雄放与阴柔俊秀的映衬交织与嬗变过程。也就在30年代，郁达夫在总结西方小说艺术发展的历史经验时，曾明确指出小说艺术存在着"向外"与"向内"两条不同的发展道路，前者指"描写外部事件变迁"、"造成一个典型人物"；后者则是"注重内心的纷争苦闷，而不将全力倾泻在外部事件的记述上"①。这两条创作路径在端木创作之初已露端倪，在其后的创作历程中交织起伏，构成社会政治话语与个人生命体验的交错呈现。综观端木小说创作历程，一方面紧密追随时代社会，与文学的主流话语关系密切；另一方面又融入其个人独特的生命的体验，抒发孤独的个体在特定历史语境中的生命低语。具体说，幼时大草原黑土地独特的生命体验，同宗同姓作家曹雪芹及其不朽巨著《红楼梦》的深刻影响，成为陪伴终身、享用不尽的文学滋养；因与著名女作家萧红的爱情婚姻饱受指责，加上萧红早逝带来巨大悲痛与自悔自责，又导致其创作转向内心深处的抒写，内心波澜九曲回环，真情流露却又蕴藉浑成，标志着他的小说创作臻于成熟。

端木小说创作大致经历了下面几个阶段。第一个阶段是写作《科尔沁旗草原》时期。这部长篇小说的片段题名《母亲》最早发表在1932年《清华月刊》副刊上，篇中主要描写的却是父系家族的生活。作家经受过"五四"新思潮洗礼，以现代的"新人"眼

---

① 《现代小说经过的路程》，《郁达夫文论集》，浙江文艺出版社，1985年12月，第481页。

光观照自己生于斯长于斯的生活，抒写自己独特鲜活的生命体验，描绘东北草原上一个地主家族从发迹暴富到走向衰败的历史，叙写其间发生的惨烈凄切、幽婉动人的故事。"盛朝的喜悦与末世的哀感"丛集于丁府小爷一身，开拓期的生命勃发、雄强豪横、敢作敢为，与衰退期的颓唐惶惑、战栗恐惧、委顿不堪形成鲜明对照，这一切都来源于童年的记忆在端木内心深处积淀的生命体验。有历史的探询，社会的剖析，更有人性的思考，生命的体验，悲剧意识的展现。"雄放中和着一缕忧郁，辽阔中渗着一点哀愁。"① 这部小说被公认为是端木蕻良的代表作，也是30年代出现的一批受《红楼梦》影响的小说中的佼佼者。

第二个阶段从1935年底南下上海起，其后在战乱中辗转重庆、香港，最后抵达桂林。端木在动荡的生活中正式选定文学创作道路，在创作第二部长篇小说《大地的海》的过程中，采纳鲁迅、郑振铎等新文学大师的建议，先写些短篇小说并在沪上一些著名文学杂志上发表。端木凭借这些短篇小说对东北沦陷区人民的苦难生活及其奋起抗争的悲壮事迹的及时叙写而一举成名，被誉为1936年文坛上出现的"生人"。这个阶段的大量作品，主要写端木母系家族的故事。艾老爹、来头、铁岭等雄健魁伟英雄性格的塑造，多以作者外祖父、舅舅、表兄弟等为原型，也有以作者参加孙殿英部队收编土匪散兵游勇那段生活为基础，更有取材于关外、关内民众奋起抗敌、不屈御侮的种种事迹，描写人物如何从个体抗争到集群作战，保卫家乡的土地，拯救民族国家。作品具有鲜明的政治倾向，表现出强烈的集体意识、民族情绪与爱国主义精神。小说的风格主要偏于阳刚雄放一路。初到上海时，端木曾感受到客观外界（主要是文化圈内）环境对其生存的胁迫、挤压，产生孤独、苦闷的情绪，发出"穷、独、裸"、"裸、独、穷"的慨叹。这种情绪在悼念鲁迅先生的文章中抒发出来，

---

① 赵园：《端木蕻良笔下的大地与人》，《论小说十家》，浙江文艺出版社，1987年。

在小说创作中也有形象化的流露。随着抗战爆发，端木拂去了往日的忧郁，焕发出救国纾难的英雄豪情，辗转前线、敌后为抗日救亡效力。抵达重庆不久，又因看到大后方的黑暗、腐败，产生失落、幻灭的情绪。其时所写以重庆为背景的小说多讽刺陪都社会世态人心，具有较浓郁的社会批判色调。转抵香港后，他对灰暗时世的认识更趋深刻，情绪更为强烈。1938年动笔、1940年初完成的中篇小说《江南风景》，写日军进逼前夕江南某镇出现的两道风景，表现出两种文化观的冲突。这篇作品兼具社会批判与文化批判的双重意义，既联系承传文化传统，又富有现代性品格，在当时文坛开始出现的返归民族历史、回归传统文化的创作潮流中兀立潮头、独具特色。

第三个阶段主要为萧红病逝后端木独居桂林时期的创作。萧红病逝及其引起的人事纷争，对端木小说创作影响巨大。既承受巨大的丧妻之痛，又面对种种苛刻指责，心灵的重压无以复加，感情的巨澜通天入地。独特的个性气质、传统的文人品质决定了他应对人事、表达感情的独特方式：不是公开表态，直接应答，而是借助艺术形象的描写，表现深藏内心的情绪感受，因此促成了端木小说创作由外而内的转变。其后两年内创作的十来篇小说，回到其熟悉擅长的大家庭生活题材，饱蘸着内心郁闷、哀凉、自悔、自责、孤独、幻灭的情绪，融合着辛酸人生体验的独特生命感受，抒写了永恒失落的悲怨哀痛，映现出自我反思的心路历程。端木小说创作由此走向成熟，进入新的阶段。

从香港辗转抵达桂林后，端木把自己关在"一间闹鬼的房子里"，痛定思痛六个多月，才"穷一日之力"写成万余字短篇小说《初吻》，一个多月后又写成姊妹篇《早春》，这两篇小说通过对逝去或失却了的幼时懵懂爱情生活的回忆，曲折地表达对萧红的深切悼念以及自我的真诚忏悔。此外，他采用象征手法创作了《雕鹗堡》《红夜》等短篇，形象地表现作家在痛失爱侣之后又遭遇社会人生的凉薄而体验到自我的孤独、愤懑情绪；还根据汪倜然先生的

《希腊神话 ABC》创作了三篇神话小说，表现神界同样存在永恒失落的悲剧。这些小说同样表现出明显的"向内转"的风格特征，侧重于内心感受的抒发，富有哲理性、情绪性、象征暗示性，形成了端木小说创作的又一高峰。端木这个阶段的小说创作同样领先于当时的创作潮流，承续着个性启蒙的新文学传统。抗战进入相持阶段后，作家们纷纷回归自己熟悉、擅长的题材领域，回顾历史，转向自我，表现作家自身心灵历程。端木的这些小说，由于自身感受强烈深切，发而为文也就特别动人。那些深刻表现孤独个体的生命体验，委婉针砭隔膜少爱的社会人生之作，明显可见鲁迅、萧红等发掘、批判国民劣根性作品的意蕴，呈现出独特的现代性品格，成为现代短篇小说的精品。

值得一提的是，旅桂期间，端木蕻良与曹雪芹、《红楼梦》的关系也出现了实质性的变化。他集中、深入地研究曹雪芹和《红楼梦》，并据后者改编出几部红楼系列剧。1943 年 4 月桂林《文学创作》第 1 卷第 6 期曾刊载《端木蕻良新作〈红楼梦〉（五幕剧）出书预告》，第 2 卷第 5 期刊载《当代文艺》创刊号目录预告，内有端木的长篇论文《论曹雪芹》，这两种（剧本和论文）后来未见刊出，实际刊出的有四场独幕话剧《林黛玉》、独幕剧《晴雯》。①也就在这段研究的基础上，端木萌生了续写《红楼梦》后四十回的想法。这些改编、研究不但影响到同期小说创作风格由外而内的转变，而且昭示了此后创作的另一种走向。

时代环境与自身品格决定了端木不可能长久脱离时代主潮而沉湎于自己的内心世界。抵达桂林不久，他就参与文协桂林分会的活动，代替病重的王鲁彦主编杂志，参加战后中国文艺展望座谈会并发言，明显回归"左联"时期形成的政治立场和文学主张。此间所写政论性的文章，仍然葆有以往的激进。当毛泽东《在延安文艺座谈会上的讲话》发表并传到大后方时，端木蕻良深受影响，

---

① 方锡德：《中国现代小说与文学传统》，北京大学出版社，1992 年 6 月。

努力调整自己的悲抑情绪和创作思路，很快走出精神困境。

新中国成立后的端木小说创作属于第四个阶段。他参加了北平的开国大典，随后便积极地到工厂农村深入生活，按照毛泽东《在延安文艺座谈会上的讲话》确立的工农兵方向，努力描写新的人物，表现新的主题，讴歌新社会、新时代。在这方面，端木与当时绝大多数作家一样，不可能彰显出自己独立的风格特色。尽管如此，他不久还是遭遇政治斗争而搁笔，1963～1977年，端木蕻良没有发表作品。"文化大革命"结束，他的创作激情再一次焕发出来。他又回到终身挚爱的《红楼梦》，本想续写后四十回，后采纳夫人钟耀群的建议，改为创作长篇历史人物传记小说《曹雪芹》。这可说是他一生的夙愿，想在创作生涯的最后阶段穷毕生之力去完成。惜乎天不假年，由于创作计划庞大，该书出版了上、中两卷，下卷尚未写完，作者已撒手人寰，留下了永远的遗憾。不过从已出的两卷来看，《曹雪芹》的创作是作者对《科尔沁旗草原》所确立的自我文本话语的某种回归，《科尔沁旗草原》中描写过的大家庭生活是塑造曹雪芹形象的生活基础，而桂林时期创作的对自我精神世界的探询以及对曹雪芹《红楼梦》的集中研究，确保了这部作品对端木此前创作的成功超越，并且更直接地体现出他的小说创作与中国文学传统的联系。这样的联系为本论题的研究探讨提供了十分广阔而极富理论实践意义的空间。

第四节　个性气质

中国文化文学传统对端木蕻良的影响是多方面的，这突出表现在对于他的气质个性的影响，文人品格的塑造，审美追求与创作风格的形成；反过来，已形成的气质个性、审美情趣、人格品质等又影响到他继承传统的取向。爱德华·希尔斯曾论及家庭、学校以及个人的阅读在传统影响中的作用："新生儿在家庭中首次广泛接触了过去的经验和人类文化创造。……孩子从父母那里获得他第一批词汇和最一般的道德标准。他首先学到的关于他经验范围以外的世界知识主要来自父母,但是,其他权威人物很快就会补充和削弱父母作为传递者的角色,尤其是学校里的教师和牧师;其后,他广泛的阅读也会补充或削弱这种角色。"① 美国人类学家鲁思·本尼迪特也指出:"每一个人,从他诞生的那刻起,他所面临的那些风俗便塑造了他的经验和行为。到了孩子能说话的时候,他已成了他所从属的那种文化的小小创造物了。等孩子长大成人,能参与各种活动时,该社会的习惯成了他的习惯,该社会的信仰就成了他的信仰,该社会的禁忌就成了他的禁忌。"② 心理学研究同样表明,一个人幼年的经历,其故乡风俗民情、文化氛围,家庭环境、成员以及启蒙老师等,对其性格气质乃至整个人格的形成都起着重要的作用。

1937年,端木为即将出版的长篇小说所写的《大地的海·后记》描述了他对故乡的生命感受:

> 我的生命,是降落在伟大的关东草原上。那万里的广漠,无比的荒凉,那红胡子粗犷的大脸,哥萨克式的顽健的雇农,蒙古狗的深夜的惨阴的吠号和胡三仙姑的荒诞的传说……这一切奇异的怪乱的草原的构图,在儿时,常常在深夜的梦寐里闯进我幼小的灵魂……好像我十分地不应该生在这个地方,我对一切都陌生、疑惧……我看见大地主无餍足的苛索、佃农的悲苦的命运、纯良的心……我对我故乡的理解一切都是惨阴的,这样惨阴的影子永远没有在我眼前拂去,而现在尤其被敌人用我兄弟的血涂得明显了。

端木蕻良历来被论者称作"大地之子",故乡的土地对于他个性、气质的形成有着特别的意义。关东大地的"荒凉和辽阔"从小就

---

① 〔美〕E. 希尔斯:《论传统》,傅铿、吕乐译,上海人民出版社,1991年3月。
② 转引自汪澍白《二十世纪中国文化史论》,中国青年出版社,1999年3月。

传给他一种"忧郁和孤独"。而他"性格的本质上有一种繁华的热情。这种繁华的热情对荒凉和空旷抗议起来,这样形成一种心灵的重压和性情的奔流"①。端木还曾以诗人的激情抒发他对故乡——北国风光的另一种感受:"远昔科尔沁旗僧格林沁的故土,在这里我看见白山的冰雪,黑水的温潮。在这里我看见的是刚强暴烈'火'一般的人。在这里我看见通天入地的狂风暴雨。在这里我看见春天江南的太阳,冬天北极的雪。"②乃至故乡在他"想象中,它不但是广漠无边的大草原,而且还有一个出色的鹭鹭湖,这湖上不但有水鸟飞鸣,而且还有芦苇从不静止地竦竦作响"③。端木故乡虽处北国,却有江南风光的色彩。据当地学人考证:端木幼时居住的古榆城(今天的昌图县城),"一条大河从城中心由东向西流……两岸连绵不断地长着榆树,富有江南水乡的诗情画意"。城中还有一个公共花园,"春来梨花、杏花、桃花满目,冬来白杨傲雪,秋天是一望无际的红高粱"④。端木"家住的街叫'杏花园胡同',要在四月光景,向外望去,满眼都是杏花、梨花、樱桃花"⑤。这种荒凉之中见旖旎的故乡风情自然会助长端木性格中与生俱来的"繁华的热情",形成其气质情趣的两极化。他晚年评价苏晨的散文,"有南国瑰丽的色彩,又保存了北方强烈的气质"⑥,也可看做夫子自道。

端木祖辈为关内汉人,两百年前下关东进入科尔沁草原,逐渐成为草原上拥有上千亩土地的大家族。其母为当地满人,是一个佃

---

① 《我的创作经验》,原载上海《万象》月刊1944年第5期,收入《端木蕻良文集》第五卷,北京出版社,2009年6月。
② 《写在〈流云诗集〉序后面的几句话——另一个青年的自白》,原载《南开双周》1930年10月30日第6卷第3期,收入《端木蕻良文集》第六卷,北京出版社,2009年6月。
③ 《芦苇的记忆》,《端木蕻良文集》第七卷,北京出版社,2009年6月。
④ 孙一寒:《我走向神秘的科尔沁旗草原》,白山出版社,2000年12月。
⑤ 《有人问起我的家》,《端木蕻良文集》第七卷,北京出版社,2009年6月。
⑥ 《有感于〈常砺集〉》,《端木蕻良文集》第六卷,北京出版社,2009年6月。

农的女儿,被他父亲强抢为妾,终日辛苦劳作,生活抑郁少欢。后来父亲大老婆病故,才得以主持家务,生下四子一女。端木在四兄弟中排行老小,待在母亲身边的时候最多,经常听母亲讲她的身世,感染了母亲的爱恨情仇、孤独忧郁:"我的美丽而纯良的母亲被掠夺的身世……这种流动在血液里的先天的憎、爱,是不容易在我的彻骨的忧郁里脱落下去的吧!而父系的这一族,搜索一切的智慧、迫害、镇压,来向母系的那一族去施舍这种冤仇,也凝固在我儿时的眼里,永远不会洗掉。"① 当然幼年的端木从父系家族得到的不止是憎恨,他从母亲的身世经历的讲述中,既感觉到她对父亲家族的敌意,也体察到一种秘密的崇拜和几许光荣。这"崇拜"和"光荣",让幼小的端木领略了祖辈开拓疆土、兴家立业的雄风,在他的血液中注入一股英雄豪气。父亲则"反复用太爷教育他的方法来教育我们,使我们认识这个世族的传统,以使家风不坠"。太爷"打过黄带子(即皇室宗族)",祖父"踢过赵大人的供桌",父亲喜欢"拉弓射箭、骑马打枪",加上外祖父的"十分耿直",大舅父的"暴躁火性",母亲的"风趣、正直",哥哥们的"天才教育"思想以及关东旷野陶冶出来的强悍民风,小时候的这些亲见亲闻,共同铸就端木个性气质中热情奔放、自由不羁的一面。而大草原的空旷辽阔,母亲的抑郁寡欢以及自己亲眼所见的"东北草原的整个崩溃"和"我的父亲的那一族的老的小的各色各样的灭亡",又赋予端木孤独、忧郁、纤细、善感的心性。父母的家教对端木影响甚大。母亲反复对"老儿子"讲述自己的身世,是为了激励他好好读书学习,将来把这一切写出来。母亲的遭遇和苦恼尤其感动了端木,要为母亲写一本书,成为埋藏在他心底的一大心愿,成为促使其发愤读书、走上文学创作道路的原动力。端木的父亲属于大家族衰落期那种败落的子弟,免不了有舞枪弄剑、寻花问柳之类的荒唐。但是"赶到民元之后,就把那盛朝末世收拾

---

① 《大地的海·后记》,《端木蕻良文集》第二卷,北京出版社,1999年5月。

起来,居然从新如流"①,赞成变法共和,成了新派人物。他规定曹家子弟从小不许读《三字经》《百家姓》和"五经""四书",一律从最初的共和读本学起。其后宁可卖地也坚持送几个儿子到天津读书,接受新式教育。父亲除了给孩子讲述本族祖辈的雄强豪举,还喜欢讲反清革命志士如王尔烈等的故事,培育了端木对国事的关心;父亲还教他们打谜语、对对子,引起他们对文字运用的兴趣;在读书方面则"取信任和放任的态度"②,不加拘束,使他读书面甚宽,像曹雪芹一样"杂学"。二哥是个"道尔顿制"教育理论的信徒,发现小老弟的聪颖过人的天赋、读书"杂学"的习惯,"不但不加阻挠,而且还加以鼓励"③,对他施行天才教育。年仅 12 岁、只读过两年小学的端木即被他带到天津考入汇文中学,家贫辍学几年后又帮助他考取南开中学插班生。在端木向往"社会大学"、热心革命活动、不愿接受正规学校教育时,又用"激将"法,促其考入清华大学。此外,二哥还是他长篇处女作的第一个读者,是他走上文学道路的热情支持者。要言之,"从新如流"的父亲和二哥使端木受到近现代新文化文学传统的影响。

随着端木涉足文学道路,他的个性、气质、能力、性格等人格特征也初步显露出来。1930 年端木在《南开双周》上撰文回顾过往历程:"当我十一岁进中学的时候,我就固定了乖僻的性格";因接触新文学而受到石评梅的影响,"接受了厌世家的急锋";后因"家庭的衰落而失学",走进自学的园地,更多地接触新文学思潮。进入南开中学后,得到"那有力的群性的滋养,同情的爱护啊。却用那看不见的伟力使我放弃了从前的卑世、现世、笑世、愤世的观念,进而至于爱世"。端木认定:是故乡北国的风光;"父

---

① 本段数处引文均见《科尔沁前史》,《端木蕻良文集》第一卷,北京出版社,1998 年 6 月。
② 《我的中学生活》,《端木蕻良文集》第七卷,北京出版社,2009 年 6 月。
③ 《我开始走上文学道路》,《端木蕻良文集》第七卷,北京出版社,2009 年 6 月。

性的钢丝;母性的锦帛;和我的第二个母亲——哥哥们——的指导,文字的教师;南开!我的复活史中的上帝。才经的纬的织成此地今朝的我。"①

端木的个性气质和人格明显具有双重性。一方面他是东北人,有满族血统,"性格的本质上有一种繁华的热情",有雄奇、豪放、刚强、固执等男性阳刚性特征;另一方面他外表斯文,羸弱多病,自小忧郁、孤独,养成多愁、善思、敏感、纤细等偏向女性的阴柔性特征。这二者有机地交融在人格个性中,此起彼伏地贯穿于他的一生。端木宣称:"这种感情的实质表现在日常生活里就是我做人的姿态,表现在文章里,就是《科尔沁旗草原》《大地的海》《大江》《大时代》……"端木在特定时代历史语境之中独特的生命感受,就折射出这种特异的个性气质。这种气质个性,体现在为人处世上,平时谦逊平和、彬彬有礼、斯文诚实、敏感谨慎,一旦受到环境挤压,积久的忧郁如决堤之水,形成生命的迸发、性情的奔流;这种气质个性,明显地影响他传统继承的独特取向及其创作上的审美追求:初登文坛之际追求"文学的深度、宽度和强度"②,崇尚"力的文学"③,后来由外倾转向内蕴,刻意追求作品后面的"潜流"。全部创作呈现出两种风格、两副笔墨:既追求宏大、阳刚的文学叙事,也不乏纤细、阴柔的自我写真;这种气质个性,影响到他对待中国文学传统的态度:恪守而不拘泥,承传却又超越。

端木的个性品格烙印着较浓重的传统文人的气质,深受儒家入

---

① 《写在〈流云诗集〉序后面的几句话——另一个青年的自白》,原载《南开双周》1930年10月30日第6卷第3期,收入《端木蕻良文集》第六卷,北京出版社,2009年6月。
② 《文学的深度、宽度和强度》,原载汉口《七月》1937年12月16日第5期,收入《端木蕻良文集》第五卷,北京出版社,2009年6月。
③ 1929年端木在南开中学学生中组织新人社,办有刊物《新人》,他在上面发表《力的文学宣言》等,参见《我开始走上文学道路》,《端木蕻良文集》第七卷,北京出版社,2009年6月。

世进取及其忧患意识影响。儿时的端木常听父亲讲述英雄豪杰、仁人志士的故事，从小就"背负起社会使命"。"五四"运动爆发，才七岁的端木就打着小旗，高呼"毋忘国耻，还我河山"等口号上街游行。进入南开中学后，积极参加学生运动，主编刊物，筹建社团，担任会长、理事等职，一时有"苏秦背六国相印"之美称。"九一八"事变发生，他作为东北人"特别兴奋"①，组织学生南下请愿，要求抗日，因此被学校除名。转进北京，参加北方"左联"工作，还一度投军抗日。最初提笔创作时，自然服膺"为人生"的文学主张，但不时流溢出浪漫热情，如他夫人所说，"生长他的野性的摇篮，那荒凉广阔的科尔沁旗大草原，赋予他一种浓郁的浪漫气息"②；"一二·九"运动之后，他毅然放弃学业投身抗日，走上"烽火连天文学路"。总观这个时期的端木蕻良，政治热情高涨，社会使命感、责任感和政治参与意识强烈，强调文学的社会功利价值，希望实现"治国平天下"的抱负。这一切明显是继承了仁人志士型儒教文人传统。但是受自身个性及时代历史语境影响与制约，这样的政治热情并没能保持太久。他没有像有些古代文人刻意追求仕途经济，也不像现代作家郭沫若等多次从政涉足仕途，而是与政治发生一段亲密接触后，又注意保持一定距离。与萧红结婚后，为避开种种议论而离开集群，先赴重庆，再走香港，独自面对病妻亡故之痛。辗转桂林才在友情慰藉与紧张工作中忘却苦痛，随即投身争自由、反饥饿、拒内战的民主运动，又表现得比较激烈。新中国诞生，他从香港北上，途经天津拒绝友人执教大学的建议，而选择了进北京文联、作协，下基层体验生活，创作反映工农生活题材作品。不久一盆冷水兜头泼来，差点被打入所谓反党集团，即远离政治避之唯恐不及。终其一生与政治若即若离，这种心性品

---

① 《烽火连天文学路》，《化为桃林》，上海古籍出版社，2000年12月。
② 钟耀群：《〈中国现代作家选集·端木蕻良〉编后记》，人民文学出版社，1995年。

格折射出自由率性而又谨小慎微文人传统的投影,在现代作家中具有相当的代表性。

端木与政治保持距离,却没有走向归隐。道家自由、飘逸、超然甚至退隐等个性气质造就的名士型、归隐型文人传统在端木身上虽留下淡淡的影子,却不足以影响其人生抉择。端木蕻良极具才学天分而多才多艺,传统文人擅长的琴棋书画他多有精通,亦时见愤世嫉俗、潇洒飘逸、恃才傲物之言行举止流露。30多万字的长篇小说在四个月内一气呵成,其写作情景颇类郭沫若诗歌爆发期写《女神》;主编《南开双周》期间发表的一些政论时评,显露出"指点江山,激扬文字,书生意气,挥斥方遒"的青春风采;登上文坛不久即自诩为"忏悔的贵族",一再声称自己是"穷、独、裸","裸、独、穷",让人想起郁达夫、郭沫若早期作品中"性"与"生"的苦闷的宣泄。但他从不摆名士架子,更没有传统文人骚客的放浪形骸、狎妓宿娼之类的行径。偶尔出现的激愤、洒脱,实际是他本质上"繁华的热情"受环境逼压后形成的"心灵的重压和性情的奔流"①。他平时给人更多的印象倒是性情内敛、锋芒不露,谦谦君子,谨小慎微,虽偶有狂放之态流露,本质上属于狷者类型。有两件事最能体现端木的为人。一是与萧红的婚姻。本来很正常的爱情婚姻生活,竟遭到圈内外那么多文人同行的误解。有些指责之蛮横、苛刻,非常人所能忍受,好多知情人都愤愤难平,认为他应该站出来澄清。可他一直缄口无言,不作任何辩解。偶有所出,也只是抛出至关紧要的一则事实——看萧红与他婚后的创作成就是奔高还是走低,其余仍是不屑一辩。二是对茅盾的态度。茅盾是端木的文学前辈,端木对他十分崇敬、时时挂念。可"文化大革命"暌隔多年,劫后重逢,甚而是最后一次谋面。端木这样描述自己当时的心理、行为:那是在《红楼梦学刊》成立大会上,

---

① 《我的创作经验》,原载上海《万象》月刊1944年第5期,收入《端木蕻良文集》第五卷,北京出版社,2009年6月。

会已经开了一会儿，茅盾因事来迟，大家都起身欢迎他。"待重新坐定后，我憋不住，便拄着手杖，以蹒跚的步子，从会场这头走到会场那头的茅盾身边，与他默默地握手后，又蹒跚地回到座位上，因为会正在开着。"① 这就是端木！典型的端木式的待人接物！进一步探究当可发现，端木个性气质及其人格，既受到传统文人品格（主要是儒家文人传统）影响，又受到现代文人品格的濡染。端木性格气质的两极化，与其同时接受古代、现代两种文人传统的影响有关，乃至在其生活创作道路上交织着传统与现代、集体与个人、狂放与狷介、叙事与抒情、写实与象征等双重、多重因子，都可以从这种联系影响中找到答案。

  端木独特的个性气质影响其传统继承的取向和审美追求。端木创作表现出的两副笔墨、两种美学风格已有定评。这种审美情趣的两极化与他的个性气质有着内在、密切的联系也是不言自明的。需要进一步指出的是，这种审美追求也与他的传统取向相关联。他的雄放的笔墨接近于文学传统中的沉郁顿挫；而悲怀伤感的笔墨略近于婉约纤细缠绵的文学传统。前者表现在他初期的创作以及政论、文论中，强调作品的思想性，强调对文学的深度、宽度、强度的追求，表现出传统文人狷急、狷介的性情、心态，富有阳刚气、力之美。在他看来，"对于国家迫于沦亡的紧急关头，真能够了解中国传统的精神的，真能够承受儒家的道义的人，一定要变为'狷'者，要'为民请命'"②。后者体现在萧红病故后痛定思痛、郁闷难遣，但他并未像有些沉溺于个人伤心感怀的传统文人，痛哭淋漓，嘶声长悲，一泻无余，凄凄惨惨切切，而能保持着艺术的分寸感，情发于中，节制有度。正是在这个意义上，我们认为写于桂林时期的《初吻》《早春》标志着端

---

① 《茅盾和我》，《端木蕻良文集》第七卷，北京出版社，2009年6月。
② 《慰藉篇》，原载香港《时代文学》1941年9月第4期，收入《端木蕻良文集》第五卷，北京出版社，2009年6月。

木小说艺术臻于成熟。端木曾宣布,"我随时随地都喜欢铺开来写的作品"①,"我自己在创作过程中,追求四种东西:风土、人情、性格、氛围……","同时,还规定了一个创作的境界:'三分风土能入木,七种人情语不休'。"端木宣称"我天性中有一种顽强的固执",旋又表示:"向活人去学习,不向死的书去学习,是我的创作信条。"② 在检讨抗战八年来的诗歌创作时,他就曾指责"诗人的血液里,普遍缺乏一种东西——这种东西乃是属于旷野、草莽、大海、强盗、狼、毒蛇、蝎子、野生的东西的。诗人们好像都是吃家畜的奶长大的,他们的语言都是有教养的斯文的思索的修饰的知识分子的",认为中国的新诗"普遍地缺乏野生的力量!"这力量须得向民间文学去吸收。③ 粉碎"四人帮"之后,已届古稀之年的端木,还热情地为富有"野气"的散文叫好,坦言"不大喜欢公安竟陵体的散文","倒还喜欢带点焦糊味道的散文呢!"④

崇尚并呼唤野性,以矫正受传统文化负面影响而形成的人格与作品风格的羸弱,正是端木创作的一种审美追求;继承传统又不拘泥成法,"既吸收外来的优点,又发扬民族的长处"⑤,正是端木传统继承中审美取向的一个基本特色。

第五节 文学积累

端木与文学传统的密切联系又来自他独特、丰厚的文学积

---

① 《创作杂谈》,《端木蕻良文集》第五卷,北京出版社,2009 年 6 月。
② 《我的创作经验》,原载上海《万象》月刊 1944 年第 5 期,收入《端木蕻良文集》第五卷,北京出版社,2009 年 6 月。
③ 《诗人和狼——为第六届诗人节作》,《端木蕻良文集》第六卷,北京出版社,2009 年 6 月。
④ 《野花的芳香——读苏晨〈野芳集〉》,《端木蕻良文集》第六卷,北京出版社,2009 年 6 月。
⑤ 《野花的芳香——读苏晨〈野芳集〉》,《端木蕻良文集》第六卷,北京出版社,2009 年 6 月。

累。端木早年曾书赠二哥二嫂"文学之道本无他,柴米油盐酱醋茶"①的条幅,说明文学的成功在于积累,包括文学积累与生活积累。端木的文学积累表现出"自学""杂学""实践"三大特点。上文已提到端木自述:"就我整个经历来说,几乎一直都是在自学的船上漂流着,连一张小学文凭也没有拿过。"本节着重考察其正式步入文坛前自学的三个阶段。

第一阶段为儿时自学。端木是个聪慧、早熟的天才儿童。他的自学开始得很早,且成绩显赫。他很小就认识一些字了。小姑问他还没上学就认识许多字了,是跟谁学的?他说:"我是看来的。我小时候常常溜到父亲藏书室里偷看父亲的藏书。"又说:"我很小的时候,就随哥哥们到书房听家庭教师讲课,哥哥背不下的诗词,我却能背诵,引起父亲和老师的喜爱。"②后来,哥哥们都去天津上学了,藏书室就成了他最爱去的地方。在那里,他读到多种书报,包括梁启超的《饮冰室文集》、康有为讲书法的《广艺舟双楫》、《陈独秀文存》、《胡适文存》等书籍,"管他懂不懂,生吞活剥地往肚里吞"。他还看《晨报副刊》的合订本,看二哥特意为他买的《阿丽斯漫游奇境记》《伊索寓言》《格里佛游记》《两条腿》《列那狐》以及《桃色的云》等。甚至日本的《天胜娘魔术大观》,上海出版的《游戏杂志》《礼拜六》,他也看。"《谐铎》和《福尔摩斯》同读,《断鸿零雁记》和《花月痕》齐观,《醒世姻缘》和《玉梨魂》也都涉猎。"③其中作者(曹雪芹)与他(曹汉文)同姓的《石头记》,使他受到莫大的诱惑,与之结下了"一往情深"直至终生的"爱情"。早熟聪慧的天分加上勤奋的读书自学,进入小学不到两年,就被哥哥们带到天津读中学。到天津后,哥哥为他补习一年,他顺利考上美国人办的汇文中学。第一次到天

---

① 曹革成:《月光曲·代序》,作家出版社,1999年6月。
② 《创作杂谈》,《端木蕻良文集》第五卷,北京出版社,2009年6月。
③ 《我的中学生活》,《端木蕻良文集》第七卷,北京出版社,2009年6月。

津的这两年,是他自学道路上重要的阶段。儿时的自学比较盲目,读物多为古代"杂学";这时开始接触新文学,"陆续读到《晨报》副刊、《语丝》、《创造》、《奔流》、《小说月报》等刊物,看到鲁迅、郭沫若、茅盾等人的作品,还读了一些世界文学名著,使我大开眼界。课外几乎全部泡在文学的百花园中。"① 这期间还有一件有趣的事:此前端木没有按部就班读完私塾和小学,自学读书虽多却很杂,基本未读"四书""五经"。"但是上了汇文中学这样的洋学堂,却要读《孟子》,而且还要求背诵出来。"好在要求背诵的篇章,他先前多已熟读成诵了。这就使得他在接触到新文学和世界文学的同时,"无意中又撞开了古文宫殿的大门"。他的古文,"本来就是自己摸索出来的,从此,读得既泛且杂,没有人指导,没有系统可说,全靠无师自通"。这样的文学积累,使得他不易"受前人说法的束缚"②;在其文学起步之际,即大胆"冲激着文学规矩绳墨……毫无一个对文坛东窥西探的青年作者的拘谨局促"③。

端木蕻良儿时自学最突出的特点是"杂学"。所谓"杂学",除了指阅读、涉猎面的宽广、多样,还有其特定的含义。在中国古代文学领域,"杂学"旧指不专注一家的学术。"杂学"源出"杂家","杂家"乃是战国末至汉初折中和糅合各学派思想的一部分学者,班固《汉书·艺文志》指出这派学者的特点是"合儒墨,兼名法",将其列为"九流"之一。④ 因此后人心目中的"杂学"意指有别于传统正经之学代表的主流文学传统,具体指科举文章之外的各种学问。例如,端木儿时阅读最多的小说,在古代文学系统中一直处于边缘地位,所谓"裨官者言","街谈巷语"是也,当

---

① 《自传》,《端木蕻良文集》第七卷,北京出版社,2009 年 6 月。
② 《我开始走上文学道路》,《端木蕻良文集》第七卷,北京出版社,2009 年 6 月。
③ 杨义:《端木蕻良:土地与人的行吟诗人》,见钟耀群、曹革成编《大地诗篇——端木蕻良作品评论集》,北方文艺出版社,1997 年 2 月。
④ 参见《辞海》"杂学""杂家"词条。

然属于"杂学"。"杂学"之于传统经学,犹如野史之于正史;端木之喜读小说类的"杂学",也如同鲁迅读史,于正史之外更喜欢读野史。"杂学"的积累自然会影响到端木与中国文学传统的联系,同样喜爱"杂学"也是端木对曹雪芹特感亲切,对《红楼梦》产生"终身爱情"的原因。

第二阶段是从天津辍学返回老家的三年多时间。端木在汇文中学只学了一年,即因家境衰落而辍学。他"带着许多书刊回到老家,也不去上学,又看父亲的藏书";天津的二哥则不断地给他寄新书,因此他"整天泡在书堆里"。这个阶段读书量更大、面更宽,且更具自觉意识。小说仍是他阅读的主要文类,"那时,我读了我能见到的中外古今小说,我也读过当时日本流行的'私小说'"。这类以第一人称写的小说对他没产生多大吸引力。在阅读的基础上,业已开始模仿性的试作,《红楼梦》是他的"最爱","达到百看不厌的地步"①,有感于晴雯的命运,写成"风流俊俏水蛇腰,口角锋芒兰箭翘"诗一首;模仿《阿Q正传》写了一本《真龙外传》。这个阶段的自学出现新的变化:"读了二哥寄来的陈贤祥著的《新教育大纲》后,觉得光读书不行,得走出去,得面对生活。于是在自修读书的同时,开始对周围进行多方面的接触和了解。"②他接触到各种层次、各色各样的人物,了解到许多发生在黑土地上的故事。晚年的端木仍难忘这段生活:"我在家乡自学这几年,除了看书外,对家乡的接触面非常广,也可以说对政治、经济、文化、家乡风土人情等各方面都有所了解。这对我以后的文学创作,也可以说有了一些生活基础。"③

端木第二阶段自学的特点是读书自学与接触社会的结合,这就为后来的文学创作提供了文学知识和生活经验两方面的准备。与前

---

① 《创作杂谈》,《端木蕻良文集》第五卷,北京出版社,2009年6月。
② 《自传》,《端木蕻良文集》第七卷,北京出版社,2009年6月。
③ 《我的中学生活》,《端木蕻良文集》第七卷,北京出版社,2009年6月。

一阶段比较，此时的读书不但表现出量的丰富，而且有了一定的审美选择。前阶段所读主要是古典文学，本阶段主要是新文学，包括中国的、外国的。后来端木所以能承接新文学传统登上文坛，与这个阶段大量新文学作品的阅读有密切关系。读书自学与接触社会结合，使得端木的文学积累更显丰厚；使他辍学三年重返天津，一举考入当时极负盛名的南开中学初三插班生；也使他日后以对科尔沁旗草原社会纵横切面的生动刻绘，以对大地与人的独特审视雄踞文坛。

第三阶段为重返天津到"一二·九"之后南下。这个阶段先入南开、再进清华，思想比较激进，参加学生运动和社会政治活动频繁，保留着较多的自学色彩。一方面，南开中学的民主气氛比较浓。"不是关起门来办学，而是通向社会，力求学生们做到全面发展。"① 另一方面，端木本人此前已读到《新教育大纲》，向往"道尔顿制"，现在又受到高尔基《我的大学》影响，加上和陶行知儿子陶宏同班，更向往晓庄师范"知行合一"的教育改革，一度热衷于脱离学校进入社会大学。由于他爱读课外书且兴趣广泛，到南开中学一年，便在学生中发起组织了"新人社"，出版《新人》杂志，之后当上校刊《南开双周》的主编。曾与陶宏结伴跑到北平自学，"九一八"之后即脱离南开中学投奔孙殿英部队抗日救亡。返回北平后参加北方"左联"并担任实际工作，又在哥哥们"激将"之下考入清华。"左联"遭破坏后逃亡天津二哥处避难，用四个月时间完成长篇处女作的创作，终因参加"一二·九"学生运动而失学。从其自身积累角度看，本阶段承续第二阶段，将读书学习与社会实践结合。读书的面继续拓宽，曾因偶然的机会，得以进入胡适、郑振铎的藏书室，拓展了读书的范围。其次，汇文、南开两校都是读洋书的，学外语的气氛很浓，端木因此加强了外语的学习，增大了外国文学的阅读量，当时吸引他的莎士比亚、

---

① 《我的中学生活》，《端木蕻良文集》第七卷，北京出版社，2009年6月。

托尔斯泰和巴尔扎克影响到他日后的创作,"从我早期作品中,都能寻到一点儿蛛丝马迹"①。再次,南开又是现代话剧的发祥地,受校中编剧、演剧热烈气氛感染,端木也将法郎士的一个故事改编成话剧在班会上演出。这就为日后的戏曲、话剧乃至电影剧本的创作打下了基础。

本阶段突出的特点在于,他本人业已形成激进的社会政治思想,以及相关的人生观、文学观以及教育观念。作为东北人,对日寇入侵、故乡沦陷更具切肤之痛,因而投身"抗日救亡"的欲望特别强烈。对自学自觉、执著的追求,虽未彻底突破"内圣外王"、"修身齐家治国平天下"的传统观念,但还是促使他告别了"学而优则仕"这一传统文人的必由之路。端木在本阶段开始文学创作,在《清华周刊》上发表长篇处女作中的片段《母亲》。在南开中学主编《南开双周》,参加北方"左联"编辑《四万万报》和《科学新闻》期间,自己也发表了一系列政论、文论,探索社会人生、青年运动以及中国的命运,提倡"力的文学",强调"文学的宽度、深度和强度"。由此可见,他的文学积累、生活积累已更多地融入时代社会,化为文学创作。生命之树茁壮成长,文学枝丫抽丝吐绿,即将盛开绚丽的花朵。一位文坛新人已是呼之欲出!

第六节 历史语境

端木蕻良与中国文学传统的联系还受到特定历史语境的影响和制约。

端木"不大喜欢公安竟陵体散文",主要是"认为他们很少能传达出时代精神"②;他主编过《时代文学》月刊,他的一部长篇

---

① 《我的中学生活》,《端木蕻良文集》第七卷,北京出版社,2009年6月。
② 《野花的芳香——读苏晨〈野芳集〉》,《端木蕻良文集》第六卷,北京出版社,2009年6月。

小说也以《大时代》为题，可见他与时代关系密切的程度。他强调："要认识一个人的本质，必须了解他所处的时代，只有在了解那个人物存在的客观时代的同时，才能真正地对他作出应有的评价。"① 端木于新文学的第二个十年步入文坛，其创作主要集中在三四十年代，这个时代的历史语境主要有三个特点。

第一，理性地对待传统。第二个十年的文坛对于中国文学传统的态度，与第一个十年，特别是"五四"文学革命倡导期相比，有了明显的变化。众所周知，新文学是在"五四"激烈反传统的文学革命中诞生的。当时新文学的开拓者们，对传统文化采取了"重新估定一切价值"②、大胆反叛、全盘否定的决绝态度。他们主要从西方大量引进各种近现代文化文学思潮，帮助现代中国文学迅速挣脱几千年文学传统的束缚，在中西方文化的交流融汇中建立起新文学的传统，实现中国文学从古典向现代的历史性转换。毋庸置疑，这种破旧立新的勇气与行动是值得肯定并载入史册的，但其在特定历史语境中所表现出的"偏激"、"片面"与简单化、绝对化也是有目共睹的事实，他们的主观化、情绪化、走极端的做法，客观上割断了现代文学与传统文化的血缘联系——自己斩断了自己的"根脉"，因而那种狂飙突进姿态并未保持多久。随着"五四"退潮，即出现了对传统的反思，新近形成的"五四"新文学传统也在旧传统的隐性作用之下渐生嬗变。例如，"五四"时期的"人的文学"传统，本是破除旧传统、吸收西方文学思潮的产物，后来新文学进入建设期，文学研究会揭起文学"为人生"的大旗，使人性的张扬变成了人生的探索与表现，其主要动因还是来自中国传统文人的强烈的社会责任感、使命感，内中隐含着中国文学"求实""载道"的传统。之后，由于社会历史语境的变化及其影响，新文学由"为人生"发展到"为革命"，"人的文学"推进到"革

---

① 《〈民族英烈传〉赘言》，《端木蕻良文集》第六卷，北京出版社，2009年6月。
② 胡适：《"新思潮"的意义》，《新青年》第7卷第1号。

命文学",文学已经回归载道,虽然所载的是革命之道。司马长风在其《中国新文学史》导言中概括新文学以"反载道始,以载道终",是有眼力的。新文学进入第二个十年则出现了对中国文学传统的主动探索。本时期的文学对传统文化的态度日趋理性化。他们一改"五四"时期情绪化的批判而代之以辩证分析、理性择取。针对一些人对待文化传统的虚无主义态度,鲁迅明确指出:"新的艺术,没有一种是无根无蒂,突然发生的,总承受着先前的遗产。"①"新文化仍然有所承传,于旧文化也仍然有所择取。"② 鲁迅还提出著名的"拿来主义",强调建设新文学,"采用外国的良规,加以发挥,使我们的作品更加丰满是一条路;择取中国的遗产,融合新机,使将来的作品别开生面也是一条路"③。胡适和周作人则分别写出专著,从传统文化中探寻新文学的源流。胡适将白话文学传统上溯到唐宋以远,周作人则提出"人的文学"的源流在晚明。左翼作家坚持文学的功利性,探索的目光更多地投向民间文学传统,提倡旧形式的合理利用。京派作家则偏重于文人文学传统的探索。与文学传统多方面主动探索相呼应,20世纪30年代的文学创作中出现了一批富于史诗风范的描写封建大家庭衰变史的长篇小说,这批作品明显受到《红楼梦》的影响,端木蕻良的《科尔沁旗草原》即是其中的佼佼者。

第二,普遍的政治文化心态。如果说文学革命发生期的中国文坛,主要呈现出个性化、人性化的文化心态,个性解放与政治批判携手同行,启蒙与救亡相互促进,那么随着文学革命向着革命文学演进,政治斗争日趋激烈,加上民族矛盾加剧,文化界的心态普遍趋向政治化、民族化,以致启蒙让位于救亡,救亡压倒启蒙。④

---

① 鲁迅:《集外集拾遗补编·致魏猛克》,人民文学出版社,1995年5月。
② 鲁迅:《集外集拾遗·〈浮士德与城〉后记》,人民文学出版社,2006年12月。
③ 鲁迅:《且介亭杂文·〈木刻纪程〉小引》,人民文学出版社,2006年12月。
④ 李泽厚:《启蒙与救亡的双重变奏》,《中国思想史论·中国现代思想史论》,安徽文艺出版社,1999年1月。

"左翼"文学是新文学第二个十年的主潮,他们强调阶级分野和革命倾向,重视文学的宣传、鼓动功能,要求文学追随时代前进脚步,成为风云变幻时代感应的神经、攻守的手足。随着"九一八""一·二八"等重大事变发生,"随着'八一三'神圣的抗战的开始,中国文坛上所显现的最大的表征,就是空前的大团结,这种团结是中国任何时代所没有的。作家们抛弃了某种党派性的成见和个人的局限,都以共同的倾向为倾向"①。这时的传统文化已不再是当年抨击的对象,而变成凝聚民心、高扬民族精神的宝贵财富,成为团结一致共同御侮的情感力量和精神支柱。东北作家由于其故乡沦陷、流亡入关的特殊经历和切身感受,恋家爱国的民族感情特别强烈,因而成了弘扬传统文化、创作救亡文学的急先锋,端木蕻良即是其中杰出的代表。最初发表于沪上的短篇小说,就流贯着感时忧国、抗日救亡的主旋律,体现了中华民族千古流传的伟大的爱国主义传统。抗战爆发后,辗转各地、奔走抗日,他遭逢失去萧红的情感磨难,国恨家仇集于一身,虽与文艺界抗敌组织关系时有亲疏,但一颗抗敌救国赤心未改,有时还表现得特别峻急。端木这段时期的文学创作,表现出鲜明的政治倾向。

第三,孤独的人生际遇。晚年的端木回顾自己的文学道路时不无感慨:"我为人孤僻成性。最初发表文章时,我就说我是'穷、独、裸'。果然,这三个字伴随着我一生。我总是在人生的缝隙中求生存。"② 忧郁孤独既出于天性,也由人生际遇铸成。人生际遇牵涉到端木的生存环境,主要表现为环绕着他的人事社会关系,尤其是所谓文人圈内的复杂关系,因此我们将其归入历史语境。端木开笔写作第一部长篇《科尔沁旗草原》刚刚过半,就由当时文学出版界现状虑及小说出版前景,乃与二哥商量,最好能得到"南

---

① 《胜利以来的文坛》,《端木蕻良文集》第五卷,北京出版社,2009年6月。
② 《〈鴜鹭湖的忧郁——端木蕻良自选集〉后记》,《端木蕻良文集》第六卷,北京出版社,2009年6月。

迅北铎"之一的帮助。这部小说创作速度奇快,出版之途却坎坷多蹇,"结果是三年血泪成缥缈,一世耳目作聋哑……三年了,又长,又无名,又有碍××,谁愿印呢!"这样的遭遇无疑又加深了作家的忧郁孤独。"终于在1935年底参加'一二·九'大游行后,跑到了上海,投奔到鲁迅先生所在地,开始我一生用笔作斗争的生涯。"① 终于有机会面见"南迅"了,可他竟等到(发表作品)又一次遭挫后才写信求助。作品18日发表,而先生19日就与世长辞,"而我终竟不得见先生一面噢!由于我的微小,由于我的不会说话,我常常是见不得人的。但是先生我是愿见的。然而我见先生时,却是躺在棺槟中的你了。"② 端木一个人送别先生,悄悄地前往,形单影只;又悄悄地回来,"家徒四壁,一灯荧然",乃口占悼亡诗一首,"哀先生并自哀":

  流离已是漂泊泪,辗转何妨裸独穷。
  卖血文章无人买,含辛糟酿有自倾。
  曾经冻骨难为暖,除却冰心不向同。
  未接慈涯先知死,夜夜开眼怒秋风。③

  鲁迅逝世后,端木又得到"第二文艺运动的主将"茅盾的指导帮助。茅盾不仅将《科尔沁旗草原》介绍给开明书店出版,还组织"日耀会",使端木和一群青年作家得以定期聚会在他周围,得到指导和帮助。端木是不幸的,又是幸运的。刚失去鲁迅,就得到了茅盾,还有郑振铎、叶圣陶、王统照等新文学传统开创者的关心指点。抗战爆发后,端木热情亢奋地投身抗日救亡文艺运动,并与萧红结成文学伴侣。谁知正常的爱情却被指斥为"第三者插

---

① 《不能忘记》,《端木蕻良文集》第七卷,北京出版社,2009年6月。
② 《永恒的悲哀》,《端木蕻良文集》第七卷,北京出版社,2009年6月。
③ 《哀鲁迅先生一年》,《端木蕻良文集》第七卷,北京出版社,2009年6月。

足"，他为照顾萧红的肺病而离开重庆远走香港，居然被人造谣成"随着汪精卫飞香港"；抵港一年后，萧红肺病加重，偏又遭遇太平洋战争。他拖着病腿在战乱中奔走求医，备尝艰辛，结果还是没能留住萧红的生命，却被人说成"遗弃了病重的妻子萧红"！丧妻之痛，已入骨髓；流言又起，利箭穿心；辗转抵桂后他因此大病一场。好在这里有当事人柳亚子前辈等的真相记述，有一群文化界同人的友情慰藉，才使他不致一蹶不振。痛定思痛之后，他写出蕴藉别致的《初吻》《早春》等风格转换的成熟之作——萧红病逝成为端木人生道路上的转折点。从本研究角度来看似可作这样的解释：端木与萧红的爱情婚姻，有着反传统的意味，因而遭遇来自传统某些方面的狙击也属正常。因此成为端木生存独特的历史语境，导致他创作风格转变，此后更向《红楼梦》研究、《曹雪芹》创作研究转进，成就了一位独特的作家兼"红学""曹学"大家，其意义之大已超出所谓幸与不幸的范围，值得研究、探讨。

上述历史语境的三个特点影响到端木与文学传统的联系：科学理性地对待传统，影响到端木对待文化传统的态度，他写于20世纪40年代初的几篇回顾30年来文学流变的系列论文，对鲁迅等新文学传统开创者的论评，都很有见地，且相当理性、辩证；普遍的政治文化心态则是端木奔走抗日救亡、创作爱国主义文学的一大动力，其间虽有启蒙与救亡的起伏变奏，总体还是救亡压倒了启蒙；孤独的人生际遇，虽有可能使他短时间内离群索居，甚至暂别火热斗争生活的热情表现，但由此形成文学创作风格由外转内，既展示了一位富有独特个性的作家在民族战争背景上的心路历程和创作轨迹，也与新文学进程同步，更与新文学传统的影响密切相关。

端木蕻良小说创作与中国文学传统是一个涵盖面颇为广阔的论题。笔者以为，欲从端木身上汲取营养，先得搞清楚端木身上有哪些营养，这些营养是从哪儿汲取来的，"问题缘起"因此由端木的笔名联想到"植根于华夏沃土的'端木'"；按照传统文章作法，

"传统要义"作为全文的"破题",解说传统的形成流变;随后进入端木蕻良与中国文学传统关系的概观,既涉猎其对传统的理解、反思,又概览其创作历程中的表现;端木的"个性气质"与中国文学传统联系紧密,在传统的影响下形成,反过来又影响到传统继承的取向;"文学积累"包括作家文学起步前的生活积累、知识准备,直接体现并决定着端木小说创作与中国文学传统联系的程度;这种联系还会受到作家生活创作的时代历史语境的影响和制约。以上概观性的论述旨在先行廓清与本论题相关的一些基本问题,在此基础上,下面将择取端木小说创作与中国文学传统几个重要的联结点,展开具体的考察、论析。我们的研究首先关注两者之间精神上的联系,探讨端木小说浓烈的忧患意识、大地情怀、爱国品格与中国文学爱国主义传统的联系;然后考察作为独特的叙事艺术的小说与中国史传文学传统的联系,及其在叙事模式上的推陈出新;再探讨端木小说的"情""志"交融、意象化抒情特色与中国文学抒情传统的联系。在以上宏观比较的基础上,选择端木小说与中国古代、现代两大文学传统中的一些经典文本作对位比较,具体探讨两者之间联系的特点。

第二章　忧患意识与爱国情怀

著名现代文学史家王瑶先生指出："我们在具体考察中国现代文学与古典文学的历史联系时，不能不首先注意到两者之间的精神上的深刻联系。"他认为这种联系首先表现在"爱国主义的文学传统，以及与此相联系的忧国忧民的思想、执著的探索精神和强烈的社会责任感"。[①] 我们在考察端木蕻良的小说创作与中国文学传统的联系时，即明显感觉到这种深刻联系。当我们走近端木蕻良，进入端木的小说世界，循序考察他赖以成名、为他获得"大地之子"美誉的土地系列小说，捷足先登的抗战小说，常写常新的封建大家庭衰败、"自我"感情失落的小说，以及融合着他大半生理想、追求的人物传记小说《曹雪芹》，我们便会具体感觉到，这确实是一株"端木"，一株兀立北国原野、中华大地的"端木"。其婆娑的枝叶俯首垂向养育他的科尔沁旗草原，吸纳有力的根系深扎在华夏沃土；他情系故土，眷恋家乡，深爱人民，挚爱祖国，他的小说充分地传承、弘扬了中华爱国主义文学传统。

[①] 王瑶：《论现代文学与中国古典文学的历史联系》，《中国现代文学史论集》，北京大学出版社，1998年1月。

第一节　端木蕻良小说与爱国主义文学传统

在中国文学绵亘数千年的历史进程中，爱国主义一直是贯穿其中的一条红线。从《诗经》中的黍离之悲，到屈子的泽畔行吟；从盛唐边塞大漠孤烟中慷慨的放歌，到晚唐李后主"故国不堪回首"的哀吟；从岳飞"壮志饥餐胡虏肉"壮怀激烈，到文天祥"留取丹心照汗青"守节不屈；从宋代文学中的陆沉之忧，到明清文学的光复主题；从近代抵御列强的呐喊，到现代反帝反封建、启蒙救亡的执著，等等，无不寄托着中国文人的拳拳爱国心、殷殷赤子情。爱国主义是中国文学传统之魂。

中华爱国主义文学传统的形成和发展，与儒家文化密切相关。儒家"修身、齐家、治国、平天下"的人生追求，"立德、立功、立言"、"穷则独善其身，达则兼济天下"的人格标准以及群体观念的提倡、家国一体化的建构，等等，都使文人们将个体的人生价值与国家的命运前途、群体的荣衰哀乐结合在一起，集文学家与政治家的主体意识于一身，肩负崇高的历史使命和强烈的社会责任："身在江海之上，心存乎魏阙之下"（庄周语），忧患情怀笃实沉厚，爱国情感深沉真挚。作家的高洁人格、崇高的爱国情操在他们的诗文著作中得到完满展现，又深深地激励着后人，形成代代相传的爱国主义文学传统。

中华爱国主义文学传统内涵丰富，在历史发展的不同阶段，有着不同的表现。在漫长的古代社会，爱国主义主要指对祖国的忠诚热爱，通常表现为对祖国河山、乡土故国、人民大众、民族历史以及文化传统等的深厚感情。具体体现为：在崇高的责任感、强烈的使命感驱使下产生的深沉的忧患意识，故国沦亡的黍离悲歌，戍边卫国的忠勇浩歌。原始初民社会，"国"在家族宗法制基础上发展起来，上古时期的"国"际关系多发生在诸侯国（宗国）之间，中古以降，多发生在不同民族之间。中国古代的爱国主义因此难免忠君思想和狭隘民族观念的局限。到近代社会，面对帝国主义列强入侵，中华各族人民团结一致、共御外侮，谱写了爱国主义的新篇章。随着国门洞开，西方文化思潮涌入，先进的知识分子清醒地意识到中国在世界上的地位，翻然思变，"师夷之长"，吸纳新潮，在承续传统的救亡图存之外新增了民主自由、个性解放、开放进取等启蒙话语，中华爱国主义传统平添了现代性的内涵。当中国人民驱除外来入侵者，推翻祸国殃民的黑暗专制统治，转入新中国的建设，此时的爱国主义主要表现为反对霸权主义，完成统一全中国的大业，同时居安思危，发愤图强，努力将祖国建设得无比强大。

当我们回首中华爱国主义传统，沿着爱国文学长廊从古代向现代漫步，便会在20世纪30年代中期的文坛上发现一位颇具特色的小说作家，他就是端木蕻良。他的小说对大地与人的独特审视，蕴涵着他对大地母亲、故乡祖国的执著热爱。在民族危难、故土沦陷之际，他的小说流露出湖海一样深广的忧郁，当不愿做亡国奴的大地之子从苦难中觉醒，奋起抗敌、保家卫国之时，他如实展现他们崛起的艰难，激情描绘血与火的抗敌斗争，谱写新时代英雄主义华章。端木在学生时代就曾辍学投军、效力抗战，战争爆发后又奔走前线、后方，他不仅从火热的抗敌斗争中汲取文学创作的灵感，在创作中弘扬爱国主义传统，而且结合自己的亲身经历感受，展开理性思索，撰写阐扬爱国主义的理论文章，对国家、民族、家族之间的关系作出辩证的论述。这一切都使他的爱国主义既与中国古代爱国主义文学传统紧密相连，又显示出自己的鲜明特点，表现出启蒙、救亡等现代性特征。今天，当我们再次走近端木作品，纵览他的小说、政论，便会发现一位爱国主义小说家、政论家健步向我们走来，形象越来越清晰，身影越来越高大，就像他的爱国意识萌芽、成长，思想理论形成发展一样。

端木蕻良生活在内忧外患频仍、民族危机深重、祖国惨遭外敌入侵、蹂躏的时代。正是这个时代形成了他的民族意识，酿就了他的爱国情怀。具体而言，端木爱国意识的形成，既是他从祖国积弱、家族衰败的历史中获得的对国家民族命运忧患的警觉，又是严峻的社会现实在他心灵上的投影，也是他接受中外文化传统熏陶的结果。

端木出生于清末民初，"生下来恰好是民国元年，历史已把'清代'这一页翻过去了"。端木叙述道："清朝末叶，中国国势一天不如一天，列强侵略日甚一日，他们利用军阀割据的局面，把手伸过来要瓜分中国。割地、赔款、租界、《二十一条》等辱国丧权的条约，使中国人抬不起头来。在当年的儿童心灵上，都打上了深深的烙印。"① 最初刺痛端木稚嫩心灵的是他父母一代"跑鬼子"的遭遇。那是在端木出生前十来年（1900年），东北全境被俄军占领，"东三省在沙皇的奸杀抢掠之下喘息了四年，田园荒芜，瘟疫流行，流离死亡……日本帝国主义者不愿让俄国独占，一定要它吐出这块肥肉，就在1904年春天和它开起火来"②。这场战争史称"日俄战役"。端木老家所在的古榆城（即今昌图县）成为日俄交战的必争之地，全境人民惨遭池鱼之殃，端木家更是首当其冲。俄军将他老家位于古榆城东北的祖宅占作指挥部，并屯兵于他家祖坟的丛林中。其父只好举家迁移逃难（"跑鬼子"），躲避战祸。这场战争历时一年，最后以日方大胜俄军，接受美国人调和而停战。遭受战争灾难最重的却是昌图人民。胜方纵容骄兵抢掠，败兵则如匪寇，流窜城乡，杀人放火，奸淫掳掠，无恶不作。《昌图县志》记载："日俄之战，人民流离失所者何止数千人！"③ 停战数月后端木一家重返故居，满目疮痍，破败狼藉，可想而知。这次战祸是端木父母身受的，却执拗地留存在幼小端木的记忆里，埋下民族忧愤的种子。端木后来这样记述："是日本人和俄国人的战争，可是中国的统治者却允许以满洲辽河以东作日俄两国打仗的地方。而且中国

---

① 《科尔沁前史》，《端木蕻良文集》第一卷，北京出版社，1998年6月。
② 端木蕻良：《我眼中的清王朝》，《化为桃林》，上海古籍出版社，2000年12月。
③ 转引自孙一寒《我走向神秘的科尔沁旗草原》，白山出版社，2000年12月。

统治者还宣言中立，眼巴巴看着这两家在自个儿祖宗牌位前打了起来……"郁闷愤激之情溢于言表，可见端木所受刺激的强烈、痛切。"东北人民经过两次清廷纵容的屠杀之后，便开始在日本帝国主义者的独占的侵害和欺凌之下，过着日子。"① 这便是端木降生在关东大草原时的背景、"前史"。难怪他后来一再强调："我对我故乡的理解一切都是惨阴的，这样惨阴的影子永远没有在我眼前拂去，而现在尤其被敌人用我兄弟的血涂抹得明显了。"②

儿时的端木曾亲眼目睹亡国遗民的惨痛。端木四五岁的时候，其父在县城聚兴成大院里安顿下全家。"这个大院，住户很杂。在东边住着一家朝鲜人，他们的生活很紧。"在端木的印象中，"这家朝鲜主妇，穿着一身白衣裙，脸上从无笑容。妈妈告诉我，他们亡国了，活不下去，才逃到这里来的。'亡国'这个词儿，还是第一次进入我的耳朵，眼前又有这么一家人的形象，使我觉得亡国真不是味儿，会带给人们这样的命运。"③ 自个儿父母的"跑鬼子"与邻居朝鲜人的离乡去国，对端木民族意识、爱国感情的培养，不啻是开蒙第一课。

幼年认字读书、写诗作赋，耳濡目染，端木还受到中华爱国主义传统的熏陶。入学前囫囵吞枣读书，留下深刻印象的有"苏武牧羊"等表现强烈民族气节、爱国情怀的故事。稍长接受"五四"新文化传统的影响，受到外国文学爱国名篇的感染。上小学时适逢"五四"爱国运动爆发，他唱着"日本小鬼真正完，夺我旅顺大连湾"，举着写有"勿忘国耻，还我河山"口号的小旗上街游行，"从小就背负着救国救民的使命"④。入关求学不久，"九一八"事变发生，他在同学中组织"抗日救国团"，开展学生运动。"同学

---

① 《科尔沁前史》，《端木蕻良文集》第一卷，北京出版社，1998年6月。
② 《大地的海·后记》，《端木蕻良文集》第二卷，北京出版社，1999年5月。
③ 《忆妈妈片断》，《化为桃林》，上海古籍出版社，2000年12月。
④ 端木蕻良：《我眼中的清王朝》，《化为桃林》，上海古籍出版社，2000年12月。

们都读过有名的《最后一课》。不过同学们已经不相信读书可以消弭侵略，便起来行动"，在三哥支持下，端木"便到热河找到号称'西北军'的孙殿英部队要求上前线打鬼子"①。于是像古代爱国文人陆游、辛弃疾等一样，端木也有了国难当头，投笔从戎、报效国家的经历。然而，他所投奔的并非真正的抗敌救亡之师。折返北平后便重操旧业：参加北方"左联"活动，编辑《四万万报》宣传抗日救亡，同时考入清华大学继续学业，不久即开始文学创作，在他参编的《清华周刊》上发表了第一篇小说《母亲》。1935年12月9日，著名的"一二·九"学生爱国救亡运动爆发，将端木从一场大病中惊醒。他在家再也待不住了，立即去学校联系同学，一起参加了"12月16日"的第二次大游行。中国现代史上几次著名的反帝爱国运动中都出现过端木积极的身影，这在现代作家中并不多见。

　　端木蕻良的爱国意识从萌芽到开花长成，经历了从恋家而爱国的过程，前者常常表现得更为突出，由此看出其与中国古代爱国传统的联系。中国文化自古即有家国同构交织特征，儒家"天下之本在国，国之本在家"（孟子语）、"修身齐家治国平天下"等学说即体现了这一特征。历代流传下来的爱国文学名篇多表现出眷顾乡邦的情绪，最典型的莫如屈原的"鸟飞返故乡兮，狐死必首丘"，保家卫国已成为中国人传统的思维、行动方式。端木降生的那片黑土地自小就赐予他生命的忧郁，故乡糅合着历史和现实的"人事"最早唤醒了他的民族情感、意识。端木对家中慈母、故乡土地怀着挚情，这种挚情因为掺合着故乡人事，使他的思乡恋家有别于一般文人的流连家乡美景、沉溺儿女情长，而是将思乡恋家与忧国爱国结合起来，达到思乡爱国的统一。他在写于1937年的散文《有人问起我的家》中说："我是牢牢地纪念着我的家乡，尤其是失眠之夜。"又说："说故乡带给我以痛苦，那是由于人事，倘然单单专

---

① 《烽火连天文学路》，《化为桃林》，上海古籍出版社，2000年12月。

指风景，那也是美的。"这"人事"，当然是指那阶级矛盾与民族矛盾不断激化升级的社会现实。在端木文学起步之际，这种缠绵深挚的思乡恋家情绪，因为故乡沦陷、国破家亡而显得益发强烈。他的第一部长篇小说《科尔沁旗草原》就从家族衰败写到国难当头、民众崛起，其中最突出、最浓烈的就是对大地母亲、祖国人民的深情。1941年，羁旅香港的端木在一篇纪念"九一八"事变十周年的文章中写道："对于广大的关东原野，我心里怀着挚痛的热爱。我无时无刻不听见她呼唤我的名字，我无时无刻不听见她招呼我回来。……这种声音是不可阻止的，这是不能选择，只能爱的。"①当外敌驱净、新中国诞生，故乡在祖国怀抱中焕发出生机活力，端木毫不吝惜笔墨，纵情描绘，热情讴歌，思乡爱国感情终生不渝。晚年的端木，虽然少小离家，老大未回，故乡常驻心间，萦绕在梦里。辞世前两年，已经离乡70多年的老作家连续撰文，铭感故乡的《风物恩情》，忆念难忘的《东北风味》，抒发缠绵深挚的《故乡之恋》（均见《端木蕻良文集》第七卷），情深意切的文字，呈现给读者的是一个终生不渝的爱国者形象。

端木的爱国思想随着当时阶级矛盾、民族危机不断激化、升级而迅猛发展，乃至在他的作品中恋家、思乡与爱国之情融为一体，浓烈、深沉而强烈。正如周扬论述东北作家时指出的，由于"他们亲身地经历了亡国的痛苦，所以他们的作品表现出在过去一切反帝作品中从不曾这么强烈地表现过的民族感情"②。尤其在"九一八"之后，故土沦陷日寇之手，乡亲惨遭压迫凌辱，他们的感受可谓刻骨铭心，特别深切、强烈，民族意识、国家感情升腾到空前的高度，这是当时关内作家无法比拟的。端木恰在此时提笔创作，他称自己的文学起步是走上了"烽火连天文学路"，他的创作与抗

---

① 《土地的誓言》，《端木蕻良文集》第七卷，北京出版社，2009年6月。
② 周扬：《现阶段的文学》，《周扬文集》第1卷，人民文学出版社，1984年，第182页。

日救亡时代潮流关系确实是十分密切的。他的第一部长篇小说《科尔沁旗草原》迟迟不能问世，即与抗日救亡有关。小说的最后一章，已写到东北义勇军的活动及东北民众抗日情绪的高涨。如正常及时出版，应该是现代文学史上最早反映抗日题材的小说。然而正是这些描写，成了影响作品出版的"违碍之处"，帮助他联系出版的郑振铎先生提示他是否可以改动？他"认为没有什么'有碍'之处。因为东北义勇军已经组成，小说中只写了一个苗头。由于不愿改动，出书便拖了下来"①。三年之后，该书由茅盾先生在"七七"事变前推荐给开明书店，已经在上海闸北一带的华美印刷所排版，又遇上日军炮击造成闸北一带大火，幸亏开明书店徐调孚从火海中抢救出来，交还给茅盾。后来还是由茅盾先生交给开明书店，到1939年5月才初版问世。两次推迟延宕：一次是因为作者不愿改动书中涉及抗日的"违碍"之处，一次是日军炮火的直接焚毁，影响到这部成名作的及时问世，进而影响到端木的文学命运。一个作家的文学命运与抗日救亡关系如此密切、休戚与共，在现代文学史上也不多见。

端木蕻良的爱国主义还体现在他诉诸理性思考写作发表的政论文章中。爱国主义主要表现为一种情感，其中也不乏理性成分，包括理性的思考、认识及其对情感的支配作用。就像端木主要是一位小说作家，但他在创作小说之外，也写作诗歌、散文、时评，有时还会编剧；他的小说主要诉诸故事形象，却并不排斥理性的议论。在端木蕻良的文学生涯中，报刊编辑工作占着很大的比重，他为一些报刊写作的时评类文章很多。这些文章大多是"短兵相接"，发表即兴、零星的思想，单看一篇不成体系，多篇串联起来看，则具有一定的系统性。如写于抗战爆发之初的《中国的命运》《八一三抗战的特质》《寄民族革命大学同学》《为保卫大武汉而控诉》等（均见《端木蕻良文集》第五卷）。也有一篇自成系统的，如他在

---

① 《烽火连天文学路》，《化为桃林》，上海古籍出版社，2000年12月。

《北京文艺》1950 年第 1 卷第 6 期上发表的《创作中的爱国主义》一文，就是他的爱国主义理论比较系统的阐述。这篇文章写于新中国成立之初，端木站在新旧时代交替、历史现实的交叉点上观照爱国主义，体现出瞻前顾后、继往开来的特色。他的总体看法是：

> 爱国主义是历史上就有的，过去的爱国主义是抵抗侵略，改变政治制度，表现人民的勤劳勇敢和创造的智慧。现在的爱国主义是热爱新的制度，热爱我们英明伟大的人民领袖——毛主席，争取社会主义的前途。

端木具体从两方面展开历史的回顾。第一，我们的祖国历史悠久，地大物博，人口众多；"在中华民族主要是汉族的开化史上，有素称发达的农业和手工业，有许多伟大的思想家、科学家、发明家、政治家与军事家、文学家和艺术家，有丰富的文化典籍"；还有领先于世界的四大发明，最早发明的蚕丝和瓷器成了"中国"两字的同义字，是值得骄傲的事。"中国人民在几千年中经常站在世界文化的前头，只是在近一百年来，遭受资本主义和帝国主义国家的残酷压迫，遭受他们的经济掠夺和文化掠夺，才落到别人的后面。"也就从那时起，一批批爱国者为改变这种落后和被压迫状态，进行了前赴后继的斗争，终于迎来社会主义新中国的诞生。随之而来的是捍卫新制度，要求好的邻居，消灭任何外来的侵略，为世界的和平作出贡献。这时的爱国主义就同时兼有国际主义和英雄主义的性格。第二，梳理中国古代文学和现代文学中的爱国主义传统流变线索。"我们民族传说光彩动人。"中华民族历史上出现过很多伟大的爱国主义作家。最伟大的爱国诗人当推屈原。后来又出现了忧国、忧家的爱国诗人杜甫，形成了一脉贯注的爱国主义文学传统。在现代文学史上，鲁迅先生的作品则是新爱国主义的典范，他比过去一切伟大的爱国主义作家更伟大。

端木所论创作中的爱国主义，虽然带有时代的局限，但是有些见解相当精辟，对于我们探讨其小说创作中的爱国主义精神，颇有启发意义。例如他在文中提到，探寻爱国主义文学传统时，须运用辩证科学的观点，正视历史，发掘历史，即为他对爱国之"国"的理解把握的例证。在我国不同的历史时期，祖国与国家、民族并不是完全等同的概念。古代诗文中所体现的爱国感情并非完全等同于对整个中华民族的感情。那时的"国"实际是中华民族内部分裂的封建王朝诸侯之"国"，或是中华大家庭中的某个民族，前者如屈原所爱的楚国，后者如岳飞《满江红》词中与金国（胡虏）对立的大宋（国）。直到鸦片战争爆发，中华民族遭遇共同的敌人（帝国主义）的入侵欺凌，第一次站在同一立场上共御外侮，此时的倭寇与古时的胡人、蛮夷有了本质的区别。但是我们不能因此否认贯穿古今的爱国传统，而是要注意将其与鸦片战争之后具有现代性因素的爱国主义区分开来。这方面端木就做得很好。他晚年在回忆散文《我眼中的清王朝》中写道：虽然他的母亲是满族，但由于父亲是个革新派，敬仰反清革命党人，"家庭的气氛是反清的，耳朵里听不到对前清的好话，所以我对清代没有任何好感"。后来研习历史，经过几十年风风雨雨，"才懂得清朝在我国历史上有它特殊的地位"。例如我国之成为世界第一人口大国，就与清朝有关："人口激增，是在道光年间开始的"，"我国版图也是在清代确立的。……清代版图划入的地区，都有行政设施，这才是我国真正的版图和大统一大团结的实质性构成的国家。"[①] 很明显，正是对爱国主义传统辩证而科学的理解，决定了端木蕻良对清王朝态度的转变。

把握端木的爱国主义理论，对于我们探讨其小说创作与中国爱国主义文学传统的联系，大有助益。

---

① 端木蕻良：《我眼中的清王朝》，《化为桃林》，上海古籍出版社，2000年12月。

第二节 "大地之子"深广的忧患意识

端木蕻良最初以他的土地系列小说而成名,赢得了"大地之子"的美誉,这些小说中弥漫着深广的忧郁情绪。这种忧郁不仅来自端木母亲的辛酸遭遇,来自自己生活其中的大家族由兴盛走向衰落的历史,更多的是来自他降生的那片广漠、荒凉草原土地的赐予,来自那片土地上发生的真实故事的影响。端木对此富有深刻的体会,他说:

> 土地传给我一种生命的固执。土地的沉郁和忧郁性,猛烈地传染了我,使我爱好沉厚和真实,使我也像土地一样负载了许多东西。当野草在西风里萧萧作响的时候,我踽踽地在路上走,感到土地泛溢着一种熟识的热度,在我们脚底。土地使我有一种力量,也使我有一种悲伤。我不能理解这是为什么,总之,我是负载了它。而且,我常常想,假如我死了,埋在土里了,这并不是一件可悲的事,我可以常常亲尝着。我活着好像是专门为了写出土地的历史而来的。①

可见,端木之描写土地,乃是基于一种崇高的历史使命感。在端木幼小的心灵里,大地与母亲融合为一,他与她们亲密无间:"土地是我的母亲,我的每寸皮肤,都有着土粒,我的手掌一接近土地,我的心便平静。我是土地的族系,我不能离开她。"② 浏览全部中国文学历史,考察所有作家与土地的联系,像端木这样密切的并不多见,只有现代著名诗人艾青能够与他媲美。艾青曾经深情吟唱过来自土地的忧郁:

---

① 《我的创作经验》,《端木蕻良文集》第五卷,北京出版社,2009年6月。
② 《土地的誓言》,《端木蕻良文集》第七卷,北京出版社,2009年6月。

> 假如我是一只鸟,
> 我也应该用嘶哑的喉咙歌唱:
> 这被暴风雨所打击着的土地,
> 这永远汹涌着我们的悲愤的河流,
> 这无止息地吹刮着的激怒的风,
> 和那来自林间的无比温柔的黎明……
> ——然后我死了,
> 连羽毛也腐烂在土地里面。
>
> 为什么我的眼里常含泪水?
> 因为我对这土地爱得深沉……①

两位作家对土地以及土地上劳作的人民乃至故乡祖国深沉而强烈的感情何其相似!

端木向以"大地之子"自居,自小立足于生命的故乡草原,深情地凝视着祖国大地,凝视着关外、关内的热土,黄河上下、大江南北的风物人情。在他创作的"关于土壤的故事"系列小说中,有单纯自然景物摹写,也有风物民情素绘,更有发生在血与火的土地上英勇悲壮故事的述说,无不寄托着端木对于生于斯长于斯的故乡以及整个祖国的深厚感情。他的不少小说都以地名为题,如长篇小说《科尔沁旗草原》《大地的海》《大江》短篇小说《鹭鹭湖的忧郁》《遥远的风砂》《浑河的激流》《柳条边外》《萝卜窖》《螺蛳谷》《风陵渡》《雕鹗堡》,中篇小说《江南风景》等都是如此。就连《大江》中的主人公关东汉子铁岭,也是用端木家乡所在的城市命名的。作者怀着"九一八"之后失去故土的痛苦与悲愤,既写土地的沉厚、草原的美丽,又写土地的蒙难、故土的沦丧,更写土地的觉醒、民众的反抗,概括了"大地之子"

---

① 艾青:《我爱这土地》,选自《大堰河——我的保姆》,华夏出版社,2011年6月。

忧郁、憎恨、反抗、战斗的情感历程。端木笔下的土地形象既是地域自然风物，又是社会人文景观；既是儿女的摇篮，又与他们混融合一；既是作品的背景、底色，又是主要角色、中心形象。作者交替采用写实、比喻、拟人、象征等文学手法，使这一形象"直立"起来，涵盖了祖国、民族、人民、土地等诸种概念、意象，成为作品的思想倾向、爱国情感的载体。现代著名作家多有自己独特擅长的题材领域，如茅盾笔下的时代女性和民族资本家两大形象系列；老舍笔下的北平市民社会；巴金对衰颓中的封建大家庭的关注；沈从文对湘西边民原始古朴生活的神往；等等。而对土地与人的执著，"大地之子"的歌吟，则成为端木蕻良独特的题材领域，成就了他在现代文学乃至整个中国文学史上独特的地位。

很明显，端木小说中的忧郁情愫，就是中华民族源远流长的忧患意识，与中国文化原典开其端绪的忧患意识这一爱国主义传统有着深刻的内在一致性。

"忧患意识，乃人类精神开始直接对事物发生责任感的表现，也即是精神上开始了人的自觉的表现。"[①] 忧患意识是中国文人积极入世、关注国事、心系黎民的一种情感心态。它以危机感为基础，以忧国忧民为主要内涵，寄托着"以天下为己任"，"国家兴亡，匹夫有责"的崇高责任感和历史使命感，在国家发生内乱或遭受外敌入侵时产生国破家亡之感，在和平建设时期则善于发现潜在危机，"居安思危"，不断地书写"盛世危言"。忧患意识是爱国主义精神的重要思想基础，是爱国主义文学永恒的主题。它虽然不同于强烈的民族意识和炽热的爱国激情的直接宣泄、抒发，但是由于它更多地立足于责任感和使命感，因此在国难当头、民族遭劫、黎民倒悬之际，这种绵长、凝重的情感、心态对于铸造人格、风化民俗、激励斗志、凝聚中华民族的精神意志、传递爱国主义光荣传

---

① 徐复观：《中国人性论史》，《徐复观文集》，湖北人民出版社，2002年。

统都有着厚重而深远的影响。

忧患意识在原始初民社会即已产生。中华泱泱大国以农业立国,皇天后土,吾土吾民,土地乃立国之本;江山社稷,沧海桑田,土地的拥有和争夺决定着王朝的兴衰、更迭,"因为谁有土壤谁就是王",端木如是说,人类与土壤的依存和斗争衍生出悠久的历史,"人类有很好的文化,是开辟了土地以后的事"①。中华先人在认识自然、改造自然,营造自身生存环境的活动中随时担忧灾害的降临,忧患意识因此产生。"作《易》者,其有忧患乎?"中华原典《易经》中的测卦、卜辞,即是忧患意识的体现,后经儒家发扬光大,作为其入世理论体系中的重要内容,成为代代相续的民族心理。历代文学家以积极入世的姿态反映现实生活,其作品自然贮满浓郁的忧患意识。一部中国文学史便成了充盈着忧患情绪的历史,出现过一座座忧患、爱国的文学高峰:《离骚》者,离忧也,离愁也;"岂余身之惮殃兮,恐皇舆之败绩",屈原的楚辞乃是第一座表现忧患意识的文学高峰。唐代大诗人李白"中夜四五叹,常为大国忧"。身逢"安史之乱"的杜甫终日愁肠百转,"穷年忧黎元,叹息肠内热","乾坤含疮痍,忧虑何时毕",乃至黄庭坚题他的画像时说"中原未得报平安,醉里眉攒万国愁"②。李杜诗歌形成又一座忧患和爱国文学的高峰。宋代积弱,边患深重,以致半壁江山沦陷金人之手,先有范仲淹开一代"先天下之忧而忧"的风范,后有陆游、李清照、辛弃疾等一大批抒发家国之忧的郁郁华章。明代内忧外患不断,文学作品先是聚焦光复主题,继有爱国志士慷慨赴边浩歌,间有海疆抗击倭寇的呐喊,明末清初又涌起抗清复明、悲悼故国沦亡的爱国诗潮。张煌言、夏完淳、史可法等的诗文堆砌出爱国主义文学的一座座高峰。纵览中国古代忧患爱国文学传统流变,正如晚清谴责小说名家刘鹗在《老残游记·序》中形

---

① 《大地的海·后记》,《端木蕻良文集》第二卷,北京出版社,1999年5月。
② 《老杜浣花溪图引》,《山谷外集》卷一六。

象描述的:"《离骚》为屈大夫之哭泣,《庄子》为蒙叟之哭泣,《史记》为太史公之哭泣,《草堂诗集》为杜工部之哭泣。李后主以词哭,八大山人以画哭,王实甫寄哭泣于《西厢》,曹雪芹寄哭泣于《红楼梦》。"所谓哭泣即是指作品中的忧患情绪的流露。鸦片战争爆发,帝国主义列强开始了对中国的掠夺、瓜分,文人志士们将深广的忧患意识化为救亡图存的实际行动。"五四"新文化运动高举科学、民主、人本、个性旗帜,给传统的爱国主义涂上个性解放、立人、立国的启蒙色彩。"五四"时期的忧患意识极其强烈,而且有别于传统文人盲目意义上的"忠君报国",它以人格独立、民主自由为理性前提,属于"现代"意义上的爱国主义。鲁迅就以其对国民性的深刻探索,树立了现代爱国主义文学的典范,开创了新文学爱国主义传统。

端木蕻良同时继承了古代和现代爱国主义文学传统。他自小就从土地的沉厚负载中培养起生命的自觉,在参加"五四"爱国游行中产生忧国忧民的责任感、使命感。土地的沉郁和忧郁性,儿时故乡惨阴生活的见闻,酿就了作家的忧郁气质和忧患情怀,提笔创作后,便将自己满腔的忧患意识投射到广漠而浩瀚的土地上面,写出关于土地的系列故事。

处女作《科尔沁旗草原》就是这个系列的第一部。考虑到土地在草原上的支配地位,而握有土地的"地主是这里的重心",在寻找最典型的地主时,端木选中了自己的家族——"因为我亲眼看见过这一幕大家族史的演换"。① 小说中的丁氏家族由关内而关外,在草原上积累土地资本发迹;随后转向投资,开设银号、粮栈、烧锅、油坊,将土地资本转化为商业和高利贷资本;进而收购田产,盘剥欺压佃农,引起农民推地、抗租等反抗,加上外资的渗入、逼压,造成土地资本的动摇,家族制度日趋瓦解,走向衰落崩

---

① 《科尔沁旗草原·初版后记》,《端木蕻良文集》第一卷,北京出版社,1998年6月。

溃。作品以大家族盛衰为主线,展现"九一八"事变前30年科尔沁旗草原的多种姿态,点染着乡风民俗、道德信仰、人心归趋乃至内匪作乱、外寇入侵,立体化地展示了一幅宏伟瑰奇的草原画卷,赋予大地以"我们古老的种族的全型"的寓意:

> 是的,这一块草原,才是中国所唯一储藏的原始的力呀。这一个火花,才是黄色民族的唯一的火花……有谁会不这样承认呢?有谁会想到这不是真实呢?①

端木魂牵梦绕的故乡草原大地具有不可思议的美丽。《科尔沁旗草原》前后两次分别描写江北开荒打草时的大山和清晨遛马的丁宁眼中的草原(分别见《端木蕻良文集》第一卷第84、376页),作者对美丽的草原的赞叹洋溢在字里行间。然而明媚的草原大地背景下的故乡"人事"却是"惨阴"的。作者慨叹:"我看见大地主无餍足的苛索、佃农的悲苦的命运、纯良的心……我对我故乡的理解一切都是惨阴的,这样惨阴的影子永远没有在我的眼前拂去。"《科尔沁旗草原》主要写作者父系家族的故事。这个大家族的发迹乃是建立在对广大奴隶般的农民的剥削压榨之上。因而作品又通过大山形象的描写带出母系家族的故事。因为"母亲的被掠夺的身世"给作者的影响太大了:"这种流动在血液里的先天的憎、爱,是不容易在我的彻骨的忧郁里脱落下去吧!"② 这种由母亲辛酸身世、农民的惨阴的生活酿就的爱憎感情,在作品中都表现为"对土地的爱情"。一旦遭遇失去土地、"沦为双重奴隶"的痛苦和悲愤,两相交织,便激发出作者对于"土地的誓言":要为大地、母亲,为故乡、祖国战斗到底,"比拜伦为希腊更要热情"③;

---

① 《科尔沁旗草原》,《端木蕻良文集》第一卷,北京出版社,1998年6月,第366页。
② 《大地的海·后记》,《端木蕻良文集》第二卷,北京出版社,1999年5月。
③ 《土地的誓言》,《端木蕻良文集》第七卷,北京出版社,2009年6月。

发为创作,则不可遏止地写出"大地之子""对于土地的爱情的自白"①。

如果说《科尔沁旗草原》更多地展示了原始生命力的勃发,忧患意识似乎不那么深广、突出,那么在端木正式步入文坛之际发表的《鹭鹭湖的忧郁》和《爷爷为什么不吃高粱米粥》等短篇小说中,沉郁和忧患已成为大地的主导性格和诗意灵魂。《鹭鹭湖的忧郁》类同王统照的名篇《湖畔儿语》,展示的是东北沦陷土地上的一幅生活小景。如胡风即时的书评所说:"看守豆秸,偷豆秸,这是平凡得不能再平凡的日常事件,但作者却在这日常事件里发现出了真实、苦难、'罪恶'和受难者对受难者的爱等等的糅合,创造出了一幅凄美动人的图画。这不是血腥的故事,但读者依然从这里感受得到满洲大地上的中国农民过的是怎样悲惨的生活。"② 作者善于描写环境,层层皴染,将雾一样深广的忧患情绪投射并融入环境与人物,营造沉郁、哀婉的意境、氛围,让"全湖面浸淫着一道无端的绝望的悲感",人物的"心头像铅一样的沉重"。小说像一首抒情的夜曲,奏出了东北大地的悲吟。《爷爷为什么不吃高粱米粥》副题"百哀图之一",文末标注"为纪念'九一八'五周年而作"。小说用作者后来惯用的儿童视角,通过六岁的小孙子纯真好奇的眼光追索篇名的答案。问题主要聚焦在爷爷身上,但在篇中所有人物——比"我"大三岁的哥哥、年轻守寡的妈妈以及前来串门的马老师——身上也有不同形式的表现。马老师的出现便于从更高的文化蕴涵上揭示答案,同时也用其略带优越感的读书人的善于言说,衬托爷爷的沉默坚韧、执著深广的忧愤。爷爷为什么不吃高粱米粥?因为这一天是其独生子铁儿五周年忌日。五年前的今天,日军进攻沈阳,铁儿所在北大营兵工厂的工人全被杀害,

---

① 《我的创作经验》,《端木蕻良文集》第五卷,北京出版社,2009年6月。
② 胡风:《生人的气息》,原载《中流》1936年10月第1卷第3期,钟耀群、曹革成编《大地诗篇——端木蕻良作品评论集》,北方文艺出版社,1997年2月。

"一个没留,连尸首都找不着"。正是这一天,失去了土地,做了亡国奴,从此没有饭吃……国耻家仇深深地刻印在老人的记忆里,他采用传统绝食的方式纪念这一天。马老师当然牢记着国耻日(他本以为只有他记得),可他却已是欲绝食而不能——他已断粮三天了! 他的忧愤更具传统文化蕴涵。他不赞成"绝食救国":"不食周粟,不食周粟,可是想食周粟也不可得……大小孩芽,统统饿死!"更使他忧愤不已的是"遗民泪尽胡尘里,南望王师又一年!""南望……南京,唉,南京……又一年!"这使我们想起《鴜鹭湖的忧郁》中两个看青人议论时局的话:"听说小×到×京合作去了,就要出兵了,这回是真的,不是骗傻子了……"两者都表现大地之子的深沉的忧患,前者像雾一样笼罩四野,沁人肌骨;后者渗入千家万户,郁积在亡国遗民心头,令人窒息。

值得注意的是,端木小说对土地与人的审视所展露的忧患意识中也显露出立人、启蒙的现代性特征。《科尔沁旗草原》在展示丁氏大家族衰败的同时,也写到这个家族末代子孙丁宁的"新人"理想的破灭。丁宁15岁时就去上海读书,受到"五四"新思潮的洗礼,接受了托尔斯泰式的人道主义和尼采超人哲学,成为所在学校激进的文学社团"新人社"的骨干成员。他怀揣着拯救社会、重塑"新人"的启蒙理想回归故乡,要干一番事业。回乡伊始,他就把自己的理想具体落实到表弟大山和姨表妹春兄身上。他决心帮助春兄去南方读书,对充满力量与野性的大山也准备了弥补其缺少教育的计划,他甚至认为,以大山魁伟粗犷的身体加上自己所受的教育,就构成了堪称完美的"新人"。然而残酷的现实很快就打碎了他的理想。先是春兄被她的父亲骗回家去,为了一笔钱将她送给土匪头子,不久即传来惨死的噩耗;后来大山也在佃农们针对丁家的联合"推地"行动中充任领头人,成为丁宁的直接对头。至于那群佃农,本来也是丁宁改造故乡蓝图的一部分,尽管他鄙视他们的愚昧无知,后来他被"推地"之举激怒,才改变了初衷。端木称丁宁身上"有新一代的青年的共同的血液",在他身上确实具有"五四"时期知识分子的特征，想通过塑造理想人格的"新人"达到改造社会、拯救国家的目的，这一思想本质上乃是"五四"新思潮的余波。端木所塑造的这个形象，接续了鲁迅等新文学开拓者改造国民性的思想启蒙传统。

端木将"新人"理想幻灭的情绪投射到大地景色的描写上。他的小说偶尔也正面描写到大地的荒凉、寥廓，沉寂、迫人。如《大地的海》开头：

> 假若世界上要有荒凉而寥廓的地方，那么，这个地方，要不是那顶顶荒凉，顶顶寥廓的地方，至少也是其中最出色的一个。
>
> ……夜的鬼魅从这草原上飞过也要感到孤单难忍的。

接着由地及人，说"关东的田地是荒凉的，所以在人的感情上，也就不由自主地会荒凉起来"，写到艾老爹的粗野、沉郁、倔傲、冲动、误杀妻子等"劣性"。另一部长篇小说《大江》开篇写"大江是古铜色的古老民族心脏里两条烙印的一条"，指明"大江是从星宿海里流泻下来，它是从烟霭和毒瘴里生长大的，所以它的水流里，也充满了阴险和恶毒"；在此背景下，描写两块"顽铁"（铁岭、李三麻子）在抗战熔炉中锻炼成精钢。这些景物描写，从写实角度看，是作者对大自然另一面的如实体认；从比喻、象征意义上看，不妨理解成作者对大地及大地之子某些缺陷的如实抉摘，是一种"爱极了的憎恨"，同样泛溢着大地之子深广的忧患意识。

端木蕻良的忧患意识内涵丰富。除了通常所谓忧国、忧民，他还用不少笔墨写到忧己，忧及个人的生存环境。《科尔沁旗草原》在展示大家族衰败的同时，也写到这个家族的末世子孙丁宁对家族和社会的拯救，其中融入了作者忧郁、伤感的生命感受，呈示着端木蕻良个人精神世界和心灵的低语，展现了"五四"到大革命前后，一个知识分子的精神历程。这段历程被"九一八"事变所打断。南下上海后，端木受到特定的社会政治氛围、文学活动环境的影响，他切身感受到报国无门（故乡沦陷已五载，当局尚未下定抗战决心）、事业难成（三年前写成的第一部长篇小说尚未出版，此时写作的第二部长篇小说又遭冷遇）、知遇顿失（他想拜见的鲁迅溘然长逝，留给他"永恒的悲哀"）的痛苦和悲哀，加重了他在这五光十色的大都市里的孤独、寂寞，倍感忧郁、苦闷、压抑、悲凉。初登文坛的短篇小说即有端木初抵上海时的精神处境的展示，有他心灵深处"彻骨的忧郁"的流露。除了上举几篇，两篇描写监狱题材的短篇小说《被撞破的脸孔》和《腐蚀》，所写关押"我"的牢房狭窄、肮脏、四周泛滥着酸雾的环境不啻于是当时社会的缩影与象征；《生命的笑话》（后改名为《可塑性的》）、《三月夜曲》两篇描写贵族出身的女子，由于家族败落而沦落大都会十里洋场，在穷困逼压下丧失做人的尊严，流露出端木感同身受、沉重而又无奈的生命悲叹。副题"百哀图之二"的《吞蛇儿》，文本中的蛇也富有象征意味。上海街头的流浪儿水根白天在街头巷尾表演吞蛇，夜里做梦便见蛇来吞他。现实生活中横眉怒目、威逼他不停地表演的师傅，也恍惚变成梦中那条"赤黑飞蟒"，四处缠绕他，跟踪他，吸食他的血液。水根梦见的情景，显然交织着端木初到上海后获得的新的都市人生的体验。

但是端木没有沉溺于一己的苦闷、忧郁，尤其在他身处国破家亡的时刻，他个人的忧郁总是和时代风云、民族命运紧密相连。上述小说中的人物最终都会脱出郁闷窒息的环境氛围。例如《三月夜曲》中"我"对沦落风尘的外国舞女不无悲悯地叹息："无论哪个没落的阶层，最先得到不幸的都是女人"，但在小说结尾处，端木又突兀地补上一句："第一个从马赛站起来的也是女人。"又如《腐蚀》中的"我"，每当被环绕着"蒸人的腐乱湿溽带点黏腻的酸气"浸淫身心、无处逃遁，乃至肢体瘫软、生命委靡之际，又总会感遇到狱中一个东北士兵坚定的目光而暗自羞愧，由此坚信高墙之外阳光、欢笑的存在，环绕四周浓稠的酸雾似乎因此裂开一丝透亮的缝隙。再如《鹭鹭湖的忧郁》,通篇弥漫着郁闷、绝望,篇末却以"远远的鸡声愤怒地叫着,天就要破晓了"作结,穿透满纸的郁闷,预示光明的前景。

端木初期小说中个人的忧郁随着抗日战争爆发而逐渐散去,取而代之的是刻骨的憎恨和英勇报国、不惜献身的战斗激情。《大江》进而描写两块个人主义的"顽铁"怎样在集体主义熔炉中锻冶,被群众改变成为精钢。端木小说人物忧国、忧民的深广的忧患爱国意识,既源自中国古代忧患爱国文学传统,又回应了鲁迅等新文学先驱启蒙、立人、解放个性的呐喊,接续了"五四"开创的现代爱国主义文学传统。他们从个人到集体的走向,应和着启蒙救亡的双重变奏,融入了中国现代文学历史的进程。

第三节 "时代之子"强烈的爱国情怀

端木蕻良也有"时代之子"美誉。端木晚年谈到自己的治学经验,提到他有一位逝去的好友,曾说他"有注意地方色彩的习惯",这一点他承认,可他说自己"也有意识地尽力去把握时代特色"[①]。端木小说确实具有强烈的时代性。他的小说大多创作于20世纪30年代初到40年代中期,即从"九一八"事变发生到抗日战争胜利的时段。其间所作几乎每一篇都与抗日战争有关,表现出深广的忧患意识、强烈的批判精神、坚贞的民族节操,以及英勇抗敌、舍命报国等强烈的爱国主义情怀。深广的忧患意识已如上述,本节沿着端木追随时代前进的脚步,考察其小说创作中呈现的时代之子的强烈的爱国情怀。

端木小说弥漫着"彻骨的忧郁",交织着"繁华的热情",从忧郁中迸发出热情是其情感的大致走向。端木这个时段的小说始于忧郁,交织着憎恨;继而随着抗战爆发拂去忧郁,转向乐观、激

---

① 《治学经验谈》,《端木蕻良近作》,花城出版社,1983年1月。

昂；后来随着抗战进入相持阶段，战争初期的热情降温，自己也历经丧妻之痛，痛定思痛之后的小说创作，一定程度上又表现出向忧郁的回归。总体上说，在端木小说所涉及的个人、家庭、故乡、民族、国家及其相互的关系中，乡邦、故国、民族始终占据着重要的位置。即以贯穿全部创作的忧患意识而论，忧己是起点，忧民是中介，忧国才是归宿。尤其是那些追随时代前进脚步，描摹战争风云的小说，所呈示的爱国情怀相当深沉、强烈。而端木又特别擅长写景，常用景物隐喻、寄托感情，使他的爱国情怀得到艺术的呈现。

还是从端木的处女作说起。《科尔沁旗草原》描写草原首富丁氏大家族的衰落，最后在其濒临崩溃的前夜，发生了日本军队攻占沈阳的"九一八"事变。但是就在事变发生的第二天，便有崛起的农民会合原先的土匪组成义勇军向沈阳进发。小说写大山的头在队伍中的一闪，暗示他"把自己交给了时代"①。结尾描写天亮之前黎明与黑暗搏斗的景色，艺术地预示了中国抗战的前途。其后的第二部长篇小说《大地的海》具体地写"大山"们如何把自己交给时代。这部小说同样从描写寥廓、寂寞、贫瘠、荒凉的土地景象起笔，写到土地子民悲凉、愚昧的人生，顽健的生命处于混沌、原始的状态，字里行间弥漫着忧郁、悲凉的色调。然而当土地遭受敌寇掠夺、蹂躏时，这些与土地命运血肉相连的大地之子，立即体验到自我生命被宰割而致失家、断根的痛苦。为了讨回失去的土地，保住生命存在的根，他们义无反顾地拿起武器奋起抗争。小说的主人公来头，在目睹心爱的恋人杏子被汉奸奸杀的惨剧后，"用钢铁的热情，压下去心底的哀凉"，走上反抗之路，"献身给时代"。小说结尾描写神松岭松涛的巨响、风雪的怒吼，烘托出抗日英雄们高昂、振奋的战斗豪情，同时抒发了作者内心焕发出来的抗日救亡的巨大热情。

---

① 《科尔沁旗草原·初版后记》，《端木蕻良文集》第一卷，北京出版社，1998年6月。

短篇小说《憎恨》写土地上的阶级对立，地主对农民的欺压和农民畅快的报复。小说开篇描绘的也是一幅悲凉、哀败的画面：深秋暮霭寒风中孤独落寞的老朱全在捡拾落叶，他刚把落叶扫聚在一起，风又将它们吹散开去。不倦地飘舞的落叶，似乎在戏弄着"这个在苦苦搜寻自己生命的扫叶人"。透过画面可以闻见作者内心沉重的生命叹息。后来青年农民圆子的那把快意的复仇之火，释放出饱受欺压、盘剥的贫苦农民淤积心头多年的郁闷。

　　《浑河的激流》是端木最早表现民族意识、抗日情绪高涨的小说。小说开篇一段浑河左岸白鹿林子一带秋景的描绘，寓含着祖国版图变色、大好河山沦陷、人民惨遭欺侮和踩躏的切肤之痛。但是有着守节不屈传统的猎户们不甘心做亡国奴，任人宰割，他们一致议决，拒交狐皮，自卫抵抗，然后投奔"第五路人民革命军去"。篇中的浑河之水映照着民族情绪的高涨，当水芹子的爱情得不到母亲理解，被斥为"靡志气"时，她怀着满腔委屈赌气跑到河边：

　　　　浑河的水是浑的，唱着忧郁的歌子。可是在月光下，它也被诱惑了。红沙石的河岸，黄土河床，白茫茫一片水花，微绿的雾露，笼罩着北国的高爽空旷，长空里流泄出一片霜华……何等的迷人阿。……但是水芹子是这样的哀怆！

当猎户们深夜聚会商量拒交狐皮时，"月华如霰似的散在浑河水面上，又静，又香，又有清凉。……浑河看不出有一丝儿混玄的迹儿……"当浑河岸边的战斗打响，猎户们拉起队伍投奔义勇军时，送别恋人的水芹子"眼前仿佛看见浑河的水翻腾地流去……"她的战斗豪情因此激发出来，决心实践自己"用血把浑河的水澄清了"的誓言。这篇小说写于1937年2月，距离"七七"事变、抗战爆发仅仅五个月，正是民族意识日益高涨、抗日情绪似潮澎湃的时候。小说从时代大潮中掬起一朵浪花，艺术地传递给读者，激起强烈的共鸣，获得巨大的成功。

　　端木小说对这种情感走向的表现是有充分的生活依据的。据端木蕻良后来回忆，在他儿时的印象中，故乡的一切都是惨阴的，因而酿就了他"彻骨的忧郁"；但"九一八"的第二年他回东北去接母亲，亲眼看见"在红螺岘遍山遍野的都是武装的老百姓"①。返京后仍然激动不已，他在《大地的海·后记》中记述了当时的心情："这呼声，这行进，我故乡兄弟的英勇的脚步，英勇的手，我愿用文字的流写下你们热血的流。"那年创作的短篇小说《乡愁》，即写到"九一八"事变，星儿的爸爸半夜回来，浑身是血，到墙上摘了盒子炮下来，跟着队伍打鬼子去了。正是那两段生活的切身体验，决定了端木小说忧郁与热情交织，对故乡民众从忧郁中奋起投入火热的战斗，给予及时而又艺术的表现。

　　端木小说常常以恨写爱，从另一侧面表现强烈的爱国情怀。

　　爱和憎是人类两种最主要的感情。端木认为"情感的实质，只有两面，所谓'好恶之心，人皆有之是也'"："一面是爱，另一面是憎"②。这两种感情在端木身上乃是先天就有的，一直在他血液里流淌着。因此，他既懂爱，也懂恨；既写"爱"，也写"憎"。犹如鲁迅倡导的"像热烈地拥抱着所爱一样，更热烈地拥抱着所憎"③；也像新文学第一代著名小说家叶绍钧所坚持的，"讽了这一面，我期望的那一面，就可以不言而喻。所以我的期望常常包含在没有说出来的部分里"；作者的见解往往"寄托在不着文字的处所"④。"九一八"之后故土沦丧、人民沦为双重奴隶的现实，强烈驱使着端木将沉郁、忧患之爱国感情转向对入侵之敌强烈的憎恨。

---

① 《我控诉，为三千万被侮辱和损害的人民》，转引自赵遐秋、曾庆瑞《中国现代小说史》（下册），中国人民大学出版社，1985年。
② 《短篇小说集〈憎恨〉后记》，《端木蕻良文集》第六卷，北京出版社，2009年6月。
③ 鲁迅：《且介亭杂文二集·再论"文人相轻"》，《鲁迅全集》第六卷，人民文学出版社，1982年。
④ 《叶圣陶选集·自序》，《叶圣陶选集》，开明书店，1951年。

因此憎恨是他第一部小说集的主导情绪,他坚持以此作为集子的题名,而且宣称:《憎恨》以及"第一部长篇小说《科尔沁旗草原》,都表现着'憎恨恶'"①。

端木小说中的憎恨主要有阶级仇、民族恨两种。"在没有失去土地的时候",他的憎恨主要投向那些霸占土地,盘剥、压榨农民的地主及其走狗、帮凶;"失去了土地之后",则指向侵我国土,役我人民的日寇及其汉奸走狗,以及东北三省沦陷五年后仍迟迟不肯抗日的蒋介石国民党当局。

表现阶级仇恨最强烈的当推那题名《憎恨》的短篇小说。小说表现草原大地上严重的阶级对立,描写农民对地主及其走狗的刻骨憎恨,以及因这憎恨而来的大快人心的报复。小说中对立的两大营垒界线分明:农民一方的代表有老朱全、圆子以及孙家"不得脸的佃户"马成等,还有老朱全家养的一条被唤作"老虎"的壮狗,狗通人性,它也是农民阵营中的重要角色。端木后来说:"《憎恨》被译成英文时,被题名'The Tiger',这也可以,因为小说中是以那条名叫'老虎'的狗为主角的。"② 地主方则有"孙大绝后"以及他家的大账房"麻算盘",专会拍马屁的大佃户周德发,还有"戴绿帽子"的周磨官,他让自己的老婆陪东家、陪账房大爷睡觉。

小说开篇,两大营垒间的对立、冲突已趋激化。富甲一方的地主孙大绝后,除了大片土地,还拥有如圆子指说的"这边地头上的防风林子","那带山脚下黑压压的一片落叶松,有名的孙家林子","那千年古木乌烟瘴气的!不许我们动一动!"圆子只砍了孙家的两棵小杨树,做摇摇欲坠的房子的支撑,不能算是偷,却被麻算盘取去了赃底不算,还送到城里罚了三个月苦工。从其诨名可知,"孙大绝后"是坏事做绝的那号地主。家有小老婆八大车,还

---

① 《我的第一本书》,《端木蕻良文集》第六卷,北京出版社,2009年6月。
② 《我的第一本书》,《端木蕻良文集》第六卷,北京出版社,2009年6月。

要和周磨官的媳妇"勾搭起来，不清不楚的"。这边的"老虎'气不公'了，上去就是一个饿虎扑食，瞅着他的小腿肚子就是一口！"这孙大绝后平日里可是一根汗毛也碰不得的，"非要老虎给他抵命不可！"佃户们偷偷地用另一条狗代替，"老虎"才得以幸存下来。

小说主要叙写农民们一次"予及汝偕亡"式的复仇。被罚苦工期满的圆子刚回来，随老朱全回家用"老虎"捕得的野鸡下酒。麻算盘让马成来捎信，他要和周磨官媳妇那个，看中老朱全这两间茅屋，来借住一宿，让他们赶快收拾，把炕烧热。这让老朱全愤愤不已："天这样冷，把我们撵出去，他在这里寻开心，找骚女人困觉！""我曳着脖子搂的柴火是给他烧炕的！"唯独圆子反而快活起来，主动表示"我给他烧炕去！"还语气双关地说着："顶好，让他们睡在火里！"

油然而生的报复念头源于多年累积的憎恨。圆子边烧炕边回想起孙家盘剥、欺压造成他家破人亡的件件血泪事实，"积压了多少时日的深郁的仇恨，突突地也都随着火焰上升了，燃起了！"朱全和马成也回忆起各自受欺压、苛剥的历史。而麻算盘出场后的言行举止——呵斥，目中无人，赶走朱全、马成，脚踢正为他烧炕的圆子等，更坚定了圆子的复仇决心。待那娘们到来，一对狗男女关门、睡熟，便急切地将火柴燃着了窗下的干柴：

  一腔的憎恨，因过久的时日而结成了化石的憎恨，都在圆子的胸腔里吐出，在火苗上开了崭新的花朵。

仇人葬身火海，老朱全的茅柴屋和小柴垛权充葬礼。远近赶来救火的村民得知被烧的是谁，便改成驻足观望、欢呼，共享着复仇的快意。此时小说又生波澜：老朱全惨呼着"老虎，我的老虎！"疯狂地向火海狂奔。圆子方想起"老虎"是在外屋柴栏里牢牢地拴着，立即奋不顾身冲进火海营救。"老虎"像传说中的"火鼠"

从红光里跃出,引来一片喝彩声。此时周德发跑来抱怨"人命不救救狗命!"反衬出农民对地主的无比憎恨。"看着周围的人都向他怒红了眼睛,如同那火就是从那些深不见底的眼睛里喷出来的一样",他仍壮着胆子嚷:"失火,怕不就是人放的火呢!""老虎"得到主人暗示,弩马似的向他扑去。

农民与地主之间的矛盾,地主对农民的压迫、盘剥与农民的憎恨、反抗、复仇乃是中国文学传统的主题,端木小说承续这一传统并作出了独特的抒写。

首先,大量采用了中国古典诗文常用的对比手法。农民与地主之间衣、食、住、行特别是举止做派等构成一系列对比,让人油然想起杜甫"朱门酒肉臭,路有冻死骨"的名句。甚至对立双方的"走狗"(老朱全家的"老虎"与孙大绝后家的大账房、专会拍马屁的大佃户周德发等之间也有着旧恨新仇)之间也构成鲜明对比,"老虎"的疾恶如仇以及主人对"老虎"的舍命相救、患难与共、充满友情和爱,"正陪衬出对地主的无比憎恨,并歌颂他们对恶的抗争"[①],有力地凸显了主题。

其次,人物的肖像、心理描写生动、传神,细腻、精彩。对孙大绝后及其走狗,主要采用传统白描写法,麻算盘的目中无人、横行霸道及其纵淫逸乐,主要通过其肖像、言行的白描传神写出。例如写他的出场,未见其人,先闻其声:"滚,你们都出去,我自己的人来了!"接着声到人到:"孙家的大账房有名的麻算盘。一阵冷风,大踏步地闯进屋里来。似乎屋子太小,不够装下他庞大的身躯,他在地心像个摆浪鼓儿似的四下转着。后边跟着专会拍他马屁的大佃户周德发……"这里的白描有一笔并写两面之效,老朱全的屋子委实太小了,"其实还比不了孙家的柴棚呢",可这事实却在麻算盘不可一世的感觉中见出。对他的肖像描写也是一笔写俩,通过正在给他烧炕的——

---

① 《我的第一本书》,《端木蕻良文集》第六卷,北京出版社,2009年6月。

圆子半闭着的一只眼睛，偷觑着他出名的"躁瞟子"（横行霸道的人）威风，憎恨地对他的大脸琢磨着。那张脸上布满了赫色的麻粒，是他特有的标志。在嘴丫子那儿有个小肉鬏儿，上面奇特地伸出了三根卷曲的黑色胡须，有一寸多长。据看相的李拐仙说那主一生衣食不尽，有吃有喝！其余的部分是刮得光光的，尤其是做新郎的今天。上眼皮多肉而浮肿，看人的时候打着皱纹，眯缝着，像是在用力地透视着别人的心。

这幅肖像可与同期著名小说作家沙汀笔下的人物（如《替身》中的保长李天心、《在其香居茶馆里》的邢么吵吵）描写相媲美。

　　心理描写更多也更精彩。这是由小说的主题决定的，憎恨本来就是一种心理和情感。小说主要展示农民从屈辱、忍耐，到挺起腰杆愤怒复仇的情感历程。这段历程在老朱全身上显得艰难、漫长一些，上举开篇对老朱全扫落叶孤独、郁闷、凄苦、无奈形象的描写，可见他身上因袭的重负很多。但他后来还是默认、支持了圆子的行动，他更多地牵挂他家的"老虎"。老一代农民的参与复仇让我们想起俄国文论家杜勃罗留波夫的那句名言：最强烈的反抗乃是从最柔弱的胸膛里爆发出来。年轻一代的情感历程相对简单、短暂，心理活动却颇复杂、丰富，小说写圆子的心理活动细腻而有层次感：从午听消息灵机一动生出复仇念头，到烧炕时历数爹死、娘改嫁、自己做长工遭毒打留下耻辱纪念的圆疤，以及刚被罚做三个月的苦工，等等，孙大绝后及其走狗所欠桩桩血债是其产生放火报复念头的动因。亲眼目睹麻算盘出场后的言行举止，又一次领略他的吆喝、辱骂和脚踢，"他的主意算转定了！"准备点火前他又曾惋惜老朱全一生积攒下的茅屋，一个秋天苦苦搜积的小柴垛，"质朴的心有点犹疑了"。可是，过这村，便没这店了！事后兄弟们再各出一把手，妥善安置老人吧。可就在等待那娘们到来之际，突然想起"那娘们不要也化成灰吗？"心里生出可怜无辜的同情，然而这同情立即转变为憎恨："谁让你和他困觉呢！"又联想到戴绿帽子的周磨官，可一想起他平时帮孙家干了那么多昧良心的事，"还放着自己的老婆来陪账房大爷睡觉……"这顾虑也就释然了。这段曲折细腻的心理描写明显有别于传统小说技法，迹近西方意识流小说却又有质的区别，应该说与现代文学传统有着更密切的联系。

综观《憎恨》全篇叙写的故事，积久的憎恨迸发出快意的复仇，背后搏动着的却是作者对大地之子热烈的爱心，这正是作者对抗战前途、对中国的未来充满信心的力量源泉。

表现民族憎恨的则首推《浑河的激流》。这个短篇也描写东北人民从屈辱忍耐到奋起抗争，所表现的却是民族情绪的高涨，是端木捷足先登的抗战小说的代表，富有强烈的时代性。篇中两方面的描写比较突出。

其一，艺术地表现了富有强烈民族情绪的憎恨。主要体现在那个"抛刀"细节的生动叙写上。小说中的水芹子告诉母亲，金声哥哥的刀抛得真好。他能先在一棵大榆树上用刀抛点成"小口木"的字样，然后"用左手，飕的，一起又抛出了三把刀，在四框里加一点，在木字上加一杠……"这一细节的潜台词十分丰富：第一，它隐喻刀劈小日本之意。金声苦练抛刀绝技，是为了对付日本侵略者，借抛刀刻字发泄他对"小日本"的切齿憎恨。第二，含蓄地讽谕当局。当时的国民党当局尚未下定抗日决心，妄言抗日者会被定"罪"，当局的书报检查严禁出版物中出现"日、蒋"乃至"张（学良）"等字样。鹭鹭湖畔俩看青人私语"听说小×到×京合作去了"，含蓄地表现民间的抗日要求，即与当局态度有关。明乎此，便可发现抛刀细节内含着又一重憎恨：金声的飞刀除了掷向"小日本"，还投向国民党当局的不抵抗政策，抒发了"遗民泪尽胡尘里，南望王师又一年"的怨恨。

其二，家庭亲情、个人爱情与民族意识、爱国激情融为一体；历史与现实交相辉映，民族意识、爱国情感蕴藉深厚。小说中的主要人物水芹子是个天真无邪、活泼可爱又可敬的少女。能爱能恨，是非分明，富有主见，性格倔犟。她对金声飞刀绝技的欣赏主要建立在民族意识的共鸣上，因而她与金声的爱情建立在共同的民族情感基础之上。然而母亲非但没有理解他们的爱情，反而责怪她"靡志气"，因为她俩同姓。她家祖先本姓金，是大明的子孙，且有大学问。明亡以后，拒不降清为官，并将皇上所赐清朝衣饰骂为"禽兽之服"：既着此服，则爬行上朝，且答言"身穿禽兽之服，朝见禽兽之君，自然得爬着走才对"。龙颜大怒，下旨灭绝九族。他家这一支因藏身丛林得以幸存，于是改姓丛了。母亲的这段"寻根"讲史（与《晏子春秋》中晏子智答楚王"使狗国者，从狗门入；今臣使楚国，不当从此门入"及"橘生淮南则为橘，生于淮北则为枳"的比喻极为相似①），在历史的血迹中升腾着高尚不屈的民族节操，水芹子自然十分信服，可她并没有违背祖训。她早就铭记着："我们的祖宗是有志气的，清朝时我们祖宗不降……现在清朝（指'满洲国'）不是又来了吗？我们还是不降……"当猎人们齐心拒交狐皮，议决武力抗捐时，她动员金声上战斗前线；金声被派回来联络，她误以为临阵脱逃，好像受了一种难堪的羞辱；金声随队伍走了，她"眼前仿佛看见浑河的水翻腾地流去"，心头的民族意识、抗敌热情也随之高涨。本来她已经准备遭遇敌情时，以"画眉炭子"被动应对，此时却不愿这样做了："不，妈妈，给我枪！给我枪！"并将金声临别所赠飞刀"热切地塞在怀里"。她在斗争中迅速成长，决心用血把浑河的水澄清，堪称兀立浑河激流的中华民族少年巾帼英雄。

民族憎恨、民族节操所体现的强烈的民族意识，在端木的第二部长篇小说《大地的海》，以及抗战爆发后创作的短篇小说《萝卜窖》《青弟》《风陵渡》等篇中也有突出的表现。初登文坛的端木蕻良非常重视作品的"宽度、深度和强度"，将其提升到"决定一件艺术品的伟大性的"高度，并曾据此批评茅盾先

---

① 《内篇·杂下》第九则、第十则，选自《晏子春秋》，中华书局，2011年5月。

生的作品，认为"他对于人物的爱憎的强度还不够，所以艺术的价值也受到损失"①。端木自己的作品爱憎强烈，他初期的作品常用以恨写爱的手法，增强爱憎的强度。常言道，爱之深恨之切，反之亦然。毋庸置疑，端木上述小说抒写的强烈憎恨乃是源于对祖国民族深沉、强烈的爱，从另一个侧面凸显了时代之子强烈的爱国情怀。

第四节 平凡英雄英勇抗敌与舍命报国

描写人民群众奋起抗击日本侵略者，并在战斗中锻炼成长，表现他们乐观进取、智勇兼备、英勇无畏、不怕牺牲，抒写新时代英雄主义华章，正面凸显爱国情怀，乃是端木蕻良抗战小说鲜明的特色。

战时显忠勇，乱世出英雄。爱国主义精神在国家遭逢内乱纷争和外敌入侵等战事时表现得最为突出。在中华民族历史上，随着王朝鼎革、诸侯争霸、农民起义、外族入侵，爆发过大大小小无数次战争，产生了众多抵御侵略、保家卫国、英勇战斗、不怕牺牲的英雄，以及记录英雄业绩的爱国主义文学。屈原的《国殇》正面描写惨烈悲壮的战斗场面，歌颂楚国将士英勇战斗、以身殉国的爱国精神，开了这类爱国主义文学的先河。其后曹植的《白马篇》、南北朝乐府民歌《木兰辞》继承《国殇》开创的歌颂慷慨报国之士的文学传统，开启了唐代的边塞诗风。唐宋以降，爱国文人不仅胸怀忧患爱国之"思"，而且常有主动请缨、亲赴戎机之"行"——或佐戎幕府，或挥戈上阵，大大拓宽了爱国主义文学表现领域。端木蕻良学生时代即有投军报国的经历，"九一八"之后返乡又亲眼目睹了东北老家父老兄弟武装抗日的情景，这些都使他能够继承中

---

① 《文学的宽度、深度和强度》，原载汉口《七月》1937年2月第5期，收入《端木蕻良文集》第五卷，北京出版社，2009年6月。

国古代描写战争题材、表现英勇抗敌、舍命报国的文学传统,很早创作出堪称优秀的抗日题材小说。

端木蕻良是现代文学史上最早反映抗日题材的作家之一。他的小说很早就触及抗日题材。"九一八"事变第二年,他就在短篇小说《乡愁》①中写到事变当夜,星儿的爸爸负伤回家,拿起枪投奔义勇军打鬼子去了。1933年写成的《科尔沁旗草原》结尾,也写到"九一八"事变次日,一支由觉醒农民与从前的土匪汇流而成的抗日义勇军队伍向沈阳进军路经古榆城,全城居民涌上街头,异常兴奋:

> 人在凶号,整个科尔沁旗草原在震颤,在跳跃,在激扬!
> 晨光是昏昏的,接近地平线的一带,还有一块黑云,黑龙似的在伸张它的爪牙,晨光在和它搏斗……
> 不久,天必须得亮了。

晨光和黑云搏斗情景象征隐喻的描写,预示了中国的抗战前途。美籍学者夏志清,将《科尔沁旗草原》与《猫城记》《八月的乡村》比较,称誉其"是当时第一部以英雄的气概预言中国前途的现代小说",为"它之后歌颂民族抗日运动的英雄主义小说开辟了道路",并将这一场面的描写归因于端木"热爱中国的大地,热爱在这块土地上休养生息的人民",是很有见地之论。② 与《科尔沁旗草原》同时酝酿,写成于1936年的长篇小说《大地的海》完整地表现了大地之子从忧郁憎恨、忍辱苟活到奋起抗战的情感历程。这部小说主要叙写作者母亲那一族的故事,写农民对土地的深情。因为作品写于土地失去之后,主体故事便围绕着土地的争夺展开。

---

① 当时未发表,后载于开明书店十周年纪念特刊《十年》续集。
② 夏志清:《小说〈科尔沁旗草原〉——作品简介与作品述评》,钟耀群、曹革成编《大地诗篇——端木蕻良作品评论集》,北方文艺出版社,1997年2月。

"当主人们在大观园里诗酒逍遥将土地断送给敌人的时候,这些奴隶们却想用他们粗拙的力量来讨回!"[①] 伪满汉奸向日本主子献上"化囚为工"的毒计,用囚徒做工修筑公路进攻义勇军。面对疯狂的土地掠夺,大地之子们将积久的憎恨化作抗争行动,联合囚徒起而暴动,最后投奔抗日义勇军。小说用抒情笔法写惊心动魄的反抗斗争,既表现对日本侵略者、汉奸卖国贼的切齿憎恨,又表现从憎恨迸发出抗争,抒发作者对土地的礼赞热爱,谱写了一曲"大地之子的歌吟"。短篇小说《浑河的激流》也写猎人们起来"反满"抗捐、投奔抗日义勇军。《遥远的风砂》叙写塞外荒漠草原上的战斗,遥远荒漠升起塞外烽烟,小说史家称其承袭了唐代边塞诗风的余绪;人物剽悍勇武,集匪气、正气于一身,英勇悲壮的战斗、牺牲富有传奇色彩。

随着全民族抗战爆发,端木蕻良拂去往日忧郁,切齿憎恨转化为奋起抗争。在端木看来,"憎恨是战斗的火源,战斗是爱的澄清,爱的创造。"[②] 这种源于憎恨的战斗激情在上述很早触及抗日题材的小说中得到了初步的艺术体现。而在抗战爆发之初的文学活动和小说创作中,表现得更加强烈。

据端木晚年回忆,"七七"事变发生时他正在青岛养病。接到茅盾要他速归的信,第二天就赶回上海。当时因为战争缘故,许多文艺刊物都停刊了。茅盾牵头办起联合刊物《呐喊》,为更紧密结合当时形势,第 2 期改名为《烽火》。端木回沪后即在这期刊物上赶写了一篇文章,驳斥日本文化人散布中国的灭亡是"宿命"的、是上帝安排好了的谬论。端木指出:"东方一群疯狗指挥着强迫着他们的国民来屠杀中国民众,固然如'同情中国的日本文化人'室伏高信先生所说,是中国的宿命;但中国的不能灭亡,也正和侵

---

① 《大地的海·后记》,《端木蕻良文集》第二卷,北京出版社,1999 年 5 月。
② 《短篇小说集〈憎恨〉后记》,《端木蕻良文集》第六卷,北京出版社,2009 年 6 月。

略主义必然没有前途,是一样宿命的。因为,用五千年的文化所锤炼出来的新的觉悟,用四万万五千万人口所动员的民族运动,怎能是几把屠刀所可消灭的呢!"端木预言:"血腥的战争必然会起来,正义必须和无耻决斗。必须用战争来消弭战争","中国的命运自有他四万万五千万的国民来决定并且完成。并非任何黑色符咒所可摧毁的"①。《烽火》也只出了一期,就因战争的迫近而停刊了。端木撤离上海,因犯风湿病滞留浙江三哥处休养半个月,行动刚刚自如一些,便接到萧军寄来的热情洋溢的信,邀他去武汉"好好办刊物、写文章大干一场"。早已按捺不住的端木不听三哥的劝阻,乘火车直奔武汉,"和萧军、萧红、蒋锡金等聚在一起,同是东北流浪者,对日本军国主义的侵略行径更加仇恨,我们用笔写了一些短兵相接的文章,将投枪掷向日寇的心脏……从此,开始了我的抗战生涯"②。

也就在撤离上海前后,端木创作了一组叙写东北人民抗击日寇英雄事迹的小说。《柳条边外》,是端木"'八一三'前写的中篇"③,原名《突击》,叙写东北抗联展开"发展枪械突击队"的军事行动,生动逼真地展示了东北沦陷初期抗敌战士的精神风貌。《萝卜窖》(篇末署"1937年8月于上海"),写一小男孩莲子,亲眼目睹自己掩藏的抗联负伤战士被日本兵从萝卜窖中抓出、拷打、逼问并残忍地杀害,自己被发现后也顶住日本兵威逼利诱的审问,最后用智谋拼杀二敌、壮烈牺牲,描绘了一个以身殉国的少年英雄形象。《螺蛳谷》写一支抗联队伍被日军围困在马蹄形的螺蛳谷中,四天后采用诱敌深入之计,不但冲出重围,而且消灭了围困之

---

① 《中国的命运——兼答室伏高信》,《端木蕻良文集》第五卷,北京出版社,2009年6月。
② 《抗战开始小忆》,《化为桃林》,收入《端木蕻良文集》第五卷,题名《投枪掷向日寇》,文字略有出入。
③ 《新版〈江南风景〉赘语》(《柳条边外》收入中篇小说集《江南风景》),《端木蕻良近作》,花城出版社,1983年1月。

敌。作者掩饰不住内心激动兴奋，篇末议论点题："这些落后的群众他们是怎样地消灭了我们顽固的敌人，这些落后的群众他们分布在我们广大的失去了的原野上，到处都是。"综观这三则英雄故事，有以下几个突出的特点。

第一，小说开头或篇中安排穿插大段东北自然风光的描写，既抒发了作者对祖国大好河山的无限眷恋与热爱，又含蓄地暗示这是一场夺回失地、保家卫国的战斗。端木将《突击》改名《柳条边外》，就是为了"突出地方色彩"。这篇小说开篇即铺写作者老家东北柳条边外一带的景色：

> 柳条边滚动着深棕色的脊梁，一只懒怠的土蛇样向着天际爬。龙江在北边喑哑地呼唤：到这里来呵，这儿有终年白雪的长山，熊在这儿做窠，人参长在灵芝下，沙子可以淘成黄金，黑土里插根棒槌也结出高粱来……平原摊开广平的腹部，承受着风、霜、雨、雪、淫荡的早露、鲁莽的冰雹。在春分种下麦稞，谷雨播下大田，蛇眼高粱长得和小胳膊一般壮。

接着逐一描写红顶山、白漂水、蘑菇圈、白桦、雪松、山落红、青纱帐等自然风物、当地特产形成的隽美、独特的自然风光，这段风景描写竟占去一千多字的篇幅。然后才在这背景上推出两名化装执行突击缴枪任务的抗联战士，写出他们这次行动的全过程。他们胜利返回驻地之时，留守战士正忙着修筑半山环墙，小说又插入一段抗联驻地红顶山腰白漂水的风光：

> 几天来没有人去捉鱼，白漂水可真成了白漂子世界，鱼儿成群结队地出来游玩，到了实在无论如何也不足以说明自身最大的高兴的时候，便索性往岸上一蹦。
>
> 汗水流着，青春的喉咙无节制地唱着歌曲。用无限的精力建筑了新的长城。

自然风光与军事行动交融辉映，呈现出保卫家乡、迎接缴枪英雄胜利归来的欢快气氛，让人想起庄子"鱼之乐"的名言。接下来写修筑工事及发展枪械突击行动的意义，连用多个"保卫了……"的排比句段，保卫的对象涉及自然山水、地域特产、家畜野兽，以及生活在当地的男女老幼，甚至包括活人的气息、愉快的汗珠、光明的脚步、黄色的皮肤、中国人的健硕的肩膀、东北人的透明的畅快、人类为着自由而揭起的无边的怒焰！纯然是赋体写法，与其说这是一篇小说，毋宁说它更像一首质直豪放的抒情诗。

　　第二，这组小说中战斗的主体都是刚刚拿起武器，投身保家卫国战争的农民战士，是当时一些人眼中"落后的群众"。他们原本是老实巴交的农民，因为失去赖以生存的土地才拿起枪杆参加抗日队伍。在他们身上不同程度地存在着小生产者的自私、狭隘、胆怯、蒙昧、目光短浅、不习惯纪律约束等缺点，但他们又具有劳动者的质朴、善良、忠诚、勇敢、憎爱分明，都有对于土地的执著的眷恋，富有朴素而强烈的民族情感。当这些农民刚组成战斗集体，与狡猾残忍之敌作战时，难免出现对部队生活的不协调，甚至闹出一些笑话。端木小说很早就塑造了这批抗日新兵形象，如实描写他们身上的缺点，如《柳条边外》中小战士石头的好大喜功，自私、褊狭、妒忌且易于冲动，但他在战斗考验中成长，在战友英雄事迹感染下，觉察并克服自身弱点，迅速成长为坚强的革命战士。《萝卜窖》中的莲子是一位少年民族英雄，最后力拼强敌、英勇献身，可歌可泣，但端木也如实写到他先前掩藏抗联战士时的年少、稚嫩、缺乏责任感和应对狡猾敌人的经验。这样写并不会减弱英雄形象的光辉，反而让人们觉得真实、可信、可敬、可学。文学史家在论评抗战初期小说时，多极力推许姚雪垠开创的"差半车麦秸"形象系列，端木笔下的这些新战士形象已经初具该形象系列的基本特征，而其创作时间则大大早于姚作。有论者称誉端木创作了捷足先登的抗战小说，恐怕即是基于这些形象的成功塑造吧！稍后写作的《螺蛳谷》，英雄色彩更浓一些。小说写群像，突出描写的是小战士山柴禾马亮。他聪敏、机灵而又镇静、勇敢,先向队长献出诱敌深入的计谋,被采纳后又亲身实施:孤身前去充当诱敌之"饵",对脱困歼敌战斗的胜利起到决定作用,堪称智勇双全的少年英雄。其他人物着墨不多,却也形象生动、了了分明。如写青山队长的沉着、冷静,虚心听取下属的计策;周大河洛质朴粗率,战斗打响后因为紧张而忘记打开机枪保险,推迟发射却收到奇效(歪打正着),战后先是说漏了嘴,转而吹起牛来:"放机枪,家常便饭,有啥稀奇!"相比较而言,这个平凡英雄的形象,更真实可信而又生动幽默,富有谐趣。

第三,通篇洋溢着昂扬乐观的英雄主义喜剧格调。这乐观喜剧色调首先来源于作品人物身上的缺点及其克服改正,在战斗中成长为英雄的过程。如周大河洛战时的紧张与战后说话的先真后假等自相矛盾,自然生出喜剧情境,形成乐观气氛。值得注意的是,描写少年英雄莲子英勇抗敌牺牲的故事,也没有把它写成凄惨的悲剧,更多的是大义凛然的悲壮。中间还穿插进一些幽默诙谐的旋律,使故事庄谐并作。如篇中描写日本兵审问他们的俘虏的语言就很精彩,他们想用东北方言:"给你两分钟考——想头",本想用"考虑"两字,但断定俘虏不会明白,所以吃力地改用了"想头"两个字,虽然,依照东北纯正的口语是应该说,"给你两分钟的工夫寻思寻思!"小说让这俩日本兵一唱一和:"给你两分钟的想头。"像回音似的:"给你两分钟想头。"让人忍俊不禁。端木小说乐观昂扬的喜剧格调既与文学传统大团圆结局表现一脉相连,也与抗战初期对时局过分乐观亢奋的时代情绪影响分不开。这组小说有着明显的纪实报告色彩,是否可以说端木蕻良开了抗战小说的先河呢,这里不想遽然妄下结论。

随着战局由东北而华北、华中的演进,端木的抗战小说也更多地着上英勇悲壮色彩。第二部短篇小说集《风陵渡》中的一些篇什正面表现了"七七"事变后东北、华北人民英勇悲壮的抗日战斗。除了上举《螺蛳谷》,值得注意的还有《风陵渡》。这篇小说与《萝卜窖》非常相近,都描写普通民众在遭遇日军时英勇杀敌、舍身成仁,表现出崇高的民族节操,堪称姊妹篇。《风陵渡》的文化蕴涵更丰富。开篇描写黄河船夫图腾艺术,随后写现实生活中的老船工马老汉,承袭祖辈艄公职业,一如既往打鱼为生。然而,现在连鱼也不能打了,日本人来了,风陵渡成了兵荒马乱的所在,敌兵的游艇在河面上游弋,黄河成了受污的少女。这一切都唤醒老汉内心深藏的民族意识。他两次遭遇敌兵,第一次逼他引路去见村长要粮食,被他借故逃脱;第二次被逼驾船去找花姑娘,他推说行船危险,可敌兵竟不答应。于是老汉心中拿定主意,将小船驶向大溜里,与敌兵同归于尽。当两名敌兵惊觉时,已经太迟了。"忽然一声狂笑声,在半空中扯起。马老汉毛骨悚然的笑声扯起来了。"像屋瓦的磔裂,像年老的古树的崩折,"那是一种复仇和对于生的抗议的连串的大笑"。打那之后,人们在夜里常常听到黄河水面上泛起骇人的笑声:不冥的亡灵在发出复仇的大笑,直到风陵渡克复重新回到我们军队手中,这笑声才忽然停息。此后路过的人们,只见那交叉的双桨——艄公图腾,在那儿不变地站着,如同它就是黄河的看守者,永远地保有了最高的神祇的地位。现实中英勇不屈,以身殉国的艄公马老汉的英姿,与古代船民图腾艺术塑像叠印起来,小说就在这古今艄公的形象辉映中谱写了一曲黄河儿女献身卫国的雄浑颂歌。

端木蕻良小说抒写的大地之子深沉的忧患意识、时代之子强烈的爱国情怀,以及抗战期间平民英雄的英勇抗敌与舍命报国,都继承并弘扬了中华爱国主义的文学传统。正如他在《略谈继承和创新》一文中所指出的,"《百年孤独》的作者,对自己民族的遭遇,用火一样的语言加以概述,民族色彩的强烈,足可以证明继承过去文化层的深厚程度"。当然继承之中也有创新。端木小说的视角始终对准下层平民,那些大地之子、平凡的英雄,写他们在民族危亡、土地蒙难时刻所表现出的沉郁忧患、奋起反抗、勇敢战斗、不惜舍命殉国,相对于主要冀望于朝廷大臣、军中统帅、幕府谋士拯救国家和人民的古代文学传统，其现代性特征明显可见。端木小说又有着强烈的时代性，它以敏锐的触角描画从"九一八"事变到抗战结束，中华民族遭受日本帝国主义疯狂侵略、蹂躏，拂去忧郁、奋起抗敌的血与火的战斗画卷，虽然很少直接描写战斗的胜利，较多地表现忧郁、憎恨及忍无可忍之下奋起抗争，但从作品人物的沉默坚韧、守节不屈的意志品质，拿起武器、保家卫国昂扬的战斗热情，以及作者对抗敌英雄的热情歌颂，无不明确昭示了抗日战争的光明前景。流贯于端木小说乐观昂扬的英雄主义喜剧格调，也使之有别于"五四"文学中充盈着的由封建禁锢、民族歧视引发的精神抑郁、痛苦哀怨。现代中国革命实质上是共产党领导农民阶级与封建地主阶级的矛盾斗争，中间穿插了一场抗击日本侵略者的民族战争，这理所当然地进入现代作家视野，成为中国现代文学的主要内容。农民的苦难和他们的反抗斗争始终是现代作家关注的热点问题，由此形成反帝反封建的现代文学传统。在这一传统的传承中，端木的小说占据着异常突出的地位。

第三章　端木蕻良小说与史传文学传统

  史传文学是中国文学传统之"根",也是中国小说的一个重要源头。从《尚书》《春秋》的言、事分记,到《左传》的言、事相兼、编年纪事、重视写人,再到《史记》首开纪传体,确立以人为中心成熟的叙事形式,渐次形成了史传文学传统。小说作为后起的文学品类,其源头虽可以追溯到巫官文化时期的神话传说以及先秦诸子中的寓言故事,但在先唐时期,小说"与正史参行",为"子之末""史之余",明显与史学尤其是史传文学有着更加亲密的血缘关系。史传文学对小说的影响主要表现在两方面:一是劝善惩恶的史学意识影响到小说的内涵、功用;二是史学家对"传闻异辞"的批评促成了小说与"史乘"分离,走向文体自觉、独立发展,但并未丢弃"书法无隐"、"实录写真"的史传文学传统。

  "书法无隐""实录写真"最早见于《左传》对上古著名史官的评价:"董狐,古之良史也,书法不隐"[①],所着眼的是他不畏权势、秉笔直书所体现的强烈的主体意识和独立不阿的精神。孔子曾盛赞董狐所为,在其所著《春秋》中努力实践,开创了著名的"春秋笔法":"《春秋》之称微而显,志而晦,婉而成章,尽而不

---

① 左丘明:《左传·宣公二年》,中华书局,2011年10月。

污，惩恶而劝善。"① 前四句侧重叙事表达，后一句涉及内涵功用。也有论者指出《春秋》存在为尊者、贤者讳的"未谕"和"虚美"处。尽管如此，《春秋》还是体现了最具孔子特色的实录传统。第一，强调用事实说话："我欲载之空言，不如见之于行事之深切著明也"②；第二，开创了"微言大义"的"春秋笔法"，通过史料的遴选，措辞、修辞的斟酌，在简洁平实、不动声色的叙事中内蕴着深刻的褒贬劝惩之意。这种含蓄凝练、皮里阳秋的笔法影响后世极其深远。更多人认为《史记》堪称实录的榜样，扬雄径直呼之为"太史迁实录"③，班固称："然自刘向、扬雄，博及群书，皆称迁有良史之才。服其善序事理，辩而不华，质而不俚。其文直，其事核，不虚美，不隐恶，故谓之实录。"④ 班、扬评价《史记》时使用的"实录"二字就成了这一传统的最早命名，"文直而事核"的实录境界，遂成为中国古代史学批评的一个重要标准，也成为《文心雕龙·史传》标举的中国传记文学乃至所有叙事类文学最主要的传统。小说脱离史传成为独立文学样式之后，这一传统在写实性小说中传衍，"五四"以后，则与西方传入的现实主义文学思潮合流，共同影响现代写实小说，使其成为中国现代文学的主潮。

端木蕻良自小爱好历史，喜欢"杂学"，在清华大学历史系读书期间开始小说创作，处女作《科尔沁旗草原》被研究者称为史诗性的文学起步。半个世纪后犹勉力创作长篇历史小说《曹雪芹》。他这样解释这部皇皇巨著的创作动因："也许是自己是学点历史的，早年对杂学就有些兴趣，这些本身正在要求有个泄洪道，才引起我写历史小说《曹雪芹》的尝试来。"⑤ 端木小说创作与中

---

① 左丘明：《左传·成公十四年》，中华书局，2011年10月。
② 司马迁：《史记·太史公自序》，中华书局，1982年11月。
③ 扬雄：《法言·重黎》，见《汉书艺文志通释》，湖北教育出版社，1990年。
④ 《汉书·司马迁传》，见《点校本二十四史》，中华书局，2011年7月。
⑤ 《略谈继承和创新》，《端木蕻良文集》第五卷，北京出版社，2009年6月。

国史传文学传统有着密切的联系。《科尔沁旗草原》开篇所写山东大水灾①，就弥漫着一股中华远古"汤汤洪水方割，荡荡怀山襄陵，浩浩滔天"洪荒时代的史意；而丁家祖先创业前后，施法术救治瘟疫，故意将迅速发家归因于娶狐仙为妻，以及亲自勘选藏龙卧虎格风水宝地作祖坟，诸多描写都洋溢着上古巫史文化的遗风。可见端木小说创作与中国史传文学传统的密切联系。

端木小说创作与中国史传文学传统的密切联系，主要表现在立意构架上"通古今之变"的历史意识；题材选择上执著人生的现实精神；人物刻画上美丑并举、善恶并陈的原则；叙事手段上推陈出新；价值评判上偶用史传论赞，更多借鉴《春秋》笔法，追求小说的"潜流"等方面。最后，此笔法亦与抒情写意有关，将在下一章论述，本章主要探讨前四个方面。

第一节 "通古今之变"的历史意识

中华民族自古即富有深刻的历史意识，重视历史过程的回顾和经验教训的总结，以资当世鉴戒。中华先民早熟的历史意识使得上古史官文化特别发达，那时出现的神话历史化有别于西方的神话史诗化，限制了叙事文学的发达繁盛，以至于后人论及中国叙事文学发展时，"常有人说中国没有史诗"②。中华先民的历史意识被司马迁概括为"究天人之际，通古今之变"。"通"是指通观历史发展的过程，"变"则要求体察历史的变化，掌握历史发展的规律。既通又变，通变统一；"原始察终，见盛观衰"，"述往事，思来者"；回顾历史，关注现实，预言未来。司马迁发奋著《史记》，就是要

---

① 据端木《我的创作经验》介绍："在现在出版的《科尔沁旗草原》的第1页之前还有一章，是写山东大水的，大概有两万字长，写了大水之后才写的是逃荒，逃荒之后，还有一章写洪荒时代的关东草原的鸟瞰图，但是这些在后来都给删去了。"《端木蕻良文集》第五卷，北京出版社，2009年6月。
② 李长之：《司马迁之人格与风格》，生活·读书·新知三联书店，1984年。

"究天人之际，通古今之变，成一家之言"①，同时他还追求历史和文学的完美结合，开创史传文学传统，影响了从古至今一代又一代小说家的创作。端木蕻良就是现代小说家中杰出的受益者，"通古今之变"的历史意识在他的小说创作中主要表现在三个方面。

第一，描写历史变化轨迹，揭示社会发展规律。

端木蕻良之所以在初涉文学创作时选择长篇小说，是因为他觉得这种文学样式汇集了民间说故事与文人讲史演义的传统，与历史的关系特别密切，"最富于民族色彩"，"既可以作小说读，又可作历史看"②。他在评价《红楼梦》时就指出："中国古代封建社会的终结和近代社会的开端，都能在《红楼梦》中得到启示。我认为《红楼梦》，正如《史记》之被称为《太史公书》，也可以称为《曹雪芹书》。"③他对"通古今之变"的历史意识有自己的理解："中国最早出现的历史这两个字，'历'字就向我们表达了它含有经历趋向的意思，'史'就含有记事的意思，文和史又是分不开的。"④他的小说通览历史进程，描写时代变化轨迹，揭示社会发展规律，继承弘扬了中国史传文学"通古今之变"的传统。

《科尔沁旗草原》即写出了东北草原上地主首富丁氏大家族"从中兴到末路"的历史过程。小说从两百年前山东发大水写起，丁氏家族祖先丁半仙在逃难途中用巫术骗取灾民信任；抵达关东这片尚未开垦的大草原后，以他的威望占有大片土地，奠定了家族兴旺发达的基础。到丁四太爷一辈，勾结官府衙门，以一纸诬告书扳倒草原首富"北天王"，吞占了他的全部田产，一跃成为草原大地主的盟主；又收买跳大神的李寡妇，编造"前生的星宿，现世的阴鸷，家仙的保佑……"等谎言蒙骗百姓，掩盖自己诬告、掠夺

---

① 司马迁：《史记·太史公自序》，中华书局，1982年11月。
② 《〈民族英烈传〉赘言》，《端木蕻良文集》第六卷，北京出版社，2009年6月。
③ 杨光汉：《〈红楼梦：一次历史的轮回〉序》，《端木蕻良文集》第六卷，北京出版社，2009年6月。
④ 《吹尽狂沙始到金》，《端木蕻良文集》第五卷，北京出版社，2009年6月。

的阴险、残忍；然后心安理得、诗酒逍遥，将巨富的家业交到丁大爷手上。大爷、三爷继承了太爷英雄地主的本色，也开了由享乐走向腐化、骄纵、荒淫的头，但他们这一代尚能以谨严的治家、苛刻的剥削巩固丁家财富基业，维持钟鸣鼎食之家的盛世气象。继任大爷的小爷，"盛朝的喜悦和末世的哀感丛集于他的一生"，成为丁家由"盛世"向"末世"过渡时期的地主。留学日本回来，接掌了丁家的辉煌，同时在地租剥削和商业经营上聚敛钱财，还在政界捐得三个局的肥缺。财富和地位使他放纵骄横：强抢佃户漂亮的女儿为妻，又在外面恋上日本情人。就在他春风得意，不可一世之际，时代的风雨接踵而至。20世纪初发生在东北中国领土上的日俄战争殃及丁家，父母妻子均命丧俄军枪口之下，妇女遭凌辱，祖坟被破坏，昔日的荣华都随雨打风吹而去。为挽救下滑，摆脱困境，他离开土地去做投机生意，又碰上外来经济侵略，洋货大量涌入，他那原始的经商方式无法和现代化的外资颉颃，终于落得一败涂地、葬身海底、死不见尸的下场。小爷外出期间，丁府实际由接受了新式教育的丁宁掌管。这位少爷在祖辈地主英雄意识之外又吸收了新兴资产阶级的理想，怀着拯救世人、改良社会的英雄梦想，试图整顿丁府、协调内外。然而府内衰败腐化已是难以救药，府外佃户的愤怒反抗则在潜滋暗长，他的那套"新人"理论、启蒙精神、人道主义理想处处碰壁，连他的表兄大山也发动佃户"推地"（拒租丁家土地），搞得他内外交困、焦头烂额，结果是乘兴而来，悲哀离去。小说的结尾，丁府在日军进攻沈阳（"九一八"事变）激起的城乡骚动，在倾城而出迎接义勇军进军的热浪中风雨飘摇，摇摇欲坠。

《科尔沁旗草原》以家族兴衰折射社会变迁。小说紧扣土地这个重心，通过丁氏家族内外交困诸因素的分析，揭示了封建制度无可挽回的衰亡命运。封建地主阶级对土地的疯狂掠夺霸占，必然会滋生出骄纵淫逸、腐朽衰败，制造出自己的对立面、掘墓人，激发起佃农的"推地"反抗，而帝国主义咄咄逼人的军事侵略、经济渗透的重创则使其一蹶不振，终于在内外交困、两面夹击之下走向衰落。小说在对家族衰败过程的展示分析中突出了日俄战争和"九一八"事变的影响，前者是丁氏家族由盛而衰的历史的转折点，后者则是东北历史的过去与未来的现实的交接点。尽管日军侵略魔爪已然伸出，但随着中国农民的觉醒崛起，"沈阳以西的大片土地正在经历一场大裂变，将会把日本侵略者统统吞没"，夏志清因此称誉《科尔沁旗草原》"是当时第一部以英雄的气概预言中国前途的现代小说"①。作者自己也说，"在《科尔沁旗草原》结尾处，我是想显示出人民力量的浩瀚前景的"②。小说既写出丁氏家族三百年来发展变化的历史，又由眼前农民力量的崛起昭示了草原的未来，可说是东北乃至整个中国近现代社会发展变化的缩影。

《科尔沁旗草原》完成后，端木的写作热情高涨。"那时，我的写作计划是比较庞大的。原来想写五个长篇小说，再写一系列短篇。对于短篇，我也想按着'套曲'的规格来写……想从社会的场景中来描写出人物的群像来。"③ 他后来创作的长篇小说《大地的海》和《大江》承接《科尔沁旗草原》，构成"以土地为背景的故事"系列。三部长篇小说都以土地为重心，分别以大山、来头、铁岭为主角儿，描写大地之子从沉睡中觉醒，从自发地斗争到组织起来武装反抗的历程，反映抗战前后整个时代社会历史的变迁。这种历史意识在短篇小说创作中也有体现。作者自述："如果，《科尔沁旗草原》有纵剖面的显示，那么，这些短篇则是横剖面的展开。生活场景是多方面的，人物是属于各阶层的。"④ 其中系列性的短篇组合（如计划中的"百哀图"系列，计划写百篇，实际写成三篇），连贯起来看，同样展

---

① 夏志清：《小说〈科尔沁旗草原〉——作者简介与作品评述》，见《大地诗篇——端木蕻良作品评论集》，北方文艺出版社，1997年2月。
② 《书窗留语——关于〈科尔沁旗草原〉》，《端木蕻良近作》，花城出版社，1983年1月。
③ 《我的第一本书》，《端木蕻良近作》，花城出版社，1983年1月。
④ 《我的第一本书》，《端木蕻良近作》，花城出版社，1983年1月。

示出社会发展变化的历程趋向,揭示了社会发展的某些规律。

第二,全景式地反映社会时代生活。

"通古今之变"的历史意识,在纵向过程的展示上,要求"厚今薄古""略古详今",即注重史著的"当代性";在横向展开上则要求对社会生活采取"全景"观照的方式,立体式地描写社会、经济、政治、军事乃至乡风民俗、文化生活的诸多方面,如此方能体现借古鉴今、资治通鉴的修史目的。史传文学的这一传统,直接影响到中国小说的叙事。端木小说对强烈的"当代性",以及对反映社会生活的"文学的宽度、深度和强度"的明确追求,都表现出来自这一传统的深刻影响。

《科尔沁旗草原》即体现了史传的"当代性"。这部小说也"可作历史看",是一部近代两百年间中国东北社会形象化的历史。然而作品对这段史实的再现并非平均用力,而是略古详今并预示着未来的。小说共十九章,叙写丁家四代所经历的占地、发家、受挫、下滑、衰败的历程。前三代开拓、中兴、达到巅峰,传到第四代遭遇日俄战争,丁家遭俄国败兵洗劫而大伤元气,从此走向衰落,所占篇幅仅三章,俨然是全书的引子。其余十六章叙写20世纪以来至"九一八"事变发生这三十年间的变化,又主要写20年代以来,即丁宁回到丁府执掌家政期间所经历的一切。这位接受过新式教育,怀着资产阶级思想抱负的地主少爷试图改造衰落中的丁府、拯救家族、社会,结果四处碰壁,理想破灭。小说通过他的所见所闻、所感所思,揭示了封建地主阶级衰落的无可挽回,即使在腐朽的封建制度母体中蜕变出新兴的资产阶级思想,也不能挽救灭亡的命运。小说结尾大地裂变的隐喻不啻于是中国前途的预言。这种借人生际遇、思想变化反映时代变迁,同时见出时代发展对个人的影响的写法,乃是传统小说家常用的方法,实际也是对《史记》开创的"以人物为本位","借人以明史"[①],以个人(家庭)变化

---

① 梁启超:《中国历史研究法》,中华书局,2009年5月。

折射时代社会变迁的史传文学传统的继承。

长篇小说在历史过程的展示中"略古详今",凸显"文之道,时为大"的"当代性",短篇小说则注重目前社会现实人事的描绘。端木写于抗战爆发前后的两部短篇集《憎恨》和《风陵渡》中的小说,几乎全是作者亲历现实题材的描写乃至报告。随着作者足迹所至,展现了"九一八"事变引发的学生爱国活动和流亡关内东北同胞的不尽乡愁(《乡愁》),日满统治下东北人民的无边忧郁(《鹭鹭湖的忧郁》、《爷爷为什么不吃高粱米粥》)和民族情绪潜滋暗长,直至奋起战斗、夺回失去的家园(《萝卜窖》、《螺蛳谷》),这样的战斗发生在白山黑水、柳条边外(《浑河的激流》、《柳条边外》),塞外荒漠、黄河古渡(《遥远的风砂》、《风陵渡》)。端木的这些小说及时真实地描述了东北、华北沦陷后,当地人民率先奋起抗敌的感人故事,在现代文学史上享有独特的地位。此外还有战前十里洋场上海、战时陪都重庆外来流民及市民、知识分子小人物生活的展示(《吞蛇儿》《可塑性的》《找房子》《义卖》《火腿》《泡沫》等),有些小说尝试讽刺笔法,及时暴露战争时期一般士人的灰色人生,艺术上略显粗拙、稚嫩,但是题材的"当代性"是值得肯定的。

端木小说的"当代性"主要表现为对20世纪三四十年代社会生活全景式的反映。《科尔沁旗草原》既是一部从家族兴衰折射社会变迁的家族小说,又是一部揭示各种社会矛盾,透视社会性质变化的社会剖析小说。小说以"土地的握有者"为重心和圆心,"然后再伸展出去无数的半径",清晰而立体地展现了科尔沁旗草原社会的种种矛盾,剖析了东北农村的社会结构。作者在小说的初版后记中自述:

> 我采取了电影底片的剪接方法、改削了不少,终于成了现在的模样。上半是大草原的直截面,下半是它的横切面;上半可以表现出它不同年轮的历史,下半可以看出它各方面的姿

态，我觉得这样才能看得更真切些。

"直截面"部分，用短镜头的连续推移，展现丁家自太爷（包括家族祖先丁半仙）、大爷到小爷三代人发家、持家纵向传衍的历史面貌；"横切面"部分则以"末世"的小爷及丁宁为中心，通过丁宁的观察、交往和处理内外事务构成各种人际关系，展现丁府与东北社会各方面的横向联系。横向描写采用长镜头转换，随着焦点人物丁宁的活动，相继"摇"出粗犷剽悍的大山，衰颓哀戚的父亲，阴冷狠毒的母亲，深闺中一群苍白病态的太太小姐，小金汤野性纯真稚气未脱的少女水水，南园子中聚首密议"推地"的一群老实胆小而有些麻木愚笨的佃农，"老北风"易帜义勇军的自发进军……其中映现出日本帝国主义的军事侵略、经济渗透，地主家族的罪恶及其衰敝没落，农民从屈辱隐忍到崛起抗争，从反剥削到抗外寇等生活图景。"电影底片的剪接方法"，纵横结合的结构技巧，形成端木小说宏大的叙事与细腻抒写结合的风格：既有邈远的历史脉络，又有广阔的社会面貌；既有苍凉浑莽的科尔沁旗草原，又有华贵、温馨如大观园的丁府宅邸；既有粗拙、剽悍的农民，又有衰颓、纤弱的地主；两相映衬、交织出科尔沁旗草原立体的社会结构。难怪巴人惊呼：端木将科尔沁旗草原"直立"起来了！

第三，描绘地域风情，展现活的历史。

纵横结合可说是端木小说叙事结构的基本特点。《科尔沁旗草原》是在同一部小说中纵横结合，在其他作品中则表现为：长篇小说以纵向演进勾勒为主，短篇小说以横切面立体多边的刻画为要。长篇短篇荟萃、互渗，纵横交织出抗战前后二十年间中国社会的广阔画卷。在横向刻画方面，端木特别重视对特定时代地域风土人情的描写，这是他津津乐道的一条创作经验：

> 我自己在创作过程中，追求四种东西：风土、人情、性格、氛围……

同时还规定了一个创作的境界："三分风土能入木,七种人情语不惊。"风土是地方志,是历史,是活的社会经济制度,是此时此地的人们的活动的总和。人情是意识的形象,是人格的自白,是社会关系的总表征。性格是一个人社会活动的全体,是意识和潜意识的河流。氛围是一件事物的磁场,是一件事物在人类心理上的投影。①

端木创作过程中追求的风土、人情、性格、氛围等,都是营造典型环境的重要方面,特别是那些带有浓烈的地域特色的风俗、民情的描写,使作品环境独具个性气质,成为打上端木印记的艺术内容。

端木笔下东北社会的风土人情,除了对当地自然风光、剽悍民风的铺陈勾勒,主要揭示那些富有历史文化蕴涵、带有宗教迷信玄学色彩、积淀着当地民族独特的心理气质与生命感受的风俗图画。如《科尔沁旗草原》中丁半仙抵达东北发迹后对龙虎格风水宝地的勘定,丁四太爷兼并"北天王"地产成功后导演的跳大神的闹剧,还有农民大旱求雨、丁府孝佛被苦、超度亡魂的佛事场面,等等。这些风俗习惯有着深远的文化渊源。儒家开派祖师孔子本来对鬼神之说持否定态度:"子不语怪力乱神"②;但他后来的传人却说"圣人以神道设教"③,将鬼神迷信、仙道志怪统统纳入封建教化的轨道。历代封建统治者多利用这些伪科学的荒诞不经之说,作为相互之间争权夺利和蒙骗群众、维护既得利益的工具。丁氏祖传的《家仙锡福录》、龙虎风水格就是要的这种伎俩。丁四太爷的表演最为出色,他的对手"北天王"同样精于此道,每天大早起必举行繁文缛节的朝参"丘祖显圣像"仪式。因此,丁四太爷便与知府勾结,以"神道设教,图谋不轨"的罪名将他扳倒,将觊觎已

---

① 《我的创作经验》,《端木蕻良文集》第五卷,北京出版社,2009年6月。
② 《论语·述而》,选自《论语集释》,中华书局,1990年8月。
③ 《周易·观卦》之《象传》,见《周易正义》,北京大学出版社,1999年。

久的地产归于自己名下。其后为掩盖吞并掠夺的阴谋与残忍，又亲自导演李寡妇跳大神，授意她"说北天王是恶贯满盈，天罚的"，而丁家此间所获乃"是仙财……前世的……"。作品这样描写"跳神"场面：

  四周围定了铁筒似的人，大神临风扫地般跳上跳下，震恐、不解、急切、紧张的情绪，通过了每个人的心灵。大家都注意着大仙的一举一动，想在那里懂得了自己的命运，也懂得了四太爷的命运。

跳神表演过程描写中特别注意渲染看客情绪的变化。第二天续演时，丁四太爷居然也被大家"请"来出场，不动声色地与大神表演出绝妙的"双簧"配合，赢得了全场心悦诚服的赞叹。小说对看客们麻木、愚昧、落后、迷信的精神世界的揭示，无疑点明了这样一个道理：统治者之所以强大，一方面是因为他们常常利用鬼神迷信为自己制造强大的幻象；另一方面也是由于被统治者对其强大的迷信。丁氏家族之所以能在草原上代代相传、历久不衰，即与草原群众的这种迷信意识相关，他们心甘情愿地做了丁府统治的精神支柱。

  跳大神场面在端木笔下时有出现但有变化。如长篇小说《大江》写主人公铁岭最初出场时，也碰上跳大神场面。与《科尔沁旗草原》中的描写比较，看客的情绪态度已有所不同。他们是来看"花大神"跳舞的，"好像看一出大戏一样"。铁岭先是对此了无兴趣，回侧房睡觉，后来实在不胜其烦，径奔到香案前面，"打了那大神一个嘴巴"。这一惊世骇俗之举，当然极大地激怒了所谓的"大神"，恐怖威吓，纠缠不休，却也未见围观看客的附和或谴责。铁岭的激烈与看客的冷然，折射出时代的变迁。从丁四太爷到铁岭之间相隔两百年，中国农民已臻觉醒奋起的前夜！这类地域风情民俗及其变化，不仅见诸长篇小说，短篇小说中也时有出现。在

第二个短篇小说集《风陵渡》的后记中，端木不无自诩地说："在我长期的流浪生活里，养成了另外一种个性，就是饥不择食，到什么地方就吃当地土生土长的东西。既方便，又富于营养。在汲取精神食粮这方面也是如此。……凡是我到过的地方，我就愿意很快地熟悉那里的一切。也可以说，我有点儿民俗学的癖好。即使是在一个陌生的地方，匆匆地一瞥，我也愿意捕捉一些本地风光，或者说地方色彩。"① 晚年为自选集作序时端木则兴奋地"点出"："在《红夜》里，对当地的风土人情作了真实的描绘。如《天地榜文》等（恐怕今后再也见不到了），这段榜文使得外文翻译者无从翻译，也可以说我记录了活的历史。"② 端木《治学经验谈》则自己承认既注意地方色彩，"也有意识地尽力去把握时代特色"，所谓活的历史记录，即是指达到了地方色彩与时代特色的有机结合。

记录"地方志"，展现活的历史，正是端木小说描绘风土人情追求的目标。地域风情描绘，不仅使端木小说通古今之变，对时代变迁的揭示生动形象，使全景式的社会人生描写丰满厚重，而且富有一种幽远神秘、浪漫传奇的韵味，富有文化人类学蕴涵和独特的民俗学价值。与端木同时代的东北作家中多有描写地域风情者，说到擅写跳大神场面，人们多推崇萧红。殊不知端木小说中洋溢着神秘幽远历史气息的民俗风情描写完全能够与萧红的描写媲美。

第二节　执著人生的实录写真

史传文学实录写真传统在小说领域承传流变过程中，围绕实录与虚构出现过不同的看法主张。从汉代班固到唐代刘知几等史学家都强调"实录"，反对"虚辞"，实际是要将小说完全纳入史学轨

---

① 《〈风陵渡〉后记》，《端木蕻良文集》第六卷，北京出版社，2009年6月。
② 《对作品说几句话——〈鹭鹭湖的忧郁——端木蕻良自选集〉代序》，《端木蕻良文集》第六卷，北京出版社，2009年6月。

道。这种要求随着明清之际讲史演义小说大量涌现而益发强烈，出现了"羽翼信史而不违"①，"编年取法麟经，记事一据实录"② 等主张。依照这些要求，小说只能是历史的附庸，没有自己独立的地位。于是小说家起而反拨，针锋相对地提出小说"须是虚实相半"③ 和"传奇者贵幻"④ 说。所谓"虚""幻"指的是虚构和想象，这确是小说创作必须遵循的重要原则，但强调得过分了，又难免走向另一个极端。也有小说家基于自己的创作经验提出"实者虚之，虚者实之"⑤，实际上是对虚、实两端加以折中、调和，没有从根本上解决虚实之争。现代小说接受史传文学传统影响的同时，吸收了西方传来的现实主义理论，以历史真实与艺术真实统一和典型化的原则处理史实与虚构、生活与艺术的关系，尽管还不能说已经完全解决这一问题（尤其在历史小说领域），但长足的发展是显而易见的。通过以上粗略的梳理，我们可以获得两点基本认识：第一，尚实乃是中国文学、尤其是叙事文学的重要传统，是在作家创作与读者接受的漫长过程中形成的共同的审美风尚，现实主义一直是中国小说创作的主流；第二，在小说创作中，实录写真传统的影响主要体现为一种精神。具体表现为追随时代前进的脚步，立足客观存在的生活实际，在历史、现实和未来的交叉点上观照社会人生，作出自己的价值评判。我们探讨端木小说创作与史传文学传统的联系，即建立在这样的基本认识之上。

端木蕻良的小说创作与实录写真传统有着多方面精神联系。

---

① 张尚德（修髯子）：《〈三国志通俗演义〉引》，见《三国志：通俗演义》，文汇出版社，2008 年 4 月。
② 余邵鱼：《〈题全像列国志传〉引》，见《东周列国志》，贵州人民出版社，2001 年 9 月。
③ 余邵鱼：《〈题全像列国志传〉引》，见《东周列国志》，贵州人民出版社，2001 年 9 月。
④ 袁于伶：《〈隋史遗文〉序》，见《隋史遗文》，中华书局，2001 年 9 月。
⑤ 金丰：《〈新镌精忠演义说本岳王全传〉序》，见《说岳全传》，中华书局，2009 年 1 月。

第一，端木对实录写真现实主义文学有着深刻的理解和不倦的追求。每当谈及自己的文学起步，他都明确宣称："在最初接触文艺思想时，我接受的是'为人生而艺术'这个口号。至于创作方法，则是'正因写实，转而新鲜'这个先入为主的方法。因为它本身就是辩证的，它的成果又是雄辩的。所以，我愿意追求它，就是在今天，也还在追求它……"① 他重视社会人生的观察、体验。早在南开中学读书时，就撰文探索人生，提出："人生不是平面的，人生是立体的。所以想探索人生，理解人生，必须体验出人生的各个方面才行。"② 说到对《红楼梦》的"一往情深"，他坦言："我爱《红楼梦》最大的原因，就是为了曹雪芹的真情主义。"③ 论及中国新文学运动，他指出："中国的文学运动的本质，却是以现实主义作为文学的一脉相传。"认为："奠定了中国文学现实主义基础的是开山的鲁迅先生……他的第一个创作集子《呐喊》奠定了中国文学的光辉的传统。"④ 端木还特别论及中国现实主义文学与史传文学传统的密切联系，明确指出：

中国的现实文学并不是完全接受了西洋文学的传统而开始的，在他开始寻求创作的途径的时候，同时也大量地接受了中国原有的现实主义（白描主义）的文学传统。而且这种行为完全是自觉的。⑤

端木的文学自觉的获得，除了中国古代文学传统的作用，还与

---

① 《沉思小集》，原载《文汇月刊》1983年第1期，收入《端木蕻良文集》第五卷，北京出版社，2009年6月。类似的话在他介绍创作经验的几篇文章中都曾提到。
② 《人生的探索》，原载《南开双周》1929年12月3日第4卷第6期，收入《端木蕻良文集》第五卷，北京出版社，2009年6月。
③ 《论忏悔贵族》，《端木蕻良文集》第六卷，北京出版社，2009年6月。
④ 《三十年来中国新文学运动》，《端木蕻良文集》第五卷，北京出版社，2009年6月。
⑤ 《三十年来中国新文学运动》，《端木蕻良文集》第五卷，北京出版社，2009年6月。

鲁迅开创的新文学传统影响相关,也与西方文学特别是现实主义经典作家的影响分不开。在接触到新文学之后,他不止一次宣称对自己影响最大的作家有两位,一位是鲁迅,另一位是托尔斯泰。他说自己"服膺'典型环境中的典型性格'这个创作指导思想",乃是因为"这是总结了莎士比亚、巴尔扎克、托尔斯泰等这些巨匠的创作经验,才得出的论点"①。他曾写文章专门论述创作和生活的关系,认为:"一个伟大的作家,只不过是从生活的泥淖里面出来的,不往生活的泥淖里生根的也就没有创作。因为创作和生活就是一件东西,创作就是生活,生活就是创作,离开生活便失去了创作的内容,没有生活便没有创作。"②在晚年所作《长篇小说〈曹雪芹〉序之三》中写道:

  我服膺这样的话:
  "在描写历史事件和人物性格时,必须具有真实性,代表时代精神,把诗的想象跟哲学的理解以及心理的观察有机地结合起来,不要在'生活的田园以及神话的趣味'上来描写它,而要描写它的真正的悲苦和欢乐。"(车尔尼雪夫斯基:《关于杜勃罗留波夫》)③

这可看做端木对自己一生现实主义创作的回眸、总结,其中涉及对实录写真传统与现实主义的联系的理解。作为一种文学思潮和创作原则,现实主义与实录写真具有一些共同的基本特征,都偏重对社会现实作客观、具体、历史的描写,通过如实的描写来反映生活的

---

① 《书窗留语——关于〈科尔沁旗草原〉》,《端木蕻良近作》,花城出版社,1983年1月。
② 《创作和生活》,原载上海《文艺春秋》1947年5月,收入《端木蕻良文集》第五卷,北京出版社,2009年6月。
③ 《长篇小说〈曹雪芹〉序之三》,《端木蕻良文集》第六卷,北京出版社,2009年6月。

本质。中国原有的现实主义（白描主义）强调"传神写意"，西方传来的现实主义更注重人物与环境之间的现实关系，注重从生活到创作过程中的典型化。由于其思想基础是资产阶级的人道主义，在对社会现实的反映中，特别注重描绘社会的黑暗和丑恶的现象，表现社会底层"小人物"的悲惨遭遇。在艺术形式和表现手法上则富有包容性、开放性特点：除了强调客观冷静的写实，也不排除采用假定、夸张、荒诞、变形乃至意识流等多种手法，既注重社会分析，也剖析人物心理，探索灵魂奥秘。可见，端木的现实主义文学观建立在实录写真的中国文学传统和西方现实主义文学理论交汇点上，既是传统的，又是现代的。

第二，端木小说实录精神源于作家崇高的历史使命感和社会责任感，表现出强烈的主体意识。端木在创作伊始就背负着崇高的社会使命感和责任感，所以他的小说中蕴涵着深切的忧患意识和强烈的爱国情怀。他这样介绍自己的创作经验："土地传给我一种生命的固执。土地的沉郁和忧郁性，猛烈地传染了我，使我爱好沉厚和真实，使我也像土地一样负载了许多东西。"[1] 端木小说创作始终执著于土地意象，从《科尔沁旗草原》中地主对土地的贪婪兼并，侵略者对土地的疯狂掠夺，土地之子农民在地主剥削、外族侵略双重奴役下痛苦呻吟的表现，到《大地的海》描绘农民觉醒、崛起，"想用他们粗拙的力量来讨回"[2] 失去的土地，再到《大江》塑造"中华民族在这次大斗争里面的活的标本"，表现"一个民族战斗员的成长史"[3]，三部长篇代表作以缩影的形式概括了抗日战争前后中国社会时代历史的变迁，弘扬了中华民族的时代精神和原始勃发的生命活力。有研究者称端木小说具有史诗风范，乃是恰如其分的评价。更为可贵的是，端木对作品中的实录写真原则的执著坚持

---

[1] 《我的创作经验》，《端木蕻良文集》第五卷，北京出版社，2009年6月。
[2] 《大地的海·后记》，《端木蕻良文集》第二卷，北京出版社，1999年5月。
[3] 《大江·后记》，《端木蕻良文集》第二卷，北京出版社，1999年5月。

也体现了中国古代良史的遗风,《科尔沁旗草原》结尾写到"九一八"事变爆发,如实地表现了东北人民抗日力量的崛起,这与当时国民党当局奉行的不抵抗政策有明显抵牾,出版商表示去掉这些"违碍"之处方能出版。端木当时出书的愿望虽然十分强烈,但他的抗日爱国情绪何其高亢,坚持实录写真原则的创作态度十分坚决,宁愿出不了书也不答应删改作品。

第三,端木小说创作十分重视生活原型和题材本身。端木初涉文学创作之际,主要立足于自己亲身经历熟悉的生活。他后来回忆,"从有记忆的时候起,我就熟悉了这里面的每一个故事。在不能了解这些故事的年纪我就熟悉了它"。他之所以选择自己父亲一族的"家事",是"因为我亲眼看见过这一幕大家族的演换,而且我整整地在其中生活过,所以我写出的也特别熟悉"①。后来创作《大地的海》,"那是企图把大山扩大了来写,那个青年农夫的影子,便是用我的大表哥来做底子的"。"在这两部作品里,所写的人物和故事都是有真人真事作底子的。"② 对照作者的自传,读者很容易找到两部小说中主要人物、故事的原型、本事。如《科尔沁旗草原》中的丁宁的原型就是作者自己。小说写他回家之前,已在南方某港口城市上学,在同学中组织过"新人社",编过《人间》《新人》等刊物,接受了新思潮的影响,因为父亲做投机生意失败,影响经济供给,暂时辍学回到草原,却也带回"超人"式的拯救社会、家族的英雄梦想等,基本上都是作者自身的经历。其他人物如小爷的原型即是作者的父亲,母亲和继母的形象截取了作者生母的部分经历,以及丁氏大家族兴衰史上所经历的"土地吞并、官吏的结纳、倒把投机、高利贷、商业资本、欺骗、剥削、镇压"等都是作者家族"演换"过程中发生过的事实。也许正因为

---

① 《〈科尔沁旗草原〉初版后记》,《端木蕻良文集》第一卷,北京出版社,1998年6月。
② 《我的创作经验》,《端木蕻良文集》第五卷,北京出版社,2009年6月。

掺入了这样多的真人真事，有的研究者据此判定这部小说是作者的自叙传。小说也如实地写到农民形象，其中大山的原型是作者的大表哥，"是贫困的农民自己站起来的之一"，在《科尔沁旗草原》中"还是一个未完成的性格"①，后来在《大地的海》《大江》中的艾来头和铁岭身上得到了发展、成长。而作者儿时记忆中最难忘的"外祖父的那和善的脸，那代表着东北一切老年农夫的脸，慈祥而傲慢，悲哀而倔犟"②，则成了《大地的海》中来头父亲艾老爹形象的原型。这种以真人真事为底子的实录写真在端木其他小说中随处可见。作者自述："《风陵渡》是一篇现实的记录"，《火腿》《找房子》《生活指数表》《吞蛇儿》《朱刀子》等篇，"都是来自生活的"，《三月夜曲》的故事"几乎百分之百是真实的"，"'雕鹗堡'这个地名，是确有其地，这是我在绥远地方宣传抗日的时候居住的地方。那时，我写的景色，都是当地的本来面貌。故事也是按照那儿曾经发生的事情来写的"③。中篇小说《江南风景》取材于抗战爆发后作者逃离上海，因病滞留浙江一小镇时亲眼所见对于战争的两种不同态度（主张抵抗与主张投降）。小说"是用一则电文来结束的，而这电文则是实录"。极具讽刺意味的是："这时统治阶级的上层正在忙于布置的，不是'抗'而是'降'；不是鼓吹抗战思想和力量，恰恰相反，是扶植投降派。"在这种情况下，江南小镇上这道独特的"风景"，"就成了当时大后方的一个缩影了"④。

第四，端木小说非常重视对生活经历的体验、观察和分析。这方面与现实主义小说大师茅盾的创作相似。茅盾在回顾自己创作的起步时，想到一位英国批评家说过：左拉因为要做小说，才

---

① 《〈科尔沁旗草原〉初版后记》，《端木蕻良文集》第一卷，北京出版社，1998年6月。
② 《大地的海·后记》，《端木蕻良文集》第二卷，北京出版社，1999年5月。
③ 《〈端木蕻良短篇小说选〉序》，《端木蕻良近作》，花城出版社，1983年1月。
④ 《新版〈江南风景〉赘语》，《端木蕻良近作》，花城出版社，1983年1月。

去经验人生；托尔斯泰则是经验了人生以后才来做小说，他说自己的创作"更近于托尔斯泰"——"经验了动乱中国的最复杂的人生的一幕，终于感得了幻灭的悲哀"，才动笔写出处女作《幻灭》。① 《子夜》的创作与左拉相近，为了"用形象的表现来回答托派和资产阶级学者"② 关于中国社会性质的谬论，而去"经验"人生。诚如上文举例分析，端木小说创作也是如此，既近于托尔斯泰，也有略近于左拉的地方。他在《创作和生活》中反复强调："离开生活便没有创作"，"文学所追求的所记录的所想解答的，只有生活，此外一无所有"，"不了解生活的本质，而只记录它的现象的，是伪文学"。他还认为："单单地能够解释生活，说明生活，认识生活的，那只能做一个社会科学家。一个真正的文学家，还要沉进生活的底层，经历生活，体验生活。"③ 以往的生活库存总是有限的，端木走上文学道路之后，非常重视现实生活的亲闻历见，从中汲取创作的源泉，获取创作的第一手素材，尽量不用第二手间接材料。如在《科尔沁旗草原》原稿开头，"描写的是山东发大水的光景"。但作者没去过山东，天津发大水也没赶上。后来"便把这个情节，整个删掉了"④。"九一八"之后二十年间，端木一直过着颠沛流离、动荡不安的生活，这提供了他观察、体验新生活、创作新作品的机会。"九一八"的第二年，端木曾乔装回东北老家接母亲出来，亲见"红螺岘遍山遍野的都是武装的老百姓"⑤，受到故乡人民奋起抗敌的战斗情景鼓舞，返回北平后更加积

---

① 茅盾：《从牯岭到东京》，见叶子铭编《茅盾自传》，江苏文艺出版社，1996年7月。
② 茅盾：《我走过的道路·〈子夜〉写作的前前后后》，人民文学出版社，1984年5月。
③ 《创作和生活》，原载上海《文艺春秋》1947年5月第5期，收入《端木蕻良文集》第五卷，北京出版社，2009年6月。
④ 《我的第一篇小说》，《端木蕻良文集》第六卷，北京出版社，2009年6月。
⑤ 端木蕻良：《我控诉，为三千万被侮辱和损害的人民》，转引自赵遐秋、曾庆瑞《〈浑河的急流〉唤起了民族意识》，见《大地诗篇——端木蕻良作品评论集》，北方文艺出版社，1997年2月。

极地投身抗日救亡学生运动,不久即辍学投军,体验到随军转徙、宣传抗日、收编土匪等富于传奇色彩的军旅生活。后来的《鴜鹭湖的忧郁》《乡愁》《浑河的激流》《遥远的风砂》以及《柳条边外》等大量抗日题材小说都源于这段独特的生活经历和体验。也就在这期间,因为借用哥哥的免票证乘火车而被关进监狱的经历,成就了《被撞破的脸孔》《腐蚀》等监狱生活的实录写真。后来上海街头、旅馆所见人生百态,则成为"百哀图"之二《吞蛇儿》及《可塑性的》《三月夜曲》等篇的生活依据,战时陪都亲历闻见,则编织成《找房子》《义卖》《火腿》《生活指数表》及《新都花絮》系列。写于桂林的根据神话改编的几篇稍见例外。那时作家惨遭丧妻变故,正在熨平内心创痛,暂时出离火热斗争,缺乏反映现实的生活基础,而内心郁积着太多的苦闷伤感急需宣泄,便从过去的生活库存以及书本上取材,写出以诗性抒情为主导风格的篇章,不过这并不妨碍我们对其重视生活体验、观察和分析的整体上的认定。端木如此重视生活的亲历和体验,让我们想起司马迁游历各地,实地调查考核,掌握第一手史料,"考而后信""实事求是"的实录写真精神。

  端木具有较强的观察生活的能力。他在《治学经验谈》中说:"我很佩服福楼拜观察事物的洞察力,在一瞬间就能把握住事物的特征。我也佩服易卜生观察人的方法,他常在茶馆里用张纸把自己的脸挡上,却冷眼观察人的表情和活动。拜伦注意人的牙齿,鲁迅先生观察人脸上的纹路,这都给我极大的启发。"在中外艺术大师影响下,端木观察表现生活的能力不断提高,他的不少小说即以对生活观察的深刻细致而著称。例如《大江》这篇小说,写两块个人主义的"顽铁",在环境的规约、群众的力量锻铸下得以改变,除了对人物愚昧、落后、野性、顽健等性格因素的正面刻画,更多地描写到环绕人物的环境,包括自然地理、时代社会、政治军事、乡风民俗等,既广阔又深细,有些甚至达到精确程度。如作者在后记里介绍的:"对于精确性过度的爱好,指使我有着接触各种广泛的或偏僻的知识的必要。为了要表现一个人,我必须得尽可能地叙述出他的族系来……我也必须写出他们活动的场景来不可……而且,为了要明确地知道这场景的特质和绝对的真实,我甚至对这一地带岩石的断层也有了嗜好……";他还声称:"我是服膺这样的方法的,不但看见表面,而且要深入内部,研究组成部分的相互关系和相互影响。……看出环境对事物的影响及事物对环境的影响。"小说开头和结尾都对大江作了充分的描写,写它"在浩荡里鸣咽,在卷积云里震荡","是古铜色民族心脏里两条烙印里的一条",在特殊地理环境中穿行奔流的气势,显示出有别于黄河或珠江的个性,成为笼罩全篇、辉映人物故事的象征。而第三章对卢沟桥的描写更为论者津津乐道。此桥横跨在古老的桑干河上。河畔上游的宛平县城,在灰尘里昏睡,像一只冬眠时的蚱蜢;桥身庞大,通体是白,略略弓起脊背,如同一只朦胧的透明的醉虾。接着细写长宽尺寸,孔洞数目,守桥石狮"朝天吼"的雄姿,点明这里正是通往京中的大道。我们同意这样的理解:"他所以这样执著地追求'绝对的真实',其意是不言自明的:对于失去了的土地的精细描写,无异于真实的'记录',这是在做历史的存证;是对人们的提醒,是号召人民将它夺回!"[①] 真实精确的描写中蕴涵着深刻的寓意,主观倾向在客观描写中自然流露,这标志着端木的创作已臻于成熟的现实主义境界。

作品深刻寓意的获得与端木对生活的理解分析密切相关。端木在《创作与生活》中指出:"生活有各色各样的生活,想了解它,并不是一件易事,必须要通过一种科学的思维方法,才能真正地把握住生活的真实发展过程。"在谈到他的小说都是来自生活的同时又申明:"不过,对文学作品我是反对依照生活原型来记录的,我只想说明生活的流泉浇灌过我的过去。"又说:"我在开始写作的

[①] 任惜时:《论端木蕻良的早期创作》,见《大地诗篇——端木蕻良作品评论集》,北方文艺出版社,1997年2月。

时候，就反对照相式的写实。"① 在《科尔沁旗草原》重版时，端木写过一篇创作谈，下面一段话很值得注意：

> 正是由于曾经离开过家乡，又重新回到家乡，对于家乡也许才看得更真切。再加上不断地从新的书刊里，接受新思想，使我更可以看清"家乡"的真实面貌。我便试着从生产关系，以及物质的占有与分配方面，来看待在这片大草原上所反映出的许多人物和事物。②

这段话主要强调自己离家又返乡对于看清家乡的真实面貌的特殊作用。究其原因不外乎：（1）拉开时空距离。有了比较参照，经过一番思考之后更能看得清楚。（2）离家之后接受了新的思想武装，具备了新的眼光。这新思想、新眼光主要是指阶级斗争学说和现代经济学的理论。这正如他自己所说的："由于在这个期间，我找到了方向，学到了一些科学理论知识，有了着眼点和立足点，能够把脚牢牢地踏在草原的泥土上面。然后，再捧起了草原的泥土，来塑造我心中的人物……"③ 对草原社会阶级关系和物质的占有与分配关系的分析，使作者准确地把握了人物活动的典型环境。此时的作者已经服膺了"典型环境中的典型性格"这个创作指导思想，于是作品所呈现出的人物事件的真实，就不是照相式的写实。

第五，端木小说创作强调写实，但不排斥虚构。取材自身生活经历，实录真人真事，乃是端木小说创作的一贯追求。直到辞世前一年，这位"文坛老将"还强调生活积累对创作的决定作用。他说："生活是创作的源泉，而且是唯一的源泉，任凭哪个伟大作家，也不

---

① 《〈端木蕻良短篇小说选〉序》，《端木蕻良近作》，花城出版社，1983年1月。
② 《书窗留语——关于〈科尔沁旗草原〉》，《端木蕻良近作》，花城出版社，1983年1月。
③ 《书窗留语——关于〈科尔沁旗草原〉》，《端木蕻良近作》，花城出版社，1983年1月。

是像医生、工程师那样去攻读专科得来的。""如果没有生活积聚在这位作家的思维时,这最初的一颗火花是不会迸发出来的。"①但是这只是问题的一面,一味强调实录真人真事,既会重复"羽翼信史"的偏颇,也会陷入自然主义的泥淖。实际上,在端木的小说理论与创作实践中还有另外一面,那就是对想象、虚构和典型化的重视和强调。正如他在肯定《红楼梦》的"真情主义","敢于如实描写,并无讳饰"(鲁迅语)的同时,却又强调:"《红楼梦》不是历史的实录,它是文艺创作。"② 在谈到"真人真事做底子"给自己的创作带来"方便"时,也承认:"但有时反而误事,就是脱不开原来的计划,真事和故事纠缠在一起,在《科尔沁旗草原》的原稿上,有许多地方把丁府误写成曹府,便是一例。"端木坦言"这种情况使我受到困扰,但也不能就由此判断我掺入了更多的自传成分"。为防止有读者将丁宁误读成作者本人,端木在小说《初版后记》中特别申明:"至于丁宁,自然不是我自己。但他有同时代的青年的共同血液。"他承认作品中的"母亲","有我母亲的身世,但是后来书中的性格,已经完全不是母亲的性格了,即使在前边,除了抢亲一段是真的,其余的情节也是虚构的"③。"至于《科尔沁旗草原》,不错,向上数去三代,都有我家的影子,可绝不是纪实。因为我一向喜欢雨果,不大喜欢左拉,更不喜欢他近乎遗传学似的描绘。"④

端木一方面承传了中国史传文学实录写真的传统,对客观写实表现出一种与生俱来的偏爱;另一方面,作为20世纪30年代登上文坛的作家,又承传了新文学传统,接受了西方传来的现实主义理论的影响。他将关注研究的目光更多地投向曹雪芹、鲁迅、茅盾、

---

① 《吹尽狂沙始到金》,《端木蕻良文集》第五卷,北京出版社,2009年6月。
② 《我和紫禁城的一段姻缘》,《端木蕻良近作》,花城出版社,1983年1月。
③ 《书窗留语——关于〈科尔沁旗草原〉》,《端木蕻良近作》,花城出版社,1983年1月。
④ 《我的第一篇小说》,《端木蕻良文集》第六卷,北京出版社,2009年6月。

托尔斯泰、巴尔扎克、左拉等中外现实主义大师。从上文所举零散的创作谈中可见，他对生活真实与艺术真实、典型环境中的典型性格等现实主义理论的重要问题，都提出了比较深刻独到的见解。如说丁宁身上"有同时代的青年的共同血液"，就包含了丁宁乃是当时青年的"典型"之意。说到《草原》中母亲形象与原型差距较大，他觉得"主要有两个原因：第一，小说中的人物一旦立起来，便要按照行动的合理性表现人物自己的变化过程。第二，我认为性格本身是具有阶级性的，到了'母亲'要维护丁家的利益时，人物就要有巨大的改变了，否则她不可能担当丁家主妇的担子"。由此想到经典作家的经验："小说中的人物，一旦有了生命，就要按照他本身的规律行事，而不能由作者把不合于他的思想行动强加于他。"① 在众多西方经典作家中，端木喜欢巴尔扎克，不大喜欢左拉，更不喜欢他近乎遗传学似的描绘。他的创作更多地受到前者的影响，如长篇系列和短篇"套曲"的写作计划，"想从社会的场景中来描写出人物的群像来"②，等等，之所以"服膺'典型环境中的典型性格'这个创作指导思想"，也是因为"这是总结了莎士比亚、巴尔扎克、托尔斯泰等这些巨匠的创作经验，才得出的论点"③。中外优秀现实主义大师的经典作品唤醒了端木的文学自觉，使他能够准确把握实录写真与虚构想象的关系，乃至掌握了典型化这把金钥匙：源于生活，高于生活；立足现实，超越现实。

重视实录写真却不排斥虚构想象，注重生活真实与艺术真实的辩证统一，固然见出现实主义理论和创作的影响，却也是与中国史传文学实录写真传统血肉相连的。在小说脱离史传独立发展过程中，实录与虚构早就成为小说创作与评论关注的焦点。金圣叹评点《水浒传》时即将其与《史记》比较，点明了小说与史传的区别：

---

① 《我的第一篇小说》，《端木蕻良文集》第六卷，北京出版社，2009年6月。
② 《我的第一本书》，《端木蕻良近作》，花城出版社，1983年1月。
③ 《书窗留语——关于〈科尔沁旗草原〉》，《端木蕻良近作》，花城出版社，1983年1月。

"《史记》是以文运事,《水浒》是因文生事。以文运事是先有事生成如此如此,却要算计出一篇文字来……因文生事即不然,只是顺着笔性去,削高补低都由我。"① "以文运事"是实录写真;"因文生事"就是想象虚构。史传文学坚持实录原则,并不排斥虚构和想象;小说则更多地发展了想象虚构的功能,追求建立在生活真实基础上的艺术真实,叙事写人讲究"人情物理""情事逼真"②,追求"事之所无,理之必有"③"假中见真"(鲁迅语)、形神俱似,即生活真实与艺术真实的统一。中外文学艺术在这一点上是相通的,亚里士多德在《诗学》中指出,历史学家叙述已发生的事,诗人则描述"按照可然律或必然律可能发生的事",鲁迅提出艺术的真实"不必是曾有的实事,但必须是会有的实情"④。端木的小说创作和理论所体现的继承传统与外来影响的奇特交汇,让我们想起文学史家王瑶先生的精辟概括:"现代文学中的外来影响是自觉追求的,而民族传统则是自然形成的。"⑤

第三节　美丑毕露的人物描写

实录写真精神在小说人物形象塑造方面,突出地表现为对美丑毕露、善恶并举原则的坚持。

依照事物本来的面目写人叙事,美丑毕露,善恶并举,本是实录写真精神的基本要求。司马迁著《史记》,即充分肯定了古代良史秉笔直书、实事求是,不虚美,不隐恶的精神,给人物作传时,

---

① 金圣叹:《读第五才子书法》,见《金圣叹批评第五才子书:水浒传》,天津古籍出版社,2006年10月。
② 叶昼评点《水浒传》用语,见《水浒传》(名家评点案例解秘版),北京燕山出版社,2009年8月。
③ 脂砚斋评点《红楼梦》用语,见《红楼梦》,中华书局,2009年6月。
④ 鲁迅:《且介亭杂文二集·什么是讽刺?》,人民文学出版社,2006年12月。
⑤ 王瑶:《论现代文学与中国古典文学的历史联系》,《中国现代文学史论集》,北京大学出版社,1996年1月。

善善恶恶，毫不隐讳。如对帝王将相，在记录其王霸伟业的同时，如实揭露其丑恶的一面。他写刘邦，既写出他的战略眼光、知人善用，也写出其流氓本色、无赖作风、贪酒好色、因人成事。项羽、李广等人物传记同样体现了美丑毕露的写人原则。因此，班固在总结《史记》的修史原则时，即将"不虚美、不隐恶"纳入其中。唐代史学家刘知几发展了班固的思想，强调史家写人叙事应如"明镜照物，妍媸必露"，"苟爱而知其丑，憎而知其善，善恶必书，斯为实录"①。

我国古代优秀小说继承了司马迁开创的美丑毕露的写人叙事传统，塑造了一批集善恶美丑于一身、性格多棱丰满的典型人物。如《三国演义》中枭雄曹操马踏麦苗后欲割发代首；名将关羽忠、勇、节、义，先是降汉不降曹，身在曹营心在汉，后来不惜干犯军纪，义释曹操于华容道上，报了当年赐爵赠金之恩；猛将张飞粗中有细，可最后还是死于鲁莽。《水浒传》也"用极近人之笔"（金圣叹语），既写武松打虎之勇武，又写他乘着酒兴的几分侥幸和好面子的私心；写李逵直朴憨厚之余也会耍点"奸滑"；等等。当然这些小说也不同程度存在着人物描写绝对化，有悖人情物理的缺陷。明清之际的某些小说更趋向极端："写好的人，简直一点坏处都没有；而写不好的人，又是一点好处都没有。"直到《红楼梦》问世，才改变了这种状况。《红楼梦》的写人叙事达到了美丑毕露的高峰，"其要点在敢于如实描写，并无讳饰"②。如写贾宝玉的叛逆精神中夹有纨绔子弟习气，林黛玉的情爱笃诚中不乏尖酸妒忌。尤其是贾宝玉的性格内涵丰富之极，被脂砚斋称为"今古未有之一人"："说不得贤，说不得愚，说不得不肖，说不得恶，说不得正大光明，说不得混账无赖，说不得聪明才俊，说不得庸俗，说不

---

① 刘知几：《史通·惑经》，上海古籍出版社，2008 年 12 月。
② 鲁迅：《中国小说的历史变迁》，见鲁迅《中国小说史略》，中华书局，2012 年 1 月。

得好色好淫，说不得情痴种种。"鲁迅概括《红楼梦》人物描写最突出的特点是"于人则并陈美丑，美恶并举而无褒贬"①。《红楼梦》集中体现了我国古代小说叙事写人美丑毕露的优良传统。

端木蕻良的小说同时继承了古代小说尤其是《红楼梦》和新文学"为人生"一派小说的写实传统。受前一传统特别是史传文学传统影响，端木小说历史意识浓郁，社会关系清晰，地方色彩强烈，但人物形象多为扁平型，不像环境描写那么多边、立体，能够"直立"起来；来自新文学现实主义传统的影响，则使他关注人物与环境的相互影响，努力追求从生活真实到艺术真实的典型化，着力塑造性格丰满、复杂、多面的圆形人物形象。《科尔沁旗草原》中的丁宁身上就很有点贾宝玉的意味。他既是地主大家族的少爷，又接受了新兴资产阶级思想的影响，还信奉尼采的超人哲学、托尔斯泰的人道主义，有理想、有抱负，也有热情，想当救世英雄，但他所处的时代、环境不允许，终于在多方逼压下碰壁失败。端木说丁宁身上有同时代青年人的血液，说明他是想塑造一个时代青年的典型形象的。《大地的海》中的艾老爹身背苦难重负，却像草原上挺立的大树，有着原始苍莽、顽强不屈的生命力。他曾因为憨直鲁莽，误杀了自己的妻子。苦难人生的漫长经历，养成了他对社会人生深切的忧患意识，终于不堪忍受双重奴隶地位，走上了武装反抗的道路。《大江》中的铁岭和李三麻子等更是粗拙朴野、匪气未脱，这两块个人主义的"顽铁"，却也在民族战争的熔炉中煅冶重塑，成长为民族解放战争中的钢铁战士。这些人物形象的塑造，都体现出与我国古典小说美丑并举写人传统的联系。下面我们着重考察端木短篇小说人物描写上集美丑善恶于一身的特点。

首先，考察通常被称为反面人物的形象。

端木小说主要展示阶级压迫与民族矛盾，在这两大矛盾对立中，处于反面的，当是地主及其管家狗腿子和帝国主义侵略者。上

---

① 鲁迅：《小说史大略》，《中国现代文艺资料丛刊》第 4 辑。

文提到的《憎恨》就主要表现佃农们对地主及其管家走狗强烈的憎恨和快意的报复。作品中的反面人物骄纵贪淫、为非作歹、作威作福，面目可憎，如借屋淫乐的管家麻算盘就是其中的一个，着实令人痛恨，他最后被屋主人纵火烧死，真使读者人心大快。另一篇短篇小说《雪夜》，写一老管家为东家讨债，最后冻死在雪地里，人们读后却会流露出同情和悲悯。为什么同样身份的人物，让人产生不同的审美感受？这是因为后一篇的人物描写体现了"憎而知其善"、善恶并陈的原则，没有将人物脸谱化。这位管家对主子忠心耿耿。"冷天寒地血奔心"，偌大年纪了还冒着大雪奔波于众佃户之间，赶在年关之前催讨亏欠的地租。前些日子大东家放出风来说："今年的账'上'的不齐，是不是老总管年岁到了，有点儿精力不支了吧，那么，开春……"他明白这话的弦外之音，因此格外卖力，很想计日程功。这是一个几十年如一日，唯勤唯谨忠实为主子操心卖命，不计较个人得失的忠仆形象。小说的笔触主要指向他的内心，写他奔波途中的联想、错觉、幻觉等心理活动。从老包家出来时天已经晚了，又落着大雪，他拒绝了老包的住宿挽留，坐上雪爬犁打着毛驴赶到三十里外的下一家去过宿。上路后，在老包家讨债的情形又在眼前浮现：老包指天发誓，乞求宽限一月；自己嘴上不依不饶，心里却也明白，年月不利，交不齐租子的又何止老包一家！这些天来，"走了十几家，一个现的也没讨上来……"他又记起离开老包家的时候，"老包也忙着说随后出门给老婆讨药去。别不是趁着这个时候赶上来，在这灭绝了一切生物的地方，把我摔在'雪瀚'里去吧，连一点谋杀的痕迹都不会有……"想到这里，幻觉中老包真的突然现身，声到人到，突的一刀刺来，小毛驴没命地飞奔，向"雪瀚"里钻去，越陷越深。原来此时的大雪已将垄沟、壕埃、道边，都填得坦平，使他辨不清大道，找不着标记，讨了几十年债，闭着眼睛也能走回家的轻车熟路竟然迷失了。而此时的毛驴已不堪冰天雪地长途负重跋涉，竟倒地不起。他从毛驴联想到自己为主子卖命的下场，也感到四肢麻木，且向心窝蔓延,出现了死亡降临的恐惧!此时他"摸一摸钱褡子里的债券",回顾行将结束的奴才生涯,想想自己一辈子忠心为主,如此雪夜跋涉以至于迷路,而大东家正搂着菊红谈笑呢!他感觉到了巨大的不平等,心底第一次涌起背叛主子的欲望,第一次对佃农产生同情,他想毁掉债券,不愿意让人拿着去讨债了。一阵昏厥后醒来,却看见老包站在他面前,表示要"代替了驴的职务",背他回去。他知道自己已经走到了生命的尽头,便使出最后一点力气催促老包将债券烧掉。小说最后采用中国文学情以景结的传统手法写道:

> 他对那堆微温的火灰望着:
> "烧!……"
> 雪又纷纷地落着了,成了大片的鹅毛,填平了方才踏出来的杂乱的脚印。

这幅画面蕴涵的象征寓意不难领会:在这大雪纷飞、混沌一片的银色世界里,已无所谓管家与佃户的阶级区别,有的只是真实相通的人性。效忠主子一辈子的李管家,临终不也良心发现了吗?而佃户老包也理解他的苦境,竭力施以援手。端木30年代初就参加北方"左联"的工作,发表过不少激进的政论文章,阶级论成为他的处女作取材立意的指导思想。然而这篇《雪夜》的人物描写,却突破政治框架束缚,表现出对人性深层内涵的理解和把握,对客观事实的笃信与尊重,对"如实描写,并无讳饰""于人则并陈美丑,美恶并举而无褒贬"写人叙事原则的执著坚守,这在当时的"左翼"文学中是难得一见的。

与《雪夜》类似的还有《轭下》。小说写沈阳青年学徒大同在东北沦陷初期的一段曲折经历。大同为解脱内心的苦闷,暗中联络参加集体抗议活动。可就在他为第二天就要组成全沈阳学徒联合会而兴奋不已时,几个为首的小兄弟就被特务队"一网"打尽。那夜他并不知道这个消息,傻里傻气地被派在一家妓院附近等"关系"，一个妓女的诱惑使他"失去了神圣的自持"，犯下"万劫不复的大罪"，却因此侥幸逃脱了抓捕。刚刚涉足新的人生即遭此挫折，本来就比较软弱的他格外地失望、颓唐、感伤，满脑子尽是"小女人、油头粉面……"折腾得他夜不能寐。李志贵带来"东区组织遭受极严重破坏，官方已悬赏抓捕他们，每捉获一名赏一百二十元"的消息更使他绝望，觉得"光明简直是一句骗人的话，永远不会到来的。饥饿寒冷倒是忠实的同志时刻在跟踪着他"。他选择了自杀，然而"被人救过来之后，对死也厌恶了"，"相反地，对于未曾经历过的种种的生，偏偏地却激起要尝尝滋味的强烈的欲望来"，他想尽情享受一下再结束自己的生命。于是想到李志贵，用出卖他获得的一百二十元奖赏在妓院客栈挥霍一通。谁知钱花光后非但不想死了，而且想活下去的意念更强烈起来，他甚至准备拿志贵的战友钱大顺再换一百二十元。此时游荡街头，看到被抓青年游街示众，李志贵依然用他平日镇定而强烈的声音高喊"打倒满洲国！打倒日本帝国主义！"引起围观人群的响应，他也情不自禁地跟着喊。他抬起头，看见志贵黑亮的眸子正回首和他相遇："那眼光充满着希望的微笑和委托的信任，他根本不知道出卖他的就是与他朝夕相处的好友大同。"他由此获得了一丝鼓舞，但大顺的命令又使他回落到虚无。途经妓院，恰巧碰上妓女送特务机关长出来，赶忙迎上去告大顺的密，谁知特务已不认识他，还赏了他一个排山倒海般沉重的嘴巴。这一掌击跑了他第二次的一百二十元钱，也让他脑子清醒一点了："第一次清晰地感到自己的无耻，而且也是第一次敢于接受这个感觉向下想去，唤起一切的错误和无知。"最后他在一个汉奸的丑恶行径里窥见了自己，"就如一个半夜睡着的人，被别人着了鬼服，涂了花脸，漆了头发，而自己并不晓得，依然睡眼蒙眬地在人面前徘徊。忽的一下立在镜子前面了，才被照见他已被毁坏到了多么丑恶的无望了啊！"于是回到钱大顺那里，而此时的大顺已经知道就是他出卖了志贵，举着手枪宣判他活不过今夜！他对此"待遇"完全理解、能够接受，自动地招供了一切，并说:"志贵活着的时候,曾对我说过:'在那大的活动里,那些被懦弱的无知所造成的无耻和罪恶,是必须要死亡的。'……我今天能用我本身来证实志贵的这句话,我是觉得快乐的!"大顺的眼睛湿润了,他沉默着,思索着。这一篇还是卒章显志,大同的这段经历,这段心路历程,复杂多变、回环往复、一波三折,而又真实可信。写法上与美丑并举、善恶并陈写人传统一脉相承。

上面两个人物,一个是地主的忠仆,为主子效力一辈子,差点就"功德圆满",鞠躬尽瘁、死而后已了,然而临终前却背叛了主子;这个形象恰好应验了中国的一句古语:人之将死,其言也善;鸟之将死,其鸣也哀。另一个大同是青年学徒,一错再错,几乎死有余辜,但他终于回头了;也如古语所云,浪子回头金不换。这两个人物看来都不能简单地定性为反面或正面形象。

其次,看看端木笔下的正面人物形象。

概览端木全部小说,传统意义上高大的、顶天立地的英雄形象难觅踪影。偶有称得上英雄的人物看上去也十分平常;有些英雄身上还有明显的瑕疵,几近今天所谓有缺陷的英雄。比较完美的英雄也有,如《萝卜窖》中的莲子,就是这样一位少年抗日英雄。小说用冷静客观的笔触,叙写了下面的故事:当两个抗联战士(其中一人已受枪伤)急切地跑来求救时,少年莲子正在地头上用镰刀砍削秫秸秆儿做笛子吹着玩儿。他"禁不住这四只眼睛的逼迫",将受伤的黑子藏在萝卜窖内,还不忘记提醒:"你别偷吃我的萝卜!"黑子的同伴石头没有受伤,他想另找藏身之所,临行交代莲子:"小弟弟,我把黑子交给你啦!"莲子将石板盖上窖口,推上石磙压住,钻到草堆里去听动静,同时给黑子瞭哨,可能是刚才忙乎累了,"竟胡里马虎地睡着了"。等他被吵醒,看到黑子被俩鬼子从萝卜窖里拖出来,毒打、诱骗,要他说出他的伙伴逃到哪儿去了。这时,草堆中的莲子也被发现了。日本兵恐吓诱骗、软硬兼施,要他俩说出石头藏在哪儿,并当莲子面杀害了黑子。莲子的眼睛被泪水模糊了,可当日本鬼子再来逼问时,他连忙擦干了眼睛，装出神色自若的样子。等到鬼子将要向他下手时，才不动声色地说出"他在萝卜窖里"。俩鬼子信以为真，纵身跳下去抓人。莲子将窖口的石磙推下砸倒一个，正当他要滚第二个的时候，被先下去的鬼子射中。"他用最后的力量将青石板盖住窖门，然后将三个石磙子都并排地排在石板上，将窖口牢牢压住。"同时向田野喊着："两个日本兵呵，在萝卜窖里！""两个鬼子呵，在萝卜窖里！"当石头闻声跑来时，莲子因为流血过多，已是半昏眩了，可他还想再压上第四个石磙子，并断断续续地提醒石头："枪……枪……一个……在，萝卜，窖，里……！"这故事非常真实感人：一个普通少年，贪玩儿、马虎、稚气未脱，大敌当前却在草堆中睡着；可是面对杀人不眨眼的刽子手，胸怀切齿的愤恨而深藏不露，沉着机智，英勇无比，不克顽敌，决不罢休，体现了中华民族威武不屈的崇高节操。这篇小说在端木创作中比较独特，采用传统白描手法，粗线条勾勒与多侧面展示结合；心理描写简洁传神，切合描写对象身份；不作夸张渲染，也不空发议论、做评价。然而，一个大智大勇、英勇战斗、壮烈牺牲的少年英雄形象已经"直立"在读者面前。

《风陵渡》中的艄公马老汉，则是一位老年英雄。这篇小说更能代表端木风格：叙事描写富于激情，蕴涵着丰厚的文化底蕴。黄河上耸立的艄公图腾，成为今日黄河子孙保卫黄河的见证；现实中艄公以身赴敌、英勇献身，又给古老的图腾添加了新的蕴涵。小说的主人公马老汉是黄河风陵渡上的普通艄公，伴着祖传的一条破船打鱼为生数十载，鱼的知识和人生阅历一样丰富。"然而，现在连鱼也不能打了。"随着日本军队进逼，临汾国军退走，风陵渡的渡口成了军事要塞，敌兵的游艇在河面上划行，黄河犹如一个受污的乡女，脸颊上冲洗着两道耻辱的泪痕。马老汉因此也承担了打鱼之外的运输、交通任务，在船的桅杆上贴上"二将军开路先行""大将军随意观山景"（照老例应该写成"大将军八面威风"，这里的改动折射出马老汉此时的心态）的对联。他不顾年老腰痛，勤快地加入搬东西的行列，还想象着抛手榴弹炸日本强盗的威力。马老汉两次遭遇敌兵：第一次是被逼着引路去找村长要粮食时碰上；第二次是月夜遭遇。这天夜里，马老汉碰上俩醉酒的敌兵，他们逼他驾船领路去找花姑娘。再三推拒不从，马老汉毅然驾船驶向大溜里，与敌人同归于尽。在小船行将沉没之际：

> 忽然一声狂笑声，在半空中扯起。马老汉毛骨悚然的笑声扯起来了。……马老汉从心里、眼里、口里、泪里和血里一齐都笑起来了，他的最后的一缕生命，都化作了笑声，尖锐的冲散在天空。

打那以后，人们常常听见水花上泛起骇人的笑声，他们说水面上有不瞑的亡灵在发出复仇的大笑。马老汉的故事从此在黄河两岸传诵，马老汉的形象叠映着黄河上耸立的艄公图腾，取得了看守黄河生命的最高神祇的地位。

《江南风景》中伍老先生的形象与马老汉很相近，不过书卷气、文化味更浓。上海的抗战打响后，江南某小镇上山雨欲来，人心惶惶、流言鼎沸。面对日益逼近的战争，很快形成两种主张的对峙。以张巡检为代表的主降派占了上风，他们一伙在酒馆茶肆，公开散布天意亡国不可抗拒的言论。他们从传统文化中寻摭到测字算命之类的糟粕，竟然从"煙"字拆合出"四万万人，都得化作灰烟……中国非亡在这烟幕弹上不可"；从"酒"字拆出亡国"只在酉年酉月酉时耳"。他们以这种歪理邪说封杀伍老先生代表的主战派。伍老先生很有些鲁迅《故事新编》中大禹、墨子的遗风：沉默、执著、坚韧而又富于天真幻想。战争甫起，他的独生爱子即在逃难中被敌机炸死。他身负国难家仇，却不流于表面慷慨激昂的言说，而是默默地潜入历史文化深处，寻找抗敌救国方略，把满腔仇恨化作废寝忘食研制飞灯的行动。伍老先生身上流溢出迂腐书生气息，他想用自己研制的飞灯去炸来犯敌机，试验初步成功即画图并附上运用简说，预备投到《杭州日报》去发表，还为发表时署真名还是假名颇费斟酌。岂知自己的试验已被张巡检之流说成是给敌人打信号枪、通风报信、指示敌机目标……这谣传很快就家喻户晓,爱国行动一下子变成汉奸卖国,伍老先生精神上遭受巨大打击。他慨叹:"现代战争的火药,实在是我们在百宋千元的时候,就已有之的了,我们不但不能翻陈出新,现在简直连救国的实验也不许你做。"四十年后,作者还慨叹"这样一个爱国老人,反而不能见容于这个世界,却被发明火药的祖国中的刽子手们,用TNT(炸药)将他杀害……"这和马老汉与敌同归于尽的牺牲不同,伍老先生成为主降派及愚昧庸众的牺牲品。作者有感于当时政府当局主降派一直占着上风,将江南小镇上这道风景,描绘成当时大后方的一个缩影,因而伍老先生的形象也就别具深刻的意义。

《遥远的风砂》中的煤黑子,则是一个非常独特、难以"定性"的形象。从最后掩护战友壮烈牺牲的行为来看,他应该属于英雄人物,但从开篇随队出发到遭遇战发生,小说大部分篇幅描写所示,毋宁说他是个土匪,且比一般意义上的土匪还要"匪"。从外貌肖像到谈吐举止,无不渗透着匪性,与人们心目中的英雄根本沾不上边。人们耳闻他吹嘘自己杀人奸掠的历史,目睹他顶撞队长,动辄想拔枪动武,殴打店家,强奸老板娘等劣迹,对收编这样的土匪的必要性与可能性都产生怀疑。然而在后来短暂的行军中,他也受到我军的影响。如果说遭遇敌军之初的奋勇当先"打头炮",还有些出自匪性的逞能,那么在目睹战友死伤之后,先救护伤员,后主动要求留下来断后、阻敌,思想变化轨迹清晰,行为依据确凿充分。小说视角人物对他的感情的变化也证明了这一点。如果他不在战斗中牺牲,相信他会在新的环境中改造成长为英雄战士的。美丑并举、善恶并陈,且在善、恶的巨大落差中彰显人物性格的光彩,成为这篇小说最大的亮点。"正因写实,转而新鲜",如实展示善和恶的强烈对比与嬗变,又使小说富有浪漫传奇色彩。小说欲扬先抑的叙事策略,也与传统小说的叙事相近。

考察完上述两类形象,我们发现简单化的正、反两面分类实际上并不科学。端木笔下的大多数人物,其实很难用所谓正面、反面来界定和区分。纯粹高大完美的英雄,或巨奸大恶的坏人,在端木小说中很少见到。他所描绘的多是当时生活中的普通人物,虽然有些倾向于肯定、歌颂,有些倾向于否定、唾弃。通览端木小说中的人物,还有两类形象描写较为突出:一类是抗日初期战士生活战斗的素描剪影;另一类是愚昧、落后、守旧的"一族"群像。前一类写得较多,在现代文学史上应该享有一定的地位;后一类见出鲁迅批判国民劣根性的影响。

《大地的海》中莲花泡的农民在国土沦陷后,又遭逢日满勾结、"化囚为工"、强占土地、修筑公路种种不堪忍受之变,终于在共产党人组织下,联合囚犯武装暴动。东北农民与其他地区农民不同,不少人打过猎、放过枪、见过匪,甚至能随口使用土匪黑话。端木真实地描写这批刚刚接触战争者,兴奋、紧张但不怯战,甚至有些好勇斗狠,喜欢进击,厌恶后退。如他们中的"第一个牺牲者"张大个子就很有趣,初上战场便炫耀战斗本领:眼睛"叽里咕噜"地看准敌人走近了,才放一枪;打过一枪之后必定抱着枪来打滚,躲过敌人的还击;他每打完一个,都回过头来咧开大嘴笑一笑。小说写他最后一次射击:"他瞄准枪,看准了,忽然想再仔细看一眼,判明所打的对象,是不是个小日本。没等他看准,心上一热,头就低下去了,连痉挛一下都没有,好像还在那儿打枪。"小说的主人公来头是暴动的组织者之一,擅打枪,却无战术素养,更无指挥经验。劫囚车才劫到第三辆,即听任战士们蜂拥而上,车帮子上挂满了人,鼓噪着,呼闹着,致使后边来车掉头逃回城去。张大个子牺牲后,敌人从两面包抄上来,队长提出保存实力向后退,他心里很不高兴;敌人的援兵上来了,队长命令总退却,他一言不发离队探家;后来逃进原始森林养伤,孤单寂寞中才悟出保存实力的必要,最后下决心重返大队。中篇小说《柳条边外》原题《突击》,写义勇军发展枪械突击队,展开突击缴枪竞赛。战士石头与马苋合作,在后者带领下缴得六杆枪。他很想一人独得这些枪，荣获立功奖章。在马苋打前探路时，他竟冒出"要有哨兵，把他放倒也好，我一人独得六杆……"连自己也觉得脸红的念头。比赛结果缴获四杆以上获奖，他不知马苋因为另有缴获而榜上有名，见面后不由分说即对战友拳脚相向。后来在英雄二虎子事迹感动下认识到好大喜功和狭隘自私的不可取，义勇军战士就是这样在战斗锻炼中成长的。《螺蛳谷》写一支义勇军被敌人围困四天后设法突出重围，突出描写了一个各具个性的战斗群体：有调皮机灵、乐观勇敢、处险不慌、善动脑筋的山柴禾马亮，有朴实憨厚却也会吹牛耍滑制造幽默的周大河洛，还有刚毅果敢却不独断专行的队长青山。青山本打算自打头阵率众脱困；山柴禾先唱歌献计用"阴阳木"替代"塔儿头"掩蔽埋伏在水洼里而得青山采纳，又自告奋勇前去诱敌进入埋伏圈；队中仅有一挺机关枪归周大河洛掌管，要等到关键时刻射击，却因忘记打开保险推迟发射，歪打正着得以全歼日军。紧张刚过便对着吴全吐舌头，承认保险机忘开了；可当青山和唯一受点儿轻伤的李五哥夸他时，他却吹开了："喊，开机关枪还不像推饸饹床子（一种压面的工具）一个鸟样！家常便饭，有啥稀奇。"边说边向吴全挤眼睛。小说的结尾，作者也禁不住学史传"论赞"站出来说话："这些落后的群众他们是怎样地消灭了我们顽固的敌人，这些落后的群众他们分布在我们广大的失去了的原野上，到处都是。"一般中国现代文学史，写到最早生动描写抗日战士形象，多推姚雪垠的《差半车麦秸》等小说，殊不知端木小说中东北沦陷后起而抗战的战士形象剪影素绘，出现之早，描写之多且生动感人，完全能够在现代文学人物画廊上，占有一席之地。

　　随着抗战局势发展变化，端木的生活创作也有变化，最大的变化发生在太平洋战争爆发，日寇占领香港，萧红患肺病因战乱影响不治身亡之后。这一变故使得端木遭到圈内圈外许多责难，感受到人情冷暖、世态炎凉，影响到小说创作由外转内，着重抒发作者内心的愤懑情绪。这期间他的小说人物描写，更多地触及人性的恶劣面，接续了鲁迅开创、萧红承续的揭露民族劣根性的传统。代表作有《雕鹗堡》和《红夜》等篇。

《雕鹗堡》很像鲁迅小说《长明灯》。不知何年何月飞来住山的雕鹗，成了这个山村命运的主宰。人们在其翅翼之下生活，早就习以为常。只有少年石龙讨厌它们"天天在天空上沙沙地打着翅子，把什么好看的好听的都遮盖住了，看不见了"，要爬上断崖，捉它们下来。石龙的行动遭来全村人的围观、詈骂，他们视雕鹗为村子的风水、运命之所系，本不容他去捉拿，转想到那断崖他不可能爬上，就让他找死去吧。于是出现这个村子有史以来从没有过的热闹场面：

> 许多人把手遮在眼上，唯恐自己看不真切，有许多人把下巴掉下来，似乎看见了什么就得吞进去的，人们热热闹闹的，围住了来看一件开心事。

当然也有例外，这村子里最美的，声名最好的姑娘代代从村人围观的神态感到恐惧袭来，她恳求地向爬在半路的石龙哀哀地高呼："石龙，下来吧，那是去不得的！"每向周围的人看一眼，便增大一分恳求的音量，并答应如果石龙下来，即喜欢他，永远跟他好，甚至不顾周围眼睛的锥刺、话语的嘲弄，跑上去追喊。结果"石龙在断崖上，像一只倒挂着的小虫子，一失手就跌下去了"。

> 看的人都有点儿扫兴，大伙儿的眼睛一直看着那孩子的小小的身子跌落在山涧里去，才喘出一口气来，觉得他跌下去的太嫌早了一点儿。

此时雕鹗如常飞回，"人们好像恢复了往常的命运的统治，觉得心安而满意。"而代代从此却成了嘲笑的对象，被她的小伙伴编成山歌传唱下去。

《红夜》把人们领向一个"荒凉、奇异而且充满着唉叹"的村镇，讲述那里发生的"色彩和故事"。这村子里有一个奇异的石洞，洞口立着石人,关于这个石人的由来附丽着自由、坚执的爱情传说,使这个地方布满异教徒的色彩。这里每年都举行求神作福"跳巫"大会,渲染出一个红彤彤的夜。有些女孩小时去跳巫,长大抱着石头人哭,上演了一幕幕凄恻动人的爱情悲剧。小说就叙写了这样一个悲剧故事。小女孩草姑的姐姐景慕石人对爱情大胆坚执的追求,偷偷地为石人做衣裳,抱着石人哭,引来了同村少年龙哥的爱,在这"出红的夜"相约进石洞幽会,却被"仿佛是有什么英雄的猎户"捉住。村里的头面人物"汉爷"加给他们"渎神"的罪名,他不无妒忌地说:"这样兵荒马乱的地方,我们求神作福,但他们寻到山洞子里去,寻快活,一村人的生计性命,都破在他们手上,神要见怒了。"女孩的婆婆出面指责龙哥,"众人引起了一阵骚乱,有几个小孩子用小石子投在他们两个人的身上"。只有草姑不能理解,喊了一声:"姐姐!""如同投在山里的石块一样,一点声音都没有激起。"

两篇小说都借一则故事引出社会人生"一族",通过对他们漫画化、象征性的描写,揭示了当时一般社会的病态心理、精神状态,这就像鲁迅小说中"无主名的杀人团",常常充当反动统治的精神支柱和帮凶,造成一个又一个悲剧的发生。端木此时的描写衔接着鲁迅开创而被抗日救亡时代呼声打断的改造国民性的传统,表现出可贵的现代性特色。象征的手法和情绪化的表现,也使之与传统小说人物描写有所不同。

这两类人物形象,前者明显联系承传着中国古代文学写人叙事传统,后者继承了鲁迅开创的批判国民劣根性的传统,与西方文学有更多的联系。由此可见,端木继承传统却不拘泥传统,他同时从古代和现代两大文学传统汲取养分,因而有所创新和超越。

第四节 叙事模式的推陈出新

上述端木小说创作与中国史传文学传统联系的探讨,主要着眼于小说内在精神即思想内容方面的联系。然而内容离不开形式,尽管它决定着形式。小说是叙事的艺术,解析其叙事谋略、叙事模式的选择运用,应该是通向小说艺术宫殿的重要桥梁。这或许正是西方叙事学理论风靡全球的主要原因,法国结构主义叙事学家托多罗夫于 20 世纪 60 年代初提出,以"故事"与"话语"区分叙事作品的素材与表达形式,在现代文学批评中产生了广泛的影响。

中国虽然没有形成系统的叙事学理论,但是作为一种文学手段并在创作实践中采用,叙事学在中国文学发展史上可谓由来已久、源远流长。中国学者杨义参照西方叙事学理论,发现并构建了具有中国特色的、与西方体系可以对峙互补的"中国叙事学"体系。这个体系以叙事与历史的结合为缘起,最初从史学里面发展起来,然后波及小说、戏剧。① 另一位学者陈平原则具体勾勒了中国叙事学传统模式的现代性转换。② 这些扎实的研究有力地启示我们:当我们探讨小说的叙事艺术时,固然要考虑其接受西方叙事学影响的一面,却也不能忽视中国史传文学叙事传统的规约和渗透。

端木蕻良认为:"我国的长篇小说的发展,带有强烈的民族特色"③,不像现代短篇小说,主要是在西洋小说影响下催生的。他的小说创作从长篇起步,也就确立了他与中国文学叙事传统的联系。总体上看,端木的长篇小说(尤其是其转向短篇创作之前所作长篇)与中国叙事学传统的联系更紧密,更具民族特色;而短篇小说则较多地吸收了西方小说的叙事艺术。端木小说叙事的总体特点可以概括为对中国文学传统叙事的推陈出新。叙事模式的要素有三:一是时间,二是视角,三是结构,下面即从这三个方面探讨端木小说的叙事特色。

一 叙事时间

叙事活动由"叙"+"事"组成,叙事时间则有故事时间和

---

① 杨义:《中国叙事学》,《杨义文存》第一卷,人民出版社,1997 年 12 月。
② 陈平原:《中国小说叙事模式的转变》,上海人民出版社,1988 年 3 月。
③ 《〈民族英烈传〉赘言》,《端木蕻良文集》第六卷,北京出版社,2009 年 6 月。

叙述时间之分。根据杨义先生考证,"叙事"一词在先秦时就出现了。那时的"叙事"是动宾结构,其中"叙"是用顺序的"序",与头绪的"绪"相通。"就是说我们的叙事学又是头绪学,又是顺序学,又是把空间的分隔换成时间的分隔,重新进行安排的这样一种学问。"① 时间在文学作品中既是叙事的元素,也是作家体验、思考和表达的对象,作品的历史意识或历史感,就存在于作家的主体时间中,存在于在其对过去、现在、将来的时间体悟中表现的自觉意识和心理感受等文化积淀中。时间观念与历史文化关系密切,文化差异影响到时间观念,影响到时间的把握和表述。西方人的时间顺序是日—月—年,是一种积累性的、分析性的以小观大的时间观念;而中国人的时间排序是年—月—日,是一种统观的、综合性的、以大观小的时间观念。时间观念的差异影响到叙事时点、时段的选择,西方叙事总是从一人一事一景开始,更喜欢逆向叙事——倒叙;中国人的叙事总是从一个巨大的时空框架开始,形成一种程式化的"叙事元始":常以谈天说地开篇,从天地混沌、远古洪荒起笔,中间夹杂着神秘的命运、气数,形成笼罩全篇的预言叙事。时间的矢向上则顺序展开,连贯叙事:从头说起,接下去说,陈陈相因,环环相扣,起承转合,首尾照应。中国古典小说文本内的叙事时间极富民族特色。

端木小说的叙事时间承续中国文学叙事传统而有所创新,主要体现在三个方面。

其一,"叙事元始"。这是杨义先生对中国叙事文学程式化"开头"的特别称呼。他认为这样的"开头"富有中国文化整体性时间观的意蕴:"中国小说家以时间整体观为精神起点,进行宏观的大跨度的时空操作,从天地变化和历史盛衰的漫长行程中寄寓着包举大端的宇宙哲学和历史哲学。"② "叙事元始"是独立于叙事主

---

① 杨义:《中国叙事学》,《杨义文存》第一卷,人民出版社,1997年12月。
② 杨义:《中国叙事学》,《杨义文存》第一卷,人民出版社,1997年12月。

体之外的超叙事层次，它提起并笼罩着主体叙事，又与叙事主体明显区别开来。一是从大处落墨，给主体故事提供一个宏大的时空框架；二是叙事时间的流转速度相对较快，漫长的时间跨度在短短的篇幅中跳过。例如，明代容与堂百回本《水浒传》的主体故事发生在宋哲宗末年到宋徽宗宣和五年间，时间跨度只有二十四年，却占了九十八回的篇幅。小说开篇从五代十国战乱写起，天帝感于战乱，派遣上界霹雳大仙投生为赵匡胤，崛起于乱军中，"一条杆棒等身齐，打四百座军州都姓赵"，建立起大宋王朝。然后纵笔跳过百年，到宋仁宗嘉祐三年（1058年）洪太尉误走一百单八个魔君，再过四十余年，这些魔君们都在人间托生长成，陆续会聚水泊梁山，上演了一幕幕轰轰烈烈、打家劫舍的草莽传奇。这段"叙事元始"，时间跨度一百五十年，只用了一回半的篇幅。小说的叙事在时间的快速流转中，反省王朝盛衰，融合天人之道，沟通宗教世俗，给日后一百单八将的聚义罩上一层宗教神话色彩。在叙事元始与叙事主体的结合点上，叙写宋徽宗宠任高俅，后者奸佞暴虐，逼走东京八十万禁军教头王进，遂将"叙事元始"所檃栝的天人之道转移到"官逼民反""乱自上作"的历史现实。《水浒传》的开头堪称叙事元始的范例。

端木蕻良的《科尔沁旗草原》的头三章也具有明显的"叙事元始"性质。小说以"一个远古的传说，传说是这样开始的——"开篇，描写两百年前山东发大水，一群灾民"向那神秘的关东草原奔去"。小说以快速的叙事时间流转，在这三章中概括叙写了两百年间丁氏大家族发家史上的三个环节：第一章，丁半仙崛起于灾民中，施法术救活感染瘟疫的灾民，"成了这一群的精神中心"，到关东后迅速致富，却归因于新娶了九尾狐狸变的媳妇，临终前亲自勘定藏龙卧虎格的风水宝地作为自己的葬身之所，所立"遗嘱便奠定了一个东北的大地主的成功的开头"。第二章，"四太爷、大爷、三爷——丁府财源无限的膨胀期"。四太爷勾结官府扳倒草原首富北天王，成为鹭鹭湖畔大地主的盟首，又串通巫神以"府上是命,风水占的,前生的星宿,现世的阴骘,家仙的保佑,阴宅生阳,阳宅生阴,阴阳互生……"演说丁家财富膨胀的原因;到大爷、三爷这一代,"大爷和当年的四太爷一样的英雄、果敢,会开辟财源",同时开始滋生守成地主的纵欲放荡,地户们便利用这一特点与之周旋。第三章,继承大爷的小爷,同样富有祖辈英雄地主的特点,然而他不幸遭遇"另外一只魔手"——帝国主义的入侵,"盛朝的喜悦和末世的哀感正丛集于他的一身",成为丁氏家族由盛而衰转折期的代表。从第四章起进入小说的主体叙事,展示丁家走向衰败、崩溃时期的矛盾纠葛,叙事时间集中在20世纪以来主要是20年代的十年间,短短十年却占了十六章的篇幅。在叙事元始与叙事主体的结合点上,以"这是真正的故事的起头"作为第四章的标题,将叙事元始与主体叙事分开。综观《科尔沁旗草原》的开篇,与上举《水浒传》开头的"叙事元始"颇多相似:第一,水灾及灾后逃难场面阔大(初稿有发大水洪荒浩渺画面描写,阅读时直让人联想到"汤汤洪水方割,浩浩怀山襄陵"中华远古洪荒年代),而"下关东"乃是历史上汉民族之一部分的大迁徙,对身历者而言不啻是劫后重生、易地重建,关东在这些迁徙者手上得到最初的开发也颇有点盘古开天地的意味。这样的开篇为家族衰落的主体叙事提供了一个宏大的时空框架和社会历史背景。第二,对丁家发家过程中几个环节的叙述,几乎都写到地主将发家归因于神道风水等的神秘作用,于中可见中华巫史文化遗风,酷似古典小说中天人之道的文化密码。可贵的是,端木将跳大神的描写归诸"活的历史"的展示,突现独特的地域民俗风情,富有文化人类学及民俗学意义。当然也有不同:古典小说的"叙事元始"多十分简括,有的仅以"得胜头回"程式化的诗词引用概括写出,如《三国演义》开篇的"滚滚长江东逝水,浪淘尽千古风流人物",以及叙事者"话说天下大势,分久必合,合久必分"的概括。相比之下,端木小说这部分内容有些繁复,更像《红楼梦》前五回的铺陈,但他更多使用了倒叙,前三章每一章都不止一次使用了倒叙。

其二，预言叙事。中国小说之所以一开篇就谈天说地，从远处、大处说起，乃是出于作家重要的叙事意图，即说明事物的由来，预示衍变的征兆。用司马迁的说法就是"原始察终，见盛观衰"，"究天人之际，通古今之变，成一家之言"；借小说家的套语则为"有诗为证：'欲知目下兴衰兆，须问旁观冷眼人'"。可见"叙事元始"实为作家的一种叙事谋略，与之相应的叙事方法则是预言叙事。

端木小说大量使用了预言叙事。与传统小说主要在"叙事元始"中的使用相似，端木的《科尔沁旗草原》前三章即有两处明显的预言叙事。一是在第一章末尾丁半仙所立遗嘱，要求埋葬他时，"要心急，就往溪边错五寸，可以早发五十年……"；二是前三章所写发家过程中显露的几大矛盾，如随着财源膨胀暴富而滋生的纵欲放荡，苛剥敛财导致佃户的设法应对，以及"另一只魔手"的出现等内外矛盾，都预示了这个家族日后走向衰落乃至崩溃的必然。除了开篇的预言叙事，《科尔沁旗草原》还采用了标题预言叙事。小说用小标题将全书分为十九章，这些标题与传统章回小说对仗句式的标题不同，灵活多样，不拘一格，预言叙事效果明显。如上举前三章的标题，又如第六章、第七章的标题分别为"小爷的哀伤——和他的堇色的罗曼司"、"三奶家——科尔沁旗大财主腐败的阴影"，既醒目又别致，让你看了标题就知道内容，甚至产生欲知详情、先睹为快的阅读期待。最别致的标题当数第十章的，没有文字，仅用了一个"！"，新鲜夺目，读者眼睛为之一亮，读完这一章后更感到此标题贴切而微妙。该章开头叙写丁宁的内心活动，耳闻外面的求雨声益发心绪不宁。此时灵子送上父亲的两份电报，后到的一份乃是父亲的绝笔！其他不利消息也接踵而至：先是知事派人来索要他家珍藏的那两幅云龙显圣的相片，接着是他最不愿见面的三十三婶前来讨债——此债直接关联着父亲的"出事"；最后是地户要联合"推地"的消息，以及土匪活动猖獗，不久前刚在小金汤相遇、与丁宁两情相悦的水水和她的父亲竟双双遇害！这一切都从四面八方压向丁宁，使他坠入疯狂。他没命地向西跨院跑去，刚进门又与一匆匆报信的下人撞了个满怀——土匪天狗竟当门丢下了附着两只人耳的恐吓敲诈信！一切的一切，怎一个"！"了得！此外，《科尔沁旗草原》还将预言叙事与连环叙事结合使用，即在章与章的连接处，对传统小说"欲知后事如何"推陈出新，主要采用伏笔、照应，在内在勾连上下工夫。最后一种是对结局的预言叙事。《科尔沁旗草原》结尾用含蓄象征写法预言中国抗战前途，既有诗歌传统情以景结技巧的继承，又有西方现代派象征主义艺术的借鉴。上文已经论及，此处不赘述。端木小说的多种预言叙事，无不体现出对中国文学叙事传统的推陈出新。

其三，连贯叙事。这是中国传统小说叙事时间上最突出的特点，主要表现为从头说起，接下去说，顺序推进、前呼后应，线索单一，一线到底。有抗战小说研究者称："端木的小说，无论长篇短篇，结构都不复杂，它们往往是一线到底"[1]，道出了端木小说与传统小说的联系。端木正式登上文坛之前所作两部长篇小说，都采用顺序叙事。或许有人以为《科尔沁旗草原》的"叙事元始"部分是倒叙，其实不然。按照叙事学理解，"叙事时间的起点，是以开篇时的时间为世纪元起点。顺叙是由记述史实衍变过来的。最明显的就是中国的《史记》一类的史书，由于是当时记录，所以是现在时，日积月累，每一天都是现在时，因此就是永远的现在时的模式。"[2]《科尔沁旗草原》主体叙述丁家衰落，却以其祖先下关东发家为"世纪元起点"，然后顺序展开其财富膨胀到鼎盛，自身开始显露堕落征兆，又遭遇"外来魔手"，导致盛极而衰。"这是真正的故事的起头"只是进入主体叙事的标志，并未割断与"叙事元始"部分的时间连贯。再者，小说前三章是纵向推进，后十六章是横向展开，横向展开部分内在顺序勾连也十分清晰，这要归功于上文所说的伏笔照应、预言叙事等手法技巧。例如，第四章开

---

[1] 文天行：《火热的小说世界》，四川教育出版社，1992年1月。
[2] 董小英：《叙事学》，社会科学文献出版社，2001年6月。

头"转眼又是二十年过去了"将后面的主体叙事定格在20世纪20年代;第六章写小爷(丁宁父亲)的哀伤及其"堇色的罗曼司",他想振作起来,要出外做生意,让丁宁去东府借钱给他作资本;于是第七章便写丁宁的东府之行,与三十三婶的情感纠葛;第十章接到父亲生意亏败、一蹶辞世的绝笔电报,外加接踵而至的不利消息,丁府处于四面楚歌、八面挤压的困境;第十一章便以"钱"为题,写丁宁从经济上协调府内府外,弥补父亲生意亏空,末尾得知大山领头联合地户"推地",引出下一章"南园子之夜"地户们聚会密议;再下一章付诸行动,"推地"联盟被丁宁轻易瓦解,等等,小说前后勾连相当绵密,叙事线索十分清晰。《大地的海》写东北沦陷初期农民们在争夺土地的斗争中,从荒凉、贫瘠、隐忍到觉醒、奋起、抗争,线索亦单一而清晰,中间虽有横向展开,表现不同类型农民不同的生活态度,但总体上的顺序勾连同样有迹可寻。

"在突破连贯叙述的叙事时间时,倒装叙述起主要作用。"①《科尔沁旗草原》和《大地的海》的叙事时间总体上说是用顺叙、连贯叙事,但是常有突破的尝试,这就是倒叙的运用。上举《草原》"叙事元始"部分已多次使用倒叙,且有从顺叙转入倒叙明确的过渡话语,如"那是两个月以前","那是前三天的事情","四太爷心里突的一震,一幅清晰的画面,又闯进他的眼前:还是两个月前的事"。"两个月前的事情还在四太爷的眼前汹涌","记忆还明晰地印在她的眼前,好像就在昨天",等等,这些倒叙已经用得非常纯熟,具有较高的艺术性,其中多数由于篇幅过短只宜称作补叙或插叙,"不足以改变整个叙事文本的时间顺序形态"②。到第三部长篇小说《大江》,开篇从中间说起,然后用"这里要叙说铁岭的过去","这里仍然要叙说铁岭的过去","这里也是叙说铁岭的过去","这里还是叙述铁岭的过去",分别引出四章的倒叙,过往

---

① 陈平原:《中国小说叙事模式的转变》,上海人民出版社,1988年3月。
② 杨义:《中国叙事学》,《杨义文存》第一卷,人民出版社,1997年12月。

经历与现在的锻炼成长有机交织，使铁岭的成长历程曲折丰满、多彩多姿、真实感人。有些短篇小说更尝试交错叙事，更多地着眼于人物心理变化、意识流动，按照人物的情绪线而不是故事的情节线来安排叙事时间，显露出较浓郁的现代性色彩。

二 叙事视角

叙事视角又称叙事视点、叙事观点，是小说作者描写人物、叙述故事时的着眼点、观察点及其倾向态度，由叙事眼光（充当叙事视角的眼光，既可以是作者或叙述者的眼光，也可以是人物的眼光）和叙述声音（叙述者的声音，是作者倾向态度的体现）两部分构成。"它是作者和文本的心灵结合点，是作者把体验到的世界转化为语言叙事世界的基本角度。同时它也是读者进入这个语言叙事世界，打开作者心灵窗扉的钥匙……这实在是叙事理论中牵一发而动全身的问题。"[①] 珀西·卢伯克《小说技巧论》甚至认为，"在整个复杂的小说写作技巧中，视点（叙述者与他所讲的故事之间的关系）起着决定性的作用"。托多罗夫也承认："视点问题具有头等重要性确是事实。在文学方面，我们所要研究的从来不是原始的事实或事件，而是以某种方式被描写出来的事实或事件，从两个不同的视点观察同一个事实就会写出两种截然不同的事实。"[②]

叙事视角涉及作者、叙述者、受述者、人物、故事以及读者之间的关系。在小说诞生初期，小说批评理论多关注作品的社会道德意义而忽略形式技巧，仅仅从人称上区分小说不同的叙事方式。进入 20 世纪以后，现代小说理论更多地关注小说的形式技巧，尤其是叙事视角的运用，出现了多种有关视角的分类。60 年代初期叙事学理论兴起，热奈特对各种分类加以归纳简化，根据叙述者与故事的距离远近，划定三种聚焦模式：其一为"零聚焦"或"无聚

---

① 杨义：《中国叙事学》，《杨义文存》第一卷，人民出版社，1997 年 12 月。
② 《文学作品分析》，见张德寅编选《叙事学研究》，中国社会科学出版社，1989 年。

焦",即无固定视角的全知叙述,叙述者无所不在,无所不知,可以自由地叙写外部事件与人物内心,并给予直接的褒贬与臧否,因此又称为"全聚焦""上帝式",可用"叙述者＞人物"这一公式来表示;其二为"内聚焦",叙述者通常寄寓于某个人物身上,仅能说出这个人物所知道的情况,即"叙事者＝人物",具体又分为"固定式内聚焦""转换式内聚焦"和"多重式内聚焦"三种;其三为"外聚焦",叙事者只叙写人物所看到或听到的,不作主观评价,也不分析人物心理,类似于"戏剧式"的客观呈现,这类视角的特点是叙述者所说的比人物所知的少,可用"叙事者＜人物"这一公式来表示。①

上述三类视角中前一类与后两类的区别最大,成为传统叙事与现代叙事的分野。传统小说多采用全知视角叙事,叙述者像上帝一样全知全能,洞悉文本中任何人物都不可能知道的秘密,作出居高临下权威的评价。随着历史进入现代社会,作家的权威和神一样受到怀疑,"上帝死了"之后,又有人宣称"作者死了"。读者腻味了作者站出来指手画脚,布道说教,宁愿像观赏"客观""呈现"的戏剧一样去读小说。于是作者退出,将叙事的任务交付给叙事者,而"叙事者又常常放弃自己的眼光而转用故事中主要人物的眼光来叙事。这样一来,叙述声音与叙事眼光就不再统一于叙述者,而是分别存在于故事外的叙述者与故事内的聚焦人物这两个不同实体之中"。② 然而,零聚焦的全知叙述与内、外聚焦的限知叙述也有交叉重叠的时候,全知叙事者通常处于故事之外,这时与外聚焦有相似之处,所不同的是它也可以叙述人物内心的活动想法。当叙述者放弃自己的外部眼光,转用故事内人物的眼光来观察时,他即兼具了内聚焦的特征:只用一个人物的眼光,就是"固定式内聚焦";转换视角人物,或采用几个不同人物的眼光来描述同一

---

① 参见申丹《叙述学与小说文体学研究》,北京大学出版社,1998年7月。
② 参见申丹《叙述学与小说文体学研究》,北京大学出版社,1998年7月。

件事，就成为"转换式内聚焦"或"多重式内聚焦"了，这时叙述者所说的肯定要比任何一个人物所知的要多，"叙事者＝人物"的公式也就不能成立，因为它只适用于"固定式内聚焦"。因此有叙事学者将"内聚焦"中人物视角转换归入"多重选择性全知"，称第三人称全知叙述为"有限全知"，限定这类叙述者仅能介入主人公的内心进行描述，而对其他人物，则只能从主人公的角度进行"不可靠"的观察。在一般小说创作中，叙述者很难做到完全用聚焦人物的眼光替代自己的眼光，更多的情形是，"叙述者一方面尽量转用聚焦人物的眼光来观察事物，一方面又保留了用第三人称指涉聚焦人物以及对其进行一定描写的自由"。因此热奈特认为"严格意义上的内聚焦极为少见"①，更多的是内、外视角重叠、交替、互补，全知框架下包含限知。端木蕻良的小说视角运用即属于这种类型。

端木小说叙事视角丰富多样，上述几种类型都有采用。长篇小说多采用传统的全知叙事，短篇小说首篇《母亲》用全知视角，《爷爷为什么不吃高粱米粥》用"显示"叙事，内中穿插"讲述"寻找问题的答案，可归入"编辑性的全知"，《遥远的风砂》为第一人称限知（有论者称之为"第一人称旁观叙述"），《鹭鹭湖的忧郁》《乡愁》《憎恨》等使用第三人称限知视角，篇中还用了视角转换、"多重式内聚焦"。"捷足先登"的抗战小说多用"讲述"，抗日英雄事迹报告中穿插着热情的评点，叙述声音洪亮；实录战时陪都重庆社会现实的《义卖》《嘴唇》《青弟》《火腿》等采用了外聚焦视角，戏剧式呈现，压低乃至取消了叙述声音，让事实说话，富有冷峻写实与幽默反讽特色。历经太平洋战争和个人丧妻之痛后，端木在桂林时期所作较多地使用了第一人称内视角限知叙事（此前所作三十余篇小说中采用第一人称旁观叙事的只有四篇，桂林期间所作十余篇中采用第一人称经验性叙事的就占了一半），其

---

① 参见申丹《叙述学与小说文体学研究》，北京大学出版社，1998年7月。

中《初吻》《早春》的自传色彩强烈，还出现了端木创作中唯一的书信体小说《饥饿》。总体上看，端木小说中严格意义上的全知视角和限知视角都用得很少，较多的是全知、限知混合使用，在全知框架下包含着限知，叙述者的眼光与视角人物的眼光同时出现、交替运用，与之相连，小说中作者、叙事者、受述者、人物、故事之间的关系也复杂微妙，作者与叙事者及主人公之间的距离接近，作品便带有浓重的自传色彩，距离拉大则构成作者对作品人物的反讽或否定。《科尔沁旗草原》中的丁宁是否就是作者本人的争议的焦点即在这里，这部小说的视角的运用最具代表性。

通过主要视角人物的设置，形成全知与限知混合叙事格局，是《科尔沁旗草原》叙事视角运用的第一个特点。从开篇的"叙事元始"可见，《科尔沁旗草原》属于传统的全知叙事。这种视点便于展现广阔的社会生活场景，透视和剖析人物复杂的内心世界。但是视点的单一也会造成叙事的单调沉闷，降低艺术表现力。于是端木对传统的叙事形式加以改造，推陈出新，在全知叙事的整体框架下面，艺术地设置了贯穿全篇的限知视角，用丁家末代少爷丁宁作视角人物。在开篇"叙事元始"部分，即两次露出丁宁的叙事眼光。一是当丁家传到小爷这一代时，小说交代："小爷是父亲辈，盛朝的喜悦和末世的哀感正丛集于他一身"；二是写丁家遭遇"另外一只魔手"——日俄战争带来的巨大灾难。宁姑舞动马刀使自己免遭俄国军官欺凌，但随即小产下丁宁死去，而她的大嫂却惨遭俄军凌辱。这位年轻的舅母，当时已有孕在身，却在自己的小姑死后，顶着"八大车的闲话"、流言，承担起抚养丁宁的责任。这时，小说第二次交代视角人物："那一夜……舅母要生产了。"仅有前一处"父亲辈"交代，小说的视角人物可能是丁宁、大山中的一个；有了这里"舅母"的指称，就只能是丁宁了。大山也是视角人物，且像丁宁一样几乎贯穿全篇，只不过没有像写丁宁一样，出现那么多的心理活动。但大山在小说中的地位很高，仅从小说第四章进入主体叙事时首先安排他出场，并用"这是真正的故事的起头，万里的草原上一只孤寂的影"作标题，而让丁宁在这一章末尾才出场，可见大山地位的重要。这是一部采用丁宁和大山双重视角人物的小说。双重视角的设定，使小说全知、限知混合的叙事更灵活、更富于个性，还使小说同时涉及作者父母两个族系的故事，抓住了草原社会两大基本矛盾，使大家族衰落的必然性得到有力的揭示。

双重限知视角人物设定派生出《科尔沁旗草原》视角运用的第二个特点——视角转换。这种视角转换不同于上面提到的叙述者仅能介入主人公的内心进行描述的"有限全知"。从人物实际出发，小说较少介入大山的内心活动想法，偶有心理外露也是鲁智深式的，主要用他的"眼光"，写他的行动。但当视角转换到小爷、灵子、春兄以及东府的深闺怨妇们身上时，还是程度不等地介入了人物的心理活动的。

《科尔沁旗草原》视角运用的第三个特点：多重选择性内聚焦，局部限知合成全知，全面立体地展示草原社会历史现实全貌。除了双重视角人物交相观察显示丁府内外及草原社会全貌，小说还不时介入不同人物内心，甚至临时将其用作限知视角人物，如小爷的哀伤和他的"堇色的罗曼司"，东府十三叔两个姨太太或精明放荡或颓废绝望的心理，小金汤少女水水的天然、脱俗、野性、纯真，南园子之夜一群地户的愚昧、保守、犹豫、怯懦，还有胡子土匪老北风、天狗的不时袭扰等，形成多重选择性内聚焦；又将这单个局部的限知，有机组合成作者的全知，纵横捭阖、全方位立体化地展示出草原社会的多边姿态、多重矛盾，成就了一部宏大的史诗叙事。按照杨义先生概括，"我国叙事文学往往以局部的限知，合成全局的全知"①，端木小说这类视角运用也体现出立足本土、吸收外来、推陈出新的特点。

上述《科尔沁旗草原》视角运用三方面特点在第七章丁宁东

---

① 杨义：《中国叙事学》，《杨义文存》第一卷，人民出版社，1997年12月。

府之行中有综合的体现,且与中国传统文学叙事有较多的联系,下面试作简略分析。

《科尔沁旗草原》的第七章最见《红楼梦》的笔意。东府三奶家很像《红楼梦》中的宁府,府中一群深闺怨妇颇似大观园里的女性,丁宁也与贾宝玉有着诸多的相似,不过这次造府借款有别于贾宝玉的闲游玩赏。开头即点明"过了两天,丁宁在父亲催促之下,只得来到三奶家里",推出视角人物的同时形成悬念:丁宁为何不愿来这里?除了上一章的伏笔交代,从他一踏进东府所见所思即开始解释悬疑。第一个迎上来的女性颇有点"凤辣子"的风味,人未现话先到,一见面即嗔怪他整整三年没登门,简直不把这里当家呀。在丁宁(包括全知叙事者及其他出场人物)眼中,说这话的三十三婶"今天显出特别的爱亲,特别的神气,眼睛不住地对丁宁看着"。而她的异乎寻常的表现早被同时迎上来的银凤及时捕捉住,在她眼里,"三十三婶今天掏出千百的精灵,千百的风韵",于是先纠正时间上的误识:"不,不,整整的三年半了,连小苦姐都两岁半了"(按:苦姐系三十三婶之女,端木后来作《曹雪芹》,给曹雪芹取小名苦姐);再"得意地掀开她心底的秘密":小苦姐长得跟丁宁一模一样!还具体列举哪些部位长得如何一样,不管三十三婶在那边似笑非笑地恨恨地瞅她,直到会心的依姑拿话岔开,三奶招呼丁宁坐到她身旁来,"丁宁自悔这次不该来",结束了这一章的开头场面。这段叙写给我们的第一印象是人物角色视角的逐一转换,"其间的衔接部分往往采取两个角色的对流型"①。第二印象是人物对话多话中有话,别有深意。三十三婶对丁宁的"爱亲"神态显出异常,经银凤点拨几欲透明,却被依姑适时岔开。依姑知道银凤对丁宁也怀着特别的感情,不然她怎么会更确切地说出丁宁整整三年半没来呢?而她随后的举例更加特异:说三十三婶所生小苦姐已经两岁半了,且和丁宁长得一模一样!这不是明摆着说小苦

---

① 杨义:《中国叙事学》,《杨义文存》第一卷,人民出版社,1997年12月。

姐的出生与丁宁有关吗?丁宁的这个表妹,倒有点像林黛玉。丁宁之不愿意来东府,就与这俩女子有关,尤其是三十三婶!

但是想起此行的目的,想到父亲所说的"客串",丁宁还是一再约束自己既来之则安之,耐心与她们周旋。而他是知道自己应该扮演什么样的角色,才会满足这渴望温柔的女性国度的。"于是,全屋子洋溢出纸糊的笑","笑声蒸腾起来了","笑声更高了"——

> 要拿笑来划分这屋里的两性线,是应该以一个清越的男高音来作中心,再用另分的一堆女高音来伴奏的,笑声是三十二分之一音符八拍子,谈话是 Flute 的急流。
> 一会儿三重奏。
> 一会儿是四部合奏。
> 报告异乡的野趣的是丁宁的 SOLO。
> 那是再确切也没有的了。

丁宁剥脱了他一进门就憎恶的心,换上了一种更近于刺激的心理,适时探索体验闺怨氛围给予人的感觉。他娴熟地做作,把自己混合在她们中间。陪她们吃饭,饭后抹小牌,应邀喝夜酒,酒后弹琴唱歌,最后留宿东府,再一次中了三十三婶的性诱惑。作为视角人物,此时的丁宁更多的是以心灵感受世界。而那些"怀秘着闺怨的女性们,她们是怎样地在热烈地睁开她们内心的巨眼来看丁宁啊!"小说在不断地转换人物视角的同时,交错采用全知和视角转换中的限知眼光,详略不等地写到丁宁、三十三婶、二十三婶以及银凤的内心活动。丁宁无疑是贯穿这一章的视角人物,属于"五四"文学中常见的思想者和行动者(他曾说自己是"思想的巨人,行动的侏儒")。他很早出外求学,接受了当时流行的个性主义、超人哲学、人道主义等新思想,回到正在走向衰落的家庭,他要拯救社会、家庭,发现、培养新人。此时为了父亲重新振作,外出做生意，他前来东府借款，从内在心理到外在行动都做了调整，在与东府几类女性的应对周旋中时而矛盾、时而高傲、时而激烈、时而妥协。他特别憎恶三十三婶，为三年前中其情色诱惑的圈套恨恨不已，但他深知此行主要是向她借款，只好暂时妥协，虚与委蛇。他不满其他人的平庸、猥琐，相形之下更觉得自己是个傲岸的来客，欣然接受这些臣属的妩媚，对银凤的单相思及其与她所认定的情敌之间的争斗视而不见，用孝敬赢得三奶的欢心，以人道同情和做继子的许诺安抚二十三婶绝望的灵魂，但在情场上毕竟稚嫩，最终还是败在三十三婶诱惑之下。精明泼辣有些变态的三十三婶很了解丁宁，从他进府起，即预设了吃饭、抹牌、劝酒、弹唱、留宿等计划，循序渐进，逐一实施，将他牢牢掌控在手心。为此，她不屑灵凤的揭底（她自己也曾邀丁宁："你就不想去看看你的——弟弟？"）、争爱，最后几乎在二十三婶的眼皮底下再次捕获了丁宁的情色。

这一章视角转换流动还表现出有无相生、视听相通的特点，表现出对《红楼梦》等名著叙事技巧的继承创新。银凤对丁宁单相思程度不可谓不深，心理活动情绪起伏在东府女性中当属最强烈。小说不仅较多地用她的眼光及其情敌角色的纤敏心理监控体味三十三婶的举动心理，还独特地用她的听觉去"看"别人的动静。在与三十三婶的情敌逗斗中，她一开始是取主动进攻态势的，但随着对方揭她"躺在被窝里看《西厢》"，拉出三奶给她做主挑选如意郎君，加上丁宁毫不理会她的示爱，她便逐渐地转落下风，陷入意乱情迷，坠入极度的昏眩。小说利用她的心理变化，在喝夜酒一场借她的听觉感知人们的交流，时而聚焦于有，时而聚焦于无，有无相生、视听相通。这一技巧用得最出色的当属三十三婶深夜诱惑丁宁乱性的情景。她预先故意使丁宁喝多了酒，并预备了掺有春药的果子露，于丁宁深夜酒醒喊口渴时应声送上，药力发作后投怀送抱，毫无顾忌地狂乱、揉搓、扭扯，弄着丝质的被褥窸窣作响。小说却于此关头宕开笔墨，转写隔壁二十三婶的听觉及其所受心理刺激："一片谑浪的笑声，一种无耳的淫荡的哎唷声，更狂浪的呻吟声，急促的动作声，只隔一道纸壁，雷震似的挑拨着二十三婶的耳朵。她歇斯底里地把全身的被子都拼命地缠在脑袋上……"读这段描写，让我们想到《红楼梦》一笔并写两面的人物描写艺术，想到《金瓶梅》的隔壁听淫声，想到《三国演义》关云长温酒斩华雄厮杀场面的侧面描写。端木小说视角转换明显与传统叙事有着承传关系。

三 叙事结构

叙事结构大于叙事时间和叙事视角，时间和视角是结构的两个范畴。叙事指的是叙述主体按照一定结构规则排列事实（或曰本事），结构规则包括时间顺序、空间位置以及事与事之间的连接和对比等要素。结构在西方叙事学中是名词，而在它的中国词源上看，却是动词或具有动词性，体现了中国人对它的特别认知。中国人在落笔之时已有"先在结构"，内中蕴藏着作者对于世界、人生以及艺术的理解，写作的过程即是"先在世界"外化的过程。"以叙事结构呼应着'天人之道'乃是中国古典小说惯用的叙事谋略。"中国传统的整体性思维影响到小说大处落笔宏大叙事史诗性结构，而"思维方式的双构性，也深刻地影响了叙事作品结构的双重性"[①]。端木小说借鉴电影蒙太奇技巧形成的史诗性结构，双重视角人物（如丁宁/大山；艾老爹/艾来头；铁岭/李三麻子等）设置形成的双线结构，写实与写意的参差交错，叙事抒情的互渗交融以及对类似弦外之音的"潜流"的追求，等等，主要表现出对中国文学叙事传统的继承，已有研究者论评（笔者也将另文专门探讨），这里着重探讨其对传统叙事模式的现代性转换。

中国古典小说，基本采用连贯叙事时间、全知叙事视角、情节结构为中心的叙事模式。进入 20 世纪后，大量译介西方小说，借

---

① 杨义：《中国叙事学》，《杨义文存》第一卷，人民出版社，1997 年 12 月。

鉴外来形式，改良文学传统，促成了中国小说叙事模式转变，形成了以情节为中心、性格（情绪、心理）为中心、背景为中心的叙事结构。"在突破情节中心的叙事结构时，性格（实为心理、情绪）中心起主要作用。"①

端木蕻良小说，尤其是初期长篇小说《科尔沁旗草原》和《大地的海》，基本上采用全知叙事视角进行连贯叙述，故事线索单一，情节紧凑集中。但是我们在丁宁、大山双重视角或外部观察，或心灵感知下，在明显可见大家族衰落系列故事情节线索中，隐约可辨丁宁对自己所持拯救社会、重振家声以及培育新人的理想，从自信乐观、踌躇满志、急欲一试，到失望颓唐、矛盾妥协，最后一走了之等心理、情绪变化的轨迹；从艾老爹、艾来头父子在荒凉贫瘠的土地上艰难崛起、反抗斗争的行动中感受到他们在屈辱中忍耐，冒失地崛起，初捷后亢奋、受挫后退却，离群后思归（队）等曲折多变的心理，形成外部行动与内在情绪两条交织发展的线索。这两部小说都取材于作者父母两个家族的真人真事，视角人物的见闻感受与作者生活经历比较接近，因而富有一定的自传色彩。后来的小说，不时回到端木擅长的题材领域，叙写大家族人物命运随时代发展的走向。叙事结构上，更多地指向人物心理、情绪。如短篇小说《可塑性的》（原题《生命的笑话》）以辛人（端木使用过的笔名，谐音"新人"，他身上有端木早年的经历）为视角人物，写贵族小姐凤子（即《科尔沁旗草原》东府之银凤）进入都市社会，在现代都市迷雾中随波沉沦的故事；长篇小说《新都花絮》主人公宓君也是关外贵族出身，饱受关外文化熏陶，入关后迟迟不能融入关内文化，当然也不能进入抗战角色。她像飘扬在陪都社会的花絮，百无聊赖，一事无成，连自己的恋人也突然莫名其妙弃她而去，留下她在雾都孤独彷徨。《初吻》《早春》更是回顾早年生活题材创作的名篇，诉说儿时错失美好希望的惆怅悔

---

① 陈平原：《中国小说叙事模式的转变》，上海人民出版社，1988年3月。

恨，抒写永恒失落的悲哀。这些小说多用聚焦人物内视角，以人物内心心理变化为叙写对象，以情绪起落线索贯穿全篇，与注重故事情节发展、摹写人物外部行动的传统小说有着明显的区别。

端木擅长描写复杂性人物的心理，尤其擅长描写那些本应归入反面恶人之列，但他们的良心并未完全泯灭，关键时刻方显露善良人性之光，有的甚至突变为英雄——有缺陷的英雄。由于叙事者秉笔直书，美丑并举，善恶并存，而又注意突出善恶转换过程中人物心理的变化，读者对这种突变并不感到突兀、不可接受，反而觉得真实可信、启发多多。这些人物中比较突出的有《遥远的风砂》中的煤黑子，《雪夜》中的地主管家，《轳下》中的青年学徒大同，甚至包括《风陵渡》中的老艄公。

煤黑子本属铁杆顽匪，短短行军途中，他就干了那么多的坏事，"把我们艰难缔造的纪律变成双倍的无耻！"让正直的战士难以忍受，甚至想"插了他吧（即枪毙他）！"然而，当我们的队伍遭遇敌人，煤黑子性格中勇敢义侠的一面立即显现出来。他打"头炮"，用娴熟的土匪黑话验证出对方乃是假冒土匪的正规军，竟没被自己的名号吓住，"他立刻冒火了"。端木对粗直勇武类人物很少正面描写其心理，多通过外表神情动作的描写折射出来。双方交火，敌众我寡，我们渐渐有点不支，已经牺牲了一名战士。队长命令大家撤退，由他一人断后。正在大家犹豫之际，又一名战士负伤了。煤黑子跳下马来，抚摸受伤战士心口，把他的手缚在马背上，又回头望望牺牲战士的尸首，"他脸上剧烈地一阵子痉挛，好像他对一切都忍耐不住了。'我不能走！'他吼着。"他死命地鞭打战友的马匹，驱赶他们撤离火线，自己陪队长留下来断后，最后成为"马革裹尸还"的壮烈英雄。视角人物的叙事眼光记录了一位奇特的有严重缺陷的英雄的诞生，却没有发出叙述声音。但是此时无声胜有声，一切尽在不言中。

煤黑子牺牲之前的心理描写非常简练，有中国传统小说白描的特点，相比之下，《雪夜》中的李管家、《轳下》中的大同的心理描写就比较复杂、细腻。除了正常的心理揭示，作品还采用了梦幻、错觉、潜意识等近乎意识流的描写，使人物性格的变化获得有力的心理支撑。临近年关，大雪之夜，李管家还在为主子辛苦奔波，忙着要债。风雪交加，道路崎岖，可他的回忆、联想乃至错觉、幻觉等心理活动却非常活跃，雪太大了，加之心不在焉，他竟迷失了三十年来收债从未走错的道路。鞭打毛驴，奋力前行，忠诚勤勉的毛驴不堪其苦，发出悲哀的哮喘，终于累倒在风天雪地里。或许是从毛驴的下场看到自己奴隶的命运，他转而思考自己与主子的关系。他对主子是那么的忠诚，几十年如一日。可今年实在是年月不利，地租没能及时收齐，主子竟然放出话来，考虑开春换人，这不是"拉完磨，宰驴吃"嘛！想到自己此时正遭难受罪，而东家还在搂着女人淫乐，终于悟出东家和他不是同一世界里的人。心中突然升起对经年辛苦劳作却被地主苛剥得一无所有的佃户们的认同感，进而导致临死前对主子的背叛，让赶来救他的佃户老包烧掉了缠在他腰间钱褡裢里的债券。面对此情此景，作者陷入沉思，让叙事声音融入雪野大地："雪又纷纷地落着了，成了大片的鹅毛，填平了方才踏出来的杂乱的脚印。"

　　大同的身份经历与李管家不同，他不是由恶而善，而是由善变恶，少年失足铸成大错后，在自身灵魂煎熬和外界多方影响下向善回归。回想当初，也就是为了钱，为了堕落地苟活，他才失足陷入罪恶，脱离了刚参加不久的组织。孤独游荡中，他自谴自责、精神委靡、痛苦不已，想以自杀结束生命，可"被人救活过来之后，对死也厌恶了"。"相反地，对于未曾经历过的种种的生，偏偏地却激起要尝尝滋味的强烈的欲望来。"为此，他取了急性自戕之道，索性在亲如兄长又是组织领导的好友李志贵身上打起主意，以卑鄙的告密换得可怜的一百二十元，犯下更大的罪恶。当他行尸走肉般地在街上踽踽独行，竟然看到被游街示众的李志贵。那刚毅不屈的精神、镇定而强烈的宣传，以及向他投来的委托和信任的目光，都深深地刺激了他。此时他仍不满钱大顺"小官僚"说教式的教训，甚至想再拿他换一百二十元，却被日本军官排山倒海的耳光震醒，一个密探诱惑他时的卑劣嘴脸更像镜子一样让他窥见了自己，再加上一个正直的凛然怒斥密探的车夫现身说法的告诫和鼓励，终于将他从污浊中拔出。他毅然找到钱大顺，自动地招供了一切，认识到"在那大的活动里，那些被懦弱的无知所造成的无耻和罪恶，是必须要死亡的"。这倒给年轻的革命者出了一道难题：如何处理这样的失足青年呢？

端木的小说，尤其是那些涉及政治道德题材的小说，常给人以言志说教的印象。但是上述侧重内视角展示人物内心活动的小说，却避免了说教的嫌疑。这使我们想起西方后现代叙事理论关于故事控制读者同情，"制造我们的道德人格"的分析："（1）当我们对他人的内心生活、动机、恐惧等有很多了解时，就更能同情他们；（2）当我们发现一些人由于不能像我们一样进入某些人物的内心世界而对他们作出严厉的或者错误的判断时，我们就会对这些被误解的人物产生同情。"布斯的《小说修辞学》在分析简·奥斯汀《爱玛》为一个并不可爱的女主人公引发同情的方法时即指出，"对内视角的控制延续着我们对爱玛的同情，使我们不至于对她乱下判断，同时也使我们能看到她的缺点。这样使第三人称叙事声音避免了说教或对爱玛进行道德人格的判断"[①]。这些理论同样可以拿来分析端木的这类小说。

端木小说对传统叙事结构的突破还体现在，以大量的风景描写，烘托渲染情绪，突现环境对人物成长的影响制约作用。"对风景的描写，原是端木蕻良的特长。"[②] 纵览端木小说创作，这方面特长非常突出。《科尔沁旗草原》即以山东大水灾鸿蒙、苍茫景色描写起笔，给全篇的叙事提供了宏大的构架。《大地的海》开篇描

---

① 〔英〕马克·柯里：《后现代叙事理论》，宁一中译，北京大学出版社，2003年8月。
② 刘以鬯：《评〈浑河的激流〉》，见钟耀群、曹革成编《大地诗篇——端木蕻良作品评论集》，北方文艺出版社，1997年2月。

写辽阔、苍莽的草原大地荒凉、贫瘠却不乏生机的景象，为大地之子——草原子民的孤寂、粗糙、沉默、坚韧、崛起、抗争等性格行为提供了有力的背景。"关东的土地是荒凉的，所以在人的感情上，也就不由自主地会荒凉起来。"篇中人与景的关系非常密切，犹如土地与土地之子："母亲把初生的婴儿的脐带埋藏了，报告大地的儿子已经来到人间，这便是人与地所立的永约，是有记号的。"有时以景物象征人物："有人曾到北国的旷野里，看见过一棵秃了皮的大松树吗？要是给它起一个适当的名字，那就是艾老爹。"有时以景物渲染气氛、烘托人物情绪、暗示故事的前景，如小说临近结尾写蛰居神松岭的艾氏父子终于拿定主意出山投奔义勇军，此时他们眼中的深山老林：

> 雪狂舞着，松针被雪无礼地压制着，带上了沉重的冷酷的外套，被夺去了自由。但松针却猛烈地摇着，连自己的脚跟也从地基里悲惨地拔出来，大声呼叫。松树拼命地摇落铺天盖海的雪的罗网，然后又喊出反抗的号啸来，处处透出搏斗的鼓惑。雪密密层层地倾泻着，大概这白色的恐怖已经预感着可怕的春天的来临，竭力将所有积蓄着的白的冰块都向人间作最后的抛掷。雪的密度加高着，在几步之外几乎都辨认不出山的夜色来。凄凉的平原、旷野、伟岸的高山，如今都凝聚在一起，化成一粒巨大的飞舞着的狂暴的冰岩。

联系全篇人物故事，这段景物描写的象征寓意非常明显，与《科尔沁旗草原》结尾寓意中国前途的景色描写异曲同工。

长篇小说《大江》开头和结尾同样都有较长篇幅对大江奔流气势景象的描写。小说主体叙事表现民族解放战争的洪流对民族性格的冲刷，写个人主义的两块顽铁被群众的力量改变成了精钢、成了中华民族在这次大斗争里面的活的标本，突现环境对人物的制约、征服、改造的力量。结尾处所写大江，寓意显豁明了："大江流泻着成为一个无可比喻的激流……她的呜咽和吼叫,都是四万万人民的眼泪合成的愤怒的哭声和感激的笑声所凝成的……她带着我们民族的欢呼和苦楚、忍耐和自信、工作和前途、希望和梦想、瑰丽和奇伟、广大和饱满、震撼和疯狂;月亮照过她,风吹过她,雨打过她,时间侵蚀过她……但是大江是这样洋溢着热力和爱力,她喂养着两岸的赤脚的农人、拿着竹篙的船夫和骑着竹马的孩子……"这哪里是在写小说,分明是在写诗,而且是中国诗歌特有的赋体写法,热情铺陈,直抒胸臆,抒发对雄伟的大江的热情礼赞。

与长篇小说汪洋恣肆的纵笔抒写有别,端木的短篇小说多通过自然风景或社会背景的描绘,暗示环境对人物的潜移默化的影响。如《可塑性的》写辛人三年后在上海见到表妹凤儿,对她的巨大改变毫无心理准备,陷入惆惕的迷惘、不解,又不能立刻去盘诘出来。目睹眼前这少女身上展开的一种都会的堕落的画面,再将目光移向窗外,对她三年来的变态遭遇的由来也就不问自明了:

  窗外的市街像一条披甲的巨龙痉挛地滚过去,带着腥臭,带着号叫,带着滚沸的尘烟,使他更觉烦躁。
  绿灯一亮,龙的环节便汹涌起来。红灯妒忌地一闪,人的浪潮又仿佛受了魔术似的突然地呃噎了哮喘,瞪着白眼潜伏下去,等着第二次的骚动。骚动在继续着,永远不会停止,嘈杂便是一切存在的最高意义。这条街是有名的小巴黎街,女人也不会比巴黎少。对着旅馆的胡同里,贴着大红的红报的便是性的公开出卖者。灯光在天空里扯成辐射的图案,烦嚣的雾气,在每个空间里拥塞着。高压电流巨缆样的电线,紧迫地威胁着每个行人的脊髓。不同波长的电波在空间不交谈地传布,地下的混凝管呕吐似的流,流。从每个角落,带着饭汁,泔水,秽布,浓痰,杆状病菌……向海河去汇聚。

这段内视角叙事,立足视角人物生理感觉和心理感受,表现大都市社会的光怪陆离、目迷五色，高度发达的现代文明与拥塞酸腐的渣滓病菌交织出一派嘈杂和烦嚣。身处这样的社会环境很难保持先前的完全和纯净。这段描写富有新感觉派小说特点，所提供的艺术感觉世界，完全悖反了传统的典雅优美的审美风范，在端木小说中难得一见。

说到人物形象塑造，有研究者遗憾端木未能成功地塑造出几个血肉丰满的可以称得上典型的形象，笔者也有同感。从叙事结构上看，恐怕也与端木由比较倚重故事情节转而较多关注人物心理情绪，注重环境背景对人物的影响制约有关。说到底，也与如何辩证地把握和处理继承、借鉴、推陈出新之间的关系密切相关。

从以上三方面概略考察可见，端木小说的叙事模式总体上是传承了中国文学叙事传统，尽管有不少现代性的转换，对传统叙事模式有所突破，这些程度不等的突破尚属局部突破，属于继承中的创新，属于转化传统中的推陈出新。

第四章 端木蕻良小说与中国文学抒情传统

端木蕻良指出："文艺总是发自感情，使人感动，引起人们的共鸣。"① 情感应是文学作品中最重要的因素，实录写真的最终目的还是言志抒情。中国小说在其发展过程中固然继承了史传文学实录写真叙事传统，同时也受到中国文学强大的诗骚抒情传统的影响。在流贯古今的中国文学叙事和抒情两大传统中，《诗经》《离骚》所代表的抒情传统，其形成之早、在中华民族文化心理上沉积之丰厚、对各种文学体裁影响渗透之强劲，都超过史传文学的叙事传统。捷克著名汉学家普实克指出："对于优秀的现代中国短篇小说，例如鲁迅的短篇小说，如果要在中国旧文学中追溯它们的根源，那么，这根源不在于古代中国散文而在于诗歌。"② 本章在中国小说与诗骚抒情传统联系的背景上，探讨端木蕻良小说创作对中国文学抒情传统的继承创新。

第一节 "诗言志"与"诗缘情"的交响、嬗递

中国是一个诗歌王国，传统文学样式以抒情性的诗歌为主流。

---

① 《文艺语丝》，《端木蕻良文集》第六卷，北京出版社，2009年6月。
② 〔捷克〕雅罗斯拉夫·普实克：《普实克中国现代文学论文集》，李燕乔等译，湖南文艺出版社，1987年8月。

由于在中国漫长的封建社会中,儒家思想一直占统治地位,儒教诗论一开始就规约着诗歌创作;又由于上古神话的历史化,影响了中国叙事文学的繁荣,小说和戏剧发展相对迟缓,未能像西方文学由神话而史诗,形成源远流长的叙事文学传统。正如闻一多先生指出的,"从西周到宋,我们这大半部文学史,实质上只是一部诗史。"① 上古乃至中古时期,抒情诗一枝独秀;即使在唐传奇、宋话本、元杂剧兴起之后,也没有真正动摇诗歌的正宗地位。中国文学中始终贯穿着抒情言志的诗歌传统,它关联着民族抒情心理的积淀,影响着其他文学形式的发展。

中国文学的抒情传统有其独特的言志、抒情的内涵。统而言之,言志、抒情是一回事,都是指作者的主观感受,包括对自然、社会和人生的思想倾向、情感态度,周作人认为"诗言志"就是"言情"②;析而言之,"言志"又不同于一般的抒情,它着重于抒写与政教伦理有关的思想感情,即朱自清所说的,抒发作者的"志向怀抱"③。可见"言志"与客观外界、社会、政治关系密切;"抒情"则偏重于人性的表现,偏重于源自人类独特生命体验、心灵感受等情感、性灵的抒发。

"言志"说出自《尚书·尧典》中的"诗言志",是最早出现并统治中国诗坛的诗论,朱自清称之为中国历代诗论"开山的纲领"④。在先秦、两汉时期,不少著作都采"诗言志"说,尽管也有"言情"或"志""情"并言的,如荀子就认为诗歌乐舞中的情感"其感人深"、"其化人也速"⑤,再如《毛诗序》强调"诗者,志之所之也",同时指出:"在心为志,发言为诗。情动于中而形于言"等,这些都不足以构成对"言志"说统治地位的影响。

---

① 闻一多:《历史动向》,北京大学出版社,2008年8月。
② 周作人:《中国新文学的源流》,江苏文艺出版社,2007年10月。
③ 朱自清:《诗言志辨》,凤凰出版社,2008年12月。
④ 朱自清:《〈诗言志辨〉序》,凤凰出版社,2008年12月。
⑤ 荀子:《乐论》,见《荀子》,中华书局,2011年3月。

那时的"情"受"志"的规约,如孔子以"无邪"为标准编订《诗经》三百篇,孟子提出"以意逆志"说,用儒家政教观念规范作者等都是如此。延及两汉,废黜百家,独尊儒术,儒家经典遂成为衡量一切文学作品的最高准则,诗歌创作比附经义,载"道"教化,要求个人感情的抒发遵守"乐而不淫,哀而不伤""温柔敦厚""发乎情,止乎礼"等的规范,形成一整套系统的儒家诗教理论。可见"言志"说本属经学范围,其特色在于以政教论诗,强调"以理节情""以道制欲",开创了中国文学美善相兼、实用功利、载道教化的传统。它的优点(对中华民族传统道德的形成与传扬)与缺点(对作家主体精神及其创作自由的束缚)都对后世文学产生了深远的影响。

随着文人诗歌创作的出现,侧重于抒情、言情的诗论也渐次出现。到魏晋时期,由于儒家禁锢的衰退,老庄思想兴起,佛教文化输入,文学脱离经学附庸地位独立发展,进入其自觉的时代。陆机在《文赋》中总结建安以来的诗歌向抒情化、个性化、形式美方向发展的特点,提出"诗缘情而绮靡"的"缘情"说;钟嵘《诗品》指出诗歌具有"摇荡性情"的优长;刘勰《文心雕龙》不仅一般地指出诗文"睹物兴情""情动而辞发"等特点,而且把情感对文学创作的作用提高到"情者,文之经"的地位,强调作者的情感在创作的全过程中自始至终起着重要的"经"的作用。这些都标志着文人诗论逐渐摆脱儒家诗论的束缚走向独立发展,勾画出中国文学抒情传统由"言志"而"缘情"发展流变的轨迹。与"缘情"说相联系,中国传统诗文理论中还有两个富有特色的论点,一是司马迁提出的发愤说;二是魏晋以后在强调情景交融基础上逐渐发展起来的境界说,后来成为最具中国特色的意境理论。"发愤"说递代传衍,到明代出现"泄愤"说,晚清刘鹗以"哭泣"说作结,形成中国文学抒情传统中的一条重要发展线索,其中交织着"言志"与"抒情"、束缚与突破、结合与分离的矛盾变化。

就在"言志说"统治诗坛期间,已经出现了"发愤以抒情"[①]的诗作。屈原"忧愁幽思而作离骚"[②]首开先河,司马迁则考察并揭示了这条创作规律:

> 昔西伯拘羑里,演《周易》;孔子厄陈蔡,作《春秋》;屈原放逐,著《离骚》……《诗》三百篇,大抵圣贤发愤之所为作也。此人皆意有所郁结,不得通其道也,故述往事,思来者。[③]

司马迁的《史记》也是典型的发愤之作,被鲁迅誉为"史家之绝唱,无韵之离骚"[④]。《史记》与《离骚》开创的发愤抒情的传统,后来在叙事、抒情两类作品中都得到承传、发展。

"发愤以抒情"的出现既是对"言志"说的承传,也是一个突破,因而一开始就受到儒家主流文化的钳制、束缚。孔子删《诗》三百,所持唯一标准就是"无邪",虽也提到"诗可以怨",但这"怨"却有严格的附加条件,即必须受到"礼"的规范和"理"的节制,符合温柔敦厚的诗教传统。汉代文人围绕屈原的为人和《离骚》曾展开一场"中和"与非"中和"的论战,终于用"诗人之赋丽以则"解释屈原的"怨主刺上",将其纳入诗教允许的范围。中国诗歌的抒情传统一开始即遭遇了"情"和"理"的矛盾,在"理"和"礼"的节制、规范下"戴着脚镣跳舞",虽说"情理合一",实际却是"理胜于情",压制乃至扼杀了个性勃发的生命律动。六朝以后,"缘情"说出现,诗歌偏向"情感摇荡"方向发展,逐渐摆脱政教伦理的局囿,"情"与"志"略见分离。但时隔不久即在唐宋诗文复古潮流的激涌下回归"言志""抒情"结合的传统。到宋明理学炽张,"存天理,灭人欲"的旗帜遮天蔽日,

---

① 屈原:《九章·惜诵》,见《屈原九章今绎》,百花文艺出版社,2005年5月。
② 司马迁:《史记·屈原贾生列传》,江苏广陵书社有限公司,2008年11月。
③ 司马迁:《太史公自序》,江苏广陵书社有限公司,2008年11月。
④ 鲁迅:《汉文学史纲要》,见《中国小说史略》,商务印书馆,2011年12月。

个人情志灵性更被束缚得严严实实。

　　明代末年，随着资本主义的萌芽和市民意识壮大，个性主义思潮涌动勃发，出现了冲破儒家束缚的"泄愤说"，其代表人物是李贽（1572～1602）。他力排世人对孔教之迷信，提倡"童心"与"迩言"，强调"自然"与"发愤"，重视戏曲和小说，呼吁打破孔孟之道束缚，追求文学的解放和愤世嫉俗的风格。所谓"泄愤"，就是"主情"，借创作一吐胸中"积愤"："蓄极积久，势不可遏。一旦见景生情，触目兴叹，夺他人之酒杯，浇自己之垒块，诉心中之不平，感数奇于千载。"① 李贽的文学理论，明显站在封建正统文学观念的对立面，成为引发明代后期新的文学思潮的纲领，在其影响下，出现了汤显祖、冯梦龙等体现强烈反封建精神，富有鲜明浪漫主义色彩的戏曲小说的繁荣。晚明公安派倡导的独抒性灵，不拘格套，即直接导源于"童心说"，所谓"性灵"就是作家的个性表现和真情流露。他们主张"言人之所欲言，言人之所不能言，言人之所不敢言"②，有力地冲击了宋明理学对作家情志表现的牢笼，颠覆了儒家温柔敦厚诗教的传统。这股主情文学思潮因逢明清易代，没能奔流得更远，但其影响绵绵不绝，到清代中叶，在龚自珍等的有力推动下奔涌出一座浪峰。龚自珍不但继承发扬晚明以来重情、求变、师心、抒愤的文学传统，还特别注重文学主体自我意识的建立，并将个性解放的激情与国家变革的豪情结合起来，建立起"情胜于理"的新的文学传统。这时期的文坛上出现了以性灵诗相号召的袁枚，引发出一股"性灵"文学潮流；《儒林外史》和《红楼梦》两部巨著的问世，将社会现实的批判与人性底蕴的探求结合起来，以其思想深度与情感力度超越了晚明浪漫主情作品，成为打破一切传统写法的巅峰之作。

---

① 李贽：《李氏焚书·杂说》，岳麓书社，2011年10月。
② 雷思霈：《潇碧堂集序》，转引自《中国大百科全书·中国文学》卷，中国大百科全书出版社，2004年8月。

20世纪初,西方文化思潮涌入泱泱中华古国,与晚明以来的个性解放潮流汇合,引爆了"五四"新文化运动和文学革命。这场革命的发难者高张反传统大旗,矛头直指正统儒家封建礼教以及温柔敦厚、情理中和、以理节情、载道教化的旧文学传统,并予以彻底地批判否定,同时确立新文学主体"新人"的本体精神,实现现代意义上"人"和"文"的自觉。"五四"是一个青春抒情的时代,个性解放潮流汹涌澎湃,自我表现欲望空前强烈。否定传统、批判社会、表现觉醒了的自我,宣泄民族的郁积、个人的郁积,成为"五四"新文学的主要内容。小说在由文学的边缘向中心移动攀升的过程中,沿途大量吸收其他文学门类的精华,尤其是中国诗歌强大的抒情传统。"五四"作家高扬"文学是情感的产物"的旗帜,承续明末以来"情胜于理"的文学审美传统,将个性解放与社会解放、为人生与为艺术、叙事与抒情、发愤与泄愤等有机交融,形成了崭新的情胜于理的主情文学。

文学研究会和创造社成立,开始了"为人生""为艺术"两大新文学思潮的分流、对峙,主情却是两派作家共同的审美倾向。值得注意的是,在介绍引进西方小说艺术及其发展趋向时,倒是文学研究会的作家最先注意到西方现代派小说"非物质的""主观的""以情意为主的"[①] 艺术特征所表现出的由"外"转"内"的趋向;周作人倡导小说与诗歌艺术结合,提出"抒情诗的小说"概念,后来提倡美文(散文诗)时,干脆将其伸展到小说,认为"若论性质则美文也是小说,小说也是诗"[②]。创造社作家本来就崇尚自我,注重情感,更认为诗本来就是小说的灵魂,觉得"小说和戏剧中如果没有诗,等于是啤酒和荷兰水走掉了气,等于是没有灵魂的木乃伊"[③]。正是在主情文学观导引下,鲁迅、郭沫若、郁

[①] 谢六逸:《西洋小说发达史·自然主义以后》,《小说月报》第13卷第11号。
[②] 周作人:《美文》,《晨报》1921年6月8日。
[③] 郭沫若语,见《沫若文集》第二卷,人民文学出版社,1957年。

达夫、冰心、庐隐、王统照等开创了现代抒情小说流派。后来随着作家接触了解社会的深入，小说创作与社会人生的距离拉近，现实人生的描写增多，主观感情的抒发也由初期的直露浮浅趋向内在深沉。大致与诗歌领域出现初期象征派诗和新格律诗对初期直白浅露白话诗的反拨同步，小说的情志抒发一方面借镜西方现代派小说技巧，使抒情写意客观化；另一方面回归传统小说对意境的追求，使叙事写景与主观抒情交融浑成，也形成对初期辞气浮露的抒情性小说的纠偏。当然后来又出现反复，特别是民族矛盾加剧，日本帝国主义入侵，全国抗日情绪高涨，作家们失去了安心写作的环境和心境，纷纷投笔从戎，报效国家，服务抗战。这时的文学情绪直露，甚至超过了"五四"启蒙期的呐喊。当然，这是特殊时期文学的特别现象，不可能维持太久。

现代小说在其发展流变中也出现过不同风格流派的并列互动："人生派"小说"抒情的写实"特点，后来为乡土小说继承发展，在乡风民俗的描写中隐含着"乡愁"的抒发；"艺术派"小说吸收西方现代派精神分析意识流技巧，宣泄感伤颓废的情绪，而接触现实斗争之后又率先转向"革命的浪漫蒂克"（瞿秋白语）的抒写，成为"革命小说"的滥觞；以"左翼"瞿秋白等作家为代表的社会剖析派小说，用先进的社会科学观点解剖社会现实，艺术地展现社会的全貌，注意对人物活动的社会背景的描写，特别注重社会经济生活的描绘，从经济上揭示社会心理、时代潮流的变迁；京派小说家以"乡下人"自居，用象征暗示的抒情手法，叙写远离都市尘嚣的乡村生活，与文学传统保持着更多的联系；海派小说则表现出鲜明的文学先锋意识，引进多种现代派手法，把对都市风景的外在景观和内在体验落实到对应的小说形式层面，使都市生活形态与小说叙事模式之间获得了内在的一致与对称。这个流派被称为新感觉派，完全悖反了典雅优美的传统审美风范，注重心理感受，强调创作的主体性，将主观的感觉印象投射进描写客体，传达出一种直觉现实或心理现实，意识流手法的大量采用，打破了传统线性故事讲述方式。他们借鉴、发展了现代主义倾向，使现代主义不再依附于浪漫主义而成为一个独立的流派。

也就在新文学发展的上述背景下，端木蕻良步入文坛，他对中国小说与史传叙事传统及诗骚抒情传统的关系都有深切的体会。他在高度评价《红楼梦》的文学史地位时，首先确认这部巨著与史传文学传统的密切关系：认为"《红楼梦》，正如《史记》之被称为《太史公书》，也可称为《曹雪芹书》"；接着指出："和伟大诗人但丁在西方历史转折点上所处的地位一样，曹雪芹不愧是东方中世纪的最后一位诗人，又是新时代的最初一位诗人。"[①] 他多次论及《红楼梦》的诗化小说特征及其对自己创作的影响，还将小说中有无诗歌质素作为论评其他作家小说的一条重要标准。他称"《家》是一部充满了作者激情的小说，它是一首散文诗，又是一部向封建势力讨还血债的檄文"[②]；他认为"萧红是位小说家，其实更确切地说，她是以诗来写小说的"[③]。端木自己的小说也富有浓郁的主观抒情色彩，洋溢着诗情画意。这一特点在其甫登文坛时即引起评论家的注意。如胡风在介绍这位文坛"生人"时即指出：《鴜鹭湖的忧郁》"与其说是小说还不如说是一首抒情的小曲"[④]；写成六年后才得问世的长篇小说《科尔沁旗草原》也使文艺理论家巴人"觉得像读了一首无尽长的叙事诗。作者的澎湃的热情与草原的苍莽而深厚的潜力，交响出一首'中国的进行曲'"，禁不住慨叹："我们的作者是个小说家吗？不，他是拜伦式的诗人。"[⑤]

---

① 杨光汉：《〈红楼梦：一次历史的轮回〉序》，《端木蕻良文集》第六卷，北京出版社，2009年6月。
② 《重读〈家〉》，《端木蕻良近作》，花城出版社，1983年1月。
③ 《流动的河——为〈纪念萧红诗集〉作序》，《端木蕻良文集》第六卷，北京出版社，2009年6月。
④ 胡风：《生人的气息》，见钟耀群、曹革成编《大地诗篇——端木蕻良作品评论集》，北方文艺出版社，1997年2月。
⑤ 黄伯昂（巴人）：《直立起来的〈科尔沁旗草原〉》，见钟耀群、曹革成编《大地诗篇——端木蕻良作品评论集》，北方文艺出版社，1997年2月。

从以诗意许人到自己被许为诗人,都见出端木小说与中国诗歌抒情传统的密切联系。他的小说在叙事写人上主要继承了中国史传文学的叙事传统,而抒情风貌上所表现出的强烈的主观政治倾向与时代精神的契合,独特地域风情描写中敞露着大地之子的爱憎情怀,或以史传文学论赞形式直白自己的思想,或用心存泾渭"春秋笔法"含蓄披露小说的"潜流",或用意象写真手法执著于个体独特生命体验的书写,既与古代文学言志、抒情传统紧密相连,又受到现代小说"抒情的写实"传统影响,值得认真探讨。

第二节 《科尔沁旗草原》的"言志"与"缘情"

主体意识强烈,抒情色彩鲜明,这是端木初登文坛作品带给读者的突出印象。端木小说所反映的时代,阶级压迫沉重、民族危机逼人;故乡土地先期陷落,沦为双重奴隶的人民,在苦难中挣扎、崛起,要用自己的双手夺回失去的土地。作为那片灾难土地上诞生的"大地之子",一位从黑土地走上文坛的作家,在反映时代变动和切身遭遇时,自然流露出强烈的阶级意识、民族意识与拯救家国、个人的强烈意志。端木小说中有两股情感:一是阶级仇、民族恨,有很强的社会、政治性。端木较早接触、投身"左翼"文化事业,他的创作感应着时代的脉搏,震响着抗日救亡的主旋律,以先进的社科理论为指导,富于理性而又热烈奔放,明显可见言志、载道抒情传统的影响。二是作家个人情怀的抒写,极富传统文人气息。他身处国破家亡年代,既有"民族的郁积",又有"个人的郁积"。后者源自作家独特的个体生命的体验,包括从苍莽草原、故乡土地传来的生命的固执、情感的忧郁;从父母家人、故乡人事体验而形成的"心灵的重压和性情的奔流"。这种生命体验,表现在日常生活里是他做人的"姿态";表现在创作中,就是《科尔沁旗草原》《大地的海》《大江》等小说的相继问世。① 这类作品里个人情感体验的表现，与中国文学缘情、发愤抒情传统关系密切，和《红楼梦》的真情主义相通，又是"五四"抒情小说中个性自由热情呼喊的回应。这两股情感在端木小说创作中有分有合，时有偏重。

《科尔沁旗草原》情感蕴涵丰富，理性色彩明显，"缘情""言志"兼备。这些特点是与端木文学起步前的准备——生活、知识、思想、情感的积累密切相关的。这是因为他一开始接近文学就是出于"儿时的忧郁和孤独"②；他奇特的家世，尤其是"母亲被掠夺的身世"，则培养了他"流动在血液里的先天的憎、爱"③。对大地、母亲的深情和写出母亲身世的誓愿是触发端木创作的情感动力。幼时的端木，"亲眼看见了两个大崩溃，一个是东北草原的整个崩溃下来（包括经济的、政治的、军事的）；一个是我的父亲的那一族的老的小的各色各样的灭亡"④，同时看到农民们辛苦而又恣睢、浑浑噩噩的人生，这些都是他儿时启蒙的教科书，驱使他去阅读思索。而入关后读书接触到新的思想，导引他寻找"新人"，投身拯救、改革社会的实践，思考中国的未来。这些理性思索，便形成小说中"言志"的一面。主人公兼叙事视角人物丁宁初期的心理活动，与作者童年的思想感情有着较多的重叠，作者的理性分析支配着人物心理行为。丁宁的情志表现一定程度上折射出"五四"启蒙理想幻灭、"左联"理性剖析勃兴的思潮变迁和创作时尚。

《科尔沁旗草原》首先引人注目的是作者对父母家人的感情。端木最早写成发表的就是题作《母亲》（1932年春天发表于《清华周刊》）的短篇小说，其主要内容后来成为《科尔沁旗草原》的一部分。这部分小说中的母亲和父亲的原型是端木的生身父母，其中"抢亲"一段还是真实事件。《母亲》以第一人称叙写父亲对母

---

① 《我的创作经验》，《端木蕻良文集》第五卷，北京出版社，2009年6月。
② 《我的创作经验》，《端木蕻良文集》第五卷，北京出版社，2009年6月。
③ 《大地的海·后记》，《端木蕻良文集》第二卷，北京出版社，1999年5月。
④ 《科尔沁前史》，《端木蕻良文集》第一卷，北京出版社，1998年6月。

亲的抢亲、逼婚，母亲是受辱被害者，父亲是罪恶制造者，而"我"是强抢、霸占成婚后的产物。作者在奇特故事的讲述中融入了异乎寻常的情感好恶。对母亲主要是同情，也有欣赏；对罪恶制造者的父亲，除了憎恨、厌恶，还有几分奇诡、怪谲的感觉，他的雄强、豪横、敢作、敢为，使这个形象在"我"的眼中"直立"起来：这或许也是母亲当时劝外祖父允婚的一个心理动因。端木在纪实性《科尔沁前史》中回忆母亲的家族史时讲述，既"带着一份儿敌意"，"又存着一种神秘的崇拜，仿佛也非常光荣似的"，就是这一真实心理情感的延续。这段叙写已经接触到人性真实，可惜未能作更深的挖掘，后来流于对地主阶级罪恶的一般"暴露"。为了不亵渎自己的母亲，作者有意让她在遭遇日俄战争劫难中产下丁宁即死去。长篇小说中后来的"母亲"不再是作者的母亲，而是一个虚构人物，她是丁府的统治者，是作品暴露的对象。母亲形象的变化，折射出小说由"抒情"而"言志"的转换。

端木对自幼生长于斯的封建大家族的情感也是很复杂的。《科尔沁旗草原》叙写的这个封建大家族鼎盛时期的祖辈们多富有原始生命活力：集雄强、豪横、冷酷、奸猾、穷奢极欲、放荡不羁于一身；到末世衰败期的小爷身上则见出生命力的委顿、低迷。这使得刚刚回府的少爷丁宁大失所望，他在外面接受新教育、获得了新思想，自信能够拯救家庭，但遍寻府内却找不到一个可以依靠、合作的对象，反而在粗犷、雄强、富于生命活力的佃户之子大山身上看到希望而产生与之联合的愿望。小说通过丁宁的感受表现出对自己生身家族多层面、较复杂的真情实感。对创业发家的祖辈们，虽然不满其冷酷豪奢，借"神道设教"行骗，但相对于他东府之行所见一群没落贵族女性的孤独、凄清、苦闷、变态，有如销蚀了生命的空壳，对他们身上的生命活力，甚至像三爷的风流成性、胡作非为所表现出的野性、霸气，仍表现出几分神往之情。这种情感态度，源自作家的亲身体验，发自真实的心灵世界。其中丁宁东府之行与三十三婶等的纠葛描写，流露出《红楼梦》的笔墨意趣。

主人公丁宁的心理变化、情绪起伏，尤其是篇中经常出现的内心独白是全篇的浓墨重彩之处，也是亮点所在，因而最能体现小说的抒情风貌。刚回到丁府的丁宁身上显然有着作者的身影；后来的丁宁，则已经不能说是作者自己了。丁宁与作者一样，都属于受"五四"影响的一代青年。"五四"时期风行的个性解放、启蒙救亡、布尔什维克主义、民粹主义、托尔斯泰的人道主义、虚无主义、尼采的超人哲学、崇尚自然的泛神论等都影响到丁宁，酿就了他拯救家庭、社会和个人的英雄梦想。但他身上同时还有着与生俱来的传统思想积淀，与自己的生身家庭存在着千丝万缕、割不断理还乱的精神联系。这就形成了他驳杂的情志和游移不定的身份。他寻遍整个家族，找不到适合施与拯救的对象，便将目标锁定在与本族有姻亲关系的佃户子女大山和春兄身上，但春兄被她可恶的父亲逼死，大山成了与丁家作对、鼓动佃户"推地"的领头人。从人道主义出发，他同情社会底层民众的疾苦，但又以超人自居，鄙薄这些"黔首愚夫"，居高临下地揭示他们的愚昧、落后。当他发现这伙人联合"推地"与丁家对抗，他又回到家族继承人立场，沿用并超过长辈们的手段，一举粉碎了"推地"的图谋。在个人发展上，他致力于理想"新人"完美人格的塑造，崇尚返归自然，追求爱情自由。小金汤青山溪流中畅游，邂逅天真烂漫、脱俗纯情的少女水水，两情相悦、情愫即生，相约接水水回府长相厮守，可这承诺未及兑现，即已得到水水被土匪杀害的噩耗。"思想的巨人，行动的侏儒"，是丁宁对自己的恰切评价。身份游离在两极之间，理想与现实脱节，理论与实践剥离，结果四处碰壁，理想和爱情一如梦幻，都随雨打风吹而去。先前意气风发的生命活力至此便显露出疲惫、衰颓之相。此时的丁宁也像他的家族前辈、像吴荪甫公债斗败后占有女仆一样，在侍女灵子身上发泄自己"生"的苦闷和"性"的兽欲，造成美的毁灭的悲剧。个性解放追求破灭，便暴露出个人主义的自私自利，将自己所受的伤害转嫁他人，丁宁身上同样流淌着"五四"青年的血液，最终以再次离家结束这段人生之旅。小说以汪洋恣肆的内心独白塑造这位来自大地主家庭的现代知识分子形象,形成了对传统小说写人叙事的超越,接续了"五四"开创的抒情小说传统。

然而,又不能将《科尔沁旗草原》完全归入"五四"抒情小说行列。这部小说的抒情有别于"五四"抒情小说个人苦闷感伤的无节制宣泄。主人公丁宁面对自己的家族和生长于斯的故乡社会,想用自己关内所学知识和人生理想改造客观现实,最终未能取得成功。这期间心灵独白所吐露的内心苦闷、理想失落,显示了从"五四"到"左联"社会思潮、文学时尚的变化。端木多次申明,"我最初接受的文艺理论,是'为人生而艺术'的理论,这几乎影响我整个一生"①。不过"为人生"的主张从"五四"时期提出以后,历经为工农、为革命、为抗战的变化,在主张"为人生"时,是反对文以载道的,后来则复归载道传统,当然新文学的"志"和"道"与古代文学传统中的"志"和"道"在内容上有本质的区别,"为革命"的文学的"志"和"道"就是马克思主义的思想观念。《科尔沁旗草原》与茅盾的《子夜》相似,运用马克思主义经济学说和阶级学说分析近代以来的东北社会阶级关系、经济状况,由此透视东北社会历史的变迁。在处理生活与创作的关系上也与《子夜》有相同之处,也有"因为要做小说而去经验人生"的做法。晚年的端木曾说:"正是由于曾经离开过家乡,又重新回到家乡,对于家乡也许才看得更真切。再加上不断从新的书刊里,接受新思想,使我更可以看清'家乡'的真实面貌。我便试着从生产关系,以及物质的占有与分配方面,来看待在这片大草原上所反映出的许多人物和事物。"② 茅盾就曾带着《子夜》的立意走访、观察交易所的活动,并重返故乡乌镇收集创作素材。不过端木是在

---

① 《治学经验谈》,《端木蕻良近作》,花城出版社,1983年1月。
② 《书窗留语——关于〈科尔沁旗草原〉》,《端木蕻良近作》,花城出版社,1983年1月。

接受革命理论影响之前,科尔沁旗草原的历史和现实就已经镌刻在他的内心世界,革命理论的影响主要体现在对这些创作素材的梳理、整合上,而不是从根本上改变端木的心灵世界。《科尔沁旗草原》与《子夜》的区别在于,端木既有经验了人生而后写作,又有为写作而去"经验"人生,可以说是兼容了两种现实主义创作模式,使得这部长篇小说"抒情"与"言志"结合得非常自然,情理交融,相得益彰。

《科尔沁旗草原》的理性色彩,首先,体现在作者对东北社会结构所作出的分析。"这里,最崇高的财富,是土地。土地可以支配一切……于是,土地的握有者,便成了这社会的重心。"① 为此,作者在进入创作之前,便去寻找草原社会最典型的地主,经过对各色各样地主的分析比较,最终选定草原首户,即曹(丁)氏大家族,作为小说描写的重心。其次,为了立体多样地展现这个家族的历史、现状,使科尔沁旗草原"直立"起来,除了府内、府外政治、文化、风俗、民情的展示,着重从经济角度,从丁家对资本积累、转移及其在构成草原三大动脉——土地资本、商业资本、高利贷资本中的地位,来写出它从发家到衰败的过程,其中涉及外资的介入及其对整个东北命脉的操纵,由此透视东北乃至整个中国社会的变迁。再次,对农民阶级的分析及其人物设置,体现出"左联"时期的阶级意识。大山在小说中居于重要的位置,他外表的魁梧、雄壮,性格的荒凉、粗豪,以及野性勃发的生命活力,都与丁宁形成对照,是作者热情呼唤出来,作为英雄人物,体现社会革命运动由知识分子唱主角,到农民力量崛起进行暴力革命的转变。有一个细节颇有意味:大山与丁宁这对表兄弟本是同年出生,大山小几个月,但因其长得魁伟粗壮,丁宁倒过来喊他大山哥。联系小说结尾对大山前景的暗示,不难看出作者的情感取向。小说对其他农民、

---

① 《科尔沁旗草原·初版后记》,《端木蕻良文集》第一卷,北京出版社,1998年6月。

土匪等人物形象的配置,也是为了便于表现阶级压迫,便于揭露地主阶级的血腥发家史,及其必然走向灭亡的命运。当然他也写到农民的愚昧落后,"推地"前后的犹豫不决,个别人的软弱动摇等,但随即表现他们身上阶级和民族意识的觉醒。"九一八"的次日,农民们便卷入"老北风"的队伍,一起向沈阳进军,"显示出人民力量的浩瀚前景"①,预示了中国社会的光明未来。总之,对地主的社会重心地位及其经济活动的分析,对农民阶级的分析及相关形象的设置,以及两大阶级之间的鲜明对照,都显示出《科尔沁旗草原》较强烈的理性色彩、政治倾向,使得小说情感抒发呈现出"言志、载道"的色调。

《科尔沁旗草原》兼容情感与理性、抒情与言志,实现了两者的融合。小说的开端以"抒情"为主;随着叙事的发展,"言志"的因素逐渐加重,呈现出由"抒情"而"言志"的转换。随着大家族走向衰败,小说增加了理性的分析和揭示,这种基于客观事实的分析,没有游离于生活之外,没有明显外烁的痕迹,因而避免了理性化、概念化的弊病。最后农民力量陡然崛起,虽然有些突兀,但在国土猝遭外敌入侵之际陡生变故,还是在情理之中的,可以归入一般抒情范畴。这也是我们强调抒情是这部小说的主导方面的原因。

第三节 端木蕻良小说的情感流向

"抒情"—"言志"—"抒情",是端木小说情感的总体流向。

王富仁指出:"《科尔沁旗草原》是端木蕻良作品中的《狂人日记》。"② 意思是说,犹如《狂人日记》是鲁迅小说的总纲,《科尔沁旗草原》也是端木蕻良创作的总纲。这是符合端木小说创作

---

① 《书窗留语——关于〈科尔沁旗草原〉》,《端木蕻良近作》,花城出版社,1983年。
② 王富仁:《文事沧桑话端木——端木蕻良小说论》,《中国现代文学研究丛刊》2003年第4期。

实际的论断的。端木走上文坛之初，写作计划庞大："原来想写五个长篇，再写一系列短篇。对于短篇，我也想按着'套曲'的规格来写。"① 端木小说中的人物故事多有或隐或显的内在关联，其最初源头就在《科尔沁旗草原》。人物故事按父母两个家族系列连续：《科尔沁旗草原》主要写父系家族的故事；《大地的海》转向母系家族，艾老爹的原型就是端木的外祖父，其子艾来头就是大山的转型；《大江》描写铁岭为"群"改造融化，从而写出了大山在抗战中战斗成长的历程。抗战进入相持阶段后，作家们多回归自己熟悉的题材领域，端木也回到自己文学起步时擅长的大家族题材，重温那流淌在心灵深处、融合着个人生命体验的情感。其中掺和进本人现实遭际、人事感怀，小说情感益发深沉、浓烈，诗意盎然，形成其创作道路上的又一高峰。其中的代表作《初吻》《早春》与《科尔沁旗草原》有着明显的内在联系，篇中男主角"兰柱"本是作者的乳名，显然是童年期的丁宁；灵姨是苏大姨？抑或二十三婶、春兄、灵子？金枝分明就是小金汤的水水。此外短篇小说《北风》与《科尔沁旗草原》中的"老北风"，《雪夜》中李管家收账与《科尔沁旗草原》中的大爷催租等，都有内在联系。仅从"抒情""言志"的流变即可看出，《科尔沁旗草原》中源自大地母亲的天然情感的抒发，在《大地的海》中更加浓烈；抗战爆发前后创作的一系列短篇小说及稍后的长篇小说《大江》，时代感强烈，主旋律色彩浓郁，带有更多的"言志"色彩。抗战进入相持阶段后，随着文坛对客观主义泛滥的遏制、纠偏，作家主体意识大大增强，表现知识分子心灵历程，以及潜入历史文化反观当下现实等创作潮流的涌动；又因作家个人生活变故，丧妻之后遭受过多莫名其妙的指责，倍感人生凉薄、有口难辩，更觉忧郁孤独，知音难觅；内外交织，影响到创作中情感抒发由外倾而内敛，由直露而含蓄。概括起来，继《科尔沁旗草原》之后端木小说创作情感的变

---

① 《我的第一本书》，《端木蕻良近作》，花城出版社，1983 年 1 月。

化，大致表现为三个时段。

第一，《大地的海》时段，大致为抗战爆发前夕到端木与萧红婚后转赴重庆之前这个时段内的创作。作品主要有长篇小说《大地的海》和收入短篇小说集《憎恨》《风陵渡》（前半部分）中的十几篇；还有1938年春，辗转武汉、西安、运城之间，在火车上与萧红、聂绀弩、塞克等集体创作的话剧《突击》。感情抒发的基本特点用端木自己的说法即是："繁华的热情"[①] 与"彻骨的忧郁"[②] 的交织与对流。《大地的海》和《科尔沁旗草原》相似，情感流向仍是从"抒情"到"言志"，但主调已是"言志"，以这部长篇为代表，这个时段的创作都是以"热情"的"言志"为主调，"忧郁"的"抒情"为伴奏。主调易于闻见，伴奏常被忽略，下文的扫描多指向后者。

写完《科尔沁旗草原》之后的两年间，端木心头的情感郁积非但没有散却，反而随着家乡沦亡的切肤之痛的反复煎熬而增浓加厚；国民党当局非但不公开表态抗敌御侮、收复失地，反而极力压制人民的抗日要求（端木的处女作即因有此"违碍"而不能出版），益发加深了他的苦闷、忧郁。"民族的郁积""个人的郁积"攒集心头，蓄势待发；终因参加"一二·九"之后的"一二·一六"学生爱国游行，不能在北平存身而南下上海准备投奔鲁迅。可是抵沪后并没有及时主动造访，考虑鲁迅重病在身不忍打扰，只是写信求助。及至鲁迅溘然长逝，留给他的便是"永恒的悲哀"。本就自感"穷、独、裸"的端木，此时徘徊在"左翼"文化圈外，又尝到"裸、独、穷"的滋味，获得孤独、寂寞的生命体验。这些经历无不加强了作者表面"繁华的热情"和内心"彻骨的忧郁"的交织、碰撞，从而在创作中表现出来。

到上海之后，端木便开始写作自己的第二部长篇《大地的

[①] 《我的创作经验》，《端木蕻良文集》第五卷，北京出版社，2009年6月。
[②] 《大地的海·后记》，《端木蕻良文集》第二卷，北京出版社，1999年5月。

海》。这部小说取材于故乡现实人事但非自己家族的历史,却仍与作者童年记忆相连,有端木个体独特的生命体验;仍用全知视角下的第三人称内视角叙事,内心活动强烈,叙述声音洪亮,情感外倾直露。小说在进入抗日故事叙述之前,用了五章的篇幅,纵情描写科尔沁旗草原荒凉、粗犷的自然景观,刻画"大地之子"孤独、坚韧、粗糙、挺拔的性格,由此铺展开作者全部的故乡回忆,抒发他对于故乡土地"爱情的自白"。这段描写使人联想到传统的抒情大赋,有些简直就是用赋的手法写成的抒情诗!作品写出了草原大地的荒凉、空阔、幽奥、渺远,写出了这个背景上农夫"肩膀一样宽的灵魂""磅礴的热烈粗鲁"的性格,他们的"感情的活动和思维,也都和这草原一样的荒凉而空阔",笔墨恣肆,动人心魄。经过四章的铺垫,小说才推出主角之一的艾老爹:

> 有人曾到北国的旷野里,看见过一棵独生的秃了皮的大松树吗?要是给它起一个适当的名字,那就是艾老爹。
> 这树是很可怕的。春天,它是绿的。夏天,是绿的。秋天,依然是绿的。冬天,它还是绿的。风吹来,休想迷惑它摇曳一棵枝条。雪来了,并不能加到它身上以任何的影响。它的哲学就是:重的就比轻的好,粗的就比细的好,大的就比小的好,方的就比圆的好,长的就比短的好。小鸟是不会落在它身上的,因为它不懂得温柔。在它整个的生命里,似乎只有望一下这草原,就够了。除了空阔它再不需要任何其他的东西。人们简直不知道它是怎样活过来的,而且为什么到现在还在活着呵!……而且居然是魔鬼一样的矫健呵!……

这完全是"赋"的写法,多用排比句式铺陈景物人事,人与景浑融和谐、交相辉映,感情粗糙荒凉,性格坚韧顽健,显现出浑噩原始的生命状态,可以感受到俯视众生的作者对于生命的忧伤喟叹。然而就是这样的"大地之子",当与他们血肉相连的土地遭到掠夺蹂躏的时刻,却能够告别痛苦迷惘,拿起武器,勇敢地走上夺回失地的反抗之路。年轻的一代表现得更为突出。艾老爹之子艾来头就是大山的化身。他曾陷身残酷的三角恋爱,历经爱与恨的交织、生和死的思索,也从父辈处承传了忧郁和哀凉,终于在恋人惨死之后摆脱出来,怀着"钢铁的热情""献身给时代"的悲壮,走上了武装抗争之路,成为中国最早的一批奋起抗日的战士。端木毫不吝惜地将自己"繁华的热情"献给他们,献给时代!

《大地的海》的初版仍不顺利,端木乃接受鲁迅、郑振铎的建议,先写短篇小说,在《文学》《作家》等沪上著名刊物上连续发表,一年之内结集出版了他的第一部短篇小说集《憎恨》。端木后来回忆说:"在编辑这个集子时,王统照几次希望我用《鹭鹭湖的忧郁》这篇来命名,但当时,我还是坚持用'憎恨'两字";又说:"我坚持用'憎恨'来作这本集子的题名,以及我写出的第一部长篇小说《科尔沁旗草原》,都表现着憎恨恶。""憎恨恶"即是这部小说集的感情基调:表现家乡人民对地主及其走狗,对侵我中华、亡我东北的"小日本"的"无比憎恨,并歌颂他们对恶的抗争"①。因为端木"相信憎恨是战斗的火源,战斗是爱的澄清,爱的创造"②。可见,"憎恨恶"是端木"繁华的热情"在这部小说集中的体现,上文已经论及;而与之对应的"彻骨的忧郁"在这里同样可以感受得到。《鹭鹭湖的忧郁》题目中就有"忧郁",明显是端木内心"苦闷忧郁"的外显之作;《爷爷为什么不吃高粱米粥》表现沦陷区人民"遗民泪尽胡尘里,南望王师又一年"的忧郁、愤懑;反映监狱生活的两篇小说(《被撞破的脸孔》和《腐蚀》)用寓言写法揭示周遭环境的喧嚣、腐恶对个体生存的挤压、胁迫;描写都市人生的三篇小说(《吞蛇儿》《生命的笑话》《三

---

① 《我的第一本书》,《端木蕻良近作》,花城出版社,1983年1月。
② 《短篇小说集〈憎恨〉后记》,《端木蕻良文集》第六卷,北京出版社,2009年6月。

月夜曲》，后两篇收入短篇小说集《风陵渡》）表现都市各色人物生活的凄惨、命运的凄惶，都与生存环境的恶劣有关，明显折射出作者初涉十里洋场和陌生文化圈的独特生命感受。即使那些以反抗为主调的篇什，其开篇部分也总要涉及感伤、忧郁，如《浑河的激流》，在浑河两岸猎户议决抗捐，进而走上武装反抗道路之前，也即浑河尚未形成反抗激流之前，"浑河的水是浑的，唱着忧郁的歌子"。而我们的女主人公"水芹子是这样的哀怆！"《憎恨》开篇描写秋天的叶子在苍郁的晚景里，映衬出绚烂的光彩；可篇中主角之一的"老朱全全没有这些鉴赏的心情，他在沉静地扫着那用来取暖的落叶"，他刚用笤帚聚拢的落叶又被风毫不费力地吹散开去，于是透露出几分生命的无奈。这幅画面中泛溢着无边的忧郁和苍凉。

抗战爆发后，端木蕻良也像诗人艾青一样，拂去往日的忧郁，焕发出昂扬奔放的抗日激情。他积极奔走武汉、西安、运城之间，从事抗战文化工作。其间，曾与萧红、塞克等集体创作了话剧《突击》，又以家乡义勇军抗日题材创作出几个连续性的短篇小说，加入战争初期写实报告、抗敌宣传行列。这几篇小说明显有别于战前的作品，士气高昂、情调欢悦、景色明媚、气韵生动。初上战场难免会遇到这样那样的问题，会遭遇敌情、陷入敌围，还会有受伤和牺牲，可我们的战士都能乐观自信、从容面对。《柳条边外》的战士在缴枪竞赛中成长，《螺蛳谷》被困四天后设计突围，即使在《萝卜窖》旁小英雄莲子杀敌未竟、壮烈牺牲，也洋溢着同归于尽的复仇快感。这一切都聚集成端木创作道路上难得一见的晴朗时光。随着抗战艰难推进，个人生活的突兀变化，端木小说忧郁情感又会云遮雾罩，甚至阴雨绵绵，这似乎是一个时代之子、性情文人难以摆脱的宿命。

在端木创作的这个时段，尽管有那么多的忧郁面的叙述，但主导面还是言志载道：紧随时代、奔走抗战，为抗战服务，且情志外露，热情奔放。端木回忆鲁迅曾在通信中这样指点过他："鲁迅先生看到我写的《爷爷为什么不吃高粱米粥》,就说我前边写得有些令人'堕入五里雾中'的感觉。这就是说作者不应该写得近于隐晦";"鲁迅先生还说在创作中,'我们需要的,不是作品后面添上去的口号和矫作的尾巴,而是那全部作品中的真实的生活,生龙活虎的战斗,跳动着的脉搏,思想和热情,等等。'"① 现在看来,鲁迅的两段话实际指出了端木初期创作偏于两端的缺点,后一点更为突出。端木多喜欢在小说中借抒情或议论点明题旨:直露情感、说出倾向,常见古代小说"异史氏曰"笔法和诗文卒章显志传统的显现。如《鸳鹭湖的忧郁》结尾:"远远的鸡声叫着,天就要亮了";《爷爷为什么不吃高粱米粥》后半部借马老师之口点明爷爷不吃高粱米粥的原因,忧患意识、愤激之情溢于言表。此外还有前文列举到的《螺蛳谷》"异史氏曰"式的点题;而《雪夜》末尾的"情以景结",当属于比较艺术的"卒章显志"。指出这些,并非苛求端木,抗战初起的年代本来就是明快"言志"诗歌的抒情时代!

第二,抗战相持阶段,旅居重庆和香港期间的创作,主要有长篇小说《大江》《新都花絮》,中篇小说《江南风景》及十几个短篇小说(一部分收入《风陵渡》,其余未结集)。这阶段小说的情志表达明显表现出由外倾、直露、热烈而转向内敛、含蓄、冷静。这与战争局势、文学思潮以及作家生活等方面的变化紧密相关。随着抗战的持续和深入,国统区阴暗腐朽的一面日益暴露,战争初期的乐观狂热逐渐降温,作家们开始冷静地审视现实,以张天翼《华威先生》为滥觞,引出一股讽刺、暴露的创作热潮。端木蕻良可说是这股潮流的先行者。特殊的身份和经历,使他较一般作家更易看清狂热背后的阴冷。他还没有来得及融入关内文化,战争就爆发了。作为关外文化的代表,面对关内文化,审视当下现实,自然拥有旁观者清澈的眼光。当关内作家亢奋地报告着抗战消息时,家

---

① 《〈早期作品选集〉前记》,《端木蕻良近作》,花城出版社,1983年1月。

乡早已沦陷的端木已转入对历史的回视，而且是视野开阔、立足点颇高的回视！更值得注意的是个人生活的巨大变化带来的影响。战争初期与萧红一道辗转武汉、西安、运城之间奔走抗战，两人由相知、相爱而结合；尽管两萧情缘已了，分手已经注定，但他俩的结合还是引发了文化圈内强烈震动。端木被视为"第三者"，遭到纷至沓来的指责、詈骂，使他一下子看清了"世人的真面目"（鲁迅语）。婚后的端木和萧红先去重庆、再转香港，仍难摆脱流言飞语的如影随形。特殊的经历遭遇影响到本阶段的创作，在回顾重现故乡生活的同时，关注当下生活，体味世态人生；更深地反思历史文化，富有较深厚的文化底蕴。

首先，《大江》《风陵渡》承续着战争初期的创作，既应和强烈的时代音响，又葆有端木的创作个性，抒情更多地被言志代替。一切为了抗战，一切服从抗战；战争初期是易于偏重群体性而湮没个性的。《大江》即"以群众为主角"，写"'铁岭'、'李三麻子'两个多棱的家伙，写这两块顽铁，怎样地被群众所改变，他俩怎样成为了精钢、成为中华民族在这次大斗争里面的活的标本"[①]，着力表现个人与群众的融合。"五四"新文学高扬人性解放大旗，崇尚个性自由发展，表现率先觉醒的"个人"对落后群体的启蒙以及"个人"与"庸众"之间的冲突。《科尔沁旗草原》写到丁宁拯救草原社会的理想，即是"五四"思潮的余响。随着新文学思潮从"为人生"到为革命再到为抗战的发展流变，个性解放的主题话语随之变化，觉醒了的人民群众逐渐被视为推动社会发展的主力军，早先觉悟的知识分子则面临着向人民群众学习的课题。《大江》人物描写的独特意义正在这里，它明显体现出从"五四"启蒙到抗日救亡、从张扬个性的"抒情"到重视集体力量的议论，同时也从注重"个性""抒情"到偏向"言志""载道"，宣传抗日救亡，体现服务抗战的主旋律等诸多变化。

[①]《大江·后记》，《端木蕻良文集》第二卷，北京出版社，1999年6月。

其次，端木和萧红在重庆待了不到两年即转赴香港，两年后端木孤身一人流亡桂林。这期间他有部分小说取材于当时当地的社会现实，采用第三人称外视角叙事，类似戏剧式的客观呈现，表现出以客观写实构成讽刺的特色。初到重庆，他接触到战时陪都社会的方方面面。这里有的是流于表面的"抗日"景象，有的是投机钻营、徇私腐败，有的是追逐时尚、夸夸其谈，上层人物生活舒适却心灵空虚，普通士人辛苦恣睢而迷惘彷徨。生活在这样的社会环境中，端木心头的抗日激情逐渐消解，失望、苦闷、哀婉、凄凉之感日渐加浓。就在这样的环境、心境中，端木陆续写出《找房子》《义卖》《嘴唇》《青弟》《火腿》等短篇小说以及长篇小说《新都花絮》。这些小说如实摹写重庆社会政界时局、世态人心，显露出冷静、讽刺的色调。《找房子》（又名《泡沫》）的主人公，本以为十拿九稳可以找到房子，临了却成泡影。事与愿违、理想幻灭，"泡沫"几乎可以用作这期间所有小说的题名，失望情绪流溢在这些小说的字里行间。《义卖》比较特异，富有喜剧色调。它以当时重庆风行的"义卖运动"为背景，写一个小流氓也受到"义卖"的诱惑，他唯一不"OK"的就是他的肚子老饿，因此"情愿把肚子做一次义卖"。可是，"他妈妈的，就没有这样的买主"，只好仍用老办法——他会偷。几经努力，他偷到一支派克笔，这支笔刚刚为主人写过"义卖"的文章！他先把拴笔的银链子卖掉将肚子混饱，然后突发奇想："他要义卖这管笔！"于是，"他参加了义卖"，居然成了小英雄，居然演说起来，居然成功地卖得一百元；当他"把钱握得紧紧的，想走"，却听到"把钱交到献金台去吧"的提醒；不容疑惑，在大家欢笑着簇拥下，"一百块钱失望地从他手里滑落到箱子里"。更糟糕的是，买笔的居然是原来的主人，他发现买的是自己的笔后，居然不予揭穿，还直夸小偷是爱国小英雄，并与他合影照相。这篇小说是一幅街头即景，有着照相般的真实，又有着喜剧性的荒诞，让人们在笑声中心领神会。《青弟》则是另一幅街头即景，一幕无声的悲剧。篇中展示"青弟"的年幼无知和日军的奸猾凶残,兼及当时社会的世态炎凉。青弟没有玩伴,异常孤独,因为"别的小孩,有的受了家人的嘱托,说他爹十年前就当红军去了,不许孩子和他一道玩,说是怕受了连累";偶有野孩子过来,总是兜着他问这问那,只对他是不是他爸亲生的感兴趣;看到日军出现,东邻"李大娘连忙把头缩回窗子去。不见了"。这样的人际社会,各自"明哲"保身,相互冷漠无爱。青弟死于日本兵的刺刀,更是死于人间的荒凉!这无声的死亡比《风陵渡》中马老汉临终前的笑声,更加凄厉悲凉、沦肌浃髓,透露出作者对世态人心深深的失望。

推究端木讽刺艺术的由来,主要有两个途径,一是学习鲁迅的讽刺艺术。鲁迅说:"讽刺的生命是真实","在或一时代的社会里,事情越平常,就越普遍,也就愈合于作讽刺"。但要有热情,不能变成"冷嘲"①。端木的这批小说,可说是对鲁迅讽刺理论的学习和实践。二是承传了孔子的"春秋笔法",用简练的语句在叙事中蕴涵褒贬态度,这与鲁迅对讽刺要义的概括相合,鲁迅讽刺观的源头之一也来自"春秋笔法"。鲁迅有独创,端木也有创新:端木对作品中"潜流"的喜好与追求也与"春秋笔法"及鲁迅的讽刺艺术有着内在的承传联系。

再次,端木在这阶段创作了一些反思历史文化的小说,由政治讽刺转向文化批判。《风陵渡》和《大江》的开篇都用浓墨重彩描写黄河、长江,前篇还用黄河岸边艄公图腾映照现实中保卫黄河的艄公,现实中艄公与敌偕亡的英勇悲壮又为古老的图腾注入了崭新的精神蕴涵。《新都花絮》是本阶段重要的长篇小说,是端木对战时关内文化的一次凝眸审视。主人公宓君是重庆社会的外来客,与新接触的环境之间存在着较大的文化差异。作者通过她的生存体验,表达自己对当下生存文化的感受。其中有对上流社会黑暗面的暴露,也有对陪都政界种种时弊的针砭。尽管情绪温婉不甚激烈,

---

① 鲁迅:《且介亭杂文二集·什么是"讽刺"》,人民文学出版社,2006年12月。

还是触犯了重庆当局的"审查标准"而被禁止发行。抵达香港之初完成的中篇小说《江南风景》描写日军进逼、山雨欲来之际，江南某小镇出现的民族自信力丧失与固执两道"风景"。这两种精神操守都源自传统文化。一是以张巡检为首的小镇上层政要及地痞混混，在强敌压境、兵临城下的时刻失去了民族自信，利用拆字迷信之类的传统文化糟粕，宣扬日军不可抗拒，亡国乃是天意，恣意造谣，扰乱人心。二是宿儒伍老先生，面临民族危亡，益发信奉传统文化中的国家兴亡，匹夫有责，要为全民抗战尽力。他从古籍中有关炸药飞灯的记载获得启发并付诸试验，却遭到谣言的狙击，从精神到肉体都受到极大的伤害。救国梦想破灭，伍老先生郁闷无奈地呆坐在那里，一动不动。这篇小说与鲁迅渊源密切，很像著名的《风波》，现实沉思之忧愤深广或有不达，而民族危难时期的历史文化溯源反思却开启了抗战文学文化反思潮流的先河。

综上所述，从《大江》到《新都花絮》，再到《江南风景》，端木的抗战热情、救国救民理想一步步走向幻灭失落，作品的情感也从热情亢奋趋向内敛沉静。幻灭之感、失落之心几乎贯穿于本阶段全部创作，但是失落幻灭并不意味着绝望。端木旅居香港期间所作短篇小说《北风》就用象征写法，表现作者渴盼外来鼓动，向往那铺满黄金的"好地方"！此时，"北风更加怒吼地鼓动着门"，让我们想起茅盾流亡日本时期所作著名散文《叩门》，苦闷、迷惘、失望几达极限，然而心底潜藏着一丝希望，期盼有人前来"鼓动""叩门"。

第三，桂林时期的创作。端木携萧红抵达香港后，遭遇了一生最大的磨难，先前的失望之中犹存希望，此时骤变为永恒的失落几至绝望。到港未满两年，萧红的肺病不断加重。屋漏偏逢连夜雨，又值太平洋战争爆发、香港沦陷。端木陪伴萧红滞留海岛，在战乱之中拖着风湿病腿寻医问药，偏又遇上庸医误诊、滥施手术，导致一代著名女作家魂断香港，造成端木永恒失落爱妻的悲剧。昔日比翼双飞，此时形单影只，在兵荒马乱的浅水湾埋葬了妻子，他像

"折了翼的孤雁,从天南的海岛回到漓江"①。此时的端木身心疲惫至极,而各种流言攻讦却接踵而至,简直要将萧红不幸早逝的责任全部归结到他的身上。端木选择了缄然和沉默,他把自己关闭在一间据说闹鬼的屋子里,把情感关闭进自己的内心世界,"面对凌乱不堪的书桌,默默如有所思",有时作一两首旧诗,诗句里总是包含着"那么忧郁,那么低沉,梦断缘铿,生离死别"的情调。② 长时间提笔忘书,欲说还休。直到半年之后灵感袭来,才在一天之内写出万余字的短篇小说《初吻》,两个月之后又完成了《早春》,此后两年内,陆续创作了十几个短篇小说。与此同时,他还系统回顾、总结自己十年来的创作,发表《我的创作经验》《向〈红楼梦〉学习描写人物》等文章。他的《红楼梦》研究于此也达到一个高峰,不但撰写《红楼梦》研究文章,还萌生出续写《红楼梦》后四十回的愿望,为此先行改编出多部红楼系列剧。综观桂林时期端木小说创作,由外转内情感变化明显:暂时脱离"言志""载道"主流文学话语,重新回归自己熟悉擅长的题材领域,由外部火热世界的客观描绘转向内心情感世界的率真展示,由粗犷荒凉的时代呐喊转向个人灵魂的孤独低语,由雄放、辽阔、"载道言志"转向温柔、纤细、"独抒性灵",《红楼梦》式的意象写真、主情传统得到更多的重视和继承。

  从题材上看,端木桂林时期的创作主要分为三类:一类回归熟悉、擅长的题材,写自己童年经历的回忆,代表作有姊妹篇《初吻》《早春》;二类取材西方神话和中国古代传奇故事,如根据汪倜然《希腊神话 ABC》写成的《蝴蝶梦》《女神》和《琴》,以及新编传奇故事《步飞烟》等;三类取材民间故事并用象征手法写成,代表作有《雕鹗堡》《红灯》和《红夜》等。三类题材从三

---

 ① 《尹瘦石书画合璧》,《端木蕻良文集》第六卷。
 ② 转引自孔海立《对自我失落的反思——端木蕻良和他的姊妹篇〈初吻〉和〈早春〉》,《中国现代文学研究丛刊》1997 年第 3 期。

个侧面指向作者情感旋涡中心，执著于个体独特的生命感受，咀嚼个人情感失落的悲凉，表现永恒失落的痛苦悲哀，在自我反思中抒发真诚的自责和忏悔；同时表现孤独的个人面对庸众社会的绝望抗争，对荒凉、隔膜、缺乏理解和关爱的社会环境、人生世态投射出强烈的愤慨。

《初吻》《早春》是端木抵桂之后最早写出的姊妹篇，是历经半年情感酝酿发酵的产物。情感真挚、味道醇厚，细加咀嚼又能感觉到甜蜜中的苦涩。作者在当前情感驱使下打开记忆闸门，叙写少年兰柱（端木蕻良的乳名）的两次情感经历及其幻灭后的痛苦惆怅。在少不更事、不知情为何物的年纪，懵里懵懂的兰柱却过早地接触到异性和爱情：怀着好奇心、求知欲偷进父亲神秘的静室，看到父亲藏匿的艳情诗和一幅神秘女子的画像，后者"使我迷离恍惚""如醉如痴"；"因为天生日长在女人堆里"，又使他过早地知道了女人的秘密，而与灵姨的嬉戏、腻闹，一次偶然接触她"又软又滑"的胸部，使他生出异样的感觉，懵懂的性爱意识油然觉醒。然而这颗稚嫩的童心尚不能承载沉重的情爱之舟，在他情不自禁地偷吻了画像上的女人之后，便着了魔似的大病一场（医生说他闹的是"苦春"病）。三年以后，他再次从学校回家，已长成十四岁的男孩，更急于了解"大人的世界"——他发现这个世界变了。村头草垛旁邂逅灵姨，即发现了她的变化。在两人亲嘴时，他觉得"嘴唇上停留着一种新剥的莲子的那颗小绿心子似的苦味，可是又带着几分凉丝的甜味"。终于在她所住的白房子前看到自己的父亲粗暴地提着马鞭扬长而去，灵姨承认："你的爹爹用马鞭打了我。"由此得知灵姨竟是父亲的情人！美好的理想在现实的粗暴击打之下立即破碎，便"一头栽到她的怀里，就大哭起来，我伤心极了。……我哭得不能自已，后来就昏沉沉地睡在她的怀里了，我感到有一种红色的热雾笼罩着我，在暗中我好像看见灵姨的红热的嘴唇招呼着我，我仿佛又听见妈妈爱抚的声音轻轻地呼着我……"这篇小说的自传色彩颇浓，作者将自己与萧红的爱情以及外界粗暴的干预等都糅进这段童年记忆，写得情真意切，婉曲动人。《早春》同样写爱的失落，却增加进自谴、自责、虔诚的忏悔。在这则童年记忆里，兰柱爱恋的对象换成了美丽脱俗的农家少女金枝（与萧红代表作《生死场》的女主角同名，上文曾提到她就是《科尔沁旗草原》小金汤的水水）。他俩的爱恋也是在野外采花儿、嬉戏中生出，"我"心中拿定主意，回家"就向妈妈说，让金枝姐搬到家里来住，陪着我一块儿玩"。可回家后即被接待姑姑意外来访的喜悦冲淡忘却了。待到一个月之后从姑姑家回来，再让仆人寻找金枝，金枝已与家人远走北荒，那可是"皇帝不放鹰、兔子不拉屎的地方"！"那个小姑娘这回去准是'交待'了，你不用想她会回来了。"听到这里，"我"懊悔不迭，伤心不已。伤心中想起那天分手前一起采摘的那朵黄花。黄花的失落似乎暗示了今天金枝的失落。这又加剧了"我"的悲痛与追悔（悔恨采花儿时"我"的自私与固执），随即连用十八个"为什么"自责自问，将无法挽回的悲痛与自责渲染到捶胸顿足、呼天抢地的极致，作者的自我反思、自我忏悔也融汇在这种情绪里。

从西方神话故事或本国民间传说取材创作，富于象征意味地表现作家经历的情感剧痛，使得这些小说内化特征更加明显。我们先看端木根据汪倜然《希腊神话ABC》改编的三篇小说。《蝴蝶梦》中的人间美女菠茜珂与天神伊洛丝终于结成神仙眷侣，却又听信姐姐的谗言怀疑丈夫的真实以致失去丈夫，历经失落、寻觅的悲切与痛苦，终于在众神的帮助下找回爱情和幸福。《琴》写的则是一个无法挽回的悲剧。爱普罗以为美丽的琴音能够打动爱侣的芳心，岂料琴音的诱惑却让爱侣恐惧不已，飞奔逃避，最后在河边化作一棵战栗的月桂树。"爱普罗悲恸地失去了一切，只抱着树狂热地吻着。"《女神》也是写人神之恋，但他们只能在夜里相见、梦中幽会，一番热情甜蜜、温柔缱绻过后，随着白天的来临，女神便消失得毫无踪影，表现出对梦幻与现实、瞬间与永恒、真实与永久的哲理性思考。《步飞烟》取材于唐人小说。主人公美丽多才，却被庸俗不堪的一介武夫参军老爷武公业买来作妾,在孤寂无爱的生活中与邻里潇洒俊逸的书生赵俊互生羡慕爱恋,书信往来、墙头约会,终被武公业发现,遭受残忍捆打,坚贞不屈而死。全篇流贯着"宁为玉碎,不为瓦全"的精神执著,弥漫着一种"有情人难成眷属"的伤感。这些特定的情绪与思辨,明显都是由爱侣萧红的不幸早逝所引发,与作者的切身遭遇之间的连类关系非常显豁,步飞烟的遭际檃栝了萧红此前的情感经历。而从我国民间传说取材,采用象征手法创作的小说,则把作者的情绪抽象化、普泛化了。《雕鹗堡》中的雕鹗堡确有其地,作者曾经居住过,"故事也是按照那儿曾经发生的事情来写的"①。但是小说却用象征手法,故意含混故事发生的时间、地点,突现作品主题超越时空的恒久意义。雕鹗堡是一个普通的山村,村民的生活波澜不惊,久无变化。甚至连那在崖边筑窝,不时飞进飞出的雕鹗,也没有人关心它是何时来此居住的。不仅如此,人们还习以为常地将它们的正常栖息看成山村正常生活的某种标识,以致将自己的命运与它们联系在一起:"主宰这村子的命运的,就是那雕鹗。"雕鹗由此获得了象征意义。可是,有一天,这恒常与平静被打破了,村子里出现了一个敢向传统说"不"的人,这人就是少年石龙,他讨厌雕鹗,要爬上山崖"把那雕鹗捉下来"。此前的石龙并未引起村人的注意,人们只知道他是"插入"这村子里来的,但为什么来、何时来,大家并不了然,就像对雕鹗的历史不甚了了一样。但是他的突兀举动却立即引起了注意,人们为此聚拢并吵闹着,从四面八方奔涌到断崖下看戏,"有许多人把下巴掉下来,似乎看见了什么就得吞进去的"。此情此景,让全村唯一同情石龙、想劝止他的少女代代感到阵阵恐惧袭来。然而代代的行为也使她由村子里最美的、声名最好的姑娘,变成被嘲笑的对象,且将"代代"传下去。最终,石龙在看客们的"关注"下,失手跌下山崖。看的人都有点儿扫兴,觉得

---

① 《〈端木蕻良短篇小说选〉序》,《端木蕻良近作》,花城出版社,1983年1月。

他跌下去得太嫌早了一点儿。可以想见,看客散去,这个山村又复归往日宁静,生活如常,周而复始。但是村人的保守、自私、冷漠、无聊,缺乏同情,幸灾乐祸,却给关注世态人生、敏感人情冷暖的端木蕻良留下历久难忘的印象,何况他本人也有与石龙相似的性情和遭遇呢?《红夜》同样写发生在一个保守而封闭的村子里的爱情悲剧。石洞、石人坚贞、淳朴的爱情故事流传久远,至今活在村人心头。然而随着时代推移、观念改变,同样纯真的爱情却遭到禁锢、伤害。在一个祈神赐福的夜晚,就在这个石洞里,一对真心相爱的恋人被捉住,还将以"渎神"罪名受到惩处。为什么如今的社会与远古时代如此不同?作品文化反思与批判色彩非常明显,同时艺术地针砭了伤害作者的人文环境。

阅读《雕鹗堡》和《红夜》等篇,自然会联想到鲁迅笔下的"看客"形象,想到他对国民劣根性的真实揭示,对个性解放主题的深刻表现。端木在个人独特生命体验驱使下暂时脱离抗战时代主题,却切入和接续了鲁迅开创的新文学的一个传统主题,体现出鲜明的现代性。无论是先前的社会话语,还是此时的个人话语,无论是"言志""抒情"兼备,还是侧重"言志"或侧重"抒情",无论由"外倾"转向"内省",还是从"言志"回归"抒情",端木小说的情感流向,既呼应、契合着中国文学"言志""缘情"交响、嬗递的抒情传统,也与中国现代文学的整体走向同步。

第四节　端木蕻良小说的抒情特色

从上文的探讨已知,端木蕻良小说"言志""抒情"交响、嬗递,富有独特的抒情风貌。接下来要探问:情从何来?即是说端木小说的这些情感是如何产生并抒发出来的,端木小说的抒情有何特色?因此,在理清端木小说总体情感流向的基础上,有必要继续探讨端木小说的抒情特色。

一般文学理论认为，抒情方式不外乎直接抒情与间接抒情两种。前者直抒胸臆，多见于诗歌、散文等抒情性作品；后者含蓄蕴藉，多见于小说、戏剧等叙事类作品，通过故事的叙述、形象的描写间接地流露思想感情，表现出抒情化的叙事或曰叙事抒情化的特点。可见，小说中的抒情与叙事有着唇齿相依的紧密联系，叙事学即称小说中的抒情成分为叙述声音。中国特色的叙事学与中国文学抒情传统互渗互动，史传文学重视史事实录中的史意、史识，推崇"无韵之离骚"为"史家之绝唱"，有时通过"太史公曰"（小说则为"异史氏曰"）点明作者倾向；有时则用"春秋笔法"，一字寓褒贬，寄意于言外；"五四"以后与西方传来的现实主义思潮融合，让倾向从场面的描写中自然流露出来，将自己的倾向"寄托在不着文字的处所"（叶圣陶语），讲究含蓄蕴藉地表情达意。中国古典诗歌除了"敷陈其事而直言之"的直抒胸臆，还用比兴手法，"以彼物比此物"，"先言他物以引起所咏之词"[①]，更多的是通过意象的描绘、意境的营构，将情感转化为能够激发读者情感的意象，使他们在阅读接受中产生共鸣，从而获得含蓄蕴藉的抒情效果。就抒情本身而言，它毕竟属于作者主观爱憎情意的表现，因此作者在叙事性文学作品中所处位置，叙述声音如何发出，都直接影响到抒情效果。纵览中国文学抒情传统流变，"泄愤说"出现以后，作家的主体性及其在作品中的地位日益突出。"五四"新文学继承晚明以来率性、主情的文学传统，吸收西方涌入的个性解放思潮，张扬个性情感，崇尚主观自我，作家自我以各种方式介入作品，抒发个人、家庭、时代、社会的情感抱负，开创了现代抒情小说流派。端木蕻良小说创作从古代和现代叙事、抒情两大文学传统中汲取营养，形成了颇具个性的抒情特色：或通过独特的自我抒写，直露作者的主观情怀；或刻意追求作品的"潜流"，通过冷静客观地写实叙事，像戏剧那样地客观呈现，春秋笔法、微言大义，

[①] 朱熹：《诗集传》，凤凰出版社，2007年1月。

不写之写，一切尽在不言中；或描写意象、营构意境，将主观感情艺术地渗透于独特的意象、融化成艺术的境象，从而营造出一种诗化的审美氛围、艺术境界。

一 注重自我抒写，直露主观情怀

端木是一个极富诗人气质与才情的作家，他自小就从生身母亲和故乡土地那里感染到生命的"固执"与"力量"、情感的"忧郁"和"悲伤"，在其精神世界里生成情感的两极。后天的"忧郁和孤独"、"荒凉和空旷"与先天"性格的本质上有一种繁华的热情"对抗、碰撞，"形成一种心灵的重压和性情的奔流"。到他提笔创作时，母亲的身世、家族的遭遇之外又叠加上他亲眼所见"黔首愚氓"农夫们的恣睢艰辛的惨痛人生，外寇入侵、故土沦丧的民族屈辱，在他的胸中聚敛着"民族的郁积"和"个人的郁积"，这一切都成为推动他创作的原动力，而需要通过创作倾吐、宣泄出来。因此便出现了如此奇特的创作情景：端木创作《科尔沁旗草原》时，"颓丧和苦痛从四面兜上来……精神的每个角落里都充满了烦躁和厌恶……饭也懒得吃，觉也睡不着，夜里睡觉也是穿起衣服来睡的，醒了来就趴在桌子上写"。将近四十万字的长篇，仅用四个月时间即写完，以至于在写作过程中，"我自己都听见了我自己脑子的鳞屑一片一片下落的声音！"这情景颇像激情奔放的郭沫若在其"诗歌爆发期"写《女神》，作者的情感郁积得到酣畅淋漓的爆发和宣泄。两年之后写作第二部长篇小说《大地的海》仍持续着这种状态，"日里夜里来写……大概用了五个月的工夫"，完成了作者"对于土地的爱情的自白"。①

为了方便情感的奔突、宣泄，端木在初期的两部长篇小说里设置了内视角（内聚焦）叙事。"'内视角'指的是叙述者采用故事内人物的眼光来叙事。人物的眼光往往较为主观，带有

---

① 《我的创作经验》，《端木蕻良文集》第五卷，北京出版社，2009年6月。

偏见和感情色彩，而故事外叙述者的眼光则往往较为冷静、客观、可靠。"①《科尔沁旗草原》中的内视角人物丁宁，即是一个具有较多自叙传特征的人物形象。端木在塑造这个形象时，掺和进自己的亲身经历、情感体验，同时融入现代知识理性成分。叙事过程中不时地调整作者、叙述者及视角人物之间的距离，距离接近时，叙事眼光、叙述声音均统一在丁宁身上，作者便借他的视角抒写自我的意志倾向，写他的心理活动乃至大段大段热情奔涌的内心独白，直露自己的主观情怀，回家之初的丁宁身上叠印着端木自我的身影；距离拉远时，"叙述声音与叙事眼光就不再统一于叙述者，而是分别存在于故事外的叙述者与故事内的聚焦人物这两个不同实体之中"②，随着培养教育"新人"、拯救家庭社会的理想一再碰壁破灭，此时的丁宁非但不再是端木，甚至成为端木批判否定的对象。

《科尔沁旗草原》的预言叙事部分采用丁宁第一人称回顾往事的叙述；主体叙事部分则主要采用丁宁的第一人称经验视角，"这种视角将读者直接引入'我'经历事件时的内心世界。它具有直接生动、主观片面、较易激发同情心和造成悬念等特点"③。丁宁是丁氏大家族最晚一辈的少爷，又是受过"五四"新潮洗礼的"新人"，他的身上流淌着"新一代青年的共同血液"④，是一个封建大家庭的叛逆、忏悔者的形象。但他无法彻底割断与封建家庭关系的纽带，当他一向视为"黔首氓夫"的佃农们联合推地退佃时，他便不由自主地显示出家族祖辈英雄地主的风范，一举平息了这场风波，连老管家都不得不承认少爷办事"又稳又狠，滴水不漏"，"让你吃亏还得让你欢喜"。老管家的话不无自我欣赏表功的成分，说这话时他已经对少爷的处置表态做了及时的补救。丁宁对此是心

---

① 申丹：《叙述学与小说文体学研究》，北京大学出版社，1998年7月。
② 申丹：《叙述学与小说文体学研究》，北京大学出版社，1998年7月。
③ 申丹：《叙述学与小说文体学研究》，北京大学出版社，1998年7月。
④ 《科尔沁旗草原·初版后记》，《端木蕻良文集》第一卷，北京出版社，1998年6月。

知肚明的，事后的一段内心活动即自承"我昨天本来是因为不自觉的冲动，几乎作成了一个堂·吉诃德式的聂赫留朵夫，可是仅仅通过了一次老管事的谨慎的错觉，便使我做了一个大地主风范的一个传统的英雄"。丁宁给人最突出的印象就是事后的忏悔，他承认自己不是像哈姆雷特那样优柔寡断就是像堂·吉诃德那样鲁莽冲动，甚至提出"我是思想的巨人，行动的侏儒吗"的自我怀疑。内视角人物的设置及其内心世界的袒露，固然凸显了小说的主观抒情性，同时也带给人物较多的同情，因此这个人物遭到较多的误解和非议。有读者以为丁宁就是作者本人，引出端木"丁宁自然不是我自己"①的声明；小说初版后最早写书评的巴人，在赞扬有加的同时也对丁宁形象的刻画提出较多的批评，认为作者给予丁宁太多的同情，以致掩饰了他的缺点。巴人指出的问题实际上与小说叙述者的过分介入，作者与叙述者及视角人物距离时远时近略显凌乱，"真事和故事纠缠在一起"②，以及对丁宁的心理活动描写过于繁复，并与作者的议论重叠有关。由此看来，内视角的设置、第一人称经验视角叙事使小说富有主观抒情特色，也带来一定的缺憾。

《大地的海》仍用双重内视角叙事，且视角人物艾老爹、艾来头父子的原型就是使作者难以忘怀的外祖父父子。由于叙事者与视角人物距离把握适度，尽管更多地袒露了人物的内心活动，却不影响其叙述声音洪亮，情感直露动人。小说主要描写人与土地的关系，表现大地之子对母亲海一样的深情。艾老爹和艾来头分别代表着两代农民，作者以他们为主要视角人物，"抒情似的抒写着土地"③。作者用主体的心灵色彩肆意地涂染着辽阔草原、苍莽大地、山岭松林等自然景物，借景抒情，主观情感强烈而直露。视角人物的内心活动、情绪起落，都直接投射在自然景物上，通过景物的描

---

① 《科尔沁旗草原·初版后记》，《端木蕻良文集》第一卷，北京出版社，1998年6月。
② 《我的创作经验》，《端木蕻良文集》第五卷，北京出版社，2009年6月。
③ 《我的创作经验》，《端木蕻良文集》第五卷，北京出版社，2009年6月。

写直接显露出来。而端木的文学语言也为这抒情推波助澜,如他在后记中说的,"由于我自己本身的穷、独、裸,我的文字是我很好的搭配,他正是先天性的裸、独、穷"。抒情性的写景段落、语句出现的频次很高,且贯穿于小说的始终,乃至在读者的印象中,这部小说的表现手段是抒情多于叙述。而那些借自然景物变化映照人物心理活动,预示时代社会变迁的描写更是小说最具特色的部分。这一特色同样表现在这期间所作短篇小说中,"在我写《乡愁》的时候(那已是三年前的作品了),我在纪念一个死去的小灵魂和另外一个流离的孩子,在写《浑河的激流》的时候,我纪念着我已死去的妹妹……"[①] 这些短篇小说中同样有作者自我的介入,富有直露的主观抒情特色;也都有大段大段的抒情性语段(句),尤其是那些自然景物的描写,无不浸润着丰富强烈的主观情感因素。

此外,回忆视角尤其是儿童视角的采用,也加强了小说的抒情色彩。忆旧往往会引起情感波澜,萧乾就认为,"凡是回忆的就带着伤感气息"[②]。《科尔沁旗草原》以一个在关内接受了现代教育的青(少)年的视角回视自己亲眼目睹并在其中整整生活过的大家族兴衰演换历史;转向短篇小说创作后,端木最早写出的《鸳鹭湖的忧郁》《爷爷为什么不吃高粱米粥》等也都选用少年儿童视角。《鸳鹭湖的忧郁》的视角人物是十六岁的少年玛瑙,另一个与他一起"看青"的伙伴稍大,但说话时也露出"一团稚气"。小说通过他们之间的谈话,通过大一点的来宝对玛瑙"偷青"的父亲的捉、放处理,又通过玛瑙捉住更小的偷青贼,听她诉说因由后便让她继续割豆秸,进而又帮她割起来,表现家乡土地沦陷后人民蒙受的苦难,及其苦难中的相互冲突与帮扶,由此在忧郁的海洋上浮起一片希望。《爷爷为什么不吃高粱米粥》则通过一个六岁儿童心头的谜团,写出沦陷区人民的苦难与期盼,抒发"遗民泪

[①] 《大地的海·后记》,《端木蕻良文集》第二卷,北京出版社,1999年5月。
[②] 萧乾:《给自己的信》,《萧乾选集》,四川人民出版社,1984年。

尽胡尘里，南望王师又一年"双重的忧愤，儿童心灵在疑惑恐惧下震颤，更能够引起读者的共鸣。也许正基于这一动因，此后的创作中更多地有意识地选用了少年儿童回视或直面现实苦难的视角，如《遥远的风砂》《浑河的激流》《吞蛇儿》《憎恨》《轭下》《螺蛳谷》《义卖》《青弟》《北风》《初吻》《早春》《雕鹗堡》《红夜》等都是如此。端木将现实生活倒映在儿童简单、朴素、纯真心灵的镜面上，让稚嫩的心灵承载民族苦难重压，由此刺激读者的动情地带，便于作者抒怀，其控诉敌寇、鼓舞士气的作用特别显著。

以自我的抒写介入故事，直露主观情怀，端木小说的这一特色与中国文学传统联系紧密。普实克认为，"中国古代比较高雅的文言作品本身就有明显的抒情性和主观性特征"，著名的《红楼梦》更是开创了描写个人经历、家族衰败悲剧，表现作者隐秘内心世界的传统，而"注意作家本身的命运和个人生活的倾向，也就是我们所谓的主观主义"。"文学革命以后中国文学最突出的特征是主观因素占有更大的比重。这一点似乎与作家的个性从传统桎梏下解放出来并日益发挥其重要作用有关"[①]，而随着时代社会由启蒙而救亡的演进，端木小说将个人、家族的命运与民族、时代的命运融为一体，其主观抒情具有较高的文学史意义。

二 客观写实寓含讽刺，刻意追求作品"潜流"

端木是"时代之子"，他的小说不仅思想情绪谐和着时代音响，而且情志的表现方式也随时代风云变幻、生存环境转换而发生明显变化。抗战爆发一年后，端木由武汉移居重庆，不久远走香港。作为这两大都市的外来客，他亲眼目睹抗战进入相持阶段后陪都、港岛社会的现实，切身感受到关外关内文化的差异与冲突，这

---

① 〔捷克〕雅罗斯拉夫·普实克：《普实克中国现代文学论文集》，李燕乔等译，湖南文艺出版社，1987年8月。

一切自然会影响到他的思想情绪，并在创作中表现出来。端木对生存环境变化非常敏感，在前一阶段创作中，短短几天因为拿哥哥的乘车证乘车而被羁留牢狱的经历感受，就写出了以牢狱生活为题材的短篇小说《被撞破的脸孔》和《腐蚀》，这两篇小说着力于阴冷、潮湿、腐恶、灰暗监狱环境的客观描写，情感倾向隐而不露，极富寓言意味。前一篇的寓意仍然连接着抗战宣传鼓动主流话语——日本鬼子貌似凶狠、强悍，不可一世，但只要你敢于起来抗战，他们也像狱中"皇帝"那样外强中干，不堪一击；后一篇主要提供生活画面实录，客观显示狱中恶劣环境对主人公肉体、心灵难以尽述的腐蚀、戕害。这两篇小说在抗战初期小说中比较别致，开了端木渝、港期间小说创作的先河。

端木旅居渝、港期间所作小说的主导特色是客观、冷静、白描，写实中寓含着讽刺。这一情感特色体现在题材选择上，不再写儿时贵族生活的回忆，也不再写前线、敌后激昂慷慨的抗敌战斗，而是直面当前现实，叙写耳闻目见、亲身感受的社会人生。端木远离火热斗争生活，却有机会接触、观察到大后方社会的方方面面、形形色色：上层官方以虚假形式敷衍抗战，下层社会世态人心不古，也与神圣抗战要求相去甚远。于是抗战初期激发出来的亢昂激情，在这里遭遇冰霜雨雪而迅速降温；个性气质中固有的忧郁孤独，在这里转化成含蓄冷峻乃至冷嘲热讽，端木让自己的笔触直指面前现实，毫不客气地予以剥脱、讥刺。与之相应，小说叙事改用第三人称外视角，不写人物内心活动，也屏蔽掉叙述者的叙述声音。叙述者俨然成了冷静、客观、真实、可靠的摄像师，让人物在他的镜头前自我表演、客观呈现。西方叙事学称这种视角为"戏剧方式"或"摄像方式"叙事，"读者就像观看戏剧一样仅看到人物的外部言行，而无从了解人物内心的思想活动"[①]。此言不虚，端木这个时段的不少小说都像独幕剧。如果硬要寻找作品的倾向，

---

① 申丹：《叙述学与小说文体学研究》，北京大学出版社，1998年7月。

剧中场景画面自然会告诉你，作者多在剧终落幕前推出特写镜头，不动声色地点拨提醒，诸如"黄桂秋的眼光痴痴地落在他们由成都运来的樟木家具上"（《找房子》）；"男的嘴唇立刻显出苍白，不知是为了方才的压力，还是为了内心的变动"（《嘴唇》）；"魏小川先生一个人在暗中继续想下去"（《火腿》）；"忽然她记起了她的暑期作业，要做八九月份的'重庆生活指数表'还没有着手一点儿呢。她想无论如何明天还得求她代做一下"（《生活指数表》）；等等。

客观写实寓含讽刺的抒情特色乃是端木艺术追求的体现。他说他长久以来就有个习惯，"读一部小说，总要合起书来，看看这书的背后，是什么支使作者写这部书"①。他多次申明，"我最不喜欢用观念来说话，我最喜欢是要用形象来说话。我喜欢读别人的作品，也常常愿意从他们所塑造的形象活动中，找出他们背后的观念来，让观念渗入到形象中去"②。他自己创作时则有意识地让观念倾向隐蔽起来、深藏不露，形成作品背后的"潜流"。对"潜流"的刻意追求，成为端木小说抒情言志的一大特色。1981年，端木两次为自己的作品写序时都明确提到这一点：

> 我觉得作品的后面，总有一个"潜流"。不管有意无意的，总会有的。有的愿意把它都拿到前台来，那么，所谓潜流就少了些，反之，潜流就会多些。我是喜欢潜流要留得多些。③
>
> 我听音乐，总喜欢听有伴奏的旋律，音域较宽的音乐。阅读文艺创作，也总喜欢那些富有弦外之音的作品。我也喜欢追求在作品里，有着"潜流"的东西。④

---

① 《我看〈红楼梦〉》，《端木蕻良文集》第六卷，北京出版社，2009年6月。
② 《创作杂谈》，《端木蕻良文集》第五卷，北京出版社，2009年6月。
③ 《〈端木蕻良短篇小说选〉序》，《端木蕻良近作》，花城出版社，1983年1月。
④ 《〈早期作品选集〉前记》，《端木蕻良近作》，花城出版社，1983年1月。

可见，端木有意识地追求作品的"潜流"由来已久，而且一开始创作就付诸实践。他曾谈到自己初期作品的动机立意，"在我最初写作的时候，也许是受到托尔斯泰一些作家的影响，不愿把自己的观点，在作品里面直接表达出来"①。他谈到自己在创作中"试着从生产关系，以及物质的占有与分配方面，来看待在这片大草原上所反映出的许多人物和事物"。他提醒，"在《科尔沁旗草原》的结尾处，我是想显示出人民力量的浩瀚前景的。……"②他还提醒："我就很想读者在看《科尔沁旗草原》的时候，能注意到它背后的一种特定的经济结构来。"③这样看来，端木所谓的"潜流"，属于主观思想倾向等理性"言志"的成分，在作品写作前，主要表现为作者的写作动机设想；作品写成后，则体现为作品的主题、立意等；在端木初期小说中相对直露，到渝、港时期的创作，尽量隐藏在事实的背后，因此，后一时段的小说富有戏剧性客观呈现及轻微的讽刺意味。

由近及远追溯端木小说这一抒情特色的传统渊源，可以顺序列出鲁迅的讽刺艺术，曹雪芹《红楼梦》"不写之写"、"皮里阳秋"、主客观融合等艺术，中国史传文学传统中由孔子开创的"春秋笔法"等。"春秋笔法"是最初的源头，所谓"春秋笔法"系孔子修《春秋》时采用，经后人（主要为汉儒）总结概括出来，它既是叙事笔法，又是情志表现方法。《左传》最早记载该笔法特点："《春秋》之称，微而显，志而晦，婉而成章，尽而不污，惩恶而劝善。"④意思是说：用词不多而意义明显，只记史实却蕴涵深意，表达婉转而顺理成章，直露事实真相而无丝毫迂曲作假。前四句侧重史书的叙述方式和言语方式，后一句侧重史书的内涵及功

---

① 《〈早期作品选集〉前记》，《端木蕻良近作》，花城出版社，1983年1月。
② 《书窗留语——关于〈科尔沁旗草原〉》，《端木蕻良近作》，花城出版社，1983年1月。
③ 《〈早期作品选集〉前记》，《端木蕻良近作》，花城出版社，1983年1月。
④ 《春秋左传注》，中华书局，1981年1月。

用,其中最突出的特点是用事实说话,在事实叙述中寓含是非褒贬的微言大义。所谓"微言"既有"一字寓褒贬"的简赅,又有圣人不便明确说出而借事实以明之之意。端木的《义卖》等篇用××隐指不便明言的"抗日",《新都花絮》对保育院中缺乏爱心、随意打骂儿童的看护的描写隐指"今上夫人"等,都可见出微言大义、"春秋笔法"的影响。当然这里面还有鲁迅卓越的讽刺艺术中介性的影响,上文已经论及,此处不赘述。与曹雪芹《红楼梦》的联系很少有人意识到,有必要作出明确的概括。端木小说这一抒情特色所受曹雪芹《红楼梦》影响主要体现在三方面。一是"不写之写"的艺术手法。端木曾多次表示,"尽管巴尔扎克喜欢演说,托尔斯泰好发议论,然而他们还是留下更多的笔墨由书中的人物行动来表现,而尽量隐蔽自己的观点。曹雪芹恐怕更是这样。借用脂砚斋的话来说,就是喜欢运用'不写之写'的艺术手法"[1]。二是"皮里阳秋"的表现手法。端木曾专门作文论及这一手法,"皮里阳秋"是作者对其所处时代的"反面"的独特体会,"曹雪芹在他所处的时代'体会'到什么呢?他体会到那与他休戚相关的'悲哀和问题',也就是时代的反面"。"曹雪芹不是为它唱挽歌的,而是为那个时代的'悲哀和问题'作原告的。"[2] 端木《科尔沁旗草原》对草原社会多边姿态的描写分析,末尾对东北社会前景的预示,都有与《红楼梦》"皮里阳秋"看社会相近的意义。三是主客观的融合。端木"觉得曹雪芹与别的小说家有个很大不同的地方",就是"《红楼梦》的创作方法,不仅是主观的,而且是作者自我隐曲思想的透露,就这一点上来说,它又是最客观的"[3]。这里有着端木的独特发现,而这一发现与端木另一个重要发现——《红楼梦》的意象写真有更密切的关联。冷静写实寓含讽刺并不是

---

[1] 《曹雪芹与孔夫子》,《端木蕻良文集》第六卷,北京出版社,2009年6月。
[2] 《曹雪芹的"皮里阳秋"》,《端木蕻良文集》第六卷,北京出版社,2009年6月。
[3] 《我看〈红楼梦〉》,《端木蕻良文集》第六卷,北京出版社,2009年6月。

最具端木特色的方面，最具端木特色的应是源自《红楼梦》的意象写真手法。

三 描写风物民俗，意象写真抒情

这一特色与上述两方面特色既有联系，又有区别。所谓描写风物民俗，意象写真抒情，与借景物描写直露抒情不尽相同。一般借景抒情，作者怀着热情写景，或将景物作为咏赞对象，或将主观感情涂染在景物上，情、景相加，叠合痕迹明显；意象抒情所提供的是蕴涵、渗透着主观情愫的物象、画面，读者感悟其中的情意蕴涵，获得审美愉悦，情与景、象和意复合交融、浑然整一。意象抒情的特点是含蓄蕴藉，明显有别于上举借景抒情的奔突直露；也有别于冷静写实、轻微讽刺，以及春秋笔法的意在言外、别有会心。

意象是一种有意味的形式，杨义这样概括：

> （一）意象是一种独特的审美复合体，既是意义的表象，又是表象的意义，它是双构的，或多构的。（二）意象不是某种意义和表象的简单相加，它在聚合的过程中融合了诗人的神思，融合了他的才学意趣，从而使原来的表象和意义都不能不发生实质性的变异和升华，成为一个可供人反复寻味的生命体。（三）由于意象综合多端，形成多构，它的生成、操作和精致的组构，可以对作品的品位、艺术完整性及意境产生相当内在的影响。①

意象首先是以形象示人，具体可感、鲜明生动的形象是意象的外在形式，而从形象到意象，则经过作者联想、想象、选择、组合等一系列的艺术创造，达到意与象的互相蕴涵和融合，成为一种富于文化艺术生命力的审美载体。由于构成意象的物象来源不一，意象可

---

① 杨义：《中国叙事学》，人民出版社，1997年12月。

区分为自然、社会、文化、民俗、神话等多种类型。象内含意,犹如给躯壳儿注入灵魂,使具象获得蕴涵深刻的意义指涉,意象内蕴的意义类同语言的所指与能指的双重性意义,但更复杂玄奥,再加上象征寓意手法的配合使用,使其远远超出意+象的内涵,具有更多的浑融性和多层性,给读者的阅读接受提供了丰富的意义生成可能性和巨大的审美创造空间。

端木小说以形象性、描写性见长,这主要得力于他对意象的精心营构。他说:"我最不喜欢用观念来说话,我最喜欢是要用形象来说话。"① 又说:"我有一种习惯,要是有了激情驱使我来写东西,我便在脑海中捉住它,使它先出现映像和文字,并在脑中进行修改,然后把它写在纸上。"② 端木小说意象丰富,仅看小说题目,大多含有别致的意象,几部主要的长篇小说《科尔沁旗草原》《大地的海》《大江》《新都花絮》,中短篇小说《鹭鹭湖的忧郁》《遥远的风砂》《浑河的激流》《柳条边外》《江南风景》等篇名都内含着自然、社会双重意蕴,体现着地域风情、民俗色彩;他曾"想按着'套曲'的规格来写"③"百哀图"系列短篇,从已经写成的《爷爷为什么不吃高粱米粥——百哀图之一》《吞蛇儿——百哀图之二》可见,其中不乏忧郁凄惨悲凉的社会生活画面。而忧郁情感的熔铸渗透,则构成了端木小说的核心意象,如有研究者罗列的"湖""海""大地"等就是端木小说创造的独特意象。④

端木小说中的意象承担着叙事与抒情的双重功用,当然如果说叙事的目的也是为了抒情,那么应该说它主要还是承担着抒情的功能。端木小说意象营造得最多的首推特定地域风情民俗的展示,且这类意象多出现在小说开篇,参与预言叙事,营造笼罩全篇的抒情

---

① 《创作杂谈》,《端木蕻良文集》第五卷,北京出版社,2009年6月。
② 《友情的绿》,《端木蕻良文集》第六卷,北京出版社,2009年6月。
③ 《我的第一本书》,《端木蕻良近作》,花城出版社,1983年1月。
④ 张桃洲:《忧郁及忧郁的几个意象——端木蕻良早期创作论》,成哥编《端木蕻良小说评论集》,北京出版社、文津出版社,2002年2月。

氛围。如《科尔沁旗草原》预言叙事部分水灾场面、丁家发家史上屡屡出现的跳大神场面,以及"真正的故事的起头,万里草原上一只孤寂的影"的意象营造;《大地的海》浓墨重彩地描写草原土地辽阔荒凉与粗糙,连带出生活在这一背景上的人们,"感情上也就不由自主地会荒凉起来",而且这种感情没有装饰,这种由土地及人及其相互关系的描写,为全篇聚焦土地与人的血浓于水的关系,表现人对土地的深情定下了基调。《大江》以更加恣肆的笔墨铺写大江过往历史、人文负载、眼前身姿,营构出一幅雄浑浩瀚、奔腾澎湃的大江意象,繁复的铺写甚至让人感到有赘疣之嫌,但它象征着中华民族的性格命运,蕴涵着作者对民族历史、现状和未来深情的回顾与期冀,为叙事主体表现民族群体对顽劣个体的改造,展示中国人民在民族战争中成长前进的历程作出有力铺垫和烘托。端木小说营造得较多的还有那些积淀着历史传统、富有地域文化特色的意象,它们成为小说中的"文眼",起着贯串结构、凝聚精神,提高小说诗化程度等作用。"大地""湖""海"意象多被论者举证分析过,这里举两个未曾提及的例子。一是端木写于桂林期间的"故事新编之一"的《步飞烟》,这篇小说写女主人公步飞烟不甘被人豢养的寂寞而主动追求爱情自由,为此身遭毒打宁死不屈。小说开篇描写"飞烟击完了瓯","痴痴有几分懒倦地枯坐着",篇末遭受毒打之后,仍用力拔下一缕头发给侍女送交她的爱人,又用平时惯用的镂空玉碗饮水,气绝身亡,"玉碗落在砖上跌得粉碎"。小说看似随意点染,但这两个意象("瓯"和"玉")上却积淀着传统贞烈女性的不屈抗争所表现出的"宁为玉碎,不为瓦全"精神,成为贯串小说的主题意象。二是"老北风"意象。"老北风"是近代以来东北地域文化中的"义匪"形象,在端木小说中多次出现(当代作家曲波的《林海雪原》也描写到这一形象),成为著名的文学意象。《科尔沁旗草原》主体叙事开头,这个形象第一次出现时有些神龙见首不见尾的意味,单骑驰骋、鸣枪示警,随风呼喊大山,让他回家奔父亲的丧。他是大山的八舅,此时身后有撵他的狗子（胡子的黑话，狗子就是兵的隐语），后来他成了义匪"老北风"，小说结尾处，大山投奔、加入他新编成的抗日义勇军队伍，跟随他向沈阳进军。小说先用"天狗"（另一小股土匪的头子）、霍大游杆子们的作乱、抢劫做铺垫比衬；再用"老北风，起在空，/官仓倒，饿汉撑，/大户人家脑袋疼！"的歌谣，烘托他们的义勇进军；最后反复出现"老北风往南刮了！"的欢呼，将其与自然界的风卷残云形象连接起来，上升为更具普泛意义的"老北风"意象。首尾呼应，伏脉贯通，老北风成为贯穿这部长篇小说的一个重要意象。而在另一篇写于香港期间的短篇小说《北风》中，贯串全篇的"北风"没有具体形象，似乎实指自然界之风，实际象征寓意现实社会中的一种理想鼓动力量，与《科尔沁旗草原》中的"老北风"意象之间有着明显的关联。这一意象贯串全篇，带给小说诗的节奏和意蕴，富有散文诗的抒情特色。

  端木小说对意象的营构及其认识经历了从自为到自觉的发展提升。一般意象理论以为意象进一步发展可达到意境的境界高度，而端木关于意象的理论和创作实践则是从"意象"发展到"意象主义"。这固然见出诗骚抒情传统影响，更主要的是受到曹雪芹《红楼梦》"意象写真""意象主义"的影响。端木与曹雪芹及其《红楼梦》关系密切，孩童时代起就一遍又一遍地阅读《红楼梦》，晚年勉力创作长篇历史小说《曹雪芹》，并致力于"曹学""红学"研究，发表了许多重要的看法，很值得关注。

  端木最早发表的曹雪芹、《红楼梦》专论当是1941年写于香港的《论忏悔贵族》。文章回顾自己很小的时候就与《红楼梦》的作者接触了，"知道他和我同姓，我感到特别的亲切……可有人曾听说过和书发生过爱情的吗？我就是这样的"。接着指出："我爱《红楼梦》最大的原因，就是为了曹雪芹的真情主义。"具体原因是："曹雪芹是从爱美出发的，而后来便达到了爱真的地步。真正的美，必须是真的。"从"美"到"真"，已见"意象写真"说的萌芽。1942年在桂林，研究原著，改编剧本，影响创作，端木与曹雪芹、《红楼梦》的关系全面攀升。其间所作《向〈红楼梦〉学习人物描写》，指出《红楼梦》所着力描写的宝玉、黛玉、晴雯等人物都有真情、任性、直率、朴素、倾心、要强等性格特点，"完全站在市侩主义相反的那一面"。两年后发表重要论文《我的创作经验》，第一次概括自己的创作追求"四种东西"，他对"四种东西"的解说很值得注意，如说"人情"是意识的形象，"性格"是意识和潜意识的河流，"氛围"是磁场，是事物在人类心理上的投影等，明显可见与"意象写真"的联系。晚年的端木，在创作《曹雪芹》的同时，潜心研究《红楼梦》，将其"意象写真"提升到"意象主义"的高度，标志着他从自发创作上升到理论上的自觉。端木这样概括自己的理论自觉历程："多年来，我认为《红楼梦》中所运用的是两种写实主义。一种是一般的写实主义，也就是写真主义。无一字不真，无一事是假；贾宝玉则置这个原则于不顾……与前者刚刚反着。我认为这种写法应该说是意象写法才觉恰当。如果在'意象'后面加上一个'-ism'，才可以说明曹雪芹写作自成体系。"一言以蔽之，"我说《红楼梦》不像《儒林外史》那样的现实主义，曹雪芹运用的是意象主义"[①]。

综合端木晚年的多次论述，他心目中《红楼梦》的意象主义包括三方面要义：第一，关键词是"意象"，须体现"意"（主观情志）与"象"（客观画面）的有机结合。端木指出，"真正通过作者的主观意识使人物产生典型意义，同时通过作者的观察和体验，上升到思想高度，而以艺术手法构成一部具有典型环境和时代精神的作品，应该是从《红楼梦》开始"。"《红楼梦》的伟大成就，一方面表现在它的独特风格和它的浪漫色彩，使主观融化于客观；同时又使客观经过作者的内心世界生动地反映出来，成为一个和谐体。这样一来，《红楼梦》便摆脱了过去的因袭传统，脱颖而出。"第二，仍强调写实，但不刻板、拘泥。端木认为曹雪芹写

[①] 《创作杂谈》，《端木蕻良文集》第五卷，北京出版社，2009年6月。

人,求神似不求形似,外部形象勾勒简洁,似不完整,但可通过人物性格塑造,通过读者的审美再创造加以补偿;端木认可有人提到曹雪芹写人深得浪漫主义手法诀窍,用"如影纱事"写法,如同纱窗后朦胧的人影与情事在活动着一般。曹雪芹打破了史传文学传统,《红楼梦》不是为人物作传,"而是以人物做模特儿,写出那个时代的女性内心活动和她们的时代感受,创造出异常丰满的艺术形象来"①。同时又有意识继承了宋玉、曹植的文学传统,尤其是后者采用"凌波微步,罗袜生尘","增之一分则太长,减之一分则太短"的写法写洛神,这种境界"遗貌取神",只能从想象中得之,兼得白描传神写意精髓。第三,叙事手段上"绘事后素","淡而有味"——表面上平淡无奇,内在蕴涵丰富,值得再三玩味。

  端木的小说创作从一开始就学习继承《红楼梦》意象写真传统,《科尔沁旗草原》就像《红楼梦》,"牢牢把握住人物的心理活动,对她们的内心活动作出无微不至的跟踪",既有外部剖析的深透,又有内心表现的细腻,不乏灵性飞扬、摄魂动魄的篇章,"它是以意象征服了读者"②。不过从小说的后半部分起,增多了叙事者的声音即"言志"的成分。《大地的海》时段的创作,继续保持这一特点,实录写真、美善并陈、救亡宣传、爱恨交织,言志音响愈来愈嘹亮,这属时代环境使然,当然无可厚非。历经战乱丧妻之痛,像失群的孤雁落翅榕城,回味刚刚失去的爱情生活,反思以往创作历程,开始正式进入《红楼梦》的研究,再次提笔创作自然会受到影响,回到儿时大家庭生活失落感伤的回忆,徜徉于深闺大院女性世界,性格、氛围、心理、情绪纷纷会聚作家笔底,写自己兼及周围环境,不欲明言,便采象征寄意。客观物象采摘朦胧飘

---

① 《以简代序——为陈昭著〈〈红楼梦〉谈艺录〉序》,《端木蕻良文集》第六卷,北京出版社,2009年6月。
② 《〈红楼梦〉的情欲观》,《端木蕻良文集》第六卷,北京出版社,2009年6月。

忽,情感抒发淡而有味。此时的端木最欣赏的是萧红那语淡味浓的抒情,便在自己的文章、创作中连续引用作题记,如,"秋天和夏天,积水和水沟一般平了"(《我的创作经验》引萧红语);"那早晨的露珠是不是还落在花盆架上"(《早春》引萧红语)。人物描写兼采"情""意""神""形",甚至学用《红楼梦》人物互幻写法,亦真亦幻,相映成趣,如,《初吻》中的"我"偷进父亲静室专注并抚摸美女画像而致如醉如痴,迷离恍惚;在后花园与灵姨嬉戏,以水为镜,"我们两个约定谁也不看谁,只是在水里看着彼此的脸,我在水里向她笑笑,她也在水里向我笑笑,我向她皱鼻,她也向我皱鼻……"这些意象描画颇具洛水女神"凌波微步"神韵。长篇历史人物传记小说《曹雪芹》更多地学习《红楼梦》人物描写"高招",不仅富笔意,而且有神韵,后文将专题探讨,此处不赘述。

端木小说抒情的三大特色,纵向上体现了端木小说情感的总体流向,可见端木创作追求演进的轨迹;横向上则有"言志"与"抒情"、"雄浑"与"冷艳"两种内涵、两副笔墨风格的交响嬗递。端木小说的抒情艺术在现代文学史上应该享有崇高的地位。

第五章　端木蕻良小说与传统文本比较

上文首先从端木蕻良小说创作与中国文学传统精神上的联系，探讨了端木蕻良小说浓烈的忧患意识、大地情怀、爱国品格与中国文学爱国主义传统的联系；其次考察了作为独特的叙事艺术的端木蕻良小说与中国史传文学传统的联系，及其在叙事模式上的推陈出新；再次探讨了端木蕻良小说的"情""志"交融、意象化抒情特色与中国文学抒情传统的联系。在以上宏观比较的基础上，本章选择端木蕻良小说的一些代表作与中国古代、现代两大文学传统中的一些经典文本作比较，具体探讨两者之间联系的诸多特点。

第一节　《曹雪芹》与《红楼梦》

端木蕻良一生创作和研究成果都很丰富，可遗憾的是花费他心血最多的长篇历史人物传记小说《曹雪芹》未能如愿完成，和《红楼梦》的最终结局一样都成为文坛的一大憾事。"红学"是一门显学，学术界对它的关注已经极为全面深入，但是对端木《曹雪芹》的关注显然远远不够，更鲜有人将其与《红楼梦》做细致的比较研读。

《红楼梦》是中国文学的巅峰之作，也是中国文学传统的集大成之作。然而，"自有《红楼梦》出来以后，传统的思想和写法都打破了"①。《红楼梦》对中国文学传统的继承和创新都深刻地影响到《曹雪芹》的创作。

端木试图重新还原《红楼梦》创作的现实底图,却又不甘心只做一个单纯的历史的考证人,他在《曹雪芹》的创作中注入了自己的艺术构想,这种创造性的复现使得读者在阅读中既有思考质疑也可相互印证。本节尝试从主题内容、艺术手法上解读《曹雪芹》对《红楼梦》的学习和继承,同时探讨《曹雪芹》本身的价值、意义以及缺陷。

一 主题的诠释

《红楼梦》的主题是大家一直议论不休的话题。研究者一致认定,《红楼梦》是一部百科全书式的著作,因此对具体主题的理解见仁见智:政治说、爱情说、自传说是目前研究界较为认可的几家观点。对照研读当会发现,《曹雪芹》几乎完全保留了《红楼梦》的主题,并为这些主题一一作了诠释。

第一,《红楼梦》是封建社会的控诉书和判决书。它以一个爱情悲剧为线索来写一个封建大家庭的由盛而衰的经过,从而真实地揭露了封建家庭、封建制度的黑暗与罪恶,"树倒猢狲散"的历史悲剧是封建统治和封建家庭必然的结局。在《曹雪芹》中,端木为《红楼梦》这一主题作了很多说明,尤其是曹寅生前常念叨的"树倒猢狲散"的悲剧意味一直弥漫在曹府内外。李府首当其冲,最终曹府被抄家,所有相关联的人物都不能善终。可以说,《红楼梦》和《曹雪芹》都在为封建家庭和封建统治"树倒猢狲散"的必然历史命运提供佐证。《红楼梦》自言"虽其中大旨谈情,亦不过实录其事,又非假拟妄称,一味淫邀艳约,私订偷盟之可比,因毫不干涉时世,方从头至尾抄录回来",实际上这不过是作者有意将

---

① 鲁迅:《中国小说的历史变迁》,《鲁迅全集》第八卷,人民文学出版社,1957年,第348~351页。

真事隐去的幌子罢了。《红楼梦》对政事是表面上不谈其实大谈的。考虑到客观环境，他又不得不"为尊者讳"，不得不"将真事隐去"，通过很多事件和人物言语来隐指政事。《曹雪芹》直接以政事开篇，生动地展现了雍正篡夺皇位的真实情形，而清朝的统治也在雍正时期开始走下坡路，这为全文情节的发展埋下了一条主线索。

第二，《红楼梦》是作者代表自己和代表整个封建家庭所作的忏悔书，同时还是感叹自己身世遭遇的自白书。《红楼梦》具有自传性特征已是不争的事实。端木对曹霑的性格刻画深受贾宝玉人物形象的影响，《西江月》一词就是最好的印证。小说中的曹霑喜爱杂学、厌恶政事、没有架子、似傻如痴……贾宝玉和曹霑都生活在统治阶层，憎恨迫害弱势群体（包括贫苦百姓和女性）的封建权势，由于自己的性格和杂学的影响，他们身上都有着强烈的人道主义精神，因此要为自己和家庭所犯下的罪恶忏悔。另外，两人的命运遭际也是可怜可叹的。

第三，《红楼梦》开篇就明言"实录其事"，为闺阁庭帏作传。《红楼梦》鸿篇巨制，将最多的笔墨放在了金陵十二钗身上，写她们的性格、经历和悲剧结局。在《红楼梦》中，女性的性别悲剧可以说在某种程度上比宝黛爱情悲剧和封建统治衰落的悲剧意味还要更强一些。大观园只是个理想的女儿国，而最终这些女子，从主子到丫鬟，从姑子到戏子，甚至连寡妇都不能善终。《曹雪芹》对女性悲剧命运的刻画自然是沿袭了《红楼梦》，小说里写了很多女子，从宫廷格格到民间女子，虽不如《红楼梦》成功，却也实属难得。由于下卷还没有出来，端木对众多女子的命运未曾详尽道来，但从笔花、金凤等的遭遇我们可以看出这些女子的结局大多也是凄惨的。端木之所以也写了这么多女子，主要是要肯定曹雪芹身上关心女性的"先进"思想和理想的人道主义精神。

第四，"大旨谈情"是《红楼梦》原文交代的主要宗旨。实际上无论是对自身命运的感慨还是对众多女子命运的悲叹，这里面最动人的就是贾宝玉的真情。《红楼梦》中的人情世故是很值得研究的，人物关系非常复杂，如奴仆、远亲、姻亲和家庭伦理之情；宝黛的爱情是小说中最为动人的感情；另外曹雪芹对当时社会的人情世故也给予了详尽的描绘。端木创作《曹雪芹》最大的动因也正在于曹雪芹的"真情主义"。无论是贾宝玉还是曹霑，他们最突出的特点就是"似傻如狂"和"痴"，而这种不为当时所能理解的性格特征正是他们的真性情。曹雪芹信奉老庄思想，认为世间不存在确定不变的是非标准，不承认任何绝对权威，因而对现实一切秩序持怀疑批判否定的态度，同时追求绝对自由平等，他们对待很多人和事兼有洒脱不羁和情迷意切之状。

第五，"空"和"幻"应该说才是真正统领《红楼梦》的宗旨，这也正是开篇点明过的，"好了歌"就是最好的注解，尤其是在书中还阐释了很多佛教思想。"白茫茫一片世界真干净"正是说明一切繁华之后都是空幻。《曹雪芹》似乎有意印证《红楼梦》这一主题，书中借万斯同的诗句"非其所有终乌有，虽说虚无安得无"来呼应"假作真时真亦假，无为有处有还无"。家庭境况的大起大落对宝玉和曹霑后来的人生观、价值观影响很大，爱情的悲剧更加毁灭了他们的希望。但是细究曹雪芹和端木的原意，并不是要借宝玉和曹霑表达消极的思想，反而是在领悟现有秩序的"空"和"幻"之后，更加坚定了自己的理想。曹雪芹中年穷困潦倒，甚至备受排挤，依然坚持写《红楼梦》，就是最好的证明。

端木创作《曹雪芹》，对历史资料和《红楼梦》文本本身都表现得非常忠实和虔诚。《曹雪芹》所叙写的内容，包括对封建统治者之间的尔虞我诈、钩心斗角的揭露，对封建统治阶级荒淫堕落、奢侈糜烂的生活揭示，对下层劳苦民众苦难生活的描写，对思想文化的统筹观察等，很多都来自《红楼梦》的启发。除了延续《红楼梦》的主题之外，《曹雪芹》本身还有自身的一些主题，都是为了对曹雪芹的人格形成和《红楼梦》的产生作出更全面的解释。

运用"大气魄、大手笔的全景式社会图景的描绘"，为曹雪芹的出场和活动提供了相应的"机括"和"空间"，就是《曹雪芹》

的一个主题。端木"将《曹雪芹》写成了一部囊括康乾盛世时的社会全貌、融汇那一变革时代斗争风云的史诗性巨著"①。《红楼梦》的鸿篇巨制在于篇幅之长、人物之多、叙事之杂、思想之繁,而《曹雪芹》的"鸿篇巨制"在上、中卷大抵来自端木对康乾恢弘的时代画卷的绘制。《曹雪芹》已完成的七十多万字还只是提供了一个历史背景,像是一部历史环境考察录,对当时社会的人情世故和政权更替做了一番详细的记录,而这些工作又是必须做的,因为端木"所追求的,不过是要求尽可能地忠实于历史的真实"②,这些史实对于刻画曹雪芹的真实形象有着不可或缺的作用。

创造曹雪芹这一理想形象,突出曹雪芹的深刻性,是《曹雪芹》的又一主题。"曹雪芹本人的接触面是那么广泛,他的思想,又有极为深远的继承性。"③ 曹雪芹本身的伟大人格和思想魅力是真正吸引并主导端木创作的根本原因,正如他自己在《论忏悔贵族》一文中所说:"《红楼梦》的作者,在我很小的时候,就和他接触了……我知道他和我同姓,我感到特别的亲切。等我看了汪原放评点的本子,我就更喜爱他了。我作了许多小诗,都是说到他。这种感情与年俱增,渐渐地,我觉到非看《红楼梦》不行了。也许我对《红楼梦》的掌故并没有别人那么深,但我的深不在这里,而在'一往情深'之深。可有人曾听见过和书发生过爱情的吗?我就是这样的。"④ 事实上,端木爱曹雪芹胜过《红楼梦》,他自己强调过"我爱《红楼梦》的最大原因,就是为了曹雪芹的真情主义。"⑤

"戏里戏外"的曹雪芹是端木最钟情的历史名人之一,尤其等

---

① 李建平:《大地之子的眷恋身影——论端木蕻良的小说艺术》,广西民族出版社,1995年8月,第60页。
② 《长篇小说〈曹雪芹〉序之三》,《端木蕻良文集》第六卷,北京出版社,2009年6月,第59页。
③ 《长篇小说〈曹雪芹〉序之三》,《端木蕻良文集》第六卷,北京出版社,2009年6月,第55页。
④ 《论忏悔贵族》,《端木蕻良文集》第六卷,北京出版社,2009年6月,第8页。
⑤ 《论忏悔贵族》,《端木蕻良文集》第六卷,北京出版社,2009年6月,第8页。

到深入了解了曹雪芹的经历、才情和性格，端木也更加肯定了曹雪芹的深刻性，甚至认为"他的灵魂深处，打着比哈姆雷特更深刻的烙印"①。而曹雪芹的深刻性就在于"采取了与封建统治毅然决裂的态度，放弃了自己的'正统前途'，对正统思想、文化，对理学坚持批判的立场，直接捅穿……他的思想是积极的、入世的，对人类是有理想的，因此自甘于穷愁潦倒，含辛茹苦，一字一泪地去写《红楼梦》"②。在小说《曹雪芹》中，端木正是要如此刻画曹雪芹的深刻之处。

追寻曹雪芹的伟大人格，通过曹雪芹，实现对人的价值问题的关注，对传统人格的批判。端木笔下的曹霑是发现者、叛逆者和创造者的综合化身，他憎恶、反叛当时的正统礼教和思想，寻求新的人生理想，这些与贾宝玉是相同的。在正常人眼里，他们"糊涂""痴""傻"，对功名的厌弃、对男尊女卑观念的批判、对劳苦人民的同情、对理想世界的憧憬等都是当时难得的伟大人格的表现。在上、中卷中，曹霑年纪尚轻，经历尚浅，小说还只是"勾画了曹雪芹那伟大人格的雏形"③。从已经完成的内容来看，我们不难想象下卷所要叙写的主要内容就是曹雪芹被抄家以后的生活经历和创作《红楼梦》的情况，这些正是展现《曹雪芹》的思想和人格魅力深刻性的关键所在。

解读曹雪芹创作《红楼梦》的历史环境和心理动机，诠释《红楼梦》悲剧性的由来，是《曹雪芹》不容忽视的第三大主题。从《曹雪芹》可以看出，端木是赞成"自传说"的，他在接受访谈的时候说："我写《曹雪芹》，就是想回答这样一个问题：他为

---

① 《写在蕉叶上的信》，《端木蕻良文集》第六卷，北京出版社，2009年6月，第46页。
② 伏琥：《文字底下的血泪故事——访老作家端木蕻良》，《抗战文艺研究》1984年第2期。
③ 李建平：《大地之子的眷恋身影——论端木蕻良的小说艺术》，广西民族出版社，1995年8月，第72页。

什么要写《红楼梦》?"① 作者竭力想复现曹雪芹创作《红楼梦》的原因和环境,大手笔式地叙述了当时的政治、思想背景,就是为了解释曹雪芹创作《红楼梦》的原因。同时,小说也在追寻《红楼梦》悲剧性的由来,这里既包括《红楼梦》小说里的悲剧性意味,还包括曹雪芹和《红楼梦》一人一书的悲剧性遭遇。

《红楼梦》里著名的诗句"满纸荒唐言,一把辛酸泪!都云作者痴,谁解其中味?"暗指其中"味"很全很杂,只是没有人能品解透彻罢了,或者根本无人能认同,故都认为是作者的荒唐言语。端木的小说中也试图解释曹雪芹"杂学"思想形成的原因。在小说中,曹霑喜读"闲书",好买杂书,接触的思想自然混杂,这些对他日后思想的形成起着重要作用。

除了对《红楼梦》主题的延续和诠释之外,《曹雪芹》也有回应《红楼梦》的地方。比如说《红楼梦》又名《石头记》,是因为开篇借了石头刻录整件事,石头又化作了通灵宝玉到那富贵之乡历练了一遭,听上去神乎其神,对于这一点,端木作了一番饶有意味的解释。在第四十七章,曹霑说"女娲炼石补天。石头本天成,足见石头上天,不自今日始呢!"到第四十九章,又有一番讨论:阚德道:"没想到,元代又出来个鞭石仙人,为何大诗家喜欢和石头打交道呢?石头,石头,顾名思义,是一点儿灵气也没有的呀!"曹霑微笑道:"常言道,石不能言及可人,怎能说石头没有灵气呢?"这些点题可见端木的良苦用心。

俞平伯曾经给顾颉刚写信说道:"《红楼》作者所要说的,无非始于荣华,终于憔悴,感慨身世,追缅古欢,绮梦既阑,穷愁毕世,宝玉如是,雪芹亦如是。"② "由于时代的悲剧规定了《曹雪芹》的悲剧,因此,离开了那个时代来写《曹雪芹》就成为不可能的事。"③

---

① 伏琥:《文字底下的血泪故事——访老作家端木蕻良》,《抗战文艺研究》1984年第2期。
② 顾颉刚:《序》,《俞平伯讲红楼梦》,凤凰出版社,2011年1月。
③ 《不是前言的前言》,《端木蕻良文集》第六卷,北京出版社,2009年6月,第50页。

《曹雪芹》的这几个主题是息息相关的,脱离了历史事实,曹雪芹的形象就会被架空;脱离了曹雪芹的形象,这就只是一部枯燥的历史资料汇集。曹雪芹的悲剧是时代的悲剧,也是那时众多文人悲剧的写照。

自从有了《红楼梦》,模仿、批评、考证和续写的文章实在是太多了,有一点毋庸置疑,那就是无论是评传、传记还是小说,作者们都有一个共同的愿望,就是再现曹雪芹创作《红楼梦》的情形,换句话说,他们都是在解读《红楼梦》这部旷世巨作创作背后的谜团。端木正是立意要用这浩瀚的历史画卷和生动的人物形象将曹雪芹的一生的理想与追求全部展现给读者。

二 美和真的承传

端木曾经写道:"曹雪芹是从爱美出发的,而后来便达到了爱真的地步。真正的美,必须是真的。为了爱美,也就爱真,而终于殉了真理。"① 在端木看来,《红楼梦》艺术上最大的成就在于"真"和"美"。如何在真实写作中依旧能够充满美感是端木创作《曹雪芹》追求的最高境界。

端木说:"我认为主要的,是《红楼梦》的创作方法,不仅是主观的,而且是作者自我隐曲思想的透露,就这一点上来说,他又是最最客观的。"② 虚实结合是两部小说最主要的艺术处理方法,是实现真与美艺术效果的最关键的创作手法。

鲁迅在肯定《红楼梦》价值时指出:"其要点在敢于如实描写。"③ 俞平伯也指出《红楼梦》"行文底手段是写生"④。毛泽东

---

① 《论忏悔贵族》,《端木蕻良文集》第六卷,北京出版社,2009年6月,第9页。
② 《我看〈红楼梦〉》,《端木蕻良文集》第六卷,北京出版社,2009年6月,第206页。
③ 鲁迅:《中国小说的历史的变迁》,《鲁迅全集》第六卷,人民文学出版社,1957年,第348~351页。
④ 俞平伯:《红楼梦研究》,江苏文艺出版社,2010年8月,第75页。

读《红楼梦》,"开始当故事读,后来当历史读"①。端木一直强调"我是写长篇历史人物小说,不是在写曹雪芹的传记"②。《红楼梦》和《曹雪芹》都带有浓厚的传记色彩,他们的创作都是基于历史事实之上,运用了大量的史实,同时,为了营造艺术的美感,他们又都做了很多艺术处理。端木取历史人物之经历,辅以历史史实,缀上"想象的翅膀",写实与虚构结合,衍生出一部历史人物传记小说。

曹雪芹开篇说明是"实录其事",却又"将真事隐去",曹雪芹的高明之处在于不言自明、不谈大谈,曹雪芹故意说明其文与政事无关,实则又处处影射。尽管端木是"坚决反对'影射'这个玩意儿的"!"因为他对生活不可能有正确的评价,因为影射本身就违反历史。"③ 这只能说明端木在创作《曹雪芹》时无意要影射,但不可否认《红楼梦》里的影射内容,否则我们都将沉迷于宝黛爱情的悲剧结局和众多女子的悲剧命运中欷歔叹息,这显然低估了《曹雪芹》创作的深刻性。

《红楼梦》以魔幻开篇,而《曹雪芹》直接以政事开头,两者都是要介绍故事发生的前因或者说背景,只是手法不同,《曹雪芹》的写实似乎更明显。端木非常清楚,"要描绘一个活的曹雪芹来,不把他糅合到时代背景里来写,也就成为不可能的了"④。所以他不喜欢"影射",作品里康乾时期的历史几乎都是真的,包括宫廷的斗争、皇帝的批阅文章等都是据实而引。《曹雪芹》是基于历史事实创造出的艺术作品,他的虚构都必须符合历史逻辑,成功与否取决于小说塑造的曹雪芹形象是否真实。《红楼梦》"将真事隐去",然而,"为我们提供的历史真实,比任何历史教科书所提

---

① 《毛泽东的读书生活》,生活·读书·新知三联书店,1986年,第220页。
② 《不是前言的前言》,《端木蕻良文集》第六卷,北京出版社,2009年6月,第51页。
③ 《长篇小说〈曹雪芹〉序之三》,《端木蕻良文集》第六卷,北京出版社,2009年6月,第62页。
④ 《长篇小说〈曹雪芹〉序之三》,《端木蕻良文集》第六卷,北京出版社,2009年6月,第56页。

供的都要多"①。《曹雪芹》同样带着读者学习和复习了丰富的历史事实。

另一方面，充分的想象和高超的虚构使得《红楼梦》充满浪漫的美感，比如梦境和魔幻情景的描写，使得小说曲折多转、意味丰富；意境渲染使得小说诗情画意、美不胜收。端木创作《曹雪芹》，很重视艺术虚构，但不是凭空虚构，他说"塑造人物是要借助于形象思维的"②。作者力图塑造的曹雪芹不是一个单薄的历史人物形象，而是一个有血有肉有灵魂的活的丰满形象，这需要有双"想象的翅膀"。

第一，《曹雪芹》的浓郁的美感来自端木富有激情的想象和虚构。比如李芸做梦、曹霑"着魔"、曹霑做梦见到观音、烟花里飘落下"小仙女"等。这些都是端木虚构出来的，虽然也不无《红楼梦》的痕迹。

第二，《曹雪芹》从《红楼梦》借鉴而来的"意象手法"也是实现美的追求的重要手段。"意象手法"由端木命名："我一直不认为《红楼梦》纯粹是写实手法，我对它的艺术有我自己的看法，无以名之，试名之曰意象手法。"③《红楼梦》的重要情节总是充满浓郁的抒情气氛，使读者好像置身于书中的真实现场，受到人物情绪的摄魂动魄似的感染。可见，"意象"是《红楼梦》成功的重要法宝。历来"黛玉葬花""宝钗扑蝶""晴雯撕扇"等都是"意象"描写的经典。

在已经完成的《曹雪芹》上、中两卷小说中，端木对"意象手法"运用得并不很熟稔，这与这两卷小说的主要内容有关。这

---

① 《写在蕉叶上的信》，《端木蕻良文集》第六卷，北京出版社，2009年6月，第47页。
② 《不是前言的前言》，《端木蕻良文集》第六卷，北京出版社，2009年6月，第51页。
③ 《我看〈红楼梦〉》，《端木蕻良文集》第六卷，北京出版社，2009年6月，第206页。

两卷，作者主要是交代曹雪芹所生活的时代和家庭背景，为下卷做铺垫。此时，曹雪芹还是锦衣玉食，经历的世故太少，更没有什么可伤悼的。而"意象"多为抒情所用，因此，端木还没有来得及充分描写它。但是为了衬托李芸的感情，端木对意象手法颇有尝试，从"扫花别院"的精致布置以及"李芸清吟感慨"的场景，我们还是能看出来。

第三，端木在创作《曹雪芹》时也努力学习《红楼梦》中诗化手法。《红楼梦》历来也被赞为"诗化小说"，曹雪芹的诗才从《红楼梦》里的诗词就可见一斑，尤其是《芙蓉女儿诔》和《葬花辞》两首艺术成就甚高，而且里面有很多诗词、酒令和对联。曹雪芹又十分注意"言为心声"和"文如其人"，用诗歌来凸显人物性格是其重要的创作方法，古诗词中的韵味充满了美。

端木也努力尝试着运用"诗"来塑造人物形象和刻画人物心理，但稍显力不从心。《曹雪芹》里所出现的诗词很少，而多为曹寅、曹霑等人的生前所作。这些诗歌对于展现人物多方面的情绪心理和志向抱负是有帮助的，而且曹寅和曹雪芹本就是诗词名家，少了诗，自然不能充分挖掘他们的性格特点。因此，如何准确地把握和理解他们遗留下来的诗稿的意思，并且将它们合理地穿插在行文中是相当关键的，也是不可避免的工作。端木的功夫见在他能够把这些诗词巧妙地安插在叙事中，并尽力使它们不显出生硬拼贴的痕迹。

除了诗歌的安插，端木自己的叙事语言和意境想象也是充满诗意的，这点我们可以从小说回目来寻出证据，如"驿宫花园莺寻燕觅""李芸雪夜发清吟""黄鹤去时云脉脉，青梅来此影姗姗""霁虹帕春满唐坞，金碧图秋临萧树"等。

钟耀群女士有心完成端木的创作，对诗词这一块却是心有余而力不足。可见，要做到这点，实为不易，像曹雪芹那样诗情饱满、才华横溢之人毕竟是少数，读者也体会到端木创作《曹雪芹》的艰难。

第四，在人物形象的处理上，端木主要借鉴和演化了曹雪芹的

"影子"手法，影子本身就是美和真的集合体。很多研究《红楼梦》的专家学者都认为曹雪芹在塑造人物时运用了"影子"手法，比如说晴雯是黛玉的影子，袭人是宝钗的影子等。端木蕻良在这一点上也深得要领。《曹雪芹》里有不少主要人物历史上确有其人，但在小说中，这些人物都经过了作者的艺术加工，这种艺术加工自然是对照《红楼梦》进行的，端木主要运用了"分身术"，就是在《曹雪芹》里面的几个人物身上可以看出《红楼梦》某一个人物的特征来，反之也成。

曹雪芹塑造很多人物的时候，常常是"正邪两赋"，从《西江月》一词中可以很清楚地掌握贾宝玉的性格特征，而在《曹雪芹》中，合并曹霑、福彭才能够看出一个宝玉的样子来。小说中的曹雪芹温和友善，几乎从不对下人发脾气，而福彭却有"小爷哥儿"品性，他对笔花发火的一幕很容易让读者联想到宝玉在"枫露茶"事件中对茜雪发火。最容易把福彭与宝玉联系在一起的就是"父打子"事件。这样的处理会使人物更加具有"人间烟火气"，达到艺术真实的效果。

端木在《曹雪芹》里的人物塑造，把《红楼梦》里的"影子"手法运用到了极致，使人经常产生联想和幻觉。比如在金凤的身上，她心里只有一个曹雪芹和袭人只有一个宝玉是一样的，然而她后来被王夫人赶出曹府的原因又与晴雯一样，另外有一点我们可以推测出她身上还有茜雪的影子，曹雪芹没落之后定会再见金凤并受到他们夫妇的帮助；另外，福彭的丫鬟澄心也活脱脱是个袭人的形象，尤其是与王妃谈话的那一段与袭人在王夫人处如出一辙。

其他人物如李玥与黛玉；曹頫、纳尔苏与贾政；太夫人与贾母；马夫人与李纨；文苓与王熙凤；福寿与贾环；赵飞燕与秦可卿；汤荆卿与秦钟；郑双卿与蒋玉菡；双燕与袭人；笔花与金钏儿；琥珀、扶倩与鸳鸯，等等，这些都可对应得上。其实这样的例子数不胜数，甚至连戏班里的那些伶人们与《红楼梦》里头的伶人也是重影的。

悲剧美是《红楼梦》最为动人的美学效果。《红楼梦》和《曹雪芹》都是彻头彻尾的大悲剧，无论是"树倒猢狲散"，还是"千红一窟，万艳同杯"。我们可以分析《曹雪芹》中的女性人物来看端木是如何营造悲剧美的。李芸可以说是端木极爱的角色之一，也是在已完成的书中塑造的最美的形象。李芸实则可以和妙玉对应同观。首先两人都是寄人篱下，又都与禅宗有关，而且妙玉坐禅走火入魔的那一段梦境，竟与李芸的遭遇相似，最关键的是"云空未必空"的判词可以同时安在两人身上。端木绝对是有意把李芸和曹寅的悲剧"嫁接"到曹雪芹和李玥身上的，而且"汉府中凡见到玥儿的，都异口同声说她像自己"。可见，李芸也是黛玉的一个"分身"了，这正如晴雯的死早已为黛玉的死埋下伏笔一样，这种"距离"产生的悲剧美不可否认也充满了悲剧性色彩。

《红楼梦》是部鸿篇巨制，其涉及人物之多、内容之广、主题之深都令人惊叹，曹雪芹提领全书、驾驭叙事的能力也是他人望尘莫及的。这种大手笔使得《红楼梦》在叙事结构上也多了一份美感。

《红楼梦》整体设计严密、齐整，环环相扣。《红楼梦》的前五回打破了传统小说创作模式，摒弃了通常运用的楔子，而借贾雨村、甄士隐、冷子兴、空空道人、跛足僧人等将故事内容、人物关系都做了交代，并且已经将"树倒猢狲散""百足之虫，死而不僵"等作者的预言叙事埋下伏笔。然后是宝黛爱情悲剧的演变。两条线索之间互相交叉又相互作用，所有的人物都在两条线索之间活动。《曹雪芹》共有三条叙事线索，一是康熙、雍正、乾隆三个朝代的更替；二是曹府由盛而衰的家庭变迁；三是曹雪芹和李玥的爱情悲剧。三条线索交替，叙述杂而不乱。

"草蛇灰线，伏脉千里"是《红楼梦》里较为突出的结构艺术。先在某一处随意点染，略作铺陈，到后面的某一处才重彩浓墨，使人恍然大悟。比如因"枫露茶"茜雪被撵，这时候不撵，后面就不会有她相助贾宝玉之事。巧姐和板儿争佛手一事伏脉到后来刘姥姥救巧姐,成就了一段姻缘。贾宝玉把袭人所给的汗巾送给了蒋玉菡,又伏脉到后来两人相遇。在《曹雪芹》里,端木也借用了这样的结构,比如在曹霑南下的船中与艄公聊天的时候,"忽听'哗啦'一声,像是有人蹦到水里了",后文曹霑犯病,这一点就被提起来了。还有如上中卷只出场了一次的卖石女、见过两次的红脸大汉、从王府逃出来的旗人王再生、曹府撵出去的金凤等,这些人在后面肯定都是要起到重要作用的,可惜端木没来得及完成下卷,只能从阅读中去推测。用这种方法安排人物和情节,会更加扑朔迷离,给人既意料之外又情理之中的感觉,别具一格。

　　《红楼梦》和《曹雪芹》都是以一个封建大家庭的大起大落为主要叙事线索,故事是一波未平一波又起。《曹雪芹》中,曹府经历了三代皇帝的统治,在康熙时显赫至极,到雍正时又命悬一线,再到乾隆初期,貌似柳暗花明,却仍旧好景不长,这样起起落落的经历使得叙事更加跌宕起伏,所谓"树欲静而风不止",《曹雪芹》的上、中卷一直笼罩着"山雨欲来风满楼"的气氛,全书充满张力。

　　无论是写实和虚构的创作手法的借鉴、"影子"的人物塑造方法、悲剧美的营造还是恢弘的叙事结构,我们都看到了端木对曹雪芹的美与真的承传,对中国文学的史传传统和抒情传统的继承和创新。

三　文人的担当

　　通过上文对《曹雪芹》和《红楼梦》的比较,我们能够强烈地感受到《曹雪芹》对中国古代文学巅峰之作《红楼梦》的成功继承和诠释。

　　首先,端木较为客观地描绘和评价了曹雪芹这个历史人物,《曹雪芹》确实受《红楼梦》影响极深,但无论是思想主题还是艺术成就,《曹雪芹》显然还无法与《红楼梦》比拟,更谈不上超越。端木创作《曹雪芹》的目的也并非是要超越《红楼梦》,他曾经说过,"曹雪芹距离我们已有两个世纪之久,我们对他以及他周围的人物,即使把他复现出来,但光是就事论事不行,把他写成当代人更不行，这就需要我们作出历史的探讨和评价"①。因此，端木创作《曹雪芹》实际上是在自觉履行知识分子的一份担当和责任。

《红楼梦》是中国文化的瑰宝，而这样一部旷世之作却和它的作者一样充满了疑问和遗憾，对于曹雪芹的身世经历记载得太少，更少有人可以领略到他的伟大人格魅力和思想魅力。《红楼梦》在当年的遭遇又与其作者一样，都是悲剧的，曹雪芹十年的辛苦经营成果最终却未能保全，这是他的不幸，更是中国文化的不幸。端木创作《曹雪芹》的目的就在于根据准确的历史信息与合理的形象思维，塑造出一个真实丰满的曹雪芹形象，更想去解读《红楼梦》创作背后的疑团。这是一种对历史、对文学、对读者负责任的态度。

端木对史传文学传统的继承是明显的。他一方面为读者描绘了一幅真实的康乾时代图，包括统治者内部的斗争、儒释道思想的纷呈，甚至展示了当时的风俗民情等，绘制了一幅恢弘的时代画卷，这得益于"通古今之变"史传意识的大手笔；另一方面，又在特定的时代背景下写出了一个"活"的曹雪芹，实录其人生遭际，凸显其理想人格，对其他历史人物也坚持如实描写，美丑并举，比如对雍正的寡恩多疑就没有避讳，这些都体现出史传文学实录写真传统的影响。

其次，端木创作《曹雪芹》一直奉行着曹雪芹本身的"真情主义"，表现出与中国文学抒情传统的联系。曹雪芹本身的人格魅力是吸引端木创作的最根本和最直接的原因，抛掉文本中直接呈现出来的君臣、主仆、男女、家庭伦理等情感不谈，只说端木在创作过程中对曹雪芹始终保持着的那种仰慕、敬佩、怜惜、悲叹之情就足以使读者动容，我们还能够想象到这种复杂的感情在下卷会愈加浓厚。这与一般传记写作要求的客观评价又有本质的区别，尽管端木一直强调忠实于历史本身，但从主观感情方面，它又不

---

① 《不是前言的前言》，《端木蕻良文集》第六卷，北京出版社，2009年6月，第56页。

可避免地会有溢美曹雪芹的倾向，当然可以理解，这是作者自我情感的自然流露。

端木多次强调，他创作的是历史人物小说，并非传记，端木利用合理的虚构为大家提供了一个比较客观的历史人物形象。如果说上、中卷还只是"为曹雪芹的出场与活动提供了相应的'机括'与空间"，① 那么下卷主要就是重点勾勒曹雪芹的形象以及重现曹雪芹创作《红楼梦》的心态和经历。因此，《曹雪芹》的另一成功之处在于为研究《红楼梦》和曹雪芹提供了更多的历史信息和人物形象的参考。笔者在阅读《曹雪芹》的过程中，始终感觉端木有种极欲复原曹雪芹生存的历史环境以及创作《红楼梦》真实生活底本的"雄心壮志"，尽管未能全部完成这个心愿，但他为后人做下的提示和尝试已经功不可没，同时他严谨的治学之风也足资当今学者和作家学习。

端木的《曹雪芹》固然是成功的，有着很高的文学和研究价值，但也有着它自身的局限性。

阅读完端木的《曹雪芹》可以发现其中内容和情节上有意无意都受到了《红楼梦》的极大影响，甚至经常出现"雷同"现象。这里试举几例：亲王送曹寅迦南香串、弘历也送曹霑一个，却又都转送给了李芸，并说李芸不喜欢王爷他们，只是因为曹寅的缘故才一直戴着。这与北静王送贾宝玉念珠，后来他转送黛玉是一样的情形，连李芸和黛玉对待别的男人的态度也一样。薛蟠被打与宝玉被打、王妃询问澄心与王夫人询问袭人、曹霑发病驱魔与宝玉凤姐着魔、题游大观园和题游罗王府、曹频讲故事与贾政讲故事、曹霑喝醉让赵飞燕领着睡觉做梦与秦可卿领着进入太虚幻境等都如出一辙。太像《红楼梦》是《曹雪芹》最大的局限，因为这很大程度上容易遮蔽端木自身的创作才能。

---

① 李建平：《大地之子的眷恋身影——论端木蕻良的小说艺术》，广西民族出版社，1995年8月，第72页。

另外，人物塑造上过于精雕细刻，反而影响了小说的真实性。李玥是书中的重要角色，她是李家唯一的孙女，母亲早逝，父亲沉迷于戏太深，对家庭和家人很少顾及，虽然有祖父和丫鬟们的宠爱，但她的性格应该是多愁善感的，加上后天的家庭变故，致使自己沦落戏班，不能露面，心爱的人在眼前却不能相认，她的处境可谓"风刀霜剑严相逼"。这是一个悲剧人物，端木却费尽心思在她身边安排了一只猫，目的是要衬托出她的孤独凄凉，但最终显得太过刻意生涩。最关键的是这只猫并没有能衬托出李玥的心境。我们来看看书中的描写，第四十八章："忽地一声猫叫，一只圆圆的暹罗猫，从树根旁花丛中蹿了出来，跟在云柔姑娘脚后，也走了。"第五十二章："云柔边笑边喊道：'玳瑁儿，玳瑁儿，快过来，快过来呀！'汤荆卿听到云柔喊猫儿的声音，恁般悦耳，又看到她伸出纤纤玉手将猫儿抱将起来，两眼顺着猫儿过去，不觉又看呆了。"这显然不是一个多愁多病、楚楚可怜的形象。

　　端木在虚构故事的时候，对情节的安排有不合时宜之处。比较明显的是第二十三章"西域宝马同归上苑，射圃曹霑连中三元"，写了王府里的一件热闹事儿，那就是纳尔苏要考查儿子和外甥的武功，"这一天就像过节一样，人人精神抖擞，个个喜气洋洋"，"平郡王和幕僚们，还有一些清客，都来观看"。纳尔苏一直追随允禵在外作战，关系很好。如今允禵失势，而且又是当今皇上最为忌惮的人物，新皇上为了稳定政权，排除异己，无论是对兄弟还是大臣都是寡恩多疑的。而纳尔苏平时和新皇上并无深交，所以他特别小心翼翼，唯恐被寻了把柄。处在这样的境遇中，纳尔苏即使要考查儿子的才学武略，也断不敢如此大张旗鼓，虽说是在王府内部，但是皇上耳目众多，甚至已经在各大王府官员身边安插了亲信太监，这一点纳尔苏是再明白不过了，如果是考查诗词对联还不算什么，偏要举行射箭练剑，这岂不是顶风作案，有意遭皇上疑忌！这与当时语境不合。

　　其他还有一些值得商榷的地方。比如在第三章中写到八阿哥飞骑传佩剑，端木这样写："王升这才站起来，举起左手，伸出拇指和食指来比画着。"这就是在暗示"八"字，接着王升还说了是阿哥送来的，太夫人沉吟说明白了，应该说这个哑谜两个人是心中有数了，可接下来又写"太夫人心想，要是太老爷还活着，一定一眼就会认出这匕首是哪位阿哥的"。这就造成前后矛盾了，或许是端木想说没有人能解释八阿哥送匕首的目的何在。这些只是在阅读过程中个人存疑的地方，正确与否还有待方家指点。

《红楼梦》的创作经历了"披阅十载，增删五次"的艰难、漫长的写作时间，端木从阅读《红楼梦》，到研究《红楼梦》，最终创作《曹雪芹》几乎耗尽了一辈子的时间心血。《红楼梦》不仅影响了《曹雪芹》的创作，从端木的其他长篇和短篇小说的创作中都可以看出深深的"红楼情结"与红楼笔意。

端木成功地继承和诠释了《红楼梦》现实主义和理想主义特点，在努力写活曹霑这个历史人物形象的同时，更为大家提供了宝贵的历史事实。端木力图通过对曹霑成长经历的书写，证明曹雪芹完成《红楼梦》的可能性与必然性，这一创作目的应该说是较好地达到了。无论是作为研究《红楼梦》的参考资料，还是端木小说本身，都有着其独特的价值与意义，学界应该给予更多更全面的关注。

〔附录〕

端木蕻良短篇小说学用《红楼梦》人物描写艺术举隅

引 言

端木蕻良的创作凝聚着两种情结：一是满怀大地深情的流亡者情结，二是"红楼"情结。前者来自当时的政治环境和民族危机，表现为"一种浓郁的眷恋乡土的爱国主义情绪和粗犷的地方风格"①；后者来自作者阅读《红楼梦》的经验体会以及与曹雪芹的一种精神遇合，进而在其创作中表现为一种主题、情节、人物等资源的借用。

小说创作的成功与否很大程度上取决于作者塑造出的人物形象是否具有生动性、深刻性和丰富性，而要在有限的篇幅中成功塑造出富有艺术生命力的人物形象对作者们来说尤为艰难。成功的人物描写对主题、结构和情节都起着重要的作用，因此，作者们能否创作出优秀的作品主要取决于成功的人物形象的塑造。

除了《科尔沁旗草原》和《曹雪芹》两部长篇小说之外，端木在其短篇小说中也塑造了大量生动的人物形象，在人物塑造的技巧方面，他向《红楼梦》学习了很多。他曾写过一文《向〈红楼梦〉学习描写人物》，准确地总结《红楼梦》人物描写的艺术：一是"还没有说话，就听见那个人的声音了"；二是人物的精于布局，"刘姥姥是大观园中最理想的牵线，由她一来，死的也变活的了"；三是"写人物要反衬"，"同时还要对照"，"同时要陪衬"，"起到和声的作用"；四是"写一个共同的本质，在不同阶级地位和不同性格特征中呈现出多种姿态"。② 这几种人物描写艺术手法，笔者在阅读端木蕻良短篇小说过程中，都能比较深刻地感受到。

一 未见其人，先闻其声

小说人物的出场尤为重要，如何出场也是众多小说家们颇费心思的地方。很多时候，小说或戏剧的关键人物出场都显得非常突兀。巧妙地安排人物出场可以使得正常的叙述生出波澜，营造出一

---

① 钱理群等：《中国现代文学三十年》（修订版），北京大学出版社，1998，第238页。
② 端木蕻良：《向〈红楼梦〉学习描写人物》，《端木蕻良文集》第六卷，北京出版社，2009年6月，第71~74页。

种情节感和画面感，人物形象自然也能给读者留下深刻的印象。

曹雪芹在写王熙凤出场的时候，有一段非常精彩的设计。"只听后院中有人笑声，说：'我来迟了，不曾迎接远客！'黛玉纳罕道：'这些人个个皆敛声屏气，恭肃严整如此，这来者系谁，这样放诞无礼？'心下想时，只见一群媳妇丫鬟围拥着一个人从后房门进来，这个人打扮与众姑娘不同，彩绣辉煌，恍若神妃仙子……粉面含春威不露，丹唇未启笑先闻。"

王熙凤出场"未见其人，先闻其声"，与众人都不一样，就很好地显示出她的性格和在贾府里头的地位。写宝玉的时候，同样也用这一方法，只是不似王熙凤张扬，"一语未了，只听外面一阵脚步响，丫鬟进来笑道：'宝玉来了！'黛玉心中正疑惑着：'这个宝玉，不知是怎生个惫懒人物，懵懂顽童？'倒不见那蠢物也罢了"。

端木的短篇小说中也经常运用这样的手法，《遥远的风砂》写部队行军，"突然有人宣布：'路走错了！'"直到后面才点出"首先发现走错路的贾宜"；《雪夜》开篇不久通过李总管的回想，介绍了一段他与老包的对话。从这段对话中，可以看得出老包贫穷善良，却也很仗义。可是直到文章的结尾，才正式让老包出场，救了李总管一命。

实际上，这种出场方式只是作者有意通过角度的改变、选择以及控制，来引导读者从另一个角度进入小说的现象世界的一种尝试，换句话说，作者希望读者可以从多扇门进入小说文本，不同的人物出场方式带给读者的阅读感受是截然不同的，这样可以避免审美疲劳，甚至生发出"别有洞天"之感。

端木并不是简单地借鉴《红楼梦》人物描写的这一手法，他在学习模仿中也有自己的创新。在他的小说中。有一个特殊的现象，即父亲的缺场。这里的缺场不是完全意义上的不在场，而是人不在场，却又通过一些言语和一些影响存在于小说中。如《早春》中"我"的爸爸并不在场，可是借妈妈和姑姑的谈话，以及爸爸对我的态度，便也能获得这个爸爸的一些形象信息。比如妈妈说：

"这个从小就是这样的,长大了比他爸爸还要豪哪!"《初吻》里的爸爸同样缺场,可是却以一种势力贯穿于小说中。父亲最宝贵的书是《悟世恒言》,父亲的静室里有很多佛教方面的摆设,可是父亲的静室里同样有一张女人的画像。他还作一些没头没脑的诗,灵姨轻声地说"你爸爸用马鞭子打了我","因为他又喜欢了别人"。透过这些零散的信息,这个父亲的形象已经呼之欲出了。

这些人物看似缺席,却真实地存在于叙事之中,对于故事情节的发展有着推动作用。从某种程度上来说,"缺席的在场者的声音比在场者来得更强烈,更无法抗拒"[①]。"未见其人,先闻其声"的人物描写方法在端木小说中,不仅仅表现为单纯地借用人物言语,还通过一些旁声和无声语言加以辅助,这样既避免了烦琐,又增添了新意,同时给读者留下了很多悬念,更加期待作者的娓娓道来。

二 正邪两赋,玉石双重

这一人物的塑造方法并非曹雪芹独创,但在《红楼梦》里运用得极为充分,很多学者已经做过详细的解读。无论是俞平伯等人的"正邪两赋",还是周思源等人的"玉石两重性",实质上说的是同一个意思,那就是鲁迅说的"美丑毕露","一笔并写两面"。《红楼梦》中有很多人物的形象既高尚亦卑劣,既可爱又可恶,既有优点也有顽症,体现出人物性格的双重性。《西江月》一词就很好地说明了贾宝玉的"正邪"之气,其他如林黛玉、薛宝钗、王夫人等人物都很难从单方面去肯定或者否定,这正是《红楼梦》人物描写艺术的魅力,给人一种立体多面千姿百态的感受。

对于一个作家而言,要做到对自己塑造的人物形象客观地舍弃个人喜恶并非易事。在小说创作中,往往因为作者的美丑刻画过于直显导致了人物形象的单薄,使得整个小说的艺术效果偏于单调,

---

① 胡亭亭:《张爱玲的世界》,浙江人民出版社,2006年5月,第114页。

给人影响不大。端木在人物形象塑造方面做了很多努力，他笔下的人物有很多也兼具双重性格。

《母亲》中的父亲起初的形象是酗酒、打牌、找女人，骄奢淫逸，对妻子和家庭缺乏温存，后来"在爱与恸的动荡中"，渐渐地变好了，可不幸地忧伤至死了。从作者的笔墨中，不难解读出他对父亲最初的憎恶和最终的惋惜之情。《鸳鸯湖的忧郁》中的玛瑙既对美好生活充满向往，又对现实生活消极妥协。《爷爷为什么不吃高粱米粥》中的马老师，不可否认他身上确实有着爱国主义精神，但在现实中，他又显得那么虚伪、猥琐，故作高深，他希望别人表现出失去家园和亲人的悲痛，自己却又丑态毕露。高粱米粥在文中喻指民族精神，爷爷不吃高粱米粥某种意义上应该有"绝食救国"的意味，而马老师作为一名读书人、文化人，总以为自己的觉悟比普通百姓高很多，在现实中却不堪一击。《雕鹗堡》给读者描绘了一个淳朴美丽的乡村，这里的男女俏皮可爱，这里的生活和谐宁静，然而正是这样一群淳朴的人却对石龙表现出惊人的冷漠和凉薄。《遥远的风砂》中的煤黑子一方面有着土匪的痞气，另一方面也有着江湖人士的侠义之气与睿智。《雪夜》里的李总管既有狗仗人势的奴性，却也有同情贫苦百姓的善心，小说在雪夜里的那段心理描写真实地展示了李总管的多重矛盾性格。

"美丑并举"是中国史传文学传统的重要特点，同时也是现实主义的重要特征，这一人物塑造方法的运用可以透露出作者们忠于真实的文学品质。《红楼梦》因为重要人物的美丑并举，在一个人物身上集合了双重矛盾，使得人物形象更加真实丰满，同时给读者的创造性解读留下了广阔的空间。要做到正确解读小说中的人物形象，就应该多角度地去发现。正如鲁迅先生塑造的阿Q形象，"说不尽"才是这个人物最具魅力的地方。同时，所谓人无完人，高大全的形象是禁不住时间的筛选的，往往这些正邪两赋、玉石兼具的多重人物性格才显得更加贴近生活，更加真实可信，富有感染力。

端木成功地继承了中国文学传统,人物形象的双重性格刻画是他小说成功的一面。"正邪两赋,玉石双重"的人物塑造方法,展示了主人公们经历的一系列精神冒险,对自身的多样性格从适应、习惯到最后反感的复杂过程,一个人物形象的塑造实质上等同于一个真实生活中人物的成长,小说中的人物性格从单一到多侧面展示出来,呈现出明显的发展趋势。

三 穿针引线,叙事顺畅

很多作者在写作过程中都试图将自己完全隐匿起来,希冀在叙事中能够跳出文本做到公正客观,但为了保证叙事的连贯性和可信度,他们不得不在小说里为自己找到一个替身,即在场叙事者。这一角色可以不是关键人物,但与作者本人的思想观念必须保持一致,他们代替作者作出某种阐释、判断、评价等主观举动,因此,无论是在叙事还是在评论,这一替身叙事者往往都表现出穿针引线的功效。

《红楼梦》篇幅之长、人物之多、故事之繁,都体现出曹雪芹非凡的创作能力。他在《红楼梦》的开篇就"故曰'贾雨村'云云",成功地将自己隐藏起来。后面的叙事中又安排一个老农妇刘姥姥三进大观园,一进看这贾府之盛,二进见这贾府之奢,三进睹这贾府之衰。这三进三出的巧妙安排,使得读者从刘姥姥的眼中看到了一个大家族的人情世故和兴衰命运。人物之重要,布局之精妙,难怪端木要说"比历来的作家,使用夹叙、旁白、演说、介绍等等的方法,都高明得多"[①]。

端木的小说也善于描写穿针引线式的人物。这样的人物并不是小说的关键人物,只是起到一个串接的作用,甚至是一个在场叙事者的身份。如《早春》和《初吻》中的"我",前者是要通过

---

① 《向〈红楼梦〉学习描写人物》,《端木蕻良文集》第六卷,北京出版社,2009年6月,第71~74页。

"我"来引出金枝姐这样一个乡下"野丫头",与母亲和姑姑这样所谓的"大家闺秀"的对比。金枝姐羡慕我们大院里头的生活,而姑姑和母亲却向往一种随性野趣的生活,这两类女性的命运对比,正是作者写作的中心主题。后者通过"我"发现父亲的一些"秘密",加上灵姨对"我"的举动影射她与父亲奇妙的关系,或者说是男性性意识的一种启蒙。

《红夜》中的草姑同样是一个在场叙事者的身份。通过她的活动来设计主要人物玛璇和龙宝的爱情故事,读者借草姑的眼睛看到了这一对青年男女敢于挑战神灵,大胆追求爱情的精神。《遥远的风砂》里头,很明显"我"并不是主要角色,真正的主角是"煤黑子"。他原来是土匪,借我的描述将他的匪气展示出来,同时也看到了他机智英武的一面。

在端木的小说中,还有一些缺场的线索人物,这是较为特别的。《初吻》里,作者不断提起爸爸静室里那幅画中的女人,那个女人也许是某个真实女人的画像,却也可能只是一个画中人。但是,这个女人很关键,她既是对"我"性启蒙的女人,也是爸爸的性幻想对象,同时也是妈妈和灵姨的一种指代品。灵姨告诉我爸爸"又喜欢上了别人",可见爸爸一直是在寻找一种少女的慰藉,妈妈和灵姨的美貌和激情会随时间变老变淡,而画中的那个女子永远有着少女般羞涩清纯的美。这样的人物设计可以显示出作者在叙事方面的能力。作者设计的这些线索人物,巧妙地将自己完全隐藏起来。端木似乎是不加修饰和改变地把人物对话原原本本地记录下来,几乎感觉不到叙述中介的存在。另外,这样的叙事策略,也会使得故事本身很纯,没有经过第三者的转述,更真实自然。

穿针引线式的人物塑造会使得整个小说文本的叙事十分顺畅,布局上也更见精妙,避免了过多的文外交代和人物出场设计,"欲言此人,借彼之力",很好地去除了叙事的杂音。同时,"穿针引线"的小说人物塑造,还为读者的阅读接受提供了一种独特的审美视角。

四 于对比中见棱角

《红楼梦》中人物之多,关系之复杂,倘若曹雪芹不具有灵活布置人物的能力,很难完成这样的鸿篇巨制。在人物塑造上有时抓住人物在事件前后的不同表现,在纵向对比中体现人物的个性。比如刘姥姥三进大观园,这之间的人物性格展示的并不完全一样。第一次看到更多的是一种乡下人进城的滑稽、局促和世故;第二次看到的是一个老太太的哗众取宠,但其中也看到她的可爱之处;第三次却又展现了一个农村老妇的善良和大义。写黛玉的时候也一样有纵比,黛玉实际是两进荣国府,第一次是抛父进京,第二次是亡父进京,前后两次进京黛玉的心境是不一样的,可以说无依无靠才是黛玉越发尖酸刻薄、多愁善感的根本原因。有时在横向对比中体现人物个性,比如同样身份地位的人物,黛玉和宝钗、湘云、妙玉等人的比较,这几个人物在贾府里都是寄人篱下,可是她们的性格各有棱角。有学者从《红楼梦》人物描写艺术总结出来的"影子"手法可以说是横向对比的最精彩的例子,晴雯与黛玉,袭人与宝钗构成影子对照,使得人物的某种个性变得更加鲜明,更加突出,给读者的感受也更加深刻。

端木的人物塑造中也借鉴影子对比艺术。而这样的对比,具体地表现为陪衬、反衬、对照、和声。《红夜》中由草姑穿针引线地牵出了姐姐玛璇和龙宝的爱情故事,可是里面有一对石人,在很久之前就流传着他们可歌可泣的爱情故事,"石头人……也和普通人一个样,也有爱,也有恨的……",可是世俗并不能容忍这样轰轰烈烈的爱,青年只有变成了石头才最终得到了爱情,玛璇和龙宝因为渎神要接受严酷的惩罚。在这里,所谓的神灵实际也是人类对自身感情之门的紧闭。作者通过两段爱情的对照和应和表达了其对爱的理解。《早春》里面的对照和陪衬也很明显,金枝姐是一个乡下的女孩子,带着一份少女的天真和自由,同时却也有着对一种"贵族"生活的向往之情;而母亲和姑姑作为几近中年的大家闺妇,正像两只被禁住的鸟,没有了自由。金枝姐在野外就像一个纯洁率真的天使,而母亲和姑姑在没有男性("我"还是一个小孩)在场的情况下,她们才可以尽情释放自己。同样是女性的不同命运,在对照描写下更显深刻。《鹭鸶湖的忧郁》中,玛瑙与来宝的性格是一种对比,玛瑙由于家庭贫穷,经常被爸爸打,身上有着一种畏缩、绝望、懦弱的性格,而来宝却有着一种出自童真的少年英雄情结。玛瑙和女孩儿又构成陪衬,因为他们都会因为家里贫穷忍受父母的毒打。《雪夜》里,李总管和老包就是一个很明显的对比,李总管也是一个穷人,为地主家出生入死,换来的也不过是奴隶的生活,比那些佃户好不了多少,最后在雪地里冻饿而死,终于良心发现。而老包家境贫寒,备受地主压迫,然而却没有丧失人的真善和骨气,对自己的"敌人"也同样慷慨解救。

这种影子的人物塑造技巧与拉康的"镜像说"有点吻合。林亦修曾经指出:"所谓镜像结构是人物之间或人物自身前后行为的相同相似或某种特殊联系,使故事的前后情节如镜像一般相互映照,有的惊人相似,有的貌似相反,质则相类。"[①] 人物形象之间的对照更能全面彰显人物的性格特征,同时也更好地显示出作者对其所描写的人物所持有的态度。

五　于精微处见性情

《红楼梦》中的细节描写随处可见,比如刘姥姥进大观园的世故油滑、王熙凤协理宁国府的泼辣干练、宝钗的心计多端、黛玉的尖酸刻薄等,几乎所有角色的性格都不是在一件事上表现出来,而是需要通过不厌其烦的细节刻画使其更加丰满立体。曹雪芹在写作中非常精于细节的设计和活用,借助具体细节的描写,使读者看到作品中人物的动作,听到他们的声音,嗅到他们的气息,从而塑造

[①] 林亦修:《张爱玲小说结构艺术》,见金宏达编《回望张爱玲镜像缤纷》,文化艺术出版社,2003年,第337页。

出一个个生动活泼的人物形象。作者通过人物形象的塑造，再现了典型的社会环境，表现了重大的主题思想，产生了强烈的艺术感染力。典型的细节描写，可以赋予人物鲜明的个性特征，并使这些性格特征在人物的全部性格之中处于主导地位，支配其他非主导性格侧面。

  端木的小说也精于细节的描写。《雕鹗堡》中的雕鹗，实际上是一种象征，在小说中作为一个细节存在，为后面的故事高潮起了铺垫作用。雕鹗在这个村子里传了一代又一代，人们都参照雕鹗来规定自己的作息时间，而石龙不仅没有人怜爱，反而经常被人误解和嘲讽。石龙之所以执著地要去捉雕鹗，是一种叛逆的表现，同时也可以说是博得大家注意的一个举动，一个最不起眼的孩子要去触犯一个全村人视为最神圣的东西，这本身就是一个极大的反差。《遥远的风砂》中的几个人物性格特征迥异。在贾宜发现走错了路的时候，众人的表现细节就可以看出各自不同的性格："煤黑子脸上的每个红疱都挣得鲜红，沙声对我说"，这是一个心急气躁的匪气形象；"双尾蝎平静地说着，用两腿把马轻轻一夹"，这是一个稳重沉着的领导人形象。《风陵渡》中的一条打鱼破船实际上就是一个细节，打鱼的知识和人生阅历一样丰富，尽管人老船旧却仍然有着勤苦的毅力，在黄河面上顽强地生存着。首先，船是由爷爷传下来的，经历了几代风云；后来在特殊局势下，改变了原来的作用，在船的桅杆上贴上"二将军开路先行""大将军随意观山景"（照老例应该写成"大将军八面威风"，这里的改动折射出马老汉此时的心态）的对联。最终，马老汉驾船驶进旋涡，与敌人同归于尽。作为一个细节，渔船内含着马老汉很多性格特征和人生经历。再来看看《鹭鹭湖的忧郁》中的玛瑙的性格：玛瑙"抱着一棵红缨扎枪，在旁立定了向远看"，这看出他对生活很迷茫；"微加着一口叹息""口中喃喃地说""玛瑙又叹息"，这些细节可以看出他的懦弱和忧愁，"一双绝望的眼睛向空无里张着"。玛瑙是穷人家的孩子，同时也备受家庭暴力，这些细节都可以显示出在特定环境下形成的人物个性的特点。

成功的细节描写不是有意突出和扩大人物和事件的偶然性，而是帮助更好地理解人物的心理活动，从而丰富人物思想性格的内涵。细节的描写为人物性格的塑造埋下了很好的伏笔，同时也给读者提供了很多解读人物思想性格的凭据，因为人物的细节动作、神态、表情都是其性格和心理的外在表现。

结　论

本篇所作上述五方面的分析，目的在于说明端木在人物描写方面对《红楼梦》的学习和继承。此外，他在创作过程中深受《红楼梦》影响之处还包括家族题材的选取、"空无"主题的延续和民俗文化的热衷等，这些都可以从他的长篇小说中去做更充分的探讨。

第二节　《雕鹗堡》与《长明灯》

反对封建主义，揭示封建制度、礼教文化对人性的戕害，改造国民性，寻求启蒙途径，一直是"五四"以来新文学坚持的文艺方向。鲁迅是"五四"新文学的主将，中国新文学的开山之祖，他一生执著于抨击腐朽黑暗的封建制度，改造国民性。端木蕻良是20世纪30年代中国新文坛崛起的一颗闪耀的新星，他才华出众，深受古代和现代两大文学传统的影响，他的一些代表作都留下了这种影响的印记。鲁迅写于1925年的《长明灯》与端木蕻良1942年写的《雕鹗堡》虽然诞生在不同时期，但两者都通过主人公形象的塑造，通过其启蒙呐喊及其与庸众看客的对立，表现了反封建、改造国民性思想启蒙的主题，写实与象征的有机结合，深化了作品的主题意蕴。

一　"疯子"与石龙

鲁迅在《我怎么做起小说来》一文中说："说到'为什么'做

小说罢，我仍抱着十多年前的'启蒙主义'，以为必须是'为人生'，而且要改良这人生。……所以我的取材，多采自病态社会的不幸的人们中，意思是在揭出病苦，引起疗救的注意。"创作于1918年4月的《狂人日记》是中国新文学的第一篇杰作，以彻底的反封建精神，宣告了中国新文学时代的到来。《长明灯》写于1925年2月，距离《狂人日记》的问世已有七个年头，作者延续了反封建的主题又赋予了新的内容。小说仍以封建卫道者庸众与先觉者的对立为基本框架，但主人公"疯子"不像"狂人"那样在个人所感到的恐怖中披露封建礼教的罪恶，而是在众人的种种欺骗与迫害之下，仍沉稳而冷静地按照自己的意志执著地要熄灭那盏象征旧传统旧势力的"长明灯"。《雕鹗堡》中的石龙一心想捉掉那于无形中控制着人们物质与精神生活习惯的雕鹗，他的这一举动也让全村人觉得匪夷所思，是疯狂的行为。从一定程度上说，石龙和疯子是精神上的兄弟，都是那个时代的先觉者、反叛者、启蒙者。

　　《长明灯》与《雕鹗堡》对主人公"疯子"与"石龙"的反抗行为并没有过多地正面叙述，而是通过众人对其反抗行为的阻挠与讥笑透露出他们的彻底反叛的决心和行动。文本中疯子与石龙的情感全都集中在"摧毁"这一行为上，他们有着类似的悲剧的生命轨迹：大胆的反叛—反叛失败—被讥笑的对象。《长明灯》中的主人公"疯子"，无名无姓，他在吉光屯人心中是一个异端分子、大害、不肖子孙、疯子，"浓眉大眼略带异样光闪，看人总含着悲愤疑惧的神情"。他在吉光屯要做的事情就是要亲自熄灭已有一千多年历史的长明灯，当众人搪塞并阻止他熄灭长明灯时，他发出惊天动地的一声呐喊："我放火！"小说虽没有交代疯子的文化人身份，但笔者认为，疯子应该是现代启蒙知识分子。"长明灯"是封建专制的象征，吹熄"长明灯"就象征着摧毁吉光屯的宗法制度，将人从神的束缚，从封建愚昧中解放出来。当疯子吹熄长明灯的举措受到阻碍时，他并未放弃，而是选择放火烧毁社庙，从而彻底熄灭长明灯，彻底摧毁宗法制度。对他来说，这虽然是一项难以完成的任务，但却是改变吉光屯的最有效办法。可以说，"疯子"是一个不同于其祖父、伯父的知识分子启蒙者，是鲁迅希冀出现的先觉的精神界之战士，是鲁迅继"狂人"后塑造的又一个反封建战士形象。他们虽然带有某种疾病隐患，却能说出那个时代最清醒的话语，其疯言疯语的病症本身即表明他所生活的社会环境的险恶、精神迫害的沉重，他们的反抗富有强烈的象征意义。同样，《雕鹗堡》中的石龙只是一个野孩子，他在村里人心目中是一个最愈懒的孩子。没有人知晓他来自何方，没有人关心他的生活，从没有人正正经经地来和他谈谈话。在村里人的眼中，石龙就像走路碰见的石子，"要是碍脚就一下把它踢开，要是不碍脚就让它在地上待着"。然而，石龙却是心地善良、乐于助人的孩子。在石龙眼中，雕鹗是美好事物的对立面，它遮住了好看好听的事物，他一心想捉掉那对不知在村庄生活了多少个年代且主宰村庄命运的雕鹗，当村中最美丽的姑娘代代用爱情劝诱他放弃行动时，他仍然义无反顾地爬上断崖，要去捉掉雕鹗。

然而，在根深蒂固的封建礼教和封建专制的双重压制下，真正的清醒者抑或是启蒙者却被迫以"疯癫"或非正常的形象出现，才能说出那个时代的最强音。石龙心地善良，乐于助人，追求美的享受，不愿沉迷于一成不变的生活，却是以村中最愈懒的孩子的形象出现，甚至还有人说他是雕鹗或是石头里生出的孩子。"疯子"是一位启蒙者，然而却以疯癫的形象出现。正常的人不能以正常的身份出现，这是一种身份的缺席，不能不说是一个启蒙者、反叛者的悲剧，更是一个社会的悲剧。这种悲剧并不单单在于"疯子"和石龙的反叛行为本身，更在于周围的人不理解、嘲讽讥笑，甚至自觉不自觉地充当扼杀他们的帮凶，这正如鲁迅所论及的那种人，"在坏了下去的旧社会里，倘有人怀一点不同的意见，有一点携贰的心思，是一定要大吃其苦的。而攻击陷害得最凶的，则是这人的同阶级的人物。他们认为这是最可恶的叛逆，比异阶级的奴隶造反还可恶,所以一定要除掉他"①。也正是通过这些人物的塑造,我们看到社会的黑暗,庸众势力的强大。启蒙者的大胆反叛非但得不到处在蒙昧中的民众理解,反而被他们诅咒、嘲笑,甚至合力扼杀,这是多么令人悲痛的现实!疯子和石龙都是与那个时代格格不入的先觉者,都是那个时代发出正确呐喊的启蒙者,但他们却是孤独寂寞的。

二 "看客"世界

"看客"是在近代中国语境中产生的。这类人物形象曾经牵动鲁迅神经,使他作出其一生中最重要的人生抉择——弃医从文,进而成为其从文之后的文学创作反复描写的重要对象,体现了改造国民性的思想立场。他在1923年的一次演讲里说道:"群众,尤其是中国,永远是戏剧的看客。牺牲上场,如果显得慷慨,他们就看到了悲壮剧;如果显得觳觫,他们就看到了滑稽剧。北京的羊肉铺前常有几个人张着嘴看剥羊,仿佛颇愉快,人的牺牲能给予他们的益处,也不过如此。而况事后走不几步,他们并这一点愉快也就忘却了。"② "中国人爱看别的东西斗争,也爱自己斗争,最普遍的是斗鸡,斗蟋蟀。南方有斗黄头鸟,斗画眉鸟,北方有斗鹌鹑,一群闲人们呆看着……自己不参与斗,只是看。"鲁迅小说以犀利深刻见长,他对国民性中的愚昧落后、麻木软弱进行了无情的揭露和批判,并独出机杼地使这种具有劣根性的看客群像变得无比醒目和厚重,成为独特的艺术形象。作为"愚昧的国民性"的代表,看客不分是非,不计好恶,纯粹为了看热闹。鲁迅先生在小说中注重个性刻画的同时,又注重群体看客形象的描写。他善于在作品中设置一种民俗环境,更重要的是作品以人的群体性格作为一个活动背景

---

① 鲁迅:《二心集·序言》,《鲁迅全集》第四卷,人民文学出版社,1981年,第191页。
② 鲁迅:《坟·娜拉走后怎样》,《鲁迅全集》第一卷,人民文学出版社,1981年,第163页。

对某一人物形象予以衬托和深化。这种群体无意识、蒙昧的心理倾向正导致了看客这类特殊群体的出现，继而把这种集体的情感加以强化，获得了形象的力量。而这种创作取向也影响了端木蕻良，《雕鹗堡》与《长明灯》一样，都刻画了一系列看客群像。

《长明灯》里出场最多的不是"疯子"，反是看客，他们本是"疯子"呐喊的对象，三角脸、方头、阔亭、庄七光、灰五婶、郭老娃、四爷等在文中的出现频率都超过了疯子。这些民众庸俗、卑怯、狡猾、愚钝、阴险，既是"吃人者"，又是"被吃者"。端木蕻良的《雕鹗堡》也塑造了这样一群看客，他们无名无姓，是以群体方式出场的。《雕鹗堡》与《长明灯》中的"看客"都是浑浑噩噩的，体现着共同的"群体"特征，同时又有不同之处。

第一，他们以多数出现，没有十分鲜明的个体形象特征。他们既不同于不觉悟的阿Q，也不同于单四嫂子和爱姑。阿Q的典型意义就在于其既具有某一类人的共性特征，却又是鲜明的个体，而"看客"作为一个整体形象才具有鲜明的形象特征。他们无处不在，以自身以外的任何不幸和痛苦作为欣赏对象，他们构成"无主名无意识的杀人团"和"无物之阵"①，折磨着、吞噬着"被看"对象，也成为"被看"者最严酷的环境阻力。《雕鹗堡》与《长明灯》中看客的共性就在于他们自私、愚昧、麻木、阴险。然而端木笔下的庸众没有鲁迅笔下的庸众刻画得细致和深刻，他笔下没有像阔亭、四爷那样阴险狡诈的群众形象。《雕鹗堡》中的看客除了东来便是一个整体，他们无名无姓，冷漠自私，几乎没有个体特征。《长明灯》中的三角脸、方头、阔亭、庄七光、灰五婶、郭老娃、四爷等是作为疯子的敌对群体而存在的，但他们每个人都具有各自的特征。阔亭、方头、庄七光都是屯里的年轻人，却好吃懒做，不务正业，过着无聊乏味的生活，"不拘禁忌地坐在茶馆里的

---

① 《野草·这样的战士》，《鲁迅全集》第二卷，人民文学出版社，1981年，第215页。

不过几个以豁达自居的青年人,但在蛰居人的意中却以为个个都是败家子"①。灰五婶更是愚昧至极;四爷则是道貌岸然的封建卫道者,他冷漠、阴险,一心只想占有侄儿的房产。

  第二,"看客"的群体具有超越一切人的扼杀力和窒息力,他们既是"吃人者",同时又是"被吃者"。一方面以他人的不幸痛苦为欣赏娱乐的材料,同时他们自身又是被启蒙与被同情的对象。首先,这些看客皆是"吃人者",他们麻木不仁、阴险狡猾,是疯子和石龙的敌对。在《长明灯》中,他们想方设法地想置疯子于死地,却不想背负直接杀人的罪名。如打死连各庄的一个人,大家就一口咬定,说是大家同时同刻一起动手,因而分不出打第一下的是谁,这样就谁都可以不负责任了。于是他们决定将疯子关起来,让他慢慢消耗掉生命,这既不危害到长明灯,又可以一举两得,也无须承担杀人的罪名。其次,这些看客常常表现出家族中的冷漠与自私。疯子疯了,他的伯伯四爷既不延医请药,也不让人照顾抚慰,反倒是当郭老娃提出要用疯子自己的屋子来关疯子时,他立即提出一大堆冠冕堂皇的理由,说是为了延续舍弟的香火。这种种理由的背后其实隐藏了一个不可告人的目的,那就是名正言顺地霸占侄儿的房产,寥寥几笔,就使这个道貌岸然的封建卫道者自私、伪善的真正面目暴露无遗。《雕鹗堡》中的村民也是如此,他们缺乏起码的同情心,冷漠自私。石龙只是一个没爹没娘的可怜的孩子,他们不但没有同情心,反而对石龙是百般侮辱和嘲弄:"从没有人正正经经地来和他谈谈话的。他们看见他就像没有看见他一样。就像走路碰见石子儿一样,石子儿要是碍脚就一下把它踢开,要是不碍脚,就让它在地上待着。"② 当石龙爬上悬崖时,除了代代,他们非但没有阻止他,反而希望他爬得更高,这样就可以掉下悬崖。当石龙如同一只小虫子跌落悬崖时,这些看客都有点儿扫兴,觉得

---

① 《彷徨·长明灯》,《鲁迅全集》第二卷,人民文学出版社,1981年,第56页。
② 《端木蕻良文集》第三卷,北京出版社,1999年5月,第464页。

石龙掉得太早了，使得他们无法充分享受石龙摔死悬崖的快感。同时，这些看客又是"被吃者"，他们愚昧、麻木，是封建宗法制度的牺牲品。吉光屯的人们是不大出行的，他们封闭保守，无法接触到新的文化，他们封建迷信，动不动就查皇历，"居民是不大出行的，动一动就须查皇历，看那上面是否写着'不宜出行'；倘没有写，出去也须先走喜神方，迎吉利"。"长明灯"只是一盏可以用来照明的普通的灯而已，然而在民众心中，它却成了一盏富有神力的灯，甚至可以成为决定人们生死的神秘物。长明灯熄灭，屯里就会变成一片海，人们就都要变为泥鳅。熄灭长明灯，蝗虫就会变多，熄灭长明灯的人会生猪嘴瘟。耐人寻味的是有这样一个细节，灰五婶竟然将梁武帝说成是梁五弟。而《雕鹗堡》中的雕鹗本是一种凶猛的鸟，他们却认为雕鹗是他们的命运之神，对雕鹗十分尊重。在他们看来"主宰这小村子命运的，就是那雕鹗"。他们习惯于有雕鹗的日子，每天重复着同样的事情。村中的男女互相调侃，唱出一些猥亵的民歌。在石龙捉雕鹗失败之后，"人们好像又恢复了往常的命运统治，觉得心安而满意"。

值得注意的是，在这两篇小说的看客形象中都有儿童的身影。王富仁曾指出："当觉醒者背着因袭的重担艰难地肩负起沉重的黑暗的闸门，企望孩子们赶快逃离这黑暗思想的王国到光明的地方去的时候，若他们还在黑暗中愚昧地嬉戏，讪笑着肩负闸门人的扭曲的身姿，将此作为一出观赏取乐的戏文，这不是悲哀到出离悲哀的悲哀吗？"[①] 在《长明灯》里，鲁迅内心深处开始怀疑儿童的纯洁和无瑕。小说中两次出现一个赤膊孩子擎起他玩弄的苇子，对疯子瞄准着，将樱桃似的小口一张，喊着"吧"，这样的描写是别有深意的。孩子们失去了他们应有的天真和同情心，面对疯子展示的是他们的调皮和嘲笑，甚至还有一丝的无赖，他们给疯子的头

---

① 王富仁：《中国反封建革命的一面镜子——〈呐喊〉〈彷徨〉综论》，北京师范大学出版社，1983年5月，第284页。

上放树叶,对着疯子学枪毙人,即使是疯子被关,仍然没有打破他们的依旧的游戏生活。《雕鹗堡》中的孩子同样缺乏同情心,他们对无父无母的石龙并没有额外关心,反而是嘲笑他。尤其是那些本该单纯和有爱心的女孩子,她们不但嘲笑石龙,而且还编一些歌谣来嘲讽唯一真心帮助石龙的代代:"谁知石龙一条心,一个八两对半斤。眼前装出观音样,背着眉眼去偷人……断崖长啊断崖长,快下来吧我的郎。可惜郎心呼不转,抛下奴奴好凄凉。"这样精心安排的结尾,可见人们心中仅存的那一点点"救救孩子"的希望彻底地被社会世俗所打碎。

总的来说,在看客形象的塑造上,两篇小说有许多的相似之处,但人物形象蕴涵的深刻性的差异也是明显的。鲁迅常通过不动声色地细节描写来表现人物的种种特征,如对阔亭、三角脸等人喝茶时的描写,传神地将他们的谄媚、势利的嘴脸彰显出来;而端木主要采用叙述性的语言将人物特性表现出来。

三 意象描绘与象征寓意

"意象"本是诗学术语,含义非常丰富。到目前为止,理论界尚无统一定论。其中获得大多数学者认可的是:文学意象是"意"与"象"的结合体,"意"由"象"生,"象"中存"意"。"意象"之中,以意为主。① "意"与"象"二者之间是以暗示和隐喻来表达思想内容和感性特征的。长明灯、雕鹗,都是文本的题目意象,在这两篇作品中,它们可以被称为主导意象。主导意象,即处于作品中心的意象,它的作用是统摄全篇,作者把自己想要表达的思想倾向全部寄寓到主导意象中。

在《长明灯》中,"长明灯"是吉光屯人们心目中"光"的代名词。熄灭了灯,就意味着屯里人对吉祥生活希望的破灭,就是他们早已习惯的生活被打破,就是屯里人的精神支撑的崩塌。他们

---

① 隋清娥:《鲁迅小说意象主体论》,齐鲁书社,2007年5月。

认为，这盏灯富有神秘性并具有顽强的生命力与悠久的历史："吹熄了灯，我们吉光屯还成什么吉光屯，不就完了么？这灯还是梁武帝点起，一直传下来，没有熄过；连长毛造反的时候也没有熄过……"一旦熄灭它，吉光屯就会变成海，人们就会变成泥鳅。为了保证自己的生存，他们自然就特别关注长明灯是否熄灭了。但在"疯子"眼里，长明灯就是一个不祥之物，甚至是妖孽。它映照着那些三头六臂的蓝脸、三只眼睛、长帽、半个的头、牛头和猪牙齿，吹熄了长明灯就会有蝗虫，会生猪嘴瘟……疯子执著地要熄灭长明灯就是要消灭给人们带来灾难的根源，就是要让人们过上没有疾病和灾害的生活。"长明灯"无疑象征了几千年来压制、禁锢人们的封建宗法制度以及封建礼教文化。儒家文化给我们建立的社会观念就是"家""国"同构模式，这就决定了人与人之间的等级关系，"君君，臣臣，父父，子子"的观念深入人心。"长明灯"便是封建专制的象征。疯子熄灭"长明灯"就是想推翻几千年来统治人们的封建专制主义和束缚着人们的封建礼教文化。因而当疯子要熄灭"长明灯"时，全村人立即恐慌起来。当疯子提出要放火时，村民们便仓皇地聚集到疯子的伯伯四爷的客厅上，并请来德高望重的郭老娃，商议将疯子关起来。这就体现了家族制度和礼教所坚持的长幼有序的伦理纲常观念"吃人"的本质，熄灭"长明灯"的这一举措无疑是对封建宗法制度和封建礼教的彻底否定。《雕鹗堡》最初发表于1942年12月15日王鲁彦主编的《文艺杂志》第2卷第1期。据端木蕻良自己介绍说："'雕鹗堡'这个地名，是确有其地"，那是他1932年参加孙殿英部队在绥远宣传抗日的时候居住的地方，"故事也是按照那儿曾经发生的事情来写的"。① 可以说，故事本身也就具有现实主义根基，然而其思想也有朦胧性、多义性。小说《雕鹗堡》中的主导意象便是"雕鹗"，在雕鹗堡里，"主宰这个小村子的命运的，就是那雕鹗"。失去了

---

① 《〈端木蕻良短篇小说选〉序》，《端木蕻良近作》，花城出版社，1983年1月。

雕鹗，那么雕鹗堡就是徒有虚名，失去了村民心中的时间和方向。雕鹗也是具有悠久的历史："不知在何年何月，就是这村子上的白发公婆，也不知道那第一队雕鹗是从什么地方来，也不知传了多少代，反正北山的坟越添越多，不变的是雕鹗依然盘旋在村里的上空。"雕鹗是村民的时钟，他们依据雕鹗的出行和归来安排他们的起居和安息："起来了，天亮了，雕鹗都飞起来了"；"雕鹗回到巢里，村里人都知道，天将晚了，该吃饭睡觉了"。在他们看来，捉掉雕鹗就是破坏村里的风水，就是要了村里人的性命。在石龙眼里，雕鹗却是讨厌的东西，"它天天在天空上沙沙地打着翅膀，把一切好看的好听的都遮盖住了"。捉掉雕鹗，就是去除遮蔽好看好听的事物的阻碍物，是为自己也为他人美的享受提供一种机会。

"长明灯"与"雕鹗"在村民心中都成了主宰他们命运的神秘事物，是神圣不可侵犯的，这两个意象都成了村庄的最高象征。因为它们都具有神秘的属性，所以社会成员对它们又敬又畏，人们对它们既崇拜和保护，又设定了许多禁忌。一旦有人违反了这些禁忌，将受到严厉的惩罚，甚至会付出生命的代价。在疯子和石龙眼里这两种意象都会阻止美好事物的出现，都是要消灭的事物。相较而言，长明灯的破坏性远远大于雕鹗，长明灯给人们带来的是蝗虫和猪嘴瘟的灾害。对自然灾害和身体疾病的双重迫害的恐惧心理使得疯子对熄灭长明灯的急切感远远大于石龙。疯子急于熄灭长明灯不仅仅是为了他个人，更是为了民众能够免受这些灾难。虽然他明知这样做会受到众人的阻碍，但他还是义无反顾地、想方设法地去熄灭它。石龙捉掉雕鹗，很大程度上是为了他个人的审美喜好，并不是为了大多数民众的利益。也许他捉掉雕鹗，会给村民带来新的审美感受，但他并没有像疯子那样想要救民众于水火之中。

围绕"长明灯"这一意象，鲁迅扩大其负荷，深化其内蕴，使之具有充分的暗示性和充实的承载力。鲁迅一生都在与封建专制主义和封建礼教文化作不懈的斗争，这是他一贯的文化思想。"雕鹗"也具有较长的历史，它在屯里人心目中是命运的统治物，从深层意蕴来说，雕鹗是中国传统文化的象征。端木蕻良的创作意图体现在文本中就是推翻几千年来束缚人们的封建文化。但从文本中，我们只有从雕鹗几千年来决定人们命运这个层面来推断"雕鹗"的深层意蕴。因此在赋予"雕鹗"这一意象的主题深蕴时，端木蕻良并没有像鲁迅那样明显地赋予"长明灯"的意蕴，"雕鹗堡"意蕴显得相对模糊些。从总体上看，《长明灯》《雕鹗堡》都体现出一种战斗精神，它们都要扫除封建陋习与社会恶俗。小说的主人公"疯子"、野孩子石龙都与周围的环境格格不入，具有坚定的斗争精神，他们都向传统社会提出挑战。两篇小说借助于"长明灯"与"雕鹗"这两个意象呈现作品的主题意蕴。此外，两个文本都具有悲剧性的结局，"疯子"为吹熄长明灯被关起来之后仍发出"我放火"的呼声，却陷入众人的漠视和孩子们的嬉笑之中；石龙为捉雕鹗摔下悬崖，他和真心想要帮他的姑娘代代被同伴编入山歌任意嘲讽。这种以"将有价值的东西毁灭给人看"的悲剧为结局，以笑代哭，收到了回味无穷的艺术效果，表明了端木蕻良对鲁迅审美观念的认同与传承。

第三节 《鹭鹭湖的忧郁》与《湖畔儿语》

中国文学始终贯穿着抒情言志的诗歌传统。"五四"新文学在破旧立新中诞生，形成从传统向现代的转换，非但没有抛弃抒情传统，反而有发展弘扬。"五四"小说家们的作品各具抒情特色，有郁达夫的主观宣泄式，废名的田园牧歌式。王统照属于"五四"第一代作家，他的小说的抒情更多地表现为细腻的景物描写。中国传统小说向来不注重写景。"五四"时期介绍外国文学，王统照的译作中便常常有美丽的景物描写，这一特色在他自己的创作中也得到了艺术的体现。《湖畔儿语》属于王统照早期的作品，小说以第一人称"我"来传达自己的所闻所感，所描述的景色优美、赏心悦目，但如此秀丽丰富的景色与"我"闻知小顺的遭遇引起的内心活动形成了反差。端木蕻良是 20 世纪 30 年代登上文坛的第二代作家,他的小说同样注重人与环境的关系,追求情景交融的艺术效果。《鹭鹭湖的忧郁》便是一篇以景写情的名篇。王统照的《湖畔儿语》和端木蕻良的《鹭鹭湖的忧郁》单从题目上即可看出,二者同具抒情特色。

王统照的《湖畔儿语》最初发表于 1922 年《东方》杂志第 19 卷第 18 号。小说通过"我"与小顺的对话,表达了"我"对小顺的同情和对下层贫民无法摆脱受压迫命运的质问。《鹭鹭湖的忧郁》发表在 1936 年 8 月 1 日上海的《文学》杂志第 7 卷第 2 期上。这是端木蕻良在全国性文学刊物上发表的第一篇作品,《文学》杂志在当时具有权威性,影响也很大,巧得很,当时的《文学》杂志的主编正是王统照。继《鹭鹭湖的忧郁》之后,端木又在《文学》上发表了《遥远的风砂》,紧接着《大地的海》也开始在《文学》上连载。臧克家在祭悼王统照的《剑三今何在?》一文中提到,"他(王统照)在上海主编《文学》,团结了许多进步作家,有些新人在上面崭露头角,端木蕻良同志就是其中的一个"①。端木投稿发表《鹭鹭湖的忧郁》时,决定给自己取一个笔名,叫"端木红粱"。因"红"字犯忌,改成"蕻粱"。"作家王统照看了觉得'端木蕻粱'不像个名,又把'粱'字改成了'良'字。"②这样的文坛佳话在编者和作者之间多多少少都会存在,但不难看出王统照对年轻作家的关切之心,也不难发现两篇小说之间潜在的承传因素。

《鹭鹭湖的忧郁》发表之后,胡风指出,"这一篇无疑的是今年创作界底可宝贵的收获"③。相比于《湖畔儿语》,《鹭鹭湖的忧郁》明显受到了文学界的好评,也有不少论者称端木的短篇小说

---

① 冯光廉、刘增人编《王统照研究资料》,知识产权出版社,2010 年 1 月,第 72 页。
② 孔海立:《端木蕻良传》,复旦大学出版社,2010 年,第 67 页。
③ 胡风:《生人底气息》,载《中流》杂志第 1 卷第 3 期,收入钟耀群、曹革成编《大地诗篇——端木蕻良作品评论集》,北方文艺出版社,1997 年 2 月。

比长篇小说做得好。《湖畔儿语》与《鹭鹭湖的忧郁》以抒情的笔调来反映悲惨的社会现实,两篇主题一致,并都通过外在景物的描写烘托人物的情感,但后者在景与情的结合上显得更紧密而具有通篇的连贯性。此外,后者还通过意象的描绘,衬托人物情感贴切而得体。

一 关注社会底层人生

王统照是文学研究会的发起人之一,而文学研究会的宗旨便是"为人生""改良人生"。虽然在其创作初期,王统照企图通过爱与美来感化世界,但这一理想不久就破灭了,他从"爱"和"美"的天国降临人间。此后的作品中,现实主义的力度明显得到了加强,《湖畔儿语》就富有强烈的社会现实感,反映下层人民的苦难生活。《湖畔儿语》属于当时出现在文坛的问题小说,真实地写出下层社会儿童的苦难,作品中小顺儿的凄惨命运给我们留下了深刻的印象。漆黑的夜晚,失去亲生母亲的小顺儿,继母不管,父亲不问,为给母亲做皮肉生意腾地儿,一个人在黑夜里靠钓鱼来打发时间,肚子十有八九还空着,默默忍受着饥饿、孤独。"满脸上乌黑,不知是泥还是煤烟。穿了一件蓝布小衫,下边露了多半部的腿。而且身上时时发出一阵泥土与汗湿的味来。"衣服的不洁与身体的汗味,明确反映出小顺儿缺乏家庭呵护。在"我"取得了他的信任之后,小顺儿赤着脚坐在石头上和我谈起话来。小顺儿的目光是呆呆的,不堪的生活环境让这个孩子缺少了原有的和应有的活泼。小顺儿对家中的境况是了如指掌的,并对这一带的生存困境也是知晓的,他笑着问我,"你怎么不知道呢?在马头巷那几条小道上,每家人家;每天晚上都有人去的!……"妇女出卖自己的肉体来养家糊口的还并不只是小顺儿这一家,由此可见一斑。而《鹭鹭湖的忧郁》中,那个孱弱的小女孩与瘦瘦的玛瑙一样,可谓同病相怜,但显然她要比玛瑙小得多,作者形容她如"小鸡样",这种瘦小的充满疑惑的可怜的模样是作家的角色设置,也是玛瑙眼中女孩的模样,我们正是通过玛瑙的眼睛看到了这个女孩。她割豆秸的迟钝与身体痉挛般的颤抖,显见她已经被吓坏了。恐惧由她的内心向外一遍遍扩散,年纪小、身体瘦弱的她多次用力挥刀也许只抵得过别人挥一次刀的收获。母亲的施压使得她手上蹭出了血也不敢停止割豆,另一方面母亲用身体拖住来宝,同时逼迫她在时间上必须争分夺秒,尽可能地多割点。相比于小女孩,玛瑙自然算得上大哥哥了,在小说里,玛瑙的家人已经在着手玛瑙娶媳妇的事情了,但依旧是苦于经济的压迫,仅靠两块布并不能顺利地娶上媳妇。玛瑙在小说的前半部分一直被称作"瘦小一点儿的"或者"小一点的那瘦瘦的",作者反复描画玛瑙的身体轮廓,加之对玛瑙内心的绝望,难过得要哭的、深沉的眼睛,无尽的哀怆的反复抒写,这一而再,再而三的铺垫使得小说在表现上有对比,结尾处出现的转折也合情合理,更富力道。

《湖畔儿语》中的小顺儿似乎已对现存的生活习惯,对于生活的惨痛,年纪小小的他只能迎合、顺从,还未能够作出自己的努力来试图改变。《鹭鹭湖的忧郁》情节稍显得紧张些,人物内心的情感浓重,小说深触玛瑙内心的凄惨世界,反复描摹出玛瑙的内心体验,小说里也多次表现玛瑙的恐惧,并且这种心理还存在于梦中,"不要打我呵……下次再不敢了呵……不要打我的腰呵!……不……"玛瑙为何挨打,是没有尽心尽力守青吗?在小说里并没有交代,包括女孩的母亲不偷豆时的"也忙",都是端木采用的一种暗示、隐曲的表现手法,看似一笔带过但又不言自明,反映深刻。端木作为新文学第二个十年步入文坛的作家,自然对第一代前辈作家有所继承借鉴,《鹭鹭湖的忧郁》便是承继人生派小说传统,冷静客观地表现被压迫的人生,虽是没有跳出来发出呼喊,但整篇文章色彩凝重,似乎作家的力量全发泄在玛瑙最后的割青之举上。

儿童本是家庭的希望,享受亲情的照拂和孩时的美好时光。但不论是《湖畔儿语》还是《鹭鹭湖的忧郁》,小说中的小顺儿和那个勉力割豆秸的小女孩都过早地进入成人的世界,背负起成人的责任。在两篇小说中,儿童都是正面描写的对象主体,在这小小的身影之后可见其家庭正面临着严重的生存危机,饥饿、寂寞、恐惧等种种不愉快的人生体验都过早地反复地侵袭着他们的身体与精神。小顺儿的生母曾生过九个孩子,似乎唯独小顺儿活了下来,所以悲哀不仅体现在小顺儿身上,似乎同样体现在那死去的孩子身上,也体现在那可怜的生母身上。小顺儿的继母和女孩的母亲生活中的"也忙",都揭示了她们对生活作出的妥协,女孩的母亲的"也忙"只是顺带提及,而通过小顺儿的叙述,继母的"也忙"的生活则被暴露无遗。生活已经逼迫寻常百姓不能过上最平常的百姓生活,家庭被生活扭曲得支离破碎。

二 营造浓郁的抒情氛围

《湖畔儿语》与《鹭鹭湖的忧郁》两篇小说都有景物描写,但景与情在呈现方式、效果上表现出不同。《湖畔儿语》中景象参差,有"霞光"、"雨后的碧柳"、"河荡"、"洁白如玉的荷花"、采香的"蜜蜂",最美的是光与景所产生的幻美图景,如"红霞照在湛绿的水上,散为金光,而红霞中快下沉的日光,也幻成异样的色彩。一层层的光与色,相荡相薄,闪闪烁烁地都映现在我的眼底"。又如"疏疏的柳枝与颤颤的芦苇旁的初开的蓼花,随着西风在水滨摇舞",何等柔软而又翩跹的姿态,怎不让人心旌摇荡。外界的景物那么的美,但小顺儿的命运却那么的悲惨,本是在暴雨之后特意来赏景的"我",面对这么美好秀丽的湖边景色,也变得无心赏景。"我想到这里,一重重的疑闷与烦激,起于心中而方才湖上的晚景,所给予我的鲜明而清幽的印象,早随同了黑暗,沉落在湖水的深处了。"这里的景与情不是那么统一、和谐,有点古诗里乐景写哀情的意味,似是运用反衬的表现手法。《鹭鹭湖的忧郁》开篇也是一大段的景物描写:有伸长脖颈的鹭鹭,翠蓝色绿玉样的"过天青",细小到还有贴在土皮上的水蝇……在作者的构思中,这种和谐的美景已经逝去，逝去的还有它们曾发出的声响，留下来的只有沉寂的大地、红橙橙的月亮与热郁的雾。当雾气封合时，"透着月光，闪着一廓茫无涯际的空洞洞的光"，这种空洞洞的感觉即是玛瑙此时的心境：愁思、忧郁与寂寞，玛瑙在刚躺下睡觉的时候，便张望着黑暗的广阔空间里的虚无。小说虽是全知全能的叙述，但反复地通过玛瑙的眼睛来表现多种情绪。小说把美景充分描绘之后带过，转入小说的叙述主调。所以端木的《鹭鹭湖的忧郁》，是以哀景表现哀情，景物的烘托和人物的情感存在着一致性，互为表里。景物似乎被主观的情感着色，因着内心的凄凉忧郁看见的景色也是忧郁凄苦的。《鹭鹭湖的忧郁》环境描写部分甚是恐怖凄凉："这时月亮已经升起来了，一切的物象都清晰地渐渐地化作灰尘和把握不迭的虚无。暗影在每个物什的空隙偷看着，凝视着人。那棵夜神样的大紫杨，披下来的黑影，比树身的体积似乎大了一倍，窒息地铺在水面上。一块出水尖石，在巨荫里苍霉地发白。全湖面浸淫着一道无端的绝望的悲感。"这种浓重的暗影与石头初露水面由月光反衬出苍白的光，显得静谧、虚空，所形成的画面阴森迷漫令人窒息。

《湖畔儿语》聚焦点本是湖面的喧闹与湖边的美景，在"我"与小顺儿相遇后，文本的聚焦点便着落在那个僻静的角落。这样一种作法也表明喧闹是与"我"和小顺儿无关的，同时也暴露了小说表现场景的狭窄。《鹭鹭湖的忧郁》主要聚焦于两件偷青事件，小说的表现空间辽远、空阔，从湖边、豆秸地继而还延伸到不远处的村庄。具体到空间的景物，上有天空中的月亮，下有田地里受惊的刺猬，不远的村庄里传来的鸡鸣和狗吠，这些都整合在这一个大的空间里，画面很充实，彼此关联着，都是重要的表现元素，表现出端木在小说构思方面的周到尽心。端木的视野总是开阔的，不管是从草原、大地、大海还是像本文形成的空间，似乎总是视角灵活，善于捕捉，从天到地，多层次的近似于摄影的手法，由远及近又由近及远。

两篇小说都以景写情，但是《鹭鹭湖的忧郁》中的主要景物

"月亮"和"雾"凝结成了意象。"意象"本是诗学术语，含义广泛丰富。杨义说，"研究中国叙事文学必须把意象以及意象的叙事方式作为基本命题之一，进行正面而深入的剖析，才能贴切地发现中国文学有别于其他民族文学的神采之所在，重要特征之所在"[①]。而所谓意象，顾名思义乃是"意"与"象"的结合体，"意"由"象"生，"象"中含"意"。意象之中，以意为主。所谓意，即作者所赋予的主观情感或主观寄托，表现为寓情于景。

《鴜鹭湖的忧郁》文本中多次出现对雾和月亮的描写，前者甚至参与了小说情节的推进。"雾很沉的，两个人都不能辨别自己的伙伴儿在那里，只有在豆叶的微动里，觉察出对方来。"正是在这么浓郁的雾气中，来宝仅凭着个人的经验或是直觉，准确地扑倒了偷青的人（玛瑙的父亲），在猛揍的过程中也并未发觉对方是玛瑙的父亲，而是赶过来的玛瑙认出了自己的父亲，用身体挡住父亲随之哭成一团。雾气对这一情节的参与，让事情的发展显得更加有根有据，像戏剧《雷雨》一样，这种功能性的运用使雾成了表现角色，因此雾足可称作小说的第六个人物。当然，雾的功能并不局限于这一点，它弥漫在整个小说的叙述空间里，也正是雾气自然特征的显现。雾的笼罩全局以及随之带来的迷茫、空洞暗示着玛瑙的心理感受。雾和红澄澄的月亮两者的叠加，整个雾气被着了色，形成红光的投射，雾气不再单纯地白茫茫。假使单写雾的朦胧或月亮的皎洁，整个小说并不能形成这样错综复杂的气氛，因此也就失去了叙事节奏。小说多次写到月亮。一般来说，中秋月是美丽的，但是中秋赏月是有闲阶级的事，在这些被生活的愁苦压得透不过气来的人们眼里，月亮却是悲哀的。起初，"一轮红橙橙的月亮，像哭肿了的眼睛似的，升到光辉的铜色的雾里"。继而，"月亮像一个炙热的火球，微微地动荡在西边的天幕上"。月亮在我们的体验中，大多是皎洁的，小说却赋予月亮灼热感，凸显出人物情绪的焦灼、生活压

[①] 杨义：《中国叙事学》，人民出版社，2009年5月，第277页。

迫下的疲惫，红橙橙的月亮更像是人物布满血丝的双眼。雾和月亮，这两个自然物象，贯穿于整篇小说，给整个作品环境定下了基调。开篇的这种环境预设，也是对作品叙事的一个预设。

三 追求别致的艺术表现

《湖畔儿语》的情节比较单一，人物描写也比较简单，只有"我"和小顺儿的相遇与对话，据此表现小顺儿家庭遭遇的悲惨，显得不够立体丰满。人物的行为和内心活动的表现也比较缺乏。"我"在文中仅仅似个旁观者，只是一个倾听故事、产生思考的角色，也正是因为和小顺儿的相遇似乎才让"我"第一次真实地触摸到小说表现的真实。

> 仿佛有一篇小说中的事实告诉我：一个黄而瘦弱，目眶下陷，蓬着头发的小孩子，每天只是赤着脚，在苇塘里游逛。忍着饥饿，去听鸟朋友与水边蛙朋友的言语。时而去听听苇中的风声——这自然的音乐。但是父亲是个伺候偷吸鸦片的小伙役。母亲呢，且是后母；是为了生活，去做最苦不过的出卖肉体的事。待到夜静人稀的时候，唯有星光送他回家。明日啊，又是同样的一天！这仿佛是从小说中告诉我的一般。

这种直白的流露，表现出"我"和苦难民众之间存在着的距离。当然，由于创作初期的局限，那时的王统照还不擅长塑造人物形象。他只是提出问题让读者思考，或者是描写悲惨的场面感动读者流下辛酸的泪水，人物就退居次要的地位了。此时的王统照关注感情的传达，不太注重人物的刻画。这一局限在"五四"那批作家的创作中比较普遍。

《鹭鹭湖的忧郁》情节也并不十分复杂，但小说里有核心的"偷青"事件，对于来宝和玛瑙来说，"看青"是他们承担的任务。不同于《湖畔儿语》中"我"与小顺儿的相遇存在着偶然性，端木的小说构架更显现出一种事件发生的必然。

《鹭鹭湖的忧郁》里出现的和未出现的角色都给我们留下了深刻的印象。文本中出现的人物有：玛瑙、来宝、马老爷、女孩，未正面出现的人物是女孩的妈妈，虽未露面但闻其声。女孩的妈妈在小说里是有行为动作的，小说在这里使用了一个曲笔，让这个人物在"幕后"拖住了身强力壮的来宝。瘦小的女孩偷青的迟缓外加来宝和女人对话的吵闹声都为玛瑙发现女孩偷青提供了充足的时间。女孩动作的延缓使得她与玛瑙之间形成了仓促的对话，借女孩的视角表现了女孩一家悲惨的生活境况。女孩有个爷爷，爷爷像玛瑙的父亲一样，也常常咳嗽，很可能就要走向死亡。父亲也是缺席的，只剩下母女俩相依为命。小说中不管是来宝还是玛瑙，面对偷青人的第一反应便是斥骂，年龄小的呼为"小东西"，年龄大的称呼"老东西"，但他们的内心却满含着对偷青者的同情。因为他们是同一个阶层，面临着同样的生存压迫。

《湖畔儿语》与《鹭鹭湖的忧郁》都采用儿童视角。前者主体故事由小顺儿的视角讲述，但"我"的引导与评价等辅助作用突出；后者则是较客观的儿童视角，且用了两个宽广度不同的儿童视角的交替。

《湖畔儿语》存在明显的听与说的模式，其中还穿插"我"对小顺儿五六岁时的模样与家庭境遇的回忆。小说的最后，"我"因有感于小顺儿的不幸遭遇而敛容沉思，"家庭呵！家庭的组织与所遇到的命运堕落呀！社会生计的压迫，我本来在这个雨后的湖畔，为消闲来的，如今许多的烦扰而复杂的问题，又在胸中打起圈子来"。这种情绪对"我"的侵扰显然不是第一次了，正是为排遣这种无法解开的苦闷，"我"从家里出来散心排忧，但"我"终躲不过这种困境，惨痛的事实即在眼前。"我"的内心的感悟与发问，明确体现了我的人道主义立场，但是缺乏行动能力，小顺儿的苦难命运一时难以改变，仍要延续下去。《鹭鹭湖的忧郁》通篇连贯而反复反映的是玛瑙的内心变化。端木很频繁地从玛瑙的眼睛看事情的发生与发展。第二次偷青，来宝虽还承担着小说的表现角色，但已然退身到幕后，玛瑙似乎成为结束这起偷青事件的主要角色。这时的来宝和玛瑙之间不再凸显小说前半部分表现的力量强弱之间的对比，而是将叙述重心安置在这一大一小两位儿童身上，通过两个孩童之间的交流，玛瑙发现女孩的生活同样窘迫，甚至比自己的境遇还要差。内心痛苦的反复体验加上再次触目他者的苦难生活，最终引爆了玛瑙的内心觉醒和外在反抗的行动。

《鹭鹭湖的忧郁》与《湖畔儿语》都是以对话为主，小说的主体叙事在对话中得到交代，对话也为人物的行为做了铺垫。《鹭鹭湖的忧郁》一开篇便做这样的铺垫，来宝和玛瑙的谈话交代了他们各自的年龄，以致在女孩和母亲来偷青的时候，那位母亲才会以肉体去引诱二十三岁的来宝。因为年龄的悬殊，十六岁的玛瑙更显得瘦弱些，所以表现在行动上，来宝是无所畏惧的，而玛瑙则表现出不谙世事的害怕，因此对来宝比较依赖。来宝经验十足，反应敏捷而富于力量，在擒拿玛瑙父亲的过程中如捕捉猛兽般的精准。玛瑙的心情一直是低落的，在父亲被抓之后，他的心情更加荒凉。"眼前只是一片荒凉的所在，没有希望，没有拯救，从胀痛的呜呜的耳鸣里，只传出一声缠绵不断的绝望的惨叫。"带着这种心情，玛瑙再次入睡，疲惫不堪，醒来未发现来宝，但偷青的又来了。"这时他想退回去找来宝，可是来宝已经不见了，后边也是一片黑黢黢黄腾腾的空虚……"相对于来宝的果敢，瘦小的玛瑙心情复杂变幻，在这一晚的守青过程中，他几度疲惫、阴沉、忧郁、哀怆。

《鹭鹭湖的忧郁》主要对话分别有：来宝和玛瑙的对话，玛瑙和小女孩的对话，来宝和女孩妈妈的对话。后两个对话着重表现的是第二起偷青事件。《湖畔儿语》的主体对话发生在"我"和小顺儿之间，对话中交代小顺儿的家庭处境，反映了"我"与小顺儿各自的性格特征，十多岁的小顺儿明显带有少年老成的模样。《湖畔儿语》与《鹭鹭湖的忧郁》中大部分对话属于直接叙述型对话，这种直接的主体对话方式往往会产生一种在场的感觉，读者的阅读体验常常是觉得主体事件正在发生。从两篇小说对话的发生语境来看，也都选取了户外，且都在湖边，只不过《湖畔儿语》的湖似乎是在城市，《鹭鹭湖的忧郁》中的湖存在于旷野、田间。户外的空间为"我"与小顺儿的相遇提供可能，也为来宝和玛瑙的守青提供可能。《湖畔儿语》中的对话属于互动式的交流，而《鹭鹭湖的忧郁》除此之外，还有玛瑙一个人的独语，这就形成了单方向的对话。在第一次入睡时，来宝在短时间内就睡着了，而多思忧愁的玛瑙仍沉浸在自己的思考里，"来宝哥，你说出兵，是在八月十五吗？像杀鞑子似的？"来宝并未及时作答，在接下来的几句问话之后，来宝的应答话语一律用的是省略号，表示他已睡着，对话的不能实现更使玛瑙的内心陷入黑夜中的绝望。两篇小说中的对话一方面可以看做小说的主体情节，另一方面也形成了小说的结构。主要情节由对话展开、交代，对话的结束也即小说的叙述接近尾声。

正因为小说的主体内容主要由对话构成，所以两篇小说都显示出戏剧化的特色。《鹭鹭湖的忧郁》开篇月亮已经升起来了，湖对面弥漫过白森森的雾气来，来宝和玛瑙已在湖边铺好了席子，今晚就在湖边打地铺。看着天上的月亮，两人聊起了天。从这开始到天就要破晓，几小时的时间，玛瑙和来宝两睡两起。湖边田地就恰似他们的舞台，月亮、红雾就似天然的舞台背景。而月亮本身的变化以及雾气的隆起与消散也是不用言说的背景时间，也即小说的叙述时间。如潘宝所言，"《鹭鹭湖的忧郁》简直就是三一律规范下的一个小说模板，也正因如此，《鹭鹭湖的忧郁》具备了改变为舞台剧的可能性——作品的情节单一且高度集中，人物的冲突尖锐但隐而不露"[①]。小说可以由此分为三幕，第一幕来宝和玛瑙聊天到睡着，幕落。第二幕有人来偷青，两人起，抓住偷青人，发现是玛瑙的父亲。两人默默地回来，郁闷地躺下继续睡觉，幕落。第三幕又

[①] 潘宝：《忧郁中的蜕变——论端木蕻良小说〈鹭鹭湖的忧郁〉的文本张力》，《沈阳工程学院学报》2009 年第 1 期。

有偷青人，玛瑙醒来，来宝已不在身边，只能隐约听到两个人的对话声，玛瑙不得不一个人应付眼下的局面。整幕剧依旧以玛瑙的内心变化为主线，最后仍是以玛瑙的割豆秸作为情绪起伏的收束。而《湖畔儿语》则可看做一个短小的独幕剧，以"我"听闻小顺儿的遭遇而发出的内心疾呼与质问为高潮，以小顺儿的离开为尾声。

端木蕻良是"五四"后时代的文学青年，作品在关注人生等问题上自然承传着"五四"人生派小说的光辉传统。端木和王统照的身上都具有诗人的气质，王统照本身兼具着诗人的身份，这一点共通性也使得他们在创作上都会以抒情的方式来表现主题，端木的《鴜鹭湖的忧郁》更是被胡风称为"抒情的小曲"。① 但世易时移，作家在汲取前人的创作经验上也有了自己独到的创新之处，30年代的作品比起20年代在创作技巧方面都显现出更多的成熟之处，本节后两个部分主要论及的是端木在创作技巧方面所作出的努力。端木的《鴜鹭湖的忧郁》，不论是对话对人物行动的预设，还是景物对小说基调的烘托，都形成了反反复复的铺垫，小说的层次感很强，可见端木小说创作的别具匠心。

《鴜鹭湖的忧郁》笔调沉重，满含人物的忧郁愤懑，同时也是作者的愤恨。作品中从人到景到物贯穿着一种长期受压抑就要爆发的情感。如"鸡又叫了，宛然是一只冤死的孤魂无力的呼喊。……"再如"远远的鸡声愤怒地叫着，天就要破晓了"。鸡的孤魂无力表现的是人物面对命运的不可逆转的困境的无奈，而鸡的愤怒也同样表现着人物的愤怒，表明压抑太久的情绪迟早是要爆发的，预示着黎明终会到来。1936年7月，端木的第一本小说集《憎恨》由上海文化生活出版社出版，《鴜鹭湖的忧郁》收入其中，"富有编辑经验的王统照几次提议改《憎恨》为《鴜鹭湖的忧郁》"②，为了尊重自我的内心情

---

① 胡风：《生人底气息》，载《中流》杂志第1卷第3期，收入钟耀群、曹革成编《大地诗篇——端木蕻良作品评论集》，北方文艺出版社，1997年2月。

② 孔海立：《端木蕻良传》，复旦大学出版社，2010年，第71页。

绪宣泄,端木未采取王统照的建议,好在后来也平安无事,这也足可见出主编王统照在当时恶劣环境下对端木本人及作品的保护,另外也可见王统照对《鹭鹭湖的忧郁》的看重。《鹭鹭湖的忧郁》收入这一作品集,反映出端木在当时环境下的愤怒心情,但在文本中端木并未明确交代小说事件发生的背景,而是以曲笔的形式在玛瑙和来宝的谈话中流露,"来宝哥,咱们也当义勇军去好不好?"单是一句话就可反映瘦瘦的玛瑙内心的一种渴望,去当义勇军,参加抗日,让玛瑙看到了未来的希望,而另外一句问话"那时我们就有地了吗?"则表示玛瑙对土地的渴望,可见土地之于所有农民的重要性。但来宝的回答又让他复归失望或者绝望。《鹭鹭湖的忧郁》中爆发的主体是"玛瑙",《湖畔儿语》中则是"我",从这两者身上也可找到一个共同点,即玛瑙和"我"的情绪都有起伏并被人生不可摆脱的困境所困扰,都有对人生的思考、忧虑,玛瑙和来宝几段谈话的结尾都表现出情绪的低落,第一次也是唯一的一次,玛瑙的回答以省略代替。省略则表示对话题讨论的放弃,暗示着玛瑙并非赞成来宝对偷青者实施暴力。接下来的几次玛瑙的反应是"寂寞地摇摇头""又叹息""默默地不做声""绝望地张望",每一次的低回前都飘着点希望的游丝,玛瑙的情绪一直曲线向下,中间显现出略微高一点点的攀升,终于由最低攀升到最高完成了情感的释放。小说人物情绪就这样低回隐曲地前进,最终获得释放的表现也不是让人物跳出来大声疾呼,而是强忍住内心的情绪奔突。这样的表现给作品染上浓重的忧郁之色,使得小说色彩凝重,富有作者孜孜以求的深度与厚度。

第四节 《科尔沁旗草原》和《子夜》

一 端木蕻良和茅盾的因缘

著名美籍华裔学者夏志清在"发现"并隆重推介端木蕻良时,

即将端木的处女作《科尔沁旗草原》与茅盾的著名长篇《子夜》相提并论,他指出:

> 如果当时的出版商们能及时看出它的价值,这部书应该在1934年发表,与前一年出现的名作如茅盾的《子夜》、老舍的《猫城记》和巴金的《家》在受到评论界与公众的欢迎程度上并驾齐驱。有卓识的评论家会宣称这部书在他那种引人入胜的描述上,在写作形式与技巧的大胆创新上,以及对民族危亡与新生这两个侧面的敏锐透视上都超过上述那三部作品。①

这是符合文学史史实的论断的,我们可以从当事人端木的相关回忆和评论中得到证实。

本论文的导论部分已经确认端木蕻良的小说创作与中国古代和现代两大文学传统都有着密切的关联。古代文学传统的杰出代表应该是被称为集古代文学之大成的中国文学巅峰之作曹雪芹的长篇小说《红楼梦》;现代文学的代表则是鲁迅、郭沫若、茅盾、王统照等新文学的开拓者所创造的新文学传统。端木不止一次地申明,他一向服膺"为人生"的现实主义创作方法,并深情回忆道:"我从小就读茅盾先生的书。从少年时代起,鲁迅、郭沫若、茅盾,这三个名字,就成为给我引路的三颗星。"②"以茅盾先生为主将的'文学研究会',提出'为人生而艺术'的目标,一直激励着我。"③ 相对而言,茅盾是新文学第一代作家中距离端木小说

---

① 夏志清:《小说科尔沁旗草原——作者简介与作品评述》,钟耀群、曹革成编《大地诗篇——端木蕻良作品评论集》,北方文艺出版社,1997年2月。
② 《文学巨星陨落了——怀念茅盾先生》,《端木蕻良文集》第七卷,北京出版社,2009年6月,第259页。
③ 《茅盾先生二三事》,《端木蕻良文集》第七卷,北京出版社,2009年6月,第262页。

创作最近因而也是影响最大最直接的作家。端木晚年回忆：其处女作《科尔沁旗草原》的创作受到茅盾《子夜》的影响：

> 当时在我心目中，除了鲁迅，就是茅盾了。后来，读了他的新作《子夜》，我更被吸引住了。这是中国第一部把经济生活纳入小说的作品。在写作方法上也别开生面，以吴老太爷的死作为开端，接着引出上海滩大做"关""财""边"投机倒把买卖的活生生的人物群体。《子夜》只能在上海出现，只有茅盾才能有这种洞察力，才能有这种气魄。这部作品应该说是茅盾的代表作，虽然在支配文字上，还不能十分相称，这点也和左拉有相似之处。①

1937年底，端木在其著名的论文《文学的宽度、深度和强度》中就曾指出：

> 没有一个精纯的思想系统，而想写出了不起的作品，是从来未发生过的事情。仅仅将文章的触及面扩张开来，仍不能为力，仍不能成为第一流的作品。就以中国的茅盾先生来讲，他的作品，触及的角度非常广泛，技巧的运用也到了精纯的地步。但是，他对于人物的爱憎的强度还不够，所以艺术的价值也受到损失。

端木的这些回忆论述与夏志清的论述有着高度的一致，我们可以读出两层意思：首先，端木十分推崇《子夜》，其《科尔沁旗草原》的创作明显是受到《子夜》的影响；其次，夏志清认为端木的《科尔沁旗草原》有超越《子夜》之处，端木也委婉指出《子夜》还有不够完美之处，并将其归类为"和左拉有相似之处"，明确表态的则是："他对于人物的爱憎的强度还不够，所以艺术的价

---

① 《茅盾和我》，《端木蕻良文集》第七卷，北京出版社，2009年6月，第466页。

值也受到损失。"据此我们有理由推测,他在自己的创作中会极力规避这些不足。基于此,下文主要从三方面比较论述《科尔沁旗草原》和《子夜》:一是"经验了人生以后才来做小说"和"因为要做小说才去经验人生";二是理性分析与感性激情;三是宏大叙事与诗性张扬的史诗风范。

二 "经验了人生以后才来做小说"和"因为要做小说才去经验人生"

茅盾是中国现代文学史上现实主义文学主潮的领军人物。早在新文学的诞生期,他就是新文学最早的文学社团——文学研究会的主要发起人。在新文学的第一个十年,他的主要身份是文研会代用机关刊物《小说月报》的主编,及时写出对新文学初期创作小说(主要是人生派写实小说)的评论。这些评论,以现实主义为标尺,提倡客观写实,强调文学的社会性、时代性。后来较早地转向革命文学倡导,并身体力行投身北伐革命洪流。当洪流逆转,革命处于低潮时期,他毅然拿起笔,以小资产阶级知识青年在革命洪流中的沉浮为题材开始了自己的小说创作,处女作《蚀》及其后的《虹》《子夜》等小说,开创了全新的"革命现实主义文学模式"。

然而,现实主义模式也不止一种。茅盾在谈到自己初登文坛的小说创作时说:

> 有一位英国批评家说过这样的话:左拉因为要做小说,才去经验人生,托尔斯泰则是经验了人生以后才来做小说。
> 这两位大师的出发点何其不同,然而他们的作品却同样地震动了一世了!左拉对于人生的态度至少可说是"冷观的",和托尔斯泰那样的热爱人生,显然又是正相反;然而他们的作品却又同样是现实人生的批评和反映。①

---

① 《从牯岭到东京》,见叶子铭编《茅盾自传》,江苏文艺出版社,1996年7月,第187~188页。

茅盾自述,他在文学研究会时期曾经"鼓吹过左拉的自然主义,可是到我自己来试做小说的时候,我却更近于托尔斯泰了"。"我是真实地去生活,经验了动乱中国的最复杂的人生的一幕,终于感得了幻灭的悲哀,人生的矛盾,在消沉的心情下,孤寂的生活中,而尚受生活执著的支配,想要以我的生命力的余烬从别方面在这迷乱灰色的人生内发一星微光,于是我开始创作了。我不是为的要做小说,然后去经验人生。"① 茅盾强调他的小说处女作《蚀》是经验过动乱人生之后写成的。《蚀》及时反映大革命时期的社会风云变幻,获得了时代性、史诗性的好评。但其中流露出过多的悲观消沉颓唐的情绪,也饱受革命文学倡导者的诟病。此后的茅盾,东渡日本避难一年,回国后参加"左联"的领导工作。创作上力图改变早期作品中的悲观情调,突破"自己所铸成的既定的模式",探求更合于时代节奏的表现方法。这时期的小说,力图以无产阶级思想指导现实、处理历史题材,但由于缺乏生活体验,同样犯有初期"左翼"小说概念化的通病。茅盾因此苦苦思索,发现"一个做小说的人不但须有广博的生活经验,亦须有一训练过的头脑能够分析那复杂的社会现象;尤其是我们这转变中的社会,非得认真研究过社会科学的人每每不能把它分析得正确"②,对作品如何表现时代有了新的领悟。1930年秋,一场眼疾让他有暇走亲访友,跑交易所,回故乡调查、体验生活,调整自己的创作心境,产生了"大规模地描写中国社会现象的企图";而夏秋间发生的一场关于中国社会性质的论战,更触发了他以小说创作参与论战的念头。为此更加深入地体验生活,并用科学的理论加以剖析。自1931年10月至1932年11月,一年内完成了长篇巨著《子夜》及短篇小说《林家铺子》和《春蚕》等的写作,以其成熟的思想与艺术,显示了

---

① 《从牯岭到东京》,见叶子铭编《茅盾自传》,江苏文艺出版社,1996年7月,第188页。
② 《茅盾自选集·我的回顾》,天马书店,1933年4月。

"左翼"文学创作的实绩,奠定了自己在现代革命文学史上的地位。

《子夜》的创作不同于《蚀》。《蚀》是作家经验了动乱人生以后写成的小说;《子夜》是"因为要做小说才去经验人生"。有感于1930年夏秋之交发生的关于中国社会性质的论战,茅盾确定了《子夜》的写作意图:"我写这部小说,就是想用形象的表现来回答托派和资产阶级学者:中国并没有走向资本主义发展的道路,中国在帝国主义的压迫下,是更加殖民地化了。"[①] 明确写作宗旨后,茅盾从生活、思想以及作品构思等方面做了充分的准备,在6个月的时间里,一气呵成这部具有历史意义的长篇巨著。

《子夜》及时地、全景性地反映了20世纪30年代初期中国社会的现实。小说以民族资本家吴荪甫与买办资本家赵伯韬之间的斗争为主线,展开金融公债市场、工厂工人罢工、双桥农民暴动、地主进城淘金、各色文人及交际花在对立的两大资本家阵营之间的活动等,社会画面纷纭斑驳,人物关系错综复杂,在时代风云与都市习俗交相辉映中,揭示半封建半殖民地社会的本质特征。吴荪甫是一个被时势所困招致失败的英雄,在20世纪30年代初的中国舞台上,演出了一场悲剧。他的悲剧来自社会各种经济、政治、文化和阶级力量相互抗衡而产生的合力。这是中国民族资产阶级的悲剧,是这个阶级的幻想与自身历史命运相矛盾的必然悲剧。这个典型形象的成功塑造,有力地揭示了当时社会的性质,使《子夜》的主题获得了形象的力量。

端木蕻良的《科尔沁旗草原》的创作晚于《子夜》一年,且端木先期读过《子夜》。在崇奉、敬佩之余,也发现了其中的不足,称其"和左拉有相似之处"。这就决定了端木的创作必然会规避左拉而选择托尔斯泰小说的写实模式。

[①] 《〈子夜〉写作的前前后后》,见叶子铭编《茅盾自传》,江苏文艺出版社,1996年7月,第233页。

《科尔沁旗草原》与《蚀》比较接近，主体属于经验了人生以后写成的小说。小说富有较强烈的自传色彩，选取作者生长于斯的东北草原上地主首富的丁氏大家族"从中兴到末路"的历史，以家族兴衰折射社会变迁。小说的主人公丁宁，是在关内求学接受了现代思想教育的"新人"，返回家乡，试图拯救家庭的败落未果，最后再次离家而去。丁宁的形象有很多与作者重叠之处，面对读者将丁宁等同于作者的评论，端木明确声明："至于丁宁，自然不是我自己，但他有同时代的青年的共同血液。"① 小说末尾写到"九一八"事变发生，东北民众崛起抵抗向沈阳进军，夏志清因此称誉其"是当时第一部以英雄气概预言中国前途的现代小说"②。

《科尔沁旗草原》明显受到托尔斯泰小说影响：注重人物性格心理描写，追求社会剖析与人物心理分析的统一，通过人物的命运遭际揭示社会发展的趋向，通过农民力量崛起预示国家民族的未来，这一切多显示出社会生活的本质方面。小说具有浓郁的抒情意味，端木对自幼生长于斯的封建大家庭的复杂情感的抒写，对主人公丁宁的心理活动、情绪起伏、内心独白的浓墨重彩的表现，都使作品弥漫着浓郁的诗意。难怪巴人慨叹读这部小说，"觉得像读了一首无尽长的叙事诗"，称端木"是拜伦式的诗人"。③

《科尔沁旗草原》所选择的现实主义的模式同时显示出中国史传文学传统的影响。以家族兴衰折射社会变迁，见出"原始察终，见盛观衰"，"通古今之变"的历史意识；全景式地反映社会现实生活，也见出史传传统"厚今薄古""略古详今"对"当代性"的追求；富有关东地域风情的描写，则很好地展示了活的历史。这

---

① 《科尔沁旗草原·初版后记》，《端木蕻良文集》第一卷，北京出版社，1998年6月，第411页。
② 夏志清：《小说科尔沁旗草原——作者简介与作品评述》，钟耀群、曹革成编《大地诗篇——端木蕻良作品评论集》，北方文艺出版社，1997年2月。
③ 黄柏昂：《直立起来的〈科尔沁旗草原〉》，钟耀群、曹革成编《大地诗篇——端木蕻良作品评论集》，北方文艺出版社，1997年2月。

些都是有别于《子夜》的独特的创造。

当然,《科尔沁旗草原》和《子夜》也有相近之处,尤其表现在处理生活与创作的关系上,《科尔沁旗草原》也有"因为要做小说,才去经验人生"的做法。晚年的端木还提到:"正是由于曾经离开过家乡,又重新回到家乡,对于家乡才看得更真切。再加上不断地从新的书刊里,接受新思想,使我更可以看清'家乡'的真实面貌。"[①] 这有点像茅盾的带着《子夜》的写作意图去交易所体验生活,重返故乡收集蚕农小商贩的生活素材。不过端木在接受革命理论影响之前,科尔沁旗草原的历史和现实就已经深深地镌刻在他的内心世界,革命理论的影响主要体现在对这些创作素材的梳理、整合上。确切地说,《科尔沁旗草原》与《子夜》的区别在于,端木既有"经验了人生"而后写作,又有为写作而"去经验人生",可以说是兼容了两种现实主义的创作模式,而以前一种模式为主。

三 理性分析与感性激情

茅盾的小说,素以及时地展现宏阔的社会生活画面见长。《子夜》将故事发生地选定在20世纪30年代初期大都市上海。作家并没有截取某条小巷或某个街角,而是居高临下,整体展示这座十里洋场现代都市的方方面面:资本家的豪奢客厅、夜总会的灯红酒绿、工厂里错综复杂的斗争、证券市场上"空头""多头"的投机火并,还有诗人、教授们的高谈阔论、太太小姐们的伤心爱情,都连锁到《子夜》的总体结构之内。同时,作家还通过一些矛盾线索,侧面触及农村的骚动和中原的战争,更加扩大了作品的生活容量,从而实现了他所设定的"大规模地描写中国社会现实"的企图。

---

① 《书窗留语——关于〈科尔沁旗草原〉》,《端木蕻良近作》,花城出版社,1983年1月。

《子夜》的理性分析色彩强烈。茅盾被当时思想界关于中国社会性质的论战激发出创作灵感，萌发出以小说创作参与论战，形象地表达自己对中国社会性质的看法的创作意图。小说在宏大的社会背景上，以民族工业资本家吴荪甫和买办金融资本家赵伯韬的矛盾、斗争为主线，形象、生动地反映了当时的社会面貌。吴荪甫是一个有理想、有野心、有手腕、有魄力、有实力、肯冒险的民族工业资本家的典型形象。他在30年代初期的中国舞台上上演了一出英雄悲剧，这悲剧来自当时中国社会的阶级关系对他形成的压迫包围的合力，尤其是帝国主义的政治侵略、经济渗透给中国民族工商业发展带来最大的遏制，买办资产阶级成为他的致命对手。由此探讨了中国民族工业发展的前途和命运，分析了当时中国社会的性质。

《科尔沁旗草原》也是一部富有较强烈的理性色彩，具有社会分析派小说特点的长篇小说。小说主要选择东北大草原上地主首富曹（丁）氏大家族，通过这个家族的祖先下关东后对土地的掠夺、吞并积累起财富；揭示他们与农民阶级的矛盾斗争，分析东北乃至整个中国农村社会的阶级关系。小说紧扣土地这个重心，继而通过对丁氏家族内外交困诸因素的分析揭示了封建大家族无可挽回的衰亡命运。小说深刻地揭示地主阶级对土地的疯狂掠夺霸占造成财富的巨额膨胀，必然会滋生出骄奢淫逸、腐朽衰败，进而制造出自己的对立面、掘墓人，激发起佃农的"推地"反抗；而帝国主义咄咄逼人的军事侵略、经济渗透的重创、逼压则使其一蹶不振，终于在内外交攻、两面夹击之下走向衰落。

《科尔沁旗草原》的理性色彩首先体现在作者对东北社会结构所作出的分析。"这里，最崇高的财富，是土地。土地可以支配一切……于是，土地的握有者，便成了这社会的重心。"[①] 为此，作

[①] 《科尔沁旗草原·初版后记》，《端木蕻良文集》第一卷，北京出版社，1998年6月。

者在进入创作之前，便去寻找草原社会最典型的地主，经过对各色各样地主的分析比较，最终选定草原首户，即曹（丁）氏大家族，作为小说描写的重心。其次，对丁氏大家族的谱系、传衍等作了清晰的勾勒、分析。从二百年前闯关东的丁宁的祖先丁半仙，到曾祖辈的丁四太爷，祖辈的爷爷和三叔爷，再到小爷的父亲；横向上在第七章丁宁东府之行时，曾涉及二十三婶、三十三婶，指的是丁宁的十三叔娶的第二、第三房小妾，由此看出这个家族庞大的程度。类似的分析在吴组缃的社会剖析小说名篇《一千八百担》中也以祠堂族谱的形式出现过。再次，为了使科尔沁旗草原"直立"起来，除了丁氏大家族内部族谱的分析，小说着重从经济角度，从丁家对资本积累、转移及其在构成草原三大动脉——土地资本、商业资本、高利贷资本中的地位，来写出它从发家到衰败的过程，其中涉外资的介入及其对整个东北命脉的操纵，由此透视东北乃至整个中国社会的变迁。最后，对农民阶级的分析及其人物设置，体现出"左联"时期的阶级意识。大山在小说中居于重要的位置，他外表的魁梧、雄壮，性格的荒凉、粗豪，以及野性勃发的生命活力，都与丁宁形成对照，是作者热情呼唤出来的。作为英雄人物，体现社会革命运动由知识分子唱主角，到农民力量崛起进行暴力革命的转变。联系小说结尾对大山前景的暗示，不难看出作者的情感取向。小说对其他农民、土匪等人物形象的配置，也是为了便于表现阶级压迫，便于揭露地主阶级的血腥发家史，及其必然走向灭亡的命运。当然他也写到农民的愚昧落后，"推地"前后的犹豫不决，个别人的软弱动摇等，但随即表现他们身上阶级和民族意识的觉醒。"九一八"的次日，农民们便卷入"老北风"的队伍，一起向沈阳进军，"显示出人民力量的浩瀚前景"[①]，预示了中国社会的光明未来。总之，对地主的社会重心地位的确认，对社会阶级关

[①] 夏志清：《小说〈科尔沁旗草原〉——作者简介与作品评述》，钟耀群、曹革成编《大地诗篇——端木蕻良作品评论集》，北方文艺出版社，1997年2月。

系、经济活动的分析，对农民阶级的分析及相关形象的设置，以及两大阶级之间的鲜明对照，都显示出《科尔沁旗草原》较强烈的理性色彩、政治倾向。

《子夜》和《科尔沁旗草原》的内容构成较强力的互补关系。茅盾原来的写作计划非常庞大，既想写都市，又想写乡村，想写一部都市和乡村的交响曲，外加30年代的"新儒林外史"。可具体写作受到限制和影响，不得不作出调整，"成为现在的样子——偏重于都市生活的描写"，农村那条线索仅在第四章提及吴府管家去双桥农村收租，亲眼见到农民崛起反抗暴动，此后便被掐断了。后来写到乡村地主冯云卿，只身跑到城里来当寓公，似乎有所呼应。这个乡下土财主，想把农村积攒下的钱拿到城里投资赢利，却怎么也玩不转，最终大败亏输。这一情节与《科尔沁旗草原》中的小爷，聚拢乡下闲散资金到城里去搞投机倒把，结果血本无归无颜回家，有异曲同工互补呼应之妙。《子夜》中舍弃掉的农村题材，后来写进《春蚕》《林家铺子》。我们在《科尔沁旗草原》中却看到了对《子夜》缺憾更多的弥补。端木以土地为重心，对东北农村社会结构历史和现状的分析，对地主与农民矛盾斗争的叙写，以及农村革命风暴的积聚爆发，终致日本鬼子入侵制造"九一八"事变的第二天，愤怒的农民"云从龙，风从虎"般地会聚成浩荡的队伍向沈阳进军，揭开了抗战的序幕，昭示了中国未来的前景。很明显，《子夜》《科尔沁旗草原》相加，才构成20世纪30年代中国社会的全貌。

《子夜》理性思考更严谨，《科尔沁旗草原》更富于激情。茅盾作为中国共产党最早的一批党员，曾经在我党创办的上海大学担任教员，作为一个成熟的革命家，对于先进的社会科学理论有深度的理解把握。加入"左联"初期，为了克服早期革命小说的偏颇，他发现用先进的社会科学理论指导创作的必要。在确立了《子夜》的写作意图之后，便带着这一意图去体验生活，用先进的社会科学理论指导自己梳理生活、遴选素材。小说选取民族工业资本家的典型吴荪甫,为振兴民族工商业,与买办资本家赵伯韬之间的对决,同时涉及 30 年代初期中国社会各阶级之间的关系,既抓住了主要矛盾又顾及次要矛盾。英雄了得的吴荪甫最终难逃失败的命运,正是由于 30 年代中国国民党统治的腐败,帝国主义政治军事侵略,外加经济侵略渗透,彻底堵死了中国民族工商业发展的路径。这样的理性思考,逻辑绵密,思路开阔,严谨到位。作者还采用象征手法将自己的逻辑思考上升到形而上的高度,例如以自然计时的"子夜"为题,就比原先的"夕阳"更能概括当时社会的本质。

端木入关求学,在南开中学读书期间开始接触"五四"新思潮及初步的社会革命思想,随即参加北方"左联",接触到先进的社会科学思想。这些思想指导着作家返乡对家乡阶级关系变化的观察,影响到处女作题材的选择。作者选择自己生活过并十分熟悉的封建大家庭,而且专门设置一个自传性很强的丁宁作为视角人物,怀着对长辈亲人的一种复杂的感情,叙写家族祖辈积累财富,盘剥佃户,镇压反抗,致使家庭从暴富转至衰落风雨飘摇的故事。这样的叙事富有感性特点,内中掺和着作者的激情。作者对家庭关系、社会阶级矛盾的理性分析常常借人物的心理独白抒发出来。对家族历史的分析比较感性具体,对社会关系的分析不免抽象甚至有些不切实际,耽于幻想,由此构成生活气息浓郁而理性思考空洞漂移的特点。

四 宏大叙事与诗性张扬的史诗风范

《子夜》不仅具有反映时代社会宏阔的视野,而且具备穿透生活百态作理性概括的史诗性风范。《子夜》是中国现代小说史上第一部具有宏大而复杂的现代结构的长篇小说,结构艺术宏伟而严谨。作者采用蛛网式的密集结构,将众多的人物、错综的矛盾、纷繁的线索交织成 30 年代中国社会的图画。处于图画中心的是民族工业资本家的代表吴荪甫,他像一只大蜘蛛,喷吐出丝缕,通过他的办企业、搞投机、吞并同类、转嫁危机、镇压工人运动等活动,连接起社会上的各个侧面，形成众多的矛盾线索，经纬交织、纵横勾连、同时铺开、齐头并进，编织成纲目分明的网状结构。其中最主要的一条线索（纲线）是吴荪甫与赵伯韬的联合与斗争；次要线索为吴荪甫与下属厂工人、与双桥镇农民、与其他大小资本家的矛盾纠葛，都与主线息息相关；主线的发展影响、制约着次要线索的发展。小说的结构网中有纲，看似交错复杂，实际条分缕析、纲目分明、枝叶繁多、主干清晰，内容丰富而不驳杂，容量巨大而又高度概括，显示了作者驾驭庞大结构的才能。

《科尔沁旗草原》同样具有历史纵深与现实逼真的史诗风范。开篇描绘宇宙苍茫、天地混沌的宏阔邈远，让读者联想到中华民族盘古开天地以来的悠久历史；结尾天地大裂变的隐喻不啻是中国前途的预言；中间剖析家族历史与描绘当下现实，纵横结合，体现出来自"通古今之变"史传文学传统的深刻影响。小说的结构宏大堪与《子夜》媲美而严谨略有不及。小说以"土地的握有者"为重心和圆心，"然后再伸展出去无数的半径"，清晰而立体地展现了科尔沁旗草原社会的种种矛盾，剖析了东北农村的社会结构。作者在小说的初版后记中自述：

> 我采取了电影底片的剪接方法、改削了不少，终于成了现在的模样。上半是大草原的直截面，下半是它的横切面；上半可以表现出它不同年轮的历史，下半可以看出它各方面的姿态，我觉得这样才能看得更真切些。①

"直截面"部分，用短镜头的连续推移，展现丁家自太爷（包括家族祖先丁半仙）、大爷到小爷三代人发家、持家纵向传衍的历史面貌；"横切面"部分则以"末世"的小爷及丁宁为中心，通过丁宁

---

① 《科尔沁旗草原·初版后记》，《端木蕻良文集》第一卷，北京出版社，1998年6月。

的观察、交往和处理内外事务构成各种人际关系，展现丁府与东北社会各方面的横向联系。横向描写采用长镜头转换，随着焦点人物丁宁的活动，相继"摇"出粗犷剽悍的大山，衰颓哀戚的父亲，阴冷狠毒的母亲，深闺中一群苍白病态的太太小姐，小金汤野性纯真稚气未脱的少女水水，南园子中聚首密议"推地"的一群老实胆小而有些麻木愚笨的佃农，"老北风"易帜义勇军的自发进军……其中映现出日本帝国主义的军事侵略、经济渗透，地主家族的罪恶及其衰敝没落，农民从屈辱隐忍到崛起抗争，从反抗剥削到抵御外寇等生活图景。"电影底片的剪接方法"，纵横结合的结构技巧，形成端木小说宏大的叙事与细腻抒写结合的风格：既有邈远的历史脉络，又有广阔的社会面貌；既有苍凉浑莽的科尔沁旗草原，又有华贵、温馨如大观园的丁府宅邸；既有粗拙、剽悍的农民，又有衰颓、纤弱的地主；两相映衬、交织出科尔沁旗草原立体的社会结构。难怪巴人（黄伯昂）惊呼：端木将科尔沁旗草原"直立"起来了！

《子夜》在客观写实方面更为扎实厚重，《科尔沁旗草原》诗性张扬的成分更多。由于茅盾掌握了先进的社会科学思想、阶级斗争理论，指导自己对30年代初期中国社会现实、阶级关系的梳理分析，既能抓住主要矛盾，也不忽略次要矛盾。逻辑绵密的分析有时反给人人为斧凿刻板的印象。端木写《科尔沁旗草原》总体表现为激情写作。他写自己最为熟悉的大家庭从繁盛走向衰败，自己想拯救这种衰败却又无能为力。小说的家族史叙事始终贯注渗透着一种矛盾复杂的感情，既"带着一份儿敌意"，"又存着一种神秘的崇拜，仿佛也非常光荣似的"。端木笔下大家族鼎盛时期的祖辈们多富有原始生命活力：集雄强、豪横、冷酷、奸猾、穷奢极欲、放荡不羁于一身；到末世衰败期的小爷身上则见出生命力的委顿、低迷。这使得在外面接受过新教育、获得新思想，想拯救改良大家族的丁府少爷丁宁大失所望。小说正是通过丁宁这个极富自传色彩，却又绝不等同于作者本人的内视角人物的艺术设置，通过他的限知叙事、切身感受，很好地传达了作者对生身家族多层面、较复杂的真情实感。对创业发家的祖辈们，虽然不满其冷酷豪奢，借"神道设教"行骗，但相对于他东府之行所见到的一群没落贵族女性孤独、凄清、苦闷、变态，有如销蚀了生命的空壳，对他们身上生命的强力，甚至像风流成性、胡作非为的三爷身上流露出的野性、霸气，仍表现出几分神往之情。这样的书写，是既真实又富于抒情意味的。与限知视角人物丁宁的设置相连，小说多通过丁宁的内心独白抒情，或直抒胸臆、或描写意象、或蕴涵哲理，且这些情绪随着丁宁对家族盛衰、对社会人生的体悟变化而跌宕起伏。这些汪洋恣肆的内心独白，既有力塑造了一个来自封建地主家庭的现代知识分子的形象，又彰显了小说忧郁而又热烈的抒情特色。总之，《科尔沁旗草原》对家族和土地这个"重心"的集中书写，电影底片式的剪接方法，限知视角人物的设置，以及流丽清新、极富抒情意味的小说语言，共同构成了《科尔沁旗草原》诗性张扬的史诗风范。

比较《科尔沁旗草原》和《子夜》，总结两部小说之间的承传与超越，以及各自呈现的创作经验、特色风范，无论对作家作品本身的研究，还是对整个现代文学史的研究都是大有助益的。

第六章　结语：端木蕻良小说创作所受外国文学的影响

由于本书的导论涉猎颇多，且廓清了与论题相关的一些基本问题。此时写结语，便无须再作重复论述，只是觉得还需要周延一下。本书较为详尽地探讨了端木蕻良小说创作与中国文学传统的联系，与此相连的问题随之产生，那就是端木与外国文学的关系如何？有没有较明显地受到外来文学的影响？回答自然是肯定的。导论中引述夏志清的观点已经提到，端木是现代作家中"第一个有意识地继承传统中国小说特点的作家"，同时他也借鉴外国文学，进行了多方面的文学创作实验，"使这些传统与作家在思想上和手法上吸取现代文化有机地协调起来"①。本文的选题主要指向前者，这里便将结语改为余论，简略勾勒一下端木与外国文学的关系，着重探讨其小说创作所受到来自紧密邻国俄罗斯著名作家托尔斯泰、契诃夫和屠格涅夫的影响。

中国文学从传统向现代转换的"五四"时期，正是中外文学碰撞融汇得最为剧烈的时期，也就是在这个时候，出现了"俄罗斯文学的研究在中国却已似极一时之盛"②的局面。由于地理位置

---

① 夏志清：《小说〈科尔沁旗草原〉——作者简介与作品述评》，译文载《驻马店师专学报》1992年第1~4期，见钟耀群、曹革成编《大地诗篇——端木蕻良作品评论集》，北方文艺出版社，1997年2月。
② 严家炎编《二十世纪中国小说理论资料》第二卷，北京大学出版社，2011年，第90页。

的接近和种种历史机缘，俄罗斯（包括苏联时期）及其文学与中国东北的关系相当密切。周作人说："俄国好像是一个穷苦的少年。他所经过的许多患难，反养成他的坚忍与奋斗，与对于光明的希望。中国是一个落魄的老人，他一生里饱受了人世的艰辛，到后来更没有能够享受幸福的精力余留在他的身内……我们如能够容纳新思想，来表现及解释特别国情，也可希望新文学的发生，还可由艺术界而影响于实生活。"①

中国东北一直是外族觊觎的对象，20世纪初，日本和俄国就曾在这片土地上大打出手，端木家族的祖先就曾遭受池鱼之殃。到30年代初日本帝国主义再次入侵，给这片土地及其子民造成巨大的苦难与忧患，客观上给东北文学带来了宏大的叙事背景。东北籍的文学青年在流亡中创作了大量作品，其中不少作品的艺术风格与俄苏文学中的某些作品相近。显而易见，东北作家都不同程度地受到俄苏文学的影响与熏陶。端木蕻良是当时的"东北作家群"中一位具有独特个性和风格、创作成就比较卓著的现代作家。他的创作不仅和中国传统文化有根深蒂固的联系，同时，他还注意借鉴和吸收与自己风格相近、创作意趣相投的外国作家，尤其是俄苏作家的创作经验，创造具有个性的作品。端木作品中自传性的人物形象具有托尔斯泰式的"忏悔"；作品的"忧郁"基调及其叙事视角的选择上明显受到契诃夫的影响；而对自然细致的描写更多地带有屠格涅夫式"写生的描绘"。下面具体梳理托尔斯泰、契诃夫和屠格涅夫对端木蕻良小说创作的影响，并指出这种影响在端木小说中呈现出的独特的审美特征。

一 托尔斯泰式的"忏悔"

托尔斯泰对鲁迅、茅盾、巴金等都产生了巨大影响，但对端木

---

① 周作人：《文学上的俄国与中国》，《中国比较文学研究资料1911~1949》，北京大学出版社，1989年11月。

蕻良而言，类似的生活际遇使得他们之间的联系具有特别的意义。托尔斯泰对端木蕻良的自传性小说创作产生了深刻而又独特的影响。

端木蕻良与托尔斯泰虽然不是生活在同一时代的同一国度，但是他们的家庭环境和个人经历却有着诸多的相似。他们都生长于没落地主家庭，在大城市读过书，都有战争生活经历，对农村有着深刻的观照，对农民深表同情。这一切作为生活经验和创作素材的积累使得端木蕻良对托尔斯泰的自传性描写有着深刻的认识和体悟，也为端木蕻良的自传性小说找到了一个可资借鉴的范本。端木蕻良小说创作受托尔斯泰的影响主要体现在其作品中自传性人物形象的忏悔意识上。端木曾经坦言："1923年我从东北大草原来到天津，便看'五四'时代的新文艺作品了。当时，感染我最深的是鲁迅和托尔斯泰。"①

端木蕻良在《我的创作经验》中写道：他自小生长在那个大草原上，"看到了无数的黔首愚氓旷夫怨女，他们用他们的生活写出了我的创作经验。假如我还有一点儿成就，那就是因为我是生活在他们中的一个"。接着他便提到了托尔斯泰："托尔斯泰在回忆他的工作的泉源的时候，他描述了他的带着爱力的母亲和他的为着爱别人而生活的使女。""他不满意这生活里的戏剧意味。他在母亲和母亲的使女身上看见了真正的人类，他走向了她们。而且为她们这一群献出了自己的一生，而成为她们中间的一个"。端木联想到自己的小说创作："我写的第一部小说是《科尔沁旗草原》。从有记忆的时候起，我就熟悉了这里面的每个故事。在不能了解这些故事的年纪我就熟悉了它。小的时候，我看了过多的云彩和旷野，看了过多的老人的絮叨和少妇的哀怨。我母亲的遭遇和苦恼尤其感动了我，使我虔诚的小小的心里埋藏了一种心愿，我要为我母亲写出一本书。"② 可见，端木的创作在源自个人身世和故土民情的同

---

① 《治学经验谈》，《端木蕻良文集》第五卷，北京出版社，2009年6月，第574页。
② 《我的创作经验》，《端木蕻良文集》第五卷，北京出版社，2009年6月，第360~361页。

时，受到了托尔斯泰思想及其作品的深刻影响。这方面最明显的一个表现就是《科尔沁旗草原》中丁宁这个人物的塑造。丁宁是丁氏大家族第四代少爷，他在外地求学，回家时携带并经常阅读《复活》，衷心感佩着《复活》中复杂深邃的思想内容，和"长着聪睿的胡子"的托尔斯泰对人生、人性和人类的精辟透视，从中"接受了一种清新的启示"，认识到托尔斯泰"写的绝不是那沙皇的蛛网之下所笼罩的高雅的俄罗斯哟，他写的是这个全人类呀"，因此当他同托尔斯泰一样遭遇到地主和农民的矛盾时，便力图以托氏的忏悔和宽恕调和农民与地主的尖锐对立，对草原严峻的现实与破败的生活图景进行既热情又不免天真的改良与拯救，成为一个中国式的"聂赫留朵夫"。端木笔下的"丁宁"形象与托尔斯泰的"聂赫留朵夫"形象都具有浓厚的自传色彩。聂赫留朵夫的形象是托尔斯泰小说中经常出现的人物，托氏半个世纪的创作都是围绕着他的思想探索展开的。聂赫留朵夫身上的某些经历、性格特征与气质都包含着托尔斯泰的经历和内心体验，虽然不能简单地把聂赫留朵夫看做托尔斯泰的化身，但浓厚的自传性色彩是显而易见的。如果我们对照阅读端木蕻良写于20世纪40年代初的《科尔沁前史》，便可以发现端木蕻良早年经历与丁宁也颇为近似。端木蕻良说过，他的《科尔沁旗草原》和《大地的海》，"所写的人物和故事都是有真人真事做底子的"，有时还不免将"'真事和故事'纠缠在一起"。① 《科尔沁旗草原》中很多情节和人物与生活原型一致，如丁宁在"新人社"接受批评的回忆，阅读《复活》的真切感受，母亲的身世，父亲的潦倒，为疾病和性苦闷缠绕的女人，代表了自然生命力的大山（生活原型为端木的表兄大祥）、水水（端木邻居家的一个女孩），等等。此外，丁宁回乡之初的陌生与不适应感，他对父系家族的疏远和厌恶，以及他对农民与不幸者所寄予

---

① 《我的创作经验》，《端木蕻良文集》第五卷，北京出版社，2009年6月，第365页。

的同情,他的拯救生身大家族、改造草原社会的宏愿,还有他在内心独白中所宣泄和流露的种种对人生哲理的感悟和细微的心灵颤动……都可以见到作者自身精神的投影。由于作品的主人公形象与作者的生活极其相似,我们可以直接确认端木蕻良的前期小说所受到托尔斯泰自传性作品的影响。

对比阅读《科尔沁旗草原》与《复活》,可以发现端木前期创作的小说和托尔斯泰的作品对社会批判这一主题模式的发掘,大都是借助于"自叙传"主人公的忏悔意识表现出来的。忏悔意识是托尔斯泰精神探索的中心内容,而灵魂深层的自我审视和自我否定是忏悔意识的核心。《科尔沁旗草原》中丁宁的形象可以说是端木青少年生活的真实写照。丁宁是一个忏悔者的形象,端木是抱着批判自省的态度塑造这一形象的,因而是端木思想成熟期的自我审视。短篇小说《爷爷为什么不吃高粱米粥》《鹭鹭湖的忧郁》《遥远的风砂》以及 40 年代创作的《早春》《初吻》等都写了作者亲历的故事,有着作者或显露或隐蔽的身姿和感受,而非完全凭想象虚构的故事。端木蕻良家世的兴盛衰败和荣辱沉浮的生活反差,大地主的贪婪索取,母亲和仆女的命运遭际,以及端木对这一切的爱恋与仇视,在其艺术世界的构思中都凝聚成了历历如绘的生活画卷,展现为苍莽、寥廓的科尔沁旗草原的生命意象。

二 契诃夫式的"忧郁"

忧郁是 20 世纪中国文学的一个基调。"一般意义上的忧郁是一种情感承载方式和生命体验方式,而文学上的'忧郁'指的是一种创作风格、艺术格调和美学气质。"① 细究忧郁的由来,也与俄罗斯文学的影响分不开。在 20 世纪,中国作家一直注视并钦慕着俄罗斯文学——它那虔诚的宗教情怀、独特的现实批判意识、浓

---

① 杨经建:《文学的"忧郁":契诃夫与 20 世纪中国文学》,《河北学刊》2010 年第 2 期。

厚的人道主义精神、巨大的道德思想深度、忧郁悲哀的风格情调，并试图从中汲取力量。契诃夫作为俄国19世纪末最为重要的小说家和戏剧家，他对中国作家的影响不言而喻，而契诃夫式的"忧郁"在中国众多作家的作品中更是多有体现。这种影响主要体现在他那种像俄罗斯大地一样深广的忧郁情怀。端木蕻良的小说始终浸润着一股淡淡的忧郁，孔海立的《端木蕻良传》即称他为"忧郁的东北人"。王富仁曾指出："《雪夜》是具有契诃夫小说风格的作品，在裁材、心理刻画、氛围渲染、情绪描写等方面，均达到了相当高的水准。"[1] 事实上，端木蕻良的很多作品都弥漫着这种契诃夫式的"忧郁"，这份忧郁根植于他对东北大地的那份爱与忧患，包括俯首苍莽大地的悲怆、国破家亡的神伤，也包括对人的生存苦痛和对生命的悲剧性慨叹。仔细阅读当会发现，这种忧郁的情愫弥漫于端木的全部创作。

　　端木蕻良的忧郁是与生俱来的，他在《我的创作经验》中说："我的接近文学是由于我儿时的忧郁和孤独。"[2] "对端木蕻良而言，忧郁几乎占据了他的整个心灵空间。"[3] 尤其是当国家落难、民族受辱、故乡沦陷的心灵感受内化为他生命存在形式的本身，成为其创作审美体验中必然具有的素质后，他的忧郁便化为东北大地的忧郁和整个中华民族的忧郁。1936年短篇小说《鹭鹭湖的忧郁》的出现以及获得的反响为端木蕻良的"忧郁"风格确立了一条可以表达的路向。"一轮红橙橙的月亮，像哭肿了的眼睛似的，升到光辉的铜色的雾里。"从开篇这一句起，一种忧郁的气氛、情绪和色彩，便如浓雾般迷漫在湖边的月光下，包容了小说的一切景物与人物的活动。其后，随着情节的展开和推进，这种"忧郁"便越发加重、变浓，直到浓得化不开。可以说，从鹭鹭湖畔的月光、雾

---

[1] 王富仁：《端木蕻良小说·前言》，浙江文艺出版社，2007年。
[2] 《我的创作经验》，《端木蕻良文集》第五卷，北京出版社，2009年6月，第360~361页。
[3] 张桃洲：《忧郁及忧郁的几个意象》，《社会科学辑刊》1997年第4期。

气、湖水，以及月光下暗影构成的立体意境中，读者可以感受到端木蕻良宣泄的个人、家国的愁绪。他以沉郁、克制的笔调，书写着急欲倾诉的忧愤。同年的《雪夜》，一方面是严酷的现实，另一方面也透露出理想的气息。小说写一个地主的管家，带着账本去佃户家收租。农村的破产和农民的极度贫困，使这样的收账也变得日益艰难。账房先生没有收到账，只得往回返，大雪中迷路冻昏在雪地里。在生命的最后一刻感到了为他人作嫁衣的空虚和徒劳，于是点燃了账本。端木蕻良善于透过普通人物的真实性格与真切生活，来写底层人民生活的悲苦。《雪夜》中没有壮烈的斗争场面，没有激烈的矛盾冲突，没有高大的英雄形象，只有小人物的平凡而真实的生活。最后燃烧账单的火光，将总管灵魂深处的善良映现出来。端木小说中这种善于表现和描绘沉重压抑生活中小人物的"几乎无事的悲剧"、那种来自作者的不愠不怒的微讽和轻轻叹息、那种略带忧郁的情调和轻喜剧风格，都与契诃夫作品息息相通。1942年，端木独自承受失去萧红的悲痛和外界舆论的压力，在写作上一度半年没有出品，直到同年7月之后才相继完成《初吻》《早春》。两篇的主人公均以端木的乳名"兰柱"命名，见出端木将自己的感情和体验融入小说。此时的端木更关注自我的内心体验，对灵姨、母亲、姑妈等内心悲苦的女性充满了同情与悲悯。深切的个人经历与体验，使得"女性"的悲苦命运成为端木小说忧郁美的生活源泉。

端木蕻良小说氤氲出来的忧郁，除了情感上的细腻，对内在心理时空的情绪渲染之外，叙述角度的选择也加深了这份忧郁感。在选取小说的叙述视角上，端木蕻良同样也表现出与契诃夫相同的审美情趣。契诃夫常常通过儿童的口吻叙述小说中的人物和事件。他善于把现实生活倒映在儿童简单、朴素、纯真心灵的镜面上，通过他们缺少社会偏见、没有世俗束缚的纯真眼光，反映事物的本质特征。用儿童视角来观察人和事，也是端木蕻良最常用的叙述视角，以儿童作为第一人称的主人公形象"我"，出现在端木的很多小说中，故事的呈现过程也具有鲜明的儿童视角和思维特征。当儿童的世界与成人的世界出现强烈反差时，作者内心的忧郁、伤感就会被再一次勾起，《初吻》和《早春》便是很好的证明。在《初吻》中，虽或隐或显地存在着成年叙述者的声音，但以孩子眼光叙述的"灵姨"带"我"玩耍和"我"捉蚂蚱的场景才真正展现了端木蕻良内心的向往。那时的"我"才真正完全进入了"儿童世界"："我们两个约定谁也不看谁，只是在水里看彼此的脸，我在水里向她笑笑，她也在水里向我笑笑，我向她皱鼻，她也向我皱鼻……"这段描写呈现出儿童所固有的原生态的生命情境；"我"在田野里捉蚂蚱则展示了儿童世界快乐无忧的一面。《早春》中，端木蕻良通过小男孩"兰柱"的痛苦来反复渲染一种忧郁的情绪："她是灭亡了，她的最后的灵魂的每个闪光都撕成片片跌落在空中"；"我是多么有罪呀"；"我是这样的凄惨呀，我统统都失去了，我失去了……我是多么糊涂……我是多么浑蛋呀……我的心总以为世界是不动的，金枝姐就像放在一个秘密的银匣子里似的，什么时候去打开就可以打开的，等我看完了红红绿绿的玻璃匣子，再去打开那银匣子也不迟……但是太迟了，什么都嫌太迟了……我的心充满了忧郁，充满了悸痛，充满了悲哀……"孩子内心的悲伤、难过、失落不加掩饰，真实而又发人深省。孩子眼中的世界是那么单纯、快乐，不受束缚，但是当这一切被现实打破，所有的美好破灭，取而代之的是女人们凄苦的命运，忧郁悲伤便也随之而至。

儿童视角的运用，可以让读者深切感受到端木对往昔岁月深深的眷恋，这种诗意的回眸可使端木更深刻地认清现实的生存困境。

三 屠格涅夫式"写生的描画"

屠格涅夫这位俄国大胡子文学家的创作风格，在一批中国现代文学家身上引起共鸣，他们在模仿、借鉴，渐次形成属于自己的风格。端木蕻良也深受屠格涅夫的影响，尤其是其作品中对自然的描写。

屠格涅夫是纤敏感受自然，精细描写自然的圣手。青少年时代的游猎生活，培养了他对大自然的深厚感情，"屠格涅夫的天才在于客观性的严格——他向来对于无论哪一派论调的人都不加褒贬，而只是写生的描画"①。这种在"写生的描画"中创造风格的过程，就是屠格涅夫向自然回归的过程。一般来说，创作个性鲜明的作家，对大自然与融于大自然的现实生活中蕴藏的美都会有非常敏锐的观察感受和捕捉能力。屠格涅夫以擅长风景画的描写著称，抒情诗人的气质，决定了他不是冷漠地观察自然，而是以主观的诗情融入自然，饱含着感情色彩，赋予风景以抒情气息。他以对家乡自然风景特有的感受力，信笔写来，作品中氤氲着神奇自然的艺术美感。著名的《猎人笔记》，将人物、故事镶嵌在具有鲜明浓郁的俄罗斯特色的自然文化背景中，广阔而白净的草原，欢快流淌的泉水，繁密茂盛的树木，纯净明朗的天空，散布着柔和红色的朝霞……在屠格涅夫笔下，自然环境描写除了交代背景，渲染气氛，展示地域风貌，还与人物故事的描写讲述密切关联，参与小说故事讲述、人物描写、感情抒发，甚至能够表现人物内心活动，彰显人物自由舒展的灵性。这一切都与作者对大自然的深刻感受和独特体验有关，也得益于作者深刻而独具的自然人生观。

与屠格涅夫一样，端木蕻良生长于广袤的科尔沁旗草原，对这片故乡热土怀着浓浓深情。关东这块远离政治文化中心的苍茫大地，也孕育了他雄浑与纤细兼备的性格。他自己也承认："我从小就喜欢大自然，特别是对于花、鸟、虫、鱼，我都愿意做耐心的观察。"② 他在作品中用大量的笔墨描写自然，用无限的热情歌颂自然，因为他觉得"唯有在自然里，才能使人性得到最高的解放，才能在崇高的启示里照彻了自己"③。端木的作品情不自禁地流露出对大自然的眷恋，他的很多小说都以"自然"作为重要主题，这一点从他作品的题目中就可以看出来，如《科尔沁旗草原》《大江》《大地的海》《鹭鸶

---

① 瞿秋白：《瞿秋白文集》第二卷，人民文学出版社，1988年，第495页。
② 《大自然与小品文》，《端木蕻良文集》第七卷，北京出版社，2009年6月，第908页。
③ 《科尔沁旗草原》，《端木蕻良文集》第一卷，北京出版社，1998年6月，第128页。

湖的忧郁》《浑河的急流》《柳条边外》《风陵渡》等。端木笔下的大自然是本色的，时而温柔低语，时而粗暴狂乱，自然界不再听从人的精神情感的指挥，而极力显现宇宙自然本原的粗糙面貌和原始强力，具有撼人的野气，生命意识显得更加生机勃发，充满张狂的色彩，具有真正意义上的角色特征。

端木蕻良在作品中极有气魄极其真切地写出了大地的深沉、忧郁与痛苦。那是荒凉而辽阔得令人孤单难忍的北方大地，冬天"雪块在雪爬犁底下发出苦闷的碎响，柳树的枝条上都挂着树挂，灰色的天在头顶上扯过"，到了春天，狂风"挟着黄土和灰尘跳跃，一声呼啸，平原变色了"。大地如此辽阔，使村野屋子显得渺小。大地如此冷漠，慢慢夺去人们的生命，以致艾老爹这个多棱的巨人，一想到小伙子"来头"那"铁铸的筋肉"，有一天也会被大地生吞了，便觉得有一种恐惧的哀感爬上他那弯曲的脊背，"在他整个的生命中，似乎只要望一下这草原，就够了。除了空阔，再不需要任何其他的东西"。在这里，自然与人的命运相互关联，相互应和又彼此对立，具有了人格化的品质。长篇小说《大江》对大江进行了不厌其烦的描写，"大江是古铜色的古老民族心脏里两条烙印的一条。它每夜里津流着血渍，刚好是五千年了。大江在曲折时，大江并不长，大江在展开来也不长，它唯有在人类生活史上，向下奔流的时候，它才长了。""这一道亘古的白链，它是怎样地从那小小的沙漏里跌落出来，又装满了沙漏的啊。……生命也从它的上面消逝了，连一滴也没有泛起。"……端木将大江这一自然存在的景物比喻成了时间之流，大江是流动、奔腾的，充满生命的质感与紧张感，它的流动使人感到生命无形的张力。端木将主人公铁岭放置于这样的自然环境中，让他一次次死里逃生，完成蜕变。很明显，端木是将主人公的命运与大江的奔腾、流动联系在一起，用自然界的生命力来映衬铁岭难以置信的生命力。这里的大江已经不是一个普通的自然景物，它已经成为一个象征，昭示了明显的审美取向。

端木小说对自然的关注不仅仅体现在长篇小说的创作上,他的短篇小说同样也将自然打上了人物情感的印记,充满了情感的色调和生命意识。小花、小草、鸡犬牛羊、草堆柴垛在他笔下都神气活现,充满情趣。端木极具代表性的短篇小说《初吻》,不停穿插着自然环境的描写来折射主人公内心的情感。"我"与"灵姨"出去玩耍后,端木用了一个自然段描写"我"家园子里各种各样的花,这和"我"内心对女性的某种朦胧意识相契合。三年之后"我"因病回家休养,端木再一次描述"我"与自然的亲密接触,跟踪蚂蚱,与各种各样的蚂蚱追逐,自由而又快乐。十四岁的"我"还不懂父亲、母亲、"灵姨"之间的复杂情感,这里的自然暗示了"我"内心的纯净。《早春》的前五段则都是对东北初春景色的描绘,砰然流出的河水下有冷冷的水草和水苴,远山上有哞哞的牛叫,旷野上还有性急的乌鸦,刚冒嘴的韭菜,刚分瓣的小白菜,还有一群一群从很深湖水上飞过的鹭鸶鸟……作者大段大段地描写着北国初春的景色,细腻而又充满柔情。经历了寒冷的冬季,春天给了人们快乐与自由,这才有了"我"与"湘灵"的小小情愫。端木蕻良将这样一种情绪放在早春的自然环境中,让自然成了人物存在的背景。

美丽壮阔的科尔沁旗大草原培育了端木的灵性,给了他丰富的想象力,家族命运的沉浮又赋予了他敏锐的感受力,同时他还不同程度地受到俄苏文学大师的影响,他的文学创作与这些大师的作品既有种种相通相似,又有着鲜明的个性风格和强烈的主体色彩。在战火纷飞的岁月里,在漂泊动荡的生活中,他始终眷恋着自己的故土,总是从科尔沁旗草原的生活中提取素材,俯瞰东北黑土地上世代相因的生存方式,深入细致地表现他们的生存常态。

本节探讨了俄罗斯作家托尔斯泰、契诃夫、屠格涅夫对端木前期小说创作的影响。同时也有必要指出,端木对这三位作家的接受绝不是简单的移植或模仿,而是立足于自己的艺术个性、文化视野和审美需求,从他们的作品中汲取养分,然后加以创造性地运用。

这里只是粗略地梳理、浏览了三位俄罗斯作家对端木小说创作的影响，其他还有巴尔扎克、莎士比亚等世界级的文学大师都对端木产生过不同程度的影响，不做一一列举。作为本研究的余论涉及这部分，与前面的主体研究合到一块儿，即可回答本书开头所提出的，长成这株参天"端木"的全部营养，来自何方？我们觉得还是用端木自己评论鲁迅的话来回答比较合适，鲁迅是从古代和现代两大文学传统里同时汲取营养，现代传统自然包括了来自外国文学的影响。

研究端木蕻良小说创作与中国文学，乃至世界文学传统的关联，对于总结中国文学现代化的历史经验，更有力地推进文学的现代化，大有裨益。

后　记

　　刚刚校对完书稿，接着来完成本书出版前的最后一项工作：写一篇后记。

　　这是我的博士论文，2005年答辩通过，获得文学博士学位。当时论文的完整构架就是现在完成的全部六章。学校从2004年作出新的规定，论文必须完成全篇，才能提交答辩。可我在通过学位课程必需的学分后，按照入学前的协定回到原来学校，受聘硕士生导师，既教本科生又带硕士研究生，只能在繁忙的教研工作之余写作学位论文。我赶写出计划中的前四章，觉得论文的主体部分已经完成，提请参加那年的答辩，导师认可通过，建议将目录中后两章的标题去掉。在那样的语境之下，连具体文本比较和结语都来不及写，更不要说写后记了。结果是，我提交答辩的博士论文没有写后记！十年来，我自己带出来的硕士研究生早过两位数了，他们的学位论文照例都有后记——致谢。每当我审阅学生的论文，参加每一届论文答辩时，心头便会泛起丝丝愧疚。于是拿定主意：等我这篇博士论文出版时，一定认认真真地写上一篇后记，好好表达我的谢意。我是研究现代作家与中国文化、文学传统的关联的，我的学位论文自然不能背离学位论文的传统惯例，不能缺了起码的礼数。更为重要的是，回顾论文从写作到出版"八年抗战"历经的种种酸甜苦辣、悲喜纠结，也确实有许多感谢要说。

首先要感谢的是我的攻读博士学位的指导老师，华东师范大学终身教授王铁仙先生。没有王老师接受我做他的学生，也就不会有这篇博士论文的面世。回想当年入学考试的忐忑艰难，硕士毕业十六年后，年过不惑再去解惑，王老师不嫌弃我的大龄弩钝难教，而看中我的较为传统的基本功及其诚实的治学态度；当我为外语成绩不理想而愧汗不已时，老师竟用"在你那个年龄段能考成这样已是很好的啦"鼓励我，最终破格让我忝列门墙。事实上王老师的选带学生，也体现了华东师大老师将研究生培养看做"来料加工"（钱谷融先生语）的传统。王老师在我读博期间，让我参加他主编的"20世纪中国文学进程"的写作，进一步夯实了我的现代文学学科的基础。惜乎后来我完成学位课程即被原单位召回，影响了所写文学史的出版，也没能在导师的指导下做更多的事，受更多的教诲。当我考虑选择端木蕻良作为博士论文研究写作的对象，而又有所顾虑时，王老师及时给予鼓励肯定。我至今清晰记得老师十年前关于论题大小是相对而言的精彩分析，更难忘在我的论文开题时，老师以自己写作《瞿秋白论稿》的切身体会，指点我"找准聚焦点"，令我茅塞顿开、拨云见日。我为我仓促提交的初稿过于粗糙使老师有所担心，至今仍心存歉意，尽管后来认真修订的二稿让老师看不出审阅初稿时的感觉而给我充满信心的肯定，我意识到"学生在老师面前出乖露丑非但正常，还可多挣得老师的指导"想法的幼稚。对不起，我让老师受累了！感谢老师在我学成之后还继续关心论文的修订与出版。在老师刚刚生过一场大病后，还欣然答应一定要为我的论文作序；当后来发现自己主编的上海市二期课改高中语文教材尚未竣工，而要为我的书写序又必须看不少端木的资料自己有所研究，这是他大病初愈的身体、精力都难以承受的。为此，老师专门打电话向我打招呼。其实我早就要放弃我的"不情之请"了，当即表示理解，并安慰老师，尽管心头存有一丝遗憾。我理解老师，谢谢老师！希望老师把珍重身体放在首位。

我还要感谢我读硕士期间的导师们。我的硕士生导师章石承先生,在我硕士毕业后没有几年即已辞世。后来知道,在我们"攻硕"期间,他就已经患上后来致命的病,但我们并没有感到指导的缺乏。联想到我后来的博士论文选题与写作,与章老师从事现代文学教学研究,自身却对古典文学,尤其是李清照、柳永等大词人特别喜爱并有深入的研究有关:章老师兼通古今的治学特点与我后来的沟通古今的研究还是有很大的关联。但愿我的研究成果,能够成为对章老师的一份纪念。我还要感谢扬州师范学院中文系现代文学教研室的曾华鹏、李关元、叶橹、石明辉、吴周文等老师,他们扎实而卓有成就的作家研究,在国内外产生了相当大的影响,他们踏实严谨的教学,培养了一批享誉国内外的知名学者,形成令人瞩目的"扬师中文现象"。我在最初考虑博士论文选题时,即跟王老师说及我的师承渊源,因受到作家研究的熏陶较多,故准备选一个合适的作家,做博士论文研究对象。可以说,我的端木蕻良研究,也是继承了"扬师中文"现代作家研究与作家论写作的传统。我要感谢上面提到的几位老师,令人欣慰的是,他们都还健在,祝他们健康长寿!

接着要感谢两位亦师、亦兄、亦友的学者,平时我更多地以"兄"称之。一位是上海师大的杨剑龙教授。他硕士毕业于扬州师院中文系,是"扬师中文现象"的杰出代表。当时我们是硕士研究生同学,后来他分配到上海师大中文系,不久即投入华东师大王铁仙老师门下。当我仍在扬师及后来的"扬大"内"辗转换岗",为脱离学术岗位而苦恼不已时,剑龙兄为我指点迷津,并把我热情引荐给王老师,成了他的"师弟"。剑龙兄在我"考博"录取尚未敲定时,即建议我入学后博士论文可考虑做端木蕻良文学创作的研究;在我真的入学做端木蕻良文学创作的研究后,又给了我很多有益的指点。事实上,我当时"同门"读博的师兄弟,基本上都呼他"老师"了,我虽然仍喊他剑龙兄,但内心深处早就认定了与他亦师、亦兄、亦友的关系。谢谢剑龙兄,当年的学位论文没有写后记说出我的感谢,现在补上请不要嫌晚。另一位是原北京出版社副总编曹革成先生。他是端木蕻良先生的侄儿，本身对端木蕻良的文学创作很有研究，尤其在端木蕻良的文学创作资料的搜集、编辑、整理，以及端木蕻良的文学创作研究者的发现与支持鼓励方面，他都做了很多有益的工作。我的博士论文选择端木，就是他先约的剑龙兄，再由剑龙兄找的我。至今清晰地记得，当我电告他初步准备博士论文做端木蕻良的文学创作的研究时，他很兴奋激动，连表欢迎，一周之内就给我邮来好几种端木研究资料。不久即推荐我参加了2002年在铁岭举行的端木蕻良与《红楼梦》学术研讨会，十年后又介绍我带俩研究生参加了"纪念端木蕻良诞辰一百周年研讨会"。十年的交往，我们之间同样建立起亦师、亦兄、亦友的关系，已无须太客套了。但我还是要感谢革成兄，他对我的端木研究的帮助与指点，向我无偿提供充足的参考资料，在百忙中为我即将出版的论文作序，给予热情的鼓励，等等。一声感谢远远不足以表达，但我只能由衷地道一声：谢谢您，革成兄！

在这篇论文通过答辩，到后来继续写作、修订完善、交付出版的过程中，还有我与我的研究生教学相长、切磋交流、共同提高等，也值得记上一笔，这也属于传统承续范围内的话题。自从受聘担任硕士研究生指导教师以来，我一直给研究生开设现代作家研究课程。博士论文通过后，我这门课就以端木蕻良的文学创作研究为具体"案例"，将已经完成的四章分成六个专题，逐题展开讨论切磋。因为所提供的研究范本既有成功的经验，又有一定程度的缺陷与不足，师生讨论切磋都有话可说，可以自由展开、畅所欲言，最终目标指向作家研究到底应该怎样开展？作家论应该这样写，而不应该那样写。这样开课，导师现身说法，比拿别人的研究成果为例，效果自然好多了。学生对论文中的不足有所指陈，甚至还提出一些建设性的修订建议，对论文修改完善有一定帮助。而课程结束时布置学生论文作业，我除了鼓励学生在端木研究范围内自由选题，也将我待写的具体文本比较的那一章四五个题目提供给学生写作练习。应该说，这一章内的具体文本比较，我早有计划构思，要写还是比较容易的。这些题目主要是做文本细读分析比较，为前面几章的综论提供佐证，与前几章专题研究、综合论述相比，学术价值略显逊色，相对而言写起来比较容易，适合初涉研究的研究生练习写作。果然，每届学生作业都有写得较好让我满意的论文。让学生写作之后，我自己反而不着急写了。真到想写的时候发现还有点麻烦，很容易与前面的综论，以及个别学生公开发表的作业撞车重复。2009年底，我校启动参照"211工程"三期建设项目，我将端木研究博士论文申报其中"人文传承"研究方向课题，课题组成员主要是在读的研究生。其后结合开课，更加放手让研究生参与研究写作。到2012年暑假前课题催促结项出版，我便在当届修课的研究生作业中选出几篇写得较好的、符合我的论文总体构架的，再指导其反复修改，最后自己动手改订，组合到我书稿第五章内。作为肯定和鼓励，我还让他们拿这些论文，随我赴东北参加"纪念端木蕻良诞辰一百周年研讨会"。这里记下被组合到第五章文本比较的研究生作业及其作者：第一节《〈曹雪芹〉与〈红楼梦〉》及其附录《端木蕻良短篇小说学习〈红楼梦〉人物描写艺术举隅》（黄国建）；《〈雕鹗堡〉与〈长明灯〉》（孙琼）；《〈鴜鹭湖的忧郁〉与〈湖畔儿语〉》（高冉）。此外，第六章《结语：端木蕻良小说创作所受外国文学的影响》，也汲取了研究生王建湘作业中对端木所受俄罗斯三作家影响的部分梳理分析。在此一并说明，并感谢以上研究生对老师论文写作修订付出的劳动与贡献，希望年轻一代学人迅速成长，继承光大师辈学术传统，青出于蓝而胜于蓝，前程远大而辉煌。

　　说到课题申报立项资助出版，我要感谢我所在的扬州大学。当年考入华东师范大学攻读博士学位，学校坚持由其委托培养，我因此放弃了有可能得到的国家计划，学成按时返回母校、母系从事现代文学教学研究工作。正当我在教学之余修订完善论文，准备联系出版社出版之际，学校启动参照"211工程"三期建设项目，及时批准了我的课题立项申请。而学校联系的出版社，又是我心仪已久的在全国出版界享有盛誉的社会科学文献出版社，也帮助我圆了出版专著之梦。本书能够顺利出版，感谢学校项目方向负责人姚文放教授，项目管理者校人文社科处蒋鸿青处长，他们对课题研究进展的催促及成果的初步把关使本书能顺利提交出版社。感谢本书的责任编辑、社会科学文献出版社的孙燕生先生，他对本书书稿及时审读、认真负责地把关。他所指出书稿中的一些错漏，让我这个当过十年高校学报编辑的同行感到汗颜而生出敬佩之意。因此，我这里对他的感谢是真诚而发自内心的。

最后，我还要感谢我的家人，我有一个平常而传统的家庭。十年前我去上海攻读博士学位，儿子已读到高三，正在为考上理想的大学奋力拼搏。繁杂的家务，儿子的生活、学习管理，当然还有她本身的教学工作，就由妻子一人承担了。感谢爱妻夏玉芳相夫教子，对我的"事业"的理解支持，对家庭的默默奉献！岁月如梭，我开始写作这本书时，儿子刚读大学，等这本书出版时，孙子已经绕膝腾挪、咿呀学语了。我要把这本书送给我的宝贝孙子，希望他将来也能阅读并喜欢它：这是一个研究现代作家与传统文化的学人自然而然的心愿！

马宏柏

2012 年仲秋 于扬州

主要参考文献

《端木蕻良文集》第一卷,北京出版社,1998。
《端木蕻良文集》第二~四卷,北京出版社,1999。
《端木蕻良文集》第五~八卷,北京出版社,2009。
端木蕻良:《曹雪芹》上卷,北京出版社,1980。
端木蕻良、钟耀群:《曹雪芹》中卷,北京出版社,1995。
《端木蕻良近作》,花城出版社,1983。
端木蕻良:《化为桃林》,上海古籍出版社,2000。
端木蕻良:《黎明的眼睛》,上海古籍出版社,2001。
《端木蕻良手札》,人民文学出版社,2000。
钟耀群、曹革成编《大地诗篇——端木蕻良作品评论集》,北方文艺出版社,1997。
成歌主编《端木蕻良小说评论集》,北京出版社、文津出版社,2002。
钟耀群:《端木与萧红》,中国文联出版公司,1998。
葛浩文:《萧红评传》,北方文艺出版社,1985。
曹革成:《月光曲》,作家出版社,1999。
李建平:《大地之子的眷恋身影——论端木蕻良的小说艺术》,广西民族出版社,1995。
孔海立:《忧郁的东北人——端木蕻良》,上海书店出版社,

1999。

马云：《端木蕻良与中国现代文学》，北京出版社，2001。

马伟业：《大野诗魂——论东北作家群》，北方文艺出版社，1998。

孙一寒：《我走向神秘的科尔沁旗草原》，白山出版社，2000。

金克木：《探古新痕》，上海古籍出版社，1998。

殷海光：《中国文化的展望》，上海三联书店，2002。

陈明主编《中国传统文化中的人道主义》，华夏出版社，1996。

陈万雄：《五四新文化的源流》，生活·读书·新知三联书店，1997。

林耀华：《金翼：中国家族制度的社会学研究》，生活·读书·新知三联书店，1989。

李欧梵：《中国现代文学与现代性十讲》，复旦大学出版社，2002。

胡雪冈：《意象范畴的流变》，百花洲文艺出版社，2002。

刘再复、林岗：《传统与中国人》，安徽文艺出版社，1999。

张全之：《突围与变革——二十世纪初期文化交流与中国文学变迁》，西北大学出版社，1990。

李泽厚：《中国思想史论》（上、中、下），安徽文艺出版社，1999。

王瑶：《中国现代文学史论集》，北京大学出版社，1998。

曾华鹏：《现代作家作品论集》，江苏文艺出版社，2004。

王铁仙：《中国现代文学精神》，人民出版社，2008。

温儒敏：《文学史的视野》，人民文学出版社，2004。

〔美〕爱德华·O.威尔逊：《论人性》，浙江教育出版社，2001。

〔美〕约翰·杜威：《人的问题》，傅统先、邱椿译，上海人民出版社，1987。

〔美〕E. 希尔斯：《论传统》，傅铿、吕乐译，上海人民出版社，1991。

金耀基：《从传统到现代》，中国人民大学出版社，1999。

张海鹏、臧宏主编《中国传统文化论纲》，安徽教育出版社，1996。

白海珍、汪帆：《文化精神与小说观念——中西小说观念的比较》，河北人民出版社，1989。

张振军：《传统小说与中国文化》，广西师范大学出版社，1996。

方锡德：《中国现代小说与文学传统》，北京大学出版社，1992。

杨义：《中国叙事学》，《杨义文存》第一卷，人民出版社，1997。

杨义：《中国现代小说史》，《杨义文存》第二卷，人民出版社，1988。

杨义：《中国现代文学流派》，《杨义文存》第六卷，人民出版社，1998。

钱理群：《对话与漫游——四十年代小说研读》，上海文艺出版社，1999。

陈平原：《中国小说叙事模式的转变》，上海人民出版社，1988。

叶朗：《中国小说美学》，北京大学出版社，1982。

布斯：《小说修辞学》，北京大学出版社，1997。

申丹：《叙述学与小说文体学研究》，北京大学出版社，1998。

董小英：《叙述学》，社会科学文献出版社，2001。

〔美〕J. 希利斯·米勒：《解读叙事》，申丹译，北京大学出版社，2002。

〔英〕马克·柯里：《后现代叙事理论》，宁一中译，北京大学出版社，2003。

〔英〕E. M. 佛斯特：《小说面面观》，花城出版社，1981。

〔斯洛伐克〕玛利安·高利克：《中国现代文学批评发生史》，社会科学文献出版社，1997。

张卫中：《新时期小说的流变与中国传统文化》，学林出版社，2000。

赵毅衡：《苦恼的叙述者——中国小说的叙事形式与中国文化》，北京十月文艺出版社，1994。

王向远：《中日现代文学比较论》，湖南教育出版社，1998。

《红楼梦评论（王国维著）·石头记索引（蔡元培著）·红楼梦考证（胡适著）·红楼梦辨（俞平伯著）》，岳麓书社，1999。

《鲁迅全集》，人民文学出版社，1981。

《茅盾文集》，人民文学出版社，1963。

图书在版编目(CIP)数据

端木蕻良小说创作与中国文学传统/马宏柏著.—北京：社会科学文献出版社，2012.12
（人文传承与区域社会发展研究丛书）
ISBN 978-7-5097-3974-7

Ⅰ.①端… Ⅱ.①马… Ⅲ.①端木蕻良（1912~1996）-小说创作-关系-中国文学-文学研究 Ⅳ.①I207.42 ②I206

中国版本图书馆 CIP 数据核字（2012）第 264474 号

·人文传承与区域社会发展研究丛书·
端木蕻良小说创作与中国文学传统

著　者 / 马宏柏

出 版 人 / 谢寿光
出 版 者 / 社会科学文献出版社
地　　址 / 北京市西城区北三环中路甲29号院3号楼华龙大厦
邮政编码 / 100029

责任部门 / 社会政法分社（010）59367156　　责任编辑 / 孙燕生
电子信箱 / shekebu@ssap.cn　　　　　　　　　责任校对 / 李　娟
项目统筹 / 王　绯　　　　　　　　　　　　　　责任印制 / 岳　阳
经　　销 / 社会科学文献出版社市场营销中心（010）59367081　59367089
读者服务 / 读者服务中心（010）59367028

印　　装 / 三河市尚艺印装有限公司
开　　本 / 787mm×1092mm　1/20　　　　印　张 / 15
版　　次 / 2012年12月第1版　　　　　　字　数 / 258千字
印　　次 / 2012年12月第1次印刷
书　　号 / ISBN 978-7-5097-3974-7
定　　价 / 48.00元

本书如有破损、缺页、装订错误，请与本社读者服务中心联系更换
▲ 版权所有 翻印必究